ZAIXIAN SHISHI YINDU
R.K. NALAYANG YINDU SHISHI CHONGSHU SANBUQU YANJIU

再现史诗印度

——R.K.纳拉扬印度史诗重述三部曲研究

王伟均 ◎ 著

·广州·

版权所有　翻印必究

图书在版编目（CIP）数据

再现史诗印度：R.K. 纳拉扬印度史诗重述三部曲研究/王伟均著. —广州：中山大学出版社，2022.5
ISBN 978 - 7 - 306 - 07419 - 5

Ⅰ.①再… Ⅱ.①王… Ⅲ.①史诗—诗歌研究—印度—古代 Ⅳ.①I351.072

中国版本图书馆 CIP 数据核字（2022）第 023181 号

出　版　人：王天琪
策划编辑：李先萍
责任编辑：潘惠虹
封面设计：曾　斌
责任校对：卢思敏
责任技编：靳晓虹
出版发行：中山大学出版社
电　　话：编辑部 020 - 84111946，84113349，84111997，84110779
　　　　　发行部 020 - 84111998，84111981，84111160
地　　址：广州市新港西路 135 号
邮　　编：510275　传　　真：020 - 84036565
网　　址：http://www.zsup.com.cn　E-mail：zdcbs@mail.sysu.edu.cn
印　刷　者：广州市友盛彩印有限公司
规　　格：787mm×1092mm　1/16　18.25 印张　318 千字
版次印次：2022 年 5 月第 1 版　2022 年 5 月第 1 次印刷
定　　价：45.00 元

如发现本书因印装质量影响阅读，请与出版社发行部联系调换本书的出版获得深圳市 2019 年第四批出站留（来）深博士后科研资助项目、深圳大学青年教师科研启动基金项目、第 64 批中国博士后科学基金面上一等资助项目的资助

目　录

序　言 ··· 1

绪　论 ··· 1

第一章　三部曲重述的基础及缘起 ································ 19
第一节　三部曲及其故事概述 ······································ 19
第二节　重述源出与故事基础 ······································ 34
第三节　重述缘起与现实基础 ······································ 53

第二章　三部曲的故事元素重述 ···································· 65
第一节　故事构架的调整变化 ······································ 66
第二节　角色功能的分配优化 ······································ 81
第三节　环境描写的配置简化 ······································ 93

第三章　三部曲的叙述话语重构 ···································· 103
第一节　叙述语体的外向转化 ······································ 104
第二节　叙述层次的删减简化 ······································ 117
第三节　叙述时空的调整优化 ······································ 133

第四章　三部曲的新文体特征 ······································ 148
第一节　纪传体式的体裁特征 ······································ 149

第二节	独具韵味的语言特色	160
第三节	印度悲剧式文体风格	175

第五章 三部曲的新主题意蕴 … 185
  第一节　故事类型重构与新功能 … 185
  第二节　故事主题转换与差异性 … 199
  第三节　故事的新主题文化意蕴 … 211

第六章 三部曲的跨文化传播特性 … 227
  第一节　三部曲的跨文化传播特征 … 227
  第二节　三部曲的跨文化传播策略 … 238
  第三节　三部曲的跨文化传播理论 … 246

结　语 … 258

附　录 … 261

参考文献 … 267

后　记 … 280

序　言

　　伟均同学以博士学位论文为基础的研究成果终于要出版了。作为他的导师，我感到十分欣慰。伟均同学最开始的计划是研究印度流散作家的文学创作，但多次选定的作家和拟定的研究议题我都不满意，均被我否决，这一度让他十分沮丧。这也是攻读博士学位常常会经历的一个阶段，许多人会因此放弃，或者选择一个经典作家，四平八稳地编写提纲，四平八稳地进行写作，不求创新，只求四平八稳地顺利毕业。但伟均同学并没有这样，他在初期被多次否决而陷入短期的迷茫之后，很快沉潜下来，研读文献，研究理论。

　　伟均同学的学术敏感性还是很强的，最终他提出的研究对象是印度英语小说三大家之一的 R. K. 纳拉扬。当时我担心的是，伟均同学会陷入自己的研究对象之中出不来，导致无法提出有价值的研究问题。因为纳拉扬是一个非常高产的作家，他写作的体裁多样，既写小说，又写散文、理论文章，同时他还是知名编剧，所以要想提炼出一个有价值的学术问题还是颇费思量的。但最后，伟均提出以纳拉扬的印度史诗重述三部曲——《众神、诸魔与其他》（*Gods, Demons, and Others*，1964）、《罗摩衍那的故事》（*The Ramayana*，1972）和《摩诃婆罗多的故事》（*The Mahabharata*，1978）为研究对象，讨论纳拉扬对于印度史诗插话的重述。这个选题是具有重要学术价值的。纳拉扬的英语文学作品以接受西式教育的印度本土精英和英语国家人士为读者。对于英语国家的读者来说，史诗所表现的印度叙事文学传统，印度人独特的传统价值观，印度人独特的思考自我、思考世界、思考自然、思考自我与世界以及思考自我与自然之间关系的方式，印度人独特的思维逻辑，理解起来还是有一定难度的。即便是对于接受西式现代教育的印度本土精英来说，理解起来也十分困难。因此，对于作者来说，重述本身就是一个艰巨的任务。

在重述的过程中，如何处理源文本与重述文本之间的关系，是一个值得思考的问题。故事的哪些相关元素被突出，哪些相关元素被弱化甚至省略？故事的叙述方式、故事叙述的逻辑进行了怎样的重构？在重述之后，文本呈现出什么样的新面貌？作品的主题发生了怎样的变化？英语世界的读者如何接受？这些都是值得研究的问题。这个议题要求研究者进行过系统的文学训练，熟悉叙事学、文体学、主题学等诸多文学分支领域，同时也要求研究者具有跨学科视野，熟悉和掌握传播学、美学等跨学科研究方法，因此难度比较大。伟均同学的研究对于这些问题的讨论可谓轻车熟路，足见其在理论方面积累深厚。现在的这个版本，与其博士学位论文聚焦于插话的研究相比，研究的深度与广度都有了极大的突破。

2017年，我作为高层次人才被海南师范大学引进，受聘担任外国语学院与文学院教授、外国语学院一级学科负责人，旋即担任外国语学院院长，因行政事务缠身，很少去关注我在暨南大学指导的博士研究生和硕士研究生。但伟均同学屡有好消息传来：我先后得知他对《摩诃婆罗多》文学插话的整理与研究获批中国博士后科学基金面上一等资助项目，他对印度古典文学插话的研究获批国家社科基金年度项目，他还在核心期刊上发表论文多篇……相关研究成果获得认可从另外一些侧面反映了这部学术著作的质量和水平。长时间以来，我私下还是有点担心他选择相对冷门的学术领域会影响他以后的学术发展。如今他的学术研究获得多方面的认可，让我感觉他当年的选择是没有错的，这也让我心中的一块石头落了地。

如今伟均已经博士后出站，正式入职深圳大学，这也是他学术之路的起点。伟均在当今高校知识分子"内卷"严重的时代能够脱颖而出，实属不易。同时，我也希望他的这部著作能够引起相关领域青年学者的兴趣，以期他们共同丰富印度古典文学的研究，考察东方古典文学之于现代社会的意义、价值及其在现代社会新的生命力。

陈义华

2022年1月15日于海口龙昆南书斋

绪　　论

　　R. K. 纳拉扬（R. K. Narayan，1906—2001）是印度著名的英语小说三大家之一，在印度英语文学史上有很高的地位，在西方国家和印度也有很大的影响力。1906 年，纳拉扬出生于马德拉斯［Madras，今天的金奈（Chennai）］的一个传统婆罗门家庭，父亲是一所中学的校长，母亲是一位虔诚的印度教教徒。纳拉扬在印度南部马德拉斯、迈索尔（Mysore）和哥印拜陀（Coimbatore）一带度过一生。1930 年，纳拉扬在迈索尔摩诃拉贾学院获得文学士学位，之后从事过教育和新闻工作，此后专心于文学创作。纳拉扬自小喜爱文学，扎根印度文化，以迈索尔为创作的中心，是印度人心中独具一格的作家。纳拉扬于 2001 年 5 月 13 日逝世，享年 94 岁。

　　纳拉扬于 20 世纪 30 年代开始写作，一生创作了 14 部长篇小说、3 部史诗重述作品和大量短篇小说、散文和游记。自 1935 年发表带有强烈自传色彩的第一部长篇小说《斯瓦米和朋友们》（*Swami and Friends*）后，纳拉扬陆续发表长篇小说《文学士》（*The Bachelor of Arts*，1937）、《暗室》（*The Dark Room*，1938）、《英语教师》（*The English Teacher*，1945）、《萨姆帕特先生》（*Mr. Sampath*，1949）、《金融专家》（*The Financial Expert*，1952）、《等候圣雄》（*Waiting for the Mahatma*，1955）、《向导》（*The Guide*，1958）、《马尔古蒂的食人者》（*The Man-Eater of Malgudi*，1961）、《糖果贩》（*The Vendor of Sweets*，1967）、《画广告牌的人》（*The Painter of Signs*，1976）、《马尔古蒂之虎》（*A Tiger for Malgudi*，1982）、《饶舌的人》（*Talkative Man*，1987）、《纳加拉贾的世界》（*The World of Nagaraj*，1990）。其中，《向导》于 1958 年获得印度文学国家奖（the National Prize），1961 年获得印度文学研究院奖（Sahitya Academy Award），1964 年又获得莲花奖（Padma Bhushan）。纳拉扬出版的短篇小说集有：《一匹马、两头羊及其他故事》（*A Horse and Two Goats and Other Stories*，1970）、《菩提树下与其他短篇》（*Under the Banyan Tree and Other Stories*，

1985)、《祖母的故事》(*The Grandmother's Tale*, 1992)、《盐与木屑：故事集与席间漫谈》(*Salt and Sawdust: Stories and Table Talk*, 1993) 等；同时还出版了在西方英语文学界广为流传的印度史诗重述三部曲——《众神、诸魔与其他》(*Gods, Demons, and Others*, 1964)、《罗摩衍那的故事》(*The Ramayana*, 1972)、《摩诃婆罗多的故事》(*The Mahabharata*, 1978)；另外，他还出版了游记《我无期限的日记》(*My Dateless Diary*, 1960) 与回忆录《我的日子》(*My Days: A Memoir*, 1974) 等。《我的日子》于 1975 年获得美国英语语言协会奖，1980 年获英国皇家文学学会本森奖章（Benson Medal）。由于突出的文学创作成就，纳拉扬还被英国利兹大学和印度迈索尔大学授予荣誉博士学位。

纳拉扬以小说创作享誉印度与世界英语文坛，"纳拉扬的小说艺术得到了印度国内外批评家的认可，有人把他的长篇小说与托尔斯泰、毛姆等大作家的创作相比，把他的短篇小说同契诃夫、欧·亨利等世界一流短篇小说大师相提并论。他曾经被推荐给诺贝尔文学奖的评委，多次获得印度和美国的文学奖"[①]。纳拉扬的小说多以南印度迈索尔为蓝本、虚构小镇马尔古蒂为故事背景，寓言式地描述了印度普通人的生活和风俗习惯，具有浓厚的民族特色，被人称为"马尔古蒂小说"（Malgudi Novels）。"马尔古蒂小说"体现了纳拉扬"对印度生活的细致观察和评论，以及试图摆脱这种生活的努力。英语的日常习惯用法在这种寓言般的情境中的使用彰显了英语不再为谁专有这一事实"[②]。纳拉扬的作品通过对南印度日常生活的写实，展现了一个世俗但真实的印度，深受印度国内外读者的欢迎，不少作品被译成多种语言，并在印度以各民族语言的形式出版。印度英语文学研究学者普遍认为，"纳拉扬为印度英语文学树立了世界性的标柱。通过他所虚构的马尔古蒂小镇这一所有小说的背景所在，纳拉扬得以向印度与西方读者传达了印度文化的微妙之处"[③]。

[①] 王春景：《R. K. 纳拉扬的小说与印度社会》，河北教育出版社 2010 年版，第 2 页。

[②] ［英］彼得·沃森：《20 世纪思想史》（下册），朱东进等译，上海译文出版社 2008 年版，第 823 页。

[③] Nalini Natarjan. *Handbook of Twentieth-Century Literatures of India*. London: Greenwood Press, 1996, p.89.

一、研究缘起与研究意义

20世纪后期,随着印度英语作家创作的发展和国际影响的不断扩大,印度英语文学成为印度现代文学乃至世界文学中不可忽视的组成部分。纳拉扬作为印度当代具有影响力的英语作家,与穆尔克·安纳德(Mulk Raj Anand)、拉伽·拉奥(Raja Rao)并称为印度英语小说三大家。印度学界对纳拉扬的文学成就做出了高度的评价,充分肯定了纳拉扬对印度英语文学的发展及海外传播的开创性意义,有人把他看作老一代印度英语文学的代表,认为他比维克拉姆·赛特(Vikram Seth)、萨尔曼·拉什迪(Salman Rushdie,又译萨尔曼·鲁西迪)、阿兰达蒂·洛伊(Arundhati Roy)等新一代作家更能使读者了解印度。有人认为,他的去世标志着印度英语写作的一个伟大时代的结束,甚至有人把他称为"印度英语小说之父",发表以"我们失去了父亲"为题的文章纪念他。卡纳塔克邦的著名作家莎士·蒂什旁德(Shashi Deshpande)认为,纳拉扬或许并不伟大,纳拉扬的贡献在于他是用英语写作的印度作家中的先锋,而且以出版的作品成功地吸引了国内外读者对印度文学的兴趣,并且给后来的印度英语作家带来了便利。① 英国批评家威廉姆·沃尔什(William Walsh)曾评价纳拉扬的创作说:"他的写作是西方技巧和印度素材的绝妙结合,他成功地在英语艺术中自如地表达了印度性的感受。"② 这是对纳拉扬英语文学创作技法以及其作品蕴含的多元文化的双重肯定。

我国东方英语文学研究专家颜治强教授在其研究中对纳拉扬给予了更高的评价:

> 不管是在国内或者国外,纳拉扬都是读者接受面最广的印度英语小说家。这既跟其作品内容,也跟其写作风格有关。……纳拉扬是世界文坛一个奇特的现象。与别的印度英语重要作家不同,他没有留过学,更不是移民后代,生于印度,长于印度,但是以英语写作为职

---

① 参见王春景《R. K.纳拉扬的小说与印度社会》,河北教育出版社2010年版,第48页。
② William Walsh. *R. K. Narayan: Critical Appreciation*. New Delhi: Allied Publisher Private Limitied, 1982, p.6.

业，除了成名后几次短暂的出访，扎根故乡70年，孜孜不倦地经营自己的小说世界，做出了令当代最伟大的英语作家侧目的业绩。他很少提印度文明和世界文明，更没有吹嘘要把印度文明推介出去，最终却在印度受到普遍的尊重，在国际上受到认真的研究和热情的赞扬。今天，任何一本世界文学工具书或任何一本超出了英国—新西兰这个范围的英语文学工具书，都不会没有纳拉扬这个名字。……纳拉扬是印度现代文学史上一个举足轻重的乡土作家，地位与沈从文在我国类似，同时又是许多论者认为足以与福克纳比肩的文坛巨子。①

然而，如同颜治强教授所指出的，令人遗憾的是，纳拉扬作品的译介和研究在中国一直都未曾受到足够的重视。

目前，在英语文学世界，以印度题材进行书写的文学作品主要有三类：第一类是具有印度生活经历的西方作家的书写，如福斯特（E. M. Forster）的《印度之行》（*A Passage to India*）、吉卜林（Rudyard Kipling）的《基姆》（*Kim*）；第二类是生活在西方世界的印度裔作家进行的书写，如V. S. 奈保尔（V. S. Naipaul）的"印度三部曲"、萨尔曼·拉什迪的《午夜之子》（*Midnight's Children*）；第三类就是土生土长的印度本土作家的书写，如以纳拉扬为代表的印度英语小说三大家的作品等。然而，目前被广泛研究的主要是前两类作品，这两类作品由于作家或是处于世界文学的中心地位，或是站在西方世界的中心回望和批判印度，多少带有满足西方人猎奇东方、彰显西方优越性的特点，因此，对这两类作品的研究事实上遵循的依然是西方文化中心主义的原则。

作为一个以讲故事为职业的印度本土作家，纳拉扬与其他所有土生土长的印度英语作家们一样，目前尚未受到研究者的普遍关注。与奈保尔、拉什迪等英语作家相比，纳拉扬创作中的印度身份十分清晰，也得到普遍认同，其创作是一种有着以印度文化为基础，包含印度家庭、宗教与道德观念等的，有根的创作，因而更具印度特色与真实性。纳拉扬的印度书写内涵丰富，具有多面阐释的可能性，虽然少有涉及社会政治关系，但是其对印度现代文化的变迁做了全面的勾勒，作品中所体现的哲学思想和世界

---

① 颜治强：《纳拉扬——市民社会的编年史家》，载《外国语言文学》2006年第2期，第135页。

观,以及其对待生死、婚姻、艺术等生命活动的态度,无不具有典型的印度特色,可以说是了解印度文化的一面镜子。"纳拉扬的小说在艺术形式和美学风貌上具有西方小说的某些色彩,但从作家的思想、主人公的精神特质及作品的深层结构来看,其印度传统特色十分鲜明。所以,通过研究纳拉扬的小说创作,我们不但可以发现作家创作中个性的东西,也能更深入地了解印度现代文学与传统文学的联系。"① 这一特色也体现在纳拉扬的其他类型的文学创作中,印度史诗重述三部曲尤为突出。作为一位受印度文化与英国文学双重影响的作家,纳拉扬既学习西方创作技巧,适应本土化语言运用,同时又保持印度民族特色,充分展示了印度文化价值。这是值得深入思考与研究的课题,具有积极的文学史意义和文化意义。

因此,无论是从具体作品的文化意义,还是从文学史的发展而言,关于纳拉扬的印度书写还有很大的研究空间。研究纳拉扬的印度书写,"既能感受到东西文化碰撞交融下,印度本土文化内部的'多声部'表达,也有助于挖掘印度英语文学背后隐含的巨大文化张力,并提供跨越边界的对话,来打破政治上的民族与国家的疆域。同时,由于纳拉扬通过创作不断进行消解西方文化中心的尝试,为印度的民族文化的弘扬做了不懈的努力,这对东方国家来说无疑是一次大胆的突破和创新"②。纳拉扬的印度史诗重述三部曲毫无疑问当在此列。

20世纪60年代,在历经20多年的文学耕耘,创作技巧越来越娴熟,文学成就得到世界认可的背景下,纳拉扬开始关注印度传统思想和古典文学。基于印度史诗插话故事,再结合流传的民间故事和神话传说,纳拉扬于1964年完成了其印度史诗重述三部曲的首部作品《众神、诸魔与其他》。通过娴熟的创作技巧与开阔的人生视野,纳拉扬十分轻松地完成了对这些在印度流传久远的虚构故事的重述,复活了史诗印度时代传奇人物,既再现了史诗印度的时代精神和人物品格,又融入了现代印度的思想表达,其作品一面世就获得了广泛好评。纳拉扬随后将目标锁定印度两大

---

① 王春景:《R. K. 纳拉扬的小说与印度社会》,河北教育出版社2010年版,第3—4页。
② 马小林:《纳拉扬文学的后殖民话语书写》(学位论文),内蒙古师范大学2020年,第2页。

史诗《罗摩衍那》与《摩诃婆罗多》①，其实《众神、诸魔与其他》中的大多数故事就源于这两大史诗中的经典插话②，但是重述两大史诗与重述单纯的插话故事不可同日而语，而且在此之前就已有大量的史诗重述版本存在。因此，重述两大史诗对于纳拉扬而言，既是对话文学传统，也是延续经典传播，责任重大。在重述两大史诗的过程中，他集中接触、学习了泰米尔语的古典文学，参照泰米尔语两大史诗的版本，听民间人士讲述传说、故事，甚至还去请教梵语专家，听他们朗读两大史诗。对古典文学和民间传说的广泛涉猎，对他的创作和思想都产生了影响。③ 纳拉扬的两大史诗重述版本《罗摩衍那的故事》《摩诃婆罗多的故事》分别于1972年和1978年面世，与《众神、诸魔与其他》相比，两大史诗的重述与传统的关系进一步加强，史诗故事在被重述的过程中与现实结合的程度更加紧密，被赋予了更强的现代性寓意。《罗摩衍那的故事》和《摩诃婆罗多的故事》同样获得了巨大的成功。

---

① 《罗摩衍那》与《摩诃婆罗多》是享誉世界的古印度两大史诗。《罗摩衍那》，又译《腊玛延那》，史诗最初以口头形式流传，口头创作的时间已经无从考证，传统上认为其书于公元前4世纪至公元2世纪之间，作者是印度教圣人蚁垤（Valmiki，又译跋弥或伐尔弥吉），印度传统上将其称之为"最初的诗"，称蚁垤为"最初的诗人"。史诗由7篇组成，分别是：《童年篇》（Bala Kanda）、《阿逾陀篇》（Ayodhya Kanda）、《森林篇》（Aranya Kanda）、《猴国篇》（Kishkindha Kanda）、《美妙篇》（Sundara Kanda）、《战斗篇》（Yuddha Kanda）和《后篇》（Uttara Kanda）。《摩诃婆罗多》，又译《玛哈帕腊达》或《玛哈巴茹阿特》，约成书于公元前4世纪至公元4世纪之间，传统上认为其作者为毗耶婆（Vyasa，广博仙人或岛生黑仙人）。全诗共有18篇：《初篇》（Adi Parva）、《大会篇》（Sabha Parva）、《森林篇》（Vana Parva）、《毗罗篇》（Virata Parva）、《备战篇》（Udyoga Parva）、《毗湿摩篇》（Bhishma Parva）、《德罗纳篇》（Drona Parva）、《迦尔纳篇》（Karna Parva）、《沙利耶篇》（Shalya Parva）、《夜袭篇》（Sauptika Parva）、《妇女篇》（Stri Parva）、《和平篇》（Shanti Parva）、《教诫篇》（Anushasana Parva）、《马祭篇》（Ashvamedhika Parva）、《林居篇》（Ashramavasika Parva）、《杵战篇》（Mausala Parva）、《远行篇》（Mahaprasthanika Parva）、《升天篇》（Svargarohana Parva）。诗歌末尾附有一部《诃利世系》（Harivamsa Parva），有时作为第19篇，也可独立成著。

② 插话（Upakhyana，उपाख्यान），在梵语与印地语词汇中的意思为奇闻轶事（anecdote）、故事插曲（episode, episode of a story）、小传说（minor folklore）、小故事（minor stories）、短故事（short tale, short story）、附属故事（sub-tale, sub-story, ancillary stories），本书特指印度史诗框架结构中插入的非主干故事成分。

③ 参见王春景《R. K. 纳拉扬的小说与印度社会》，河北教育出版社2010年版，第46页。

纳拉扬的印度史诗重述三部曲因其精彩纷呈的故事、简洁通俗的语言和丰富多姿的文化，出版后陆续受到国外（以英语为母语的国家）读者的喜爱，各单行本至今再版达 10 次之多。但是，在所有有关纳拉扬的研究中，没有发现从纳拉扬印度史诗插话重述创作方面进行的研究。关于史诗神话方面的研究，也多出自其小说内容，是基于其小说中的叙事技巧和写作手法来进行阐释的。

纳拉扬的英文版印度史诗重述三部曲，创作过程历时近 20 年，在这漫长的创作过程中，伴随纳拉扬的还有其不间断性的对古印度史诗所进行的细致研究，由此可见三部作品所蕴含的辛劳与心血。因此，研究纳拉扬，从纳拉扬的英文版印度史诗重述文本着手，具有基础性的开创意义；再以插话为切入点，对纳拉扬的英文版印度史诗与古印度史诗源本进行比较研究，同样具有重要的探索性价值。研究纳拉扬印度史诗重述创作，有助于在前人对纳拉扬小说研究的基础上，进一步认识和理解纳拉扬的英文印度史诗这一极具文学与美学价值的系列作品；有助于更好地认识和了解古印度史诗的结构形成及其在近现代的发展状况；有助于更深层次地了解古印度史诗最重要的文学概念——插话的类型和特征、重述历史与传统，以及发展的新形式；有助于深入了解印度史诗和插话文本重述的基本规律；还有助于理解印度史诗跨文化传播的方式与机理及其价值与意义。

从研究的创新层面而言，以印度英语作家纳拉扬的英文版印度史诗重述三部曲为对象，一方面可以探索印度本土作家通过世界语言向外传播印度文学与文化，展现古代印度文明的文学理想与愿望；另一方面又可以从文学演进的角度，对古印度史诗的现代发展进行分析，探索印度史诗发展的现代性审美取向的生成。其中，以史诗重述为核心研究对象，从古印度史诗的发生、发展与传播入手，分析古代史诗源文本与现代版本之间的谱系与源流，不仅可以探索纳拉扬的英文版的文本重述途径与方法，进一步总结现代版本重述的共同规律，还可以探索英文版印度史诗跨文化传播机理的形成及其文化生态问题，为探究印度民族文学与印度英语文学发展史提供新的认知思路和可能途径，对中国文化经典的跨文化传播也具有一定的启示意义。

二、纳拉扬及其作品研究现状

作为 20 世纪享有世界声誉的印度著名英语作家，纳拉扬共出版了 14

部长篇小说，另有多部短篇小说集和散文集出版，但关于纳拉扬的研究在中国一直处于一种边缘的状态，研究成果也十分有限。纳拉扬作品的译介在一定程度上反映了这种边缘状态。目前在国内，单行中译本只有三种，分别是《男向导的奇遇》（即《向导》，李南译，上海译文出版社，1993）、《向导：纳拉扬小说选》（李南、王春景译，中国大百科全书出版社，2021）和《卖甜点的人》（陈苍多译，新雨出版社，1999）。到目前为止，国内有关纳拉扬的研究也主要集中在他的小说方面。

2000 年前，关于纳拉扬在中国的研究主要处于译介阶段。国内最早介绍纳拉扬的文章是黄宝生 1981 年发表的《拉·克·纳拉扬》。1987 年，田力的《印度作家 R.K. 纳拉扬》发表于《外国文学研究》，再次向国内介绍纳拉扬及其作品。此后，文仁的《印度作家纳拉扬及其新作〈祖母的故事〉》（《世界文化》1994 年第 1 期）和赵亚莉的《传记：〈纳拉扬的前半生〉》（《外国文学动态》1997 年第 6 期）分别对纳拉扬的新作和纳拉扬的传记进行了介绍。真正有关纳拉扬的学术性研究开始于 2004 年，但整体关注度依然有限。至 2022 年，国内总共只有 20 余篇研究纳拉扬的论文发表。这些论文除了部分作品简介外，主要集中于纳拉扬作品中的人物形象及其文化内涵的分析（特别是女性形象）、纳拉扬作品中的教育观与英语观分析、纳拉扬小说与印度社会层面的关系研究等。此外，也有从移民文化、创作态度和创作题材等方面对纳拉扬与印度裔英语作家奈保尔和萨尔曼·拉什迪进行的比较研究，①重在比较分析印度本土英语作家与印度流散作家在创作方面的异同；另外有从底层叙事层面对纳拉扬与中国作家老舍的创作进行的比较研究，②但这些论文主要还是集中在社会层面。目前，在所有研究纳拉扬的学者中，全面深入研究纳拉扬的中国学者是王春景，有关纳拉扬研究的 20 余篇论文中，王春景的有 10 篇之多。

目前国内唯一一本有关纳拉扬的学术专著同样出自王春景，基本涵盖

---

① 参见空草《奈保尔与纳拉扬》，载《外国文学评论》2004 年第 2 期，第 152－153 页；王春景《R. K. 纳拉扬与奈保尔笔下的印度》，载《中外比较文学与比较文化（国际）研讨会论文集》，2004 年；［法］德洪迪《奈保尔访谈录》，邹海仑译，载《世界文学》2002 年第 1 期，第 108－132 页；梅晓云《文化无根——以奈保尔为个案的移民文化研究》（学位论文），西北大学 2003 年；于睿寅《印度神话的嬗变——印度神话的嬗变》（学位论文），复旦大学 2011 年。

② 参见续静《论老舍与 R. K. 纳拉扬小说的底层叙述》，载《民族文学研究》2012 年第 2 期，第 87－93 页。

了其前期的学术成果。2010年，王春景出版专著《R. K. 纳拉扬的小说与印度社会》（河北教育出版社），在印度英语文学史和印度现代文学史的背景下，采用文学社会学的方法，从文本分析出发，对纳拉扬的创作规律、文学思想形成过程以及他的主要文学观和社会观等方面进行了深入的分析，并对其作品的基本特征和成就做了翔实的阐述，为国内研究纳拉扬奠定了极为重要的基础。

在国外，有关纳拉扬的研究远甚于国内。出现巨大反差的原因一方面是纳拉扬的英语创作在英语文学界具有很广泛的影响，另一方面是纳拉扬作品所涉及的印度本土题材受到了西方的东方学研究者以及印度本土研究者的持续关注。以英语文学界的研究为例，有关纳拉扬的研究自20世纪60年代末期有学者出版研究专著以来，一直呈现出持续稳定的势态，而且研究的层面十分广泛。从1969年至今，仅直接关于纳拉扬及其作品的专著就多达45种，其他论文更是层出不穷。从目前已有的这些英语专著的研究情况来看，有关纳拉扬的研究主要致力于五个方面。

（1）对纳拉扬及其作品的整体性研究。这些作品都详细介绍了纳拉扬的生平、文学创作历程、题材以及叙事特色、主要文学成就等。例如，哈里什·雷扎德（Harish Raizada）的《R. K. 纳拉扬：作品批评研究》（*R. K. Narayan：A Critical Study of His Works*，1969），威廉姆·沃尔什（William Walsh）和伊安·斯科特－基尔瓦特（Ian Scott-Kilvert）的《R. K. 纳拉扬：批评鉴赏》（*R. K. Narayan：A Critical Appreciation*，1971），P. S. 萨达兰姆（P. S. Sundaram）的《R. K. 纳拉扬》（*R. K. Narayan*，1973），R. K. 巴达尔（R. K. Badal）的《R. K. 纳拉扬研究》（*R. K. Narayan：A Study*，1976），阿塔玛·朗姆（Atma Ram）的《透视 R. K. 纳拉扬》（*Perspectives on R. K. Narayan*，1982），A. 希尔达·萨尔斯－庞特斯的（A. Hilda Sales-Pontes）《R. K. 纳拉扬》（*R. K. Narayan*，1983），巴格瓦特·S. 葛亚尔（Bhagwat S. Goyal）的《R. K. 纳拉扬批评谱系》（*R. K. Narayan：A Critical Spectrum*，1983），焦福瑞·凯恩（Geoffrey Kain）的《当代批评视阈下的 R. K. 纳拉扬》（*R. K. Narayan：Contemporary Critical Perspectives*，1993），玛丽·毕提娜（Mary Beatina）的《纳拉扬的超越性研究》（*Narayan：A Study in Transcendence*，1993），阿兰·琳蒂西亚·迈克里奥德（Alan Lindsey McLeod）的《批评视野下的 R. K. 纳拉扬》（*R. K. Narayan：Critical Perspectives*，1994），苏珊·朗姆和 N. 朗姆（Susan Ram，N. Ram）的《R. K. 纳拉扬：

早年,1906—1945》(*R. K. Narayan:The Early Years*,1906—1945,1996),C. N. 斯里纳特(C. N. Srinath)的《R. K. 纳拉扬近期批评集》(*R. K. Narayan:An Anthology of Recent Criticism*,2000),阿玛尔·纳特·普拉萨德(Amar Nath Prasad)的《R. K. 纳拉扬批评反应》(*Critical Response to R. K. Narayan*,2003),舒特·拉尔·卡垂(Chhote Lal Khatri)的《R. K. 纳拉扬:反思与重估》(*R. K. Narayan:Reflections and Re-evaluation*,2006),雷蒙德-金·福荣泰(Raymond-Jean Frontain)和巴苏德布·查克拉波提(Basudeb Chakraborti)的《特殊的天才:R. K. 纳拉扬批评文集》(*A Talent for the Particular:Critical Essays on R. K. Narayan*,2011),萨巴尼·普塔图达(Sarbani Putatunda)的《R. K. 纳拉扬评论集》(*R. K. Narayan:Ciritical Essays*,2012)。这些研究虽然都是基于纳拉扬及其作品的系列基础性研究,但透过它们同样可以看出其作品所蕴含的丰富研究价值,依然有许多值得挖掘的可能,而且陆续有成果呈现。

(2)对纳拉扬小说作品的研究,包含单部作品的研究。例如,对纳拉扬小说进行综合性研究的有辛西娅·万登·德里森(Cynthia Vanden Driesen)的《R. K. 纳拉扬的小说》(*The Novels of R. K. Narayan*,1986),孙达拉姆(P. S. Sundaram)的《作为小说家的 R. K. 纳拉扬》(*R. K. Narayan as a Novelist*,1988),纳根德拉·纳特·沙兰(Nagendra Nath Sharan)的《R. K. 纳拉扬小说批评研究》(*A Critical Study of the Novels of R. K. Narayan*,1993),普拉莫德·库马尔·辛格(Pramod Kumar Singh)的《R. K. 纳拉扬小说之批判性评估》(*The Novels of R. K. Narayan:A Critical Evaluation*,1999),巴特纳格尔(M. K. Bhatnagar)的《R. K. 纳拉扬小说新见解》(*New Insights into the Novels of R. K. Narayan*,2002)。有从反讽视角对纳拉扬小说进行研究的,如奈克(M. K. Naik)的《讽刺视角:R. K. 纳拉扬小说研究》(*The Ironic Vision:A Study of the Fiction of R. K. Narayan*,1983)。关于纳拉扬小说中神话的分析,如乌马尚卡尔·普拉萨德·辛哈(Umashankar Prasad Sinha)的《神话与现实的类型:R. K. 纳拉扬小说研究》(*Patterns of Myth and Reality:A Study in R. K. Narayan's Novels*,1988)。对纳拉扬小说中的神话与现实类型进行了系统分析的,还有阿肖克·库马尔·杰哈(Ashok Kumar Jha)的《R. K. 纳拉扬小说中的神话与原型》(*R. K. Narayan:Myths and Archetypes in His Novels*,2000),杜瓦(D. S. Dewar)的《R. K. 纳拉扬小说中的神话运用》(*The Use of Myth in R. K.*

Narayan's Novels，2001）。此外，关于小说的主题也有从不同层面进行的分析，如纳萨尔·辛格·西杜（Nazar Singh Sidhu）的《R.K.纳拉扬小说中的人类争斗》（*Human Struggle in the Novels of R. K. Narayan*，1992）以小说人物命运的挣扎作为出发点进行分析，拉姆·莫汉·瓦尔马（Ram Mohan Varma）的《R.K.纳拉扬小说的主题研究》（*Major Themes in the Novels of R. K. Narayan*，1993）则基于纳拉扬小说中涉及的最主要的主题类型进行分析。有从人物类型学方面进行的分析，如拉梅什·蒂雅特（Ramesh Dnyate）的《R.K.纳拉扬：形象的类型化研究》（*The Novels of R. K. Narayan：A Typological Study of Characters*，1996）。还有对其作品中女性人物形象的分析，如高尔（K. K. Gaur）的《R.K.纳拉扬：他的女性形象研究》（*R. K. Narayan：A Study of His Female Characters*，2000），尼拉贾·库马尔（Neeraj Kumar）的《R.K.纳拉扬小说中的女性》（*Women in the Novels of R. K. Narayan*，2004）。针对单部作品的研究，主要是纳拉扬的印度文学国家奖获得作品《向导》（*The Guide*），如拉姆·西瓦克·辛格（Ram Sewak Singh）的《R.K.纳拉扬，〈向导〉：多层面分析》（*R. K. Narayan，The Guide：Some Aspects*，1971），克里希纳·森（Krishna Sen）的《R.K.纳拉扬〈向导〉批评论文集：纳拉扬小说的介绍》（*Critical Essays on R. K. Narayan's The Guide：With An Introduction to Narayan's Novels*，2004）。还有关于短篇小说的研究，如卡皮利斯瓦尔·帕里贾（Kapileswar Parija）的《R.K.纳拉扬短篇小说：主题与习俗》（*Short Stories of R. K. Narayan：Themes and Conventions*，2001）。这些研究从不同的视角和研究方向对纳拉扬的小说及其小说中的主题、意蕴、人物及其特征、艺术手法、类型等进行了各具特色的分析。

（3）关于纳拉扬作品中马尔古蒂的研究。马尔古蒂是纳拉扬在其小说中创造出来的一个带有标志性的地域世界，这个世界又包含纳拉扬创作的各类角色。关于马尔古蒂的研究，有贾雅特·K. 比斯瓦尔（Jayant K. Biswal）关于马尔古蒂中喜剧特色的研究《R.K.纳拉扬小说批评研究：马尔古蒂喜剧》（*A Critical Study of the Novels of R. K. Narayan：The Malgudi Comedy*，1987），有科马提·本尼（K. Komathi Ponni）用指南答疑方式对马尔古蒂进行分析的《R.K.纳拉扬"马尔古蒂日子"指南：问答录》（*A Guide to R. K. Narayan's "Malgudi Days"：With Questions and Answers*，1996），克里希南（S. Krishnan）关于马尔古蒂的特别分析《一个名为马尔古蒂的镇子：R. K. 纳拉扬最佳小说》（*A Town Called Malgudi：The Finest Fiction of R. K. Narayan*，1999），阿奴里塔·辛格（Anurita Singh）有关马尔古蒂及其中人物所具印度特色的分析《R. K. 纳拉扬的马尔古蒂及其人民的众多印度层面》（*R. K. Narayan's Malgudi and Some Indian Aspects of Its People*，2013）。

（4）对纳拉扬作品中的印度社会的研究。这类研究分析了纳拉扬作品展现出的印度社会，如巴格瓦特·S. 戈亚尔（Bhagwat S. Goyal）分析印度社会兼具神话和现实层面的《R. K. 纳拉扬的印度：神话与现实》（*R. K. Narayan's India：Myth and Reality*，1993），米歇尔·普斯（Michel Pousse）的《R. K. 纳拉扬：一位现代印度描绘者》（*R. K. Narayan：A Painter of Modern India*，1995），拉姆塔克（S. R. Ramtake）的《R. K. 纳拉扬与他的社会观》（*R. K. Narayan and His Social Perspective*，1998）。这类分析深刻地把握了纳拉扬作品所反映出来的印度社会和文化，细致地阐释了纳拉扬如何通过自己的表现手法，展现出独具特色的印度风貌和社会现实。

（5）对纳拉扬与其他英语作家的异同的分析比较研究。此类研究有雷扎·阿哈迈德·纳西米（Reza Ahmad Nasimi）关于纳拉扬与本土英语作家安纳德、拉贾·拉奥的比较的《安纳德、拉贾·拉奥和 R. K. 纳拉扬》（*Mulk Raj Anand，Raja Rao，and R. K. Narayan*，1989），拉杰什·K. 保隆（Rajesh K. Pallan）关于纳拉扬与拉贾·拉奥的比较的《拉贾·拉奥和 R. K. 纳拉扬作品中的神话与象征的特定研究》（*Myths and Symbols in Raja Rao and R. K. Narayan：A Selected Study*，1994），帕德马纳班·奈尔（K. N. Padmanabhan Nair）有关纳拉扬与英国印度裔作家奈保尔的比较的《R. K. 纳拉扬与 V. S. 奈保尔小说中的讽刺》（*Irony in the Novels of R. K. Narayan and V. S. Naipaul*，1993），以及杰伊·帕里尼（Jay Parini）关于纳拉扬与世界英语作家帕特里克·怀特的比较的《英语世界作家：R. K. 纳拉扬与帕特里克·怀特》（*World Writers in English：R. K. Narayan to Patrick White*，2004）。这类专著将纳拉扬及其作品放在了一个更为广阔的学术视角下进行阐释，挖掘了纳拉扬及其作品所具有的时代特性、超越印度特色和其展现出的世界作家的文学特质。

此外，还有从语言方面对纳拉扬的创作态度进行的研究，如马尼鲁扎曼（M. Maniruzzaman）的《R. K. 纳拉扬对英语的态度：后殖民态度与功利主义姿态》（*R. K. Narayan's Attitude Towards the English Language：A Post-*

colonial Posture and Utilitarian Gesture，2011），通过后殖民视角分析了纳拉扬用英语进行文学创作的实用主义姿态。

另外值得注意的是，有关纳拉扬的另一部分重要研究来自层出不穷的印度英语文学史或小说史的研究，作为印度早期英语小说三大家之一的纳拉扬几乎出现在每一部印度英语文学史中。在这类文学史的研究中，最早的可以追溯到奈克（M. K. Naik）的《印度英语小说透视》（*Perspectives on Indian Fiction in English*，1985），最近的可见于丽萨·拉乌（Lisa Lau）和欧姆·普拉卡什·德威维迪（Om Prakash Dwivedi）合著的《再东方化与印度英语文学》（*Re-Orientalism and Indian Writing in English*，2014）、《印度英语写作与全球文学市场》（*Indian Writing in English and the Global Literary Market*，2014）与梅里亚·昌德（Meria Chand）的《印度英语文学》（*Indian Writing in English*，2016），多达四五十种。这对于从整个印度英语文学史的发展历程中理解和研究纳拉扬起到了十分重要的作用。

从目前国内外对纳拉扬的研究现状及成果来看，国内研究依旧处于初步阶段，但国外研究已经有了十分显著的成果。而且值得注意的是，这些研究成果主要集中在对其小说的研究，包含了对作品主题、叙事艺术、思想内涵等方面的研究，或从社会层面来着手和分析，涉及纳拉扬小说展示出的印度政治、历史、宗教、现当代印度的发展及其影响下的印度民众生存境况。但是，在所有有关纳拉扬的研究中，没有出现关注其神话重述方面的研究。有关神话方面的研究，也多是基于其小说中的叙事技巧和写作手法来进行阐释的。

三、印度史诗及其插话研究现状

纳拉扬的印度史诗重述三部曲虽然都出自史诗，但就叙述故事的最小单元而言，主要是史诗中的插话故事。重述的基本策略，一是对史诗插话的加工式重述，二是基于大史诗的核心故事，进行其他插话的删减式重述。从本质上而言，史诗的核心故事也可以看作是存在于史诗本身或其他史诗中的一个插话故事。有关两大史诗《罗摩衍那》与《摩诃婆罗多》的研究已经十分丰富全面，而另一些史诗由于涉及过多的宗教性知识阐释，国内几乎没有相关研究，因此本书主要对史诗插话的现状进行针对性的分析。

中国最早对印度史诗插话进行译介的是赵国华。其1982年出版的《那罗和达摩衍蒂》（中国社会科学出版社）单行本，译介自大史诗《摩诃婆罗多》中的著名插话《那罗传》。1987年，金克木编选了包括赵国华与季羡林等学者在内所译的《摩诃婆罗多》插话选集——《摩诃婆罗多插话选》（人民文学出版社），挑选了大史诗中15个著名的插话故事，选本以诗体译出，语言雅致优美。此外，季羡林所译《罗摩衍那》全译本（人民文学出版社，1983；外语教学与研究出版社，2010；吉林出版集团股份有限公司，2021）、黄宝生等译的《摩诃婆罗多》精校本全译6卷（中国社会科学出版社，2005），将印度两大史诗及其所含插话完整地译介至中国。另外，一些印度神话的中译本或编译本或多或少地含有印度史诗插话的内容，它们主要以印度神话中译的形式出现。

国内关于印度史诗插话的研究成果不多，没有出现系统论述的研究成果。不仅如此，现有的插话研究也主要以《摩诃婆罗多》中的插话为主，对其中一些著名的插话如《那罗传》《沙恭达罗》《莎维德丽》等进行研究。唯一一篇较为集中论述插话的研究成果，出自陈芳的硕士学位论文《百科全书式的文化叙事——〈摩诃婆罗多〉的插话研究》。① 此论文运用了审美文化叙事学的研究方法，对《摩诃婆罗多》中的插话从叙事层、叙事视角、叙事时空等方面进行了叙事学上的分析，不仅对其中的插话位置分布系统进行了定位，还对插话所产生的审美文化功能进行了阐述。

最早有关印度史诗插话的研究是1979年赵国华发表于《南亚研究》的关于《摩诃婆罗多》洪水传说插话《摩奴传》的研究。② 该论文对印度洪水传说《摩奴传》进行了详细的介绍，并且附有这一插话的诗体译文。1981年，赵国华又在《南亚研究》上发表了有关《摩诃婆罗多》的另一篇著名插话《那罗传》的研究论文③，叙事长诗《那罗传》根据《摩诃婆罗多》中的插话改编而成。1984年，金克木在《南亚研究》上发表其编选的《摩诃婆罗多插话选》的序，介绍了《摩诃婆罗多》中插话的基本

---

① 参见陈芳《百科全书式的文化叙事——〈摩诃婆罗多〉的插话研究》（学位论文），云南大学2008年。

② 参见赵国华《摩奴传〔洪水传说〕——印度大史诗〈摩诃婆罗多〉插话之一》，载《南亚研究》1979年第1期，第73-77页。

③ 参见赵国华《印度古典叙事长诗〈那罗传〉浅论》，载《南亚研究》1981年第1期，第26-33页。

常识和插话类型，对所选的 15 个插话进行了简要介绍，有效促进大众了解和熟悉古印度史诗插话的重要价值。此后，关于印度史诗插话的研究还有黎跃进的《印度大史诗中的一颗明珠——析〈摩诃婆罗多〉的优秀插话〈那罗传〉》①，其是对经典插话《那罗传》的再次研究。何乃英的《论〈沙恭达罗〉的艺术构思——史诗插话与戏剧剧本异同之比较》② 则以《摩诃婆罗多》中插话《沙恭达罗》为研究对象，着重比较分析了插话《沙恭达罗》及其戏剧剧本的演变与异同。张培勇的《谈莎维德丽与阎摩对话的逻辑艺术——兼评莎维德丽形象特征》③ 对《摩诃婆罗多》中的插话《莎维德丽》中的叙事艺术及人物形象进行了分析。陈明的《〈摩诃婆罗多〉插话的审美意义》④ 从"莲花"与"火"两个重要意象和层面出发，分析了《摩诃婆罗多》插话的审美意义。张璐的《评〈莎维德丽传〉》⑤ 对插话《莎维德丽》进行了艺术点评。闫元元的《罗摩故事的两种演绎——〈摩诃婆罗多〉的插话〈罗摩传〉和〈罗摩衍那〉》⑥ 对《摩诃婆罗多》插话《罗摩传》的演变进行了分析。邓斯博的《神性之纬上的人性视角——〈沙恭达罗〉剧作与插话之人物形象比较》⑦ 对插话与剧本《沙恭达罗》中的人物形象进行了比较研究。

另外，在一些东方文学史和古代印度文论研究专著中，也可以见到一些零散的插话论述，主要是在印度史诗研究的基础上进行的概念式阐释和案例分析，如郁龙余、孟昭毅主编的《东方文学史》（北京大学出版社，2001），孟昭毅、黎跃进编著的《简明东方文学史》（北京大学出版社，2012），黎跃进所著的《东方文学史论》（湖南人民出版社，2000），黄宝

---

① 参见黎跃进《印度大史诗中的一颗明珠——析〈摩诃婆罗多〉的优秀插话〈那罗传〉》，载《外国文学专刊》1985 年第 1 期，第 59 – 66 页。

② 参见何乃英《论〈沙恭达罗〉的艺术构思——史诗插话与戏剧剧本异同之比较》，载《南亚研究》1991 年第 1 期，第 50 – 53 页。

③ 参见张培勇《谈莎维德丽与阎摩对话的逻辑艺术——兼评莎维德丽形象特征》，载《外国文学研究》1992 年第 4 期，第 106 – 110 页。

④ 参见陈明《〈摩诃婆罗多〉插话的审美意义》，载《东方丛刊》1999 年第 1、2 辑，第 167 – 185 页。

⑤ 参见张璐《评〈莎维德丽传〉》，载《长城》2013 年第 4 期，第 10 页。

⑥ 参见闫元元《罗摩故事的两种演绎——〈摩诃婆罗多〉的插话〈罗摩传〉和〈罗摩衍那〉》，载《解放军外国语学院学报》2014 年第 4 期，第 151 – 158 页。

⑦ 参见邓斯博《神性之纬上的人性视角——〈沙恭达罗〉剧作与插话之人物形象比较》，载《合肥工业大学学报（社会科学版）》2014 年第 1 期，第 67 – 71 页。

生所著的《〈摩诃婆罗多〉导读》（中国社会科学出版社，2005），刘安武编著的《印度两大史诗研究》（北京大学出版社，2001），黄宝生所著的《梵学论集》（中国社会科学出版社，2013）等。这些研究对于插话的概念梳理和具体插话文本的对比阐释具有重要的理论指导价值和案例实践意义。

国外关于印度插话的研究成果也有限，不存在系统的研究，主要是在对史诗的研究基础上进行的附属研究，但也深具价值。目前所能见到的最早的有关印度史诗插话的研究有纳拉扬·艾扬格（Nārāyan Aiyangār）的《印度雅利安神话论文集》（*Essays on Indo-Aryan Mythology*，1898），主要分析了塞犍陀插话（Skanda-Upakhyana）。1905年，钦塔曼·维纳雅克·瓦迪亚（Chintaman Vinayak Vaidya）在其研究专著《摩诃婆罗多批评》（*The Mahabharata: A Criticism*）中分析了《摩诃婆罗多》中的一些插话，如萨拉斯瓦蒂插话（Saraswati Upakhyana）和《薄伽梵歌》（*Bhagavad Gītā*）等著名的插话。1957年，查鲁特·维迪亚门达尔（Charuter Vidyamendal）在《瓦拉巴·威迪亚纳加尔研究公报》（*Vallabh Vidyanagar Research Bulletin*）第1卷中分析了插话《莎维德丽》。普利亚巴拉·沙赫（Priyabala Shah）的《十五世纪的往世书仪式主义》[*Pauranic Ritualism of the Fifth Century*（*Sri Visnudharmottara*），1993]也着重分析了插话《莎维德丽》。1978年，希迪什瓦里·娜莱·洛伊（Siddheshwari Narain Roy）在其《往世书中的历史与文化研究》（*Historical and Cultural Studies in the Purāṇas*，1978）中分析了插话的来源，认为插话起源于吠陀文本，发展于吠陀时代。阿玛蕾什·达塔（Amaresh Datta）于1987年编纂的《印度文学百科全书：神》（*Encyclopaedia of Indian Literature: A-Devo*）中对插话（Upakhyanan）的概念进行了梳理。此外，朱基斯瓦尔·波拉（Jogeswar Borah）在其《罗摩萨拉斯瓦蒂中的民俗色彩》（*Folk Elements in Rāmasarasvatī: Major Neovaisnbavite Poet of North East India*，1996）中论述了许多重要的插话。S. 兰加拉特（S. Ranganath）则在其《梨俱吠陀与当代梵语文学研究》（*Studies in Rgveda and Modern Sanskrit Literature*，2003）一书中概述了插话在印度古典文学和当代文学中的叙述传统。拉歇尔·菲儿（Rachel Fell McDermott）和杰芙蕾·J. 克里帕尔（Jeffrey J. Kripal）的《邂逅迦梨：边缘、中心、西方》（*Encountering Kali: In the Margins, at the Center, in the West*，2003）分析了有关迦梨女神的插话（Kali Upakhyanan)，如恒河插话（Ganga Upakhyanan）、湿婆插话（Siva Upakhyana），以及其中有关边缘、中心、西方等话语权问题。而由韦氏瓦·安德鲁里（Vishwa Adluri）和乔伊迪普·巴格奇（Joydeep Bagchee）主编，希尔特贝特尔（Alf Hiltebeitel）所著的《阅读第五吠陀：摩诃婆罗多研究论文集》（*Reading the Fifth Veda：Studies on the Mahābhārata-Essays*，2011）则重析了"插话"的概念和区分插话的方法，如所占诗行的体量与比例；探索了这一概念的吠陀和《摩诃婆罗多》等各种起源，认为插话首次提出是在《摩诃婆罗多》之中，并认为"众多插话，精确而言即《婆罗多》故事中所省略的叙事单位"①；又粗略统计了《摩诃婆罗多》中的插话，指明《摩诃婆罗多》整部史诗共计有67个插话，分别罗列出传播最为广泛的插话，如《沙恭达罗传》（*Sakuntala-Upakhyana*）、《迅行王传》（*Yayati-Upakhyana*）、《炎娃传》（*Tapati-Upakhyana*）、《安芭传》（*Amba-Upakhyana*）等；还对插话故事的讲述者及其所讲述插话的数量做了详细的分析。希尔特贝特尔关于史诗《摩诃婆罗多》中插话的详尽研究，为插话研究的进一步拓展与深入提供了十分牢固的基础，具有十分重要的参考价值。

本书力求以纳拉扬的英文版印度史诗重述三部曲——《众神、诸魔与其他》《罗摩衍那的故事》和《摩诃婆罗多的故事》为研究对象，以古印度史诗文学中的插话为核心视角切入点，通过研究纳拉扬的英文印度史诗重述本与古印度史诗源文本的对话与比较，分析古印度史诗故事及其插话在现代的文学发展现状与文化价值。全书主要致力于通过分析纳拉扬的英文版印度史诗选取与采用的古印度史诗源文本核心故事及插话，尤其是其中插话的类型及基本功能，以及史诗故事及插话重述后形成的新类型，纳拉扬重述古印度史诗故事及插话的动因、缘由；纳拉扬重述古印度史诗故事及插话的基本途径（故事与叙述）与方法及其叙述规律；纳拉扬重述古印度史诗故事与插话形成的文体层面的新特征及其美学价值；纳拉扬重述古印度史诗故事及插话形成的新主题及其文化意蕴所在；纳拉扬的英文版印度史诗产生的文化影响和所具有的跨文化传播机理及其价值与意义，来实现这一主要目的。

本书的整体思路分为六个步骤：第一，分析纳拉扬的印度史诗重述三

---

① Alf Hiltebeitel. *Reading the Fifth Veda：Studies on the Mahābhārata-Essays*. Vishwa Adluri, Joydeep Bagchee eds. Leiden：BRILL, 2011, p.143.

部曲的重述基础，包括进行重述的史诗故事和插话的源文本出处、类型、功能及其在新旧文本间的转化，以及纳拉扬重述史诗故事和插话的缘起与目的；第二，从叙事学角度，研究分析三部曲故事元素层面的重述采取的具体途径与方法；第三，从叙事学角度，研究分析三部曲叙述话语层面的重构采取的具体途径与方法；第四，分析三部曲形成的包括体裁、语体与文体等方面共同形成的文体特征与美学效果；第五，研究三部曲重述对主题意蕴变迁的作用，探索新主题形成的过程与文化价值的产生；第六，从文化传播学的角度，分析重述对于英文版印度史诗跨文化传播的机制与运行规则及原理的运用状况。

方法上，本书主要从跨文化的视野出发，结合多种研究方法来探讨和揭示纳拉扬印度史诗重述的艺术成就与文化内涵。具体方法和学说理论有：①比较研究法。将纳拉扬印度史诗重述三部曲与古印度史诗源文本进行比较研究，分析两者之间的继承与发展关系。②文本细读法。细读源文本与重述本，深入分析三部曲在故事与结构层面的细微变化与叙述话语技巧的运用。③叙述学。通过经典与后经典叙述学的相关理论分析三部曲的内部故事层次、结构以及现代审美特征。④主题学。通过研究主题，分析三部曲在源文本故事转变过程中发生的主题变化和生成的新文化意蕴。⑤文体学。分析源文本和现代重述三部曲、三部曲与小说之间的关系。⑥文化传播学。分析三部曲的文化传播机制的生成、传统文化的对外传播。⑦翻译学。分析纳拉扬将古印度史诗源文本重述为三部曲的过程中采用的各种翻译理论与技巧，总结出其文本创作的经验价值。

第一章　三部曲重述的基础及缘起

纳拉扬的印度史诗重述三部曲——《众神、诸魔与其他》《罗摩衍那的故事》《摩诃婆罗多的故事》，是纳拉扬历时近20年创作而成的。在这三部曲中，纳拉扬用印度英语系统地有选择性地重述了神话史诗《罗摩衍那》和《摩诃婆罗多》等古典巨著中的经典插话故事和核心故事，在其进行创作的过程中还不间断地对印度史诗进行细致的研究，可谓独树一帜。

第一节　三部曲及其故事概述

1964年，纳拉扬出版三部曲的首部《众神、诸魔与其他》，总共收集了15个精短的故事，每一个故事都是印度流传的经典。这些故事分别出自印度多部史诗，并都保留了传统说故事的叙述形式。

《拉瓦纳》（*Lavana*）讲述了古老的乌塔潘达瓦（Uttar Pandava）王国的统治者拉瓦纳在不到一个小时内，进入魔术师制造的心意虚幻表象世界中度过贫苦漫长一生的传奇故事。拉瓦纳因在宫廷上接受了来自魔术师的一个礼物，突然进入幻象世界，骑上烈马漫游世界。在幻象世界中，烈马反抗，他突然坠落丛林之中。在即将饿死之时，为了生存，拉瓦纳娶了一位黑肤色低种姓的女子，成为原始部落中的一员。他与妻子很快生儿育女，为了供养妻子与孩子，他贫苦地生活了很多年。多年后，贫苦的生活使他心性大变，他变得行为野蛮、言语粗鲁，而且不断地杀害各类动物来维持生存。最终在一场旷日持久的旱灾中，为了无法忍受饥饿之苦的孩子，他架起火堆，跳入火中，将自己的肉献给他的孩子。这一故事出自

《极裕仙人瑜伽》（*Yoga-Vasishta*）① 的《创造篇》（*Utpatti-prakarana*），原故事名为《拉瓦纳的故事》。在《极裕仙人瑜伽·创造篇》中，极裕仙人以自己在拉瓦纳王宫里亲见的拉瓦纳的故事，向罗摩阐释心意在无限意识中显现出的对时间、空间和一切事物的控制。

《库达拉》（*Chudala*）主要讲述了国王锡克达瓦伽（Sikhidhavaja）在妻子库达拉的帮助下达到虚妄解脱、寂静觉悟的境界，而后以智慧治国的故事。库达拉在与锡克达瓦伽结婚、体验了多年夫妻生活之后，放弃了情爱之乐，有了自我的知识觉悟，摆脱了肉身，拥有了所有的精神力量，能够在任何时空中任意漫游。库达拉劝导锡克达瓦伽也潜心修行自我知识，但他一开始没有听取，继续沉浸在欲望享乐之中。随着时光流逝，因为没有自我知识，锡克达瓦伽因心性虚妄变成了盲人。于是他放弃自己的王国、财富、妻子等一切，躲进森林苦修。库达拉一边帮助锡克达瓦伽治理王国，一边默默地观察丈夫，在看到丈夫的决心之后，决定帮助丈夫获得觉悟。她化身为年轻的婆罗门昆巴（Kumbha）去到丈夫的身边，循序渐进地引导丈夫修行。这一故事出自《极裕仙人瑜伽》的《解脱篇》（*Nirvana-prakaranam*）中的《锡克达瓦伽和库达拉的故事》，极裕仙人以锡克达瓦伽和库达拉的故事教导罗摩如何弃绝一切，从欲望与虚妄中解脱，安住在寂静觉悟之中，以智慧治国。

《迅行王》（*Yayati*）主要讲述了迅行王和阿修罗祭司太白仙人（Sukracharya）之女天乘（Devayani）结婚，生下两个儿子，又与原本是魔王牛节（Vrishaparva）之女、后来因侮辱天乘而受到惩罚成为天乘侍女的多福（Sarmishta）私通，生下三个儿子的故事。因为私通一事，天乘向太白仙人告状，于是迅行王遭到太白仙人诅咒，失去青春，迅速衰老。迅行王依次请求五个儿子，期望他们用自己的衰老换取他一千年的人生。前

---

① 《极裕仙人瑜伽》，又名《摩诃罗摩衍那》（*Maha Ramayana*），整部史诗历经数个世纪编纂，约于14世纪成书。传说其作者即圣典《罗摩衍那》的作者蚁垤。全书由《静心篇》（*Vairagya-prakaranam*）、《求道篇》（*Mumukshuvayahara-prakaranam*）、《创造篇》（*Utpatti-prakarana*）、《维系篇》（*Sthiti-prakarana*）、《消解篇》（*Upashama-prakaranam*）、《解脱篇》（*Nirvana-prakaranam*）六部分组成。极裕仙人，据传为古印度神话中七大仙人之一，十生主之一，大梵天之子，梵仙之首，太阳王族的家族祭司。《极裕仙人瑜伽》目前有中译本《至上瑜伽：瓦希斯塔瑜伽》，为王志成、灵海依据斯瓦米·希瓦南达（Swatmi Sivananda）的大弟子斯瓦米·维卡特萨南达（Swami Venkatesananda）的英文译本翻译而来。

四个儿子都表示拒绝，唯独小儿子补卢（Puru）表示同意。这样，迅行王用补卢的青春继续享受了一千年的人生。随后，他不再依恋俗世生活，信守承诺，将青春归还补卢，并将王位让给补卢。故事开始还讲述了迅行王的妻子天乘和云发（Kacha）的一段感情。这一故事出自古印度两大史诗之一《摩诃婆罗多·初篇》中的《迅行王传》与《迅行王后传》。护民子应镇群王（Janamejaya）的请求，以这两个故事讲述了补卢族世系的建立。其中，《迅行王后传》主要讲述迅行王为补卢举行灌顶登基礼后，隐居森林，修炼苦行，因而得以升入天国。但是他在天国居住久了之后，变得骄傲自大，常常自我标榜和批评其他伟大的灵魂。迅行王在因陀罗（Indra）面前出言不逊，从而失去功德，被逐出天国。迅行王从天上往下坠落，即将着地时，遇见自己的几位外孙，外孙们把各自的功德赠送给他，使他得以重返天国。《迅行王后传》中迅行王因骄傲从天国坠落的故事，《摩诃婆罗多》中的插话《因陀罗的胜利》（《斡旋篇》第9—18章）中也有记述。

《提毗》（Devi）主要讲述的是马希沙阿修罗（Mahishaasura，牛魔）横行天国、折磨众神，触怒了三相神①，在他们喷向大地和宇宙的怒火中诞生了提毗。提毗诞生后，众天神将自己的神力与兵器纷纷赠给提毗，使她成为拥有十臂、身骑雄狮、战无不胜的女神。提毗在众天神的欢呼拥戴下，向马希沙阿修罗挑战，在杀死马希沙阿修罗的许多将领之后，最终将马希沙阿修罗斩首。这一故事出自十八部《小往世书》之一的

---

① 印度教中的三位一体神，以梵天（Brahma）、毗湿奴（Vishnu）和湿婆（Shiva）分别代表天帝的各种宇宙功能，其梵语原意为"有三种形式"。三相神中的梵天主司创造，毗湿奴司护持，湿婆司毁灭。

《女神薄伽梵往世书》（*Devi-Bhagavata Purāṇa*）①之第五书。提毗又相继杀死了骚扰天国的阿修罗顺巴（Shumbha）和尼顺巴（Nishumbha）兄弟。

《众友仙人》（*Viswamitra*）②的故事主要围绕众友仙人与极裕仙人之间的宿怨展开。在还是刹帝利国王憍尸迦掌权时，众友仙人造访极裕仙人的净修林，看上了后者能实现一切愿望的如意神牛，但无论他提出用多少财富交换，极裕仙人都拒绝了他。众友仙人企图动用武力抢夺，但是军队被如意神牛产生的无数士兵消灭了，连同一百个儿子也被极裕仙人诅咒烧成了灰烬。众友仙人意识到刹帝利与婆罗门的差距，决心修炼大苦行来改变自己的种姓。于是他放弃王位，隐居森林，开始严厉无比地修炼苦行。一千年后，梵天表示认可他为王仙，但众友仙人认为没有达到自己的目标，于是继续修炼苦行。随着他的苦行之功日增，他的力量也变得日渐强大，甚至为一心想要进入天国的甘蔗王（Ikshvahu）族国王陀哩商古（Trisanku）创造了属于他的宇宙。众友仙人苦行力量的强大，引起了神首因陀罗的恐慌，于是他派天女弥那迦（Menaka）下凡去诱惑他，破坏他

---

① 《女神薄伽梵往世书》又名《提毗薄伽梵往世书》，印度教基本圣典之一。往世书（Purāṇas，也译为宇宙古史或古事记），是古印度关于创世、神与万物演化的神话史诗或创世神话史诗，古代印度历史、传说、神话与故事的汇集。大多数学者认为，现存的往世书大多写成于公元前不久，最晚出的甚至可能在7—12世纪才定型。但往世书中部分内容的来源十分古老。往世书现存种类繁多，其中最重要的是《大往世书》和《小往世书》，各18部，长短不一，以梵语写成，印度传统上认为它们同出于《摩诃婆罗多》的作者毗耶娑（广博仙人或岛生黑仙人）之手。提毗在梵文中的本意为"女神"，象征神性的女性面。印度教性力派认为提毗是一切存在的根源，是万物的创造者、保护者与毁灭者，同时代表着宇宙的精神解脱之力。她是印度教所有女神的原型，印度教神话中的所有女神都只不过是她的不同形象而已。此外，性力派认为提毗是男神提婆（Deva）不可或缺的相对存在。在印度教其他所有主要的往世书中，很少提及这一女神，但是《女神薄伽梵往世书》则将提毗置于神性本源的核心地位。

② 众友仙人是古印度神话中最伟大的仙人之一，他原本出身刹帝利种姓，却依靠个人苦行，最终修成梵仙（Brahmarisi），为后世所敬仰。古老的《梨俱吠陀》（第三卷《颂歌》）就已经提及他，《百道梵书》将其列入七大仙人之一，《摩诃婆罗多》中也有不少记载。但是，有关他的神话故事记录最为详尽的是《罗摩衍那》。在《罗摩衍那》中，众友仙人是一个十分重要的角色，他要求罗摩王子前去他的祭祀场消灭捣乱的罗刹，后来又是他指点罗摩参加遮那竭国王的选婿大典，使其娶得悉多。因此，众友仙人对于推动《罗摩衍那》的整个故事情节起到了十分重要的作用。

的苦行。众友仙人一开始受其迷惑,并跟弥那迦生下女儿沙恭达罗,后来识破了其中的诡计,将弥那迦赶走,并将沙恭达罗遗弃在河边,独自隐入林中继续修行。梵天见状,授予他"大仙"称号,但众友仙人表示仍未如愿,继续修炼苦行。因陀罗更加恐慌,又派天女兰跋前去诱惑众友仙人,被他识破。最后,众友仙人的苦行之果得到梵天和众天神的认可,他如愿成为一位梵仙,并与极裕仙人化敌为友。众友仙人成为大仙的传说,主要见于《罗摩衍那》中的《众友仙人传》(《童年篇》第50—64章),由遮那竭(Janaka)的祭司大仙人乔达摩(Gautama)之子讲出。

《曼摩陀》(*Manmata*)① 主要讲述了曼摩陀因应众神之请,帮助雪山女神帕尔瓦蒂(Parvati)与湿婆相爱,而被湿婆的第三只眼烧死,变成无形之神的故事。湿婆的化身之一鲁陀罗(Rudra)因为妻子萨蒂(Sati)自焚而心灰意冷,隐匿在喜马拉雅山的山洞内修炼苦行。此时,天国遭受到陀罗迦阿修罗(Tarakaasura)的攻击。陀罗迦因为苦行获得过梵天的赐福,除非湿婆所生之子,否则无人能将他战胜。众神没有办法,只能寄希望于湿婆放弃苦行,与人生一个儿子。正在此时,萨蒂已转世为雪山女神,并希望与湿婆重续前世情缘。于是众神请求曼摩陀帮助雪山女神,让湿婆爱上雪山女神。为了众神的安危,曼摩陀答应了众神的请求,在雪山女神依例到喜马拉雅山上礼敬湿婆时,以爱之花箭射向了湿婆。湿婆不由得要重坠爱河,但随即发现原来是爱神曼摩陀在扰乱他的苦行。于是湿婆大发雷霆,张开额头上的第三只眼,放出神火,将曼摩陀烧成灰烬,曼摩陀从此就成了一个没有形体的天神。雪山女神在大仙人那罗陀(Narada)的建议下,最终以苦行重新获得了湿婆的爱,并生下了后来著名的战神塞犍陀(Subramanya),摧毁了陀罗迦。因为曼摩陀的妻子罗蒂(Rati)的请求,湿婆允诺曼摩陀可以在罗蒂面前显现形体,但对于他人却依然无

---

① 曼摩陀,通常称伽摩(Kamadeva),印度神话中的爱神。据印度性学典著《爱经》(*Kamasutra*,又名《伽摩经》《欲经》)记载,他是诸神中最古老的神之一,曾引发了宇宙的创造。在印度教中,他的形象通常是一位轻浮的年轻人,骑着一只鹦鹉,一只手握着一支甘蔗弓,串着嗡嗡叫的蜜蜂,顶端饰着莲花。他有五支摄人心魄的花箭,分别由太阳荷花、无忧树花、茉莉花、芒果树花和蓝荷花制成,并随时准备将箭从恋人们的五官射入恋人们的心灵。

形。曼摩陀的故事详见于《湿婆往世书》(*Shiva Purāṇa*)① 中的《鲁陀罗书·创造篇》(*Rudra Samhita · Sṛṣṭikhaṇḍa*),毗耶娑以此礼赞唱颂湿婆。曼摩陀的故事也见于《罗摩衍那》(《童年篇》第 22 章)②。

《罗波那》(*Ravana*),主要讲述了罗刹王罗波那的生平故事。罗波那实际上是两大史诗之一《罗摩衍那》中的反派主角——楞伽国(Lanka)罗刹之都的罗刹王。罗波那为仙人毗尸罗婆(Vishrava)与罗刹公主吉吉悉(Kaikasi)所生之子。幼年时经父亲教导,熟读《吠陀经典》(*Veda*)和《奥义书》,又通晓了兵法。长大后,罗波那与自己的兄弟一起进行激烈的苦行,历经数千年,然而梵天置之不理。罗波那愤怒于梵天的无视,每一千年砍下自己的一个脑袋,如此近万年,终于感动梵天。梵天赐福他不受凡人以外的野兽、神魔所伤的能力,威力无比的武器和无尽的智慧,且重新为他接上砍掉的全部脑袋。获得神力的罗波那在外祖父的恩惠下,兵临楞伽岛,逼走同父异母的兄长俱毗罗(Kubera),建立罗刹国。此后,依仗梵天的赐福,罗波那有恃无恐,欺凌三界众生,出征四大天神,甚至进攻湿婆的吉罗娑山(Kailas Mountain),被湿婆打败。罗波那四处残害生灵,不断遭到各种诅咒,种下了自我毁灭的种子。但他也遭受过挫败,他在挑战琉诃耶国王阿周那(Arjuna)与猴王波林时,被前者活捉,被后者夹在胳肢窝里动弹不得。《罗波那》的故事出自《罗摩衍那·后篇》中的《罗波那传》(第 1—34 章)。

《蚁垤》(*Valmiki*)主要讲述了蚁垤抢劫婆罗门,被仙人开导弃恶苦行后成为梵仙,后来又听得《罗摩故事》,发明输洛迦③,并以此创作《罗摩衍那》,教导罗摩的两个儿子俱舍和罗婆唱诵的故事。蚁垤从仙人魁首那罗陀处听到了《罗摩故事》,随后来到多摩娑河边沐浴,见到一对麻鹬正在交欢,雄鹬被猎人射死,雌鹬在旁边哀鸣。于是他脱口而出吟咏了一首诗,并称其为输洛迦。梵天亲见蚁垤,请他将罗摩的故事创作成诗。

---

① 《湿婆往世书》是十八部《大往世书》之一,通常以敬奉婆罗门教三相神之一的湿婆为主,讲述他的神话历史。湿婆为印度教三大神中的毁灭之神,兼具生殖与毁灭、创造与破坏双重性格。在《梵书》(*Brahmana*)、《奥义书》(*Upanishads*)、两大史诗及往世书中都载有他的神话。
② 季羡林:《罗摩衍那(一)·童年篇》,吉林出版集团股份有限公司 2016 年版,第 159 - 160 页。
③ 输洛迦:*Sloka* 的音译,印度古代一种通行诗律,又称为"颂",每颂一节两行 32 音节,每行诗有四音步、八音节。

蚁垤于是受命创作了《罗摩衍那》，并将其传授给罗摩的两个儿子，唱颂给罗摩听。蚁垤不仅是《罗摩衍那》的作者，而且是其故事中的重要角色之一。他的故事主要见于《罗摩衍那·童年篇》第1—4章《蚁垤传》。

《德罗波蒂》（*Draupadi*）讲述了大史诗《摩诃婆罗多》中的女主人公德罗波蒂（黑公主般遮丽）在父亲为其举行的选婿大典后，因为般度五子（Pandavas）的母亲贡蒂的一句口误，意外地成了般度五子共同的妻子。因为同时嫁给五个丈夫，她被人称为"荡妇"。此后，德罗波蒂协助五位丈夫创造了天帝城（Indraprastha）的繁华，却又在般度五子与俱卢族（Kauravas）难敌（Duryodhana）一众的赌色子事件中被丈夫作为赌注输给俱卢族，并在议会厅内公然受到俱卢族难敌一众的羞辱，导致了大史诗转折性的事件——"无尽纱丽事件"。这一事件后，德罗波蒂与般度五子被迫流亡森林，度过了十三年隐姓埋名的生活。流亡结束后，因俱卢族失信不愿归还天帝城，德罗波蒂最终支持般度五子建立新的正法世界，促成了大史诗中著名的俱卢之战。在战争中，她失去了父亲、兄长和五个儿子。整个故事中，她仁爱隐忍却又不乏反抗暴力与羞辱的勇气，表现出了女性特有的智慧与坚强的意志。《德罗波蒂》以德罗波蒂为叙事视角，基本还原了大史诗《摩诃婆罗多》的核心故事所涉的所有大事件。德罗波蒂的前世故事则见于《摩诃婆罗多·初篇》（第189章）中《五个丈夫的故事》，是仙人毗耶娑为说服德罗波蒂的父亲木柱王同意德罗波蒂嫁给般度五子而讲述的故事。

《那罗》（*Nala*）主要讲述了毗陀哩婆国（Vidarbha）的公主达摩衍蒂（Damayanti）和尼奢陀国（Nishadha）传奇式国王那罗以天鹅为媒，喜结良缘，却因恶魔迦利（Kali）从中作梗，演绎的一场悲欢离合、质朴感人的爱情故事。达摩衍蒂与那罗虽从未相见，却以天鹅传情，彼此倾心。为了与心上人会面，达摩衍蒂主动请求父亲为她举行选婿大典。四大天神因陀罗、阿耆尼（Agni）、伐楼那（Varuna）和阎摩（Yama）闻讯也前来参加，并要求公主从他们之中任选其一。达摩衍蒂表明已选中那罗，婉言拒绝。于是，四大天神化成那罗模样，想混淆公主的选择。但是达摩衍蒂与那罗心心相印，巧妙地选出了真正的那罗，于是两人喜结良缘。但是恶魔迦利因为未能如时参加大典，心生嫉妒，蓄意破坏姻缘，挑唆那罗的弟弟布湿迦罗（Pushkara）与那罗掷骰赌博。那罗天性嗜赌，不顾臣民与妻子劝阻，在迦利的怂恿下，输掉了王国和一切财产，被迫去森林流浪。达摩衍蒂心甘情愿地跟随那罗前往森林流浪，那罗却因担心连累妻子，深夜悄悄离去。达摩衍蒂孤身寻找丈夫，漂泊到车底国（Chedi），被王后收留。那罗与妻子分手后，在林中救了一条巨蛇。蛇为了报恩，咬了他一口，使他变成了侏儒，并告诉他，一旦他身上邪恶祛除，就能重获所爱的一切。在蛇的指点下，那罗化名进入了阿逾陀国（Ayodhya），成为国王的驭者兼厨师。达摩衍蒂的父亲凭眉心红痣找回达摩衍蒂，一起四处找寻那罗，并决定再度举行选婿大典，以便唤回那罗。阿逾陀国王携驭者那罗赶往参加大典，并传授他精湛的赌术。那罗掌握掷骰术后，体内邪恶顿时完全消除。尽管那罗已经变得面目全非，但达摩衍蒂仍然认出了他，且那罗受了天神们的帮助，恢复了原形，夫妻重新团聚。那罗又凭所学的赌术，再次与布湿迦罗较量，并赢回了疆土、王位和失去的一切。达摩衍蒂从此与那罗幸福美满地生活在了一起。那罗的故事主要见于《摩诃婆罗多·森林篇》中的《那罗传》，是巨马仙人（Brhadasva）为安慰和鼓励坚战（Yudhishtira），应坚战的请求而讲述的。达摩衍蒂与那罗的爱情故事，印度学者认为"是广博早期创作的古史诗，以后，他又把它们吸收到他的巨著中来。……这个故事是最优美的印度文化遗产之一，其中的许多插曲反映了浪漫传奇和神话传说中的男女恋情"①。因此，千百年来它一直是印度家喻户晓的著名故事之一，也是"印度文学宝库中最著名的篇章之一"②。

《莎维德丽》（*Savitr*）主要描写了莎维德丽凭借自己的忠贞、智慧和坚韧，从死神阎摩手中将命中注定要死的丈夫萨蒂梵（Satyavan）复活的故事。莎维德丽是没有子嗣的摩德罗国（Mudra）开明君主马主（Asvapati）潜心吟诵智慧女神莎维德丽颂诗18年后，女神施恩所赐的女儿。她的美貌如同智慧女神一般，散发着神性的光辉。莎维德丽长大成人后，经父王恩准，获得自己寻找未来夫婿的权利。她离开家园，朝拜圣地，游历他国，最后选择了具有万般美德，却只有一年寿命的落难王子萨蒂梵。萨蒂梵的父亲也曾是一位圣明的君王，却不幸王国被夺、双目失明。成婚后，莎维德丽遵守妇道正法，孝敬公婆、服侍丈夫。一年后，在知道丈夫萨蒂梵将要离世的情况下，征得公婆同意，跟随丈夫

---

① 季羡林、刘安武编《印度两大史诗评论汇编》，中国社会科学出版社1984年版，第289页。

② 魏庆征编《古代印度神话》，北岳文艺出版社1999年版，第759页。

进入森林。当死神阎摩前来索取萨蒂梵的生命时,她勇敢地紧紧追随着阎摩,凭借勇敢、机智和巧妙且符合正法的言辞,先后五次感动死神阎摩,答应赐福满足她的心愿,最后促使阎摩归还了丈夫的灵魂,令丈夫死而复生,得返世间。她还为公公求得子孙满堂、复明和恢复王位的赐福。莎维德丽的故事出自《摩诃婆罗多·森林篇》(第277—283章)中的《莎维德丽传》,也是印度史诗中最著名的故事之一。由仙人摩根德耶(Markandeya)为了安慰和鼓励流亡森林中的德罗波蒂和般度五子所讲述。

《遗失的脚镯》(*The Mispaired Anklet*)主要讲述了卡南吉(Kannagi)与丈夫考瓦兰(Kovalan)的爱情悲剧。卡南吉的丈夫考瓦兰是个酷爱歌舞的商人,因为迷恋歌女玛达维(Madhavi),抛弃了卡南吉,长期与玛达维同居,并挥金如土。卡南吉受到冷落却对此毫无怨言。日长月久,考瓦兰很快就将钱财耗尽,于是玛达维开始冷落他,甚至唱歌取笑他。考瓦兰感到人情冷漠,愤然回到妻子卡南吉身边,并决定离开他们居住的城镇,前往潘迪亚(Pandyan)的都城马杜赖(Madurai),发誓不闯出新的天地就不回来。为了在马杜赖建立新家,卡南吉将自己的一只脚镯给考瓦兰去变卖,却遭到潘迪亚城内著名金匠的陷害。国王的卫士将考瓦兰当成偷窃王后脚镯的窃贼抓进王宫,随后,考瓦兰被国王下令斩首。卡南吉听闻丈夫要被斩首的噩耗,手持另一只脚镯,闯入王宫,当面指责国王的失察,并要求比对丈夫与王后的脚镯。事实证明脚镯不是王后丢失的那只,国王因为自己的失察不慎从宝座上摔下身亡,王后也随即死去。卡南吉仍感到愤愤不平,放火烧了马杜赖城。《遗失的脚镯》出自印度南部泰米尔传统文学中五大史诗之首的《脚镯记》(*Silappadikaram/Cilappatikāram*)①。

《沙恭达罗》(*Shakuntala*)讲述了沙恭达罗与婆罗多先祖豆扇陀

---

① 《脚镯记》(音译《西拉巴提伽拉姆》),古印度南部泰米尔叙事史诗,已知泰米尔的第一部史诗,与佛教的《玛尼梅格莱》(*Manimekalai*)开创了泰米尔民族的史诗先河。史诗包含三篇,依据地名分为《普哈尔篇》(*Puharkkandam*)、《马杜赖篇》(*Maduraikkandam*)、《万奇篇》(*Vanchikkandam*)。史诗约成书于公元2世纪至公元3世纪(一说公元5世纪至公元6世纪),相传其作者为出生于科钦(今喀拉拉邦境内)的耆那教诗人王子,化名伊兰戈·阿迪加尔(Ilango Adigal)。根据泰米尔文学传统,五大史诗分别为:《脚镯记》、《玛尼梅格莱》、《西瓦卡·辛塔玛尼》(*Cīvaka Cintāmaṇi*)、《瓦拉亚帕提》(*Valayapathi*)、《昆塔拉克齐》(*Kuṇṭalakēci*)。"五大史诗"一说首次出现于玛伊莱纳塔尔(Mayilainathar)的论著《那努尔》(*Nannūl*)。

（Dushyanta）国王曲折离奇的爱情故事。净修女沙恭达罗在养父干婆仙人（Rishi Kanva）的净修林中无忧无虑地生活。一日，俊美且善骑射的国王豆扇陀来到干婆仙人的净修林狩猎，邂逅了美丽的沙恭达罗。双方一见钟情，在豆扇陀的请求下，双方以健达缚①方式进行了结合。豆扇陀答应沙恭达罗，他们所生的儿子会继承他的王位。不久后，豆扇陀返回都城，许诺沙恭达罗不久后就会派人来接她。但是，沙恭达罗的等待却迟迟没有结果。不久，沙恭达罗生下了豆扇陀的儿子婆罗多（Bharata）。婆罗多6岁时，沙恭达罗打算带着孩子前去与豆扇陀相认。当她来到豆扇陀的面前，说明来由后，豆扇陀根本不愿承认与沙恭达罗过往的情缘，拒绝接受婆罗多。于是，愤怒的沙恭达罗在宫廷上与豆扇陀展开了激烈争辩，指责豆扇陀始乱终弃，豆扇陀却指责沙恭达罗淫荡狡猾。尴尬时刻，一个声音突然传来，证明了沙恭达罗所说属实，并劝豆扇陀接受儿子婆罗多。于是情节发生逆转，豆扇陀和沙恭达罗相认，豆扇陀解释了不能立即相认的理由，只是为了让国民认可他们的事情，沙恭达罗也对自己过激的言语道歉，最终结局皆大欢喜。沙恭达罗的故事主要出自《摩诃婆罗多·初篇》中第62—69章的《沙恭达罗传》，是仙人护民子（Vaisampayana）在镇群王举行的蛇祭大典上，应镇群王之请所讲述的先祖故事。

《诃哩湿旃陀罗王》（Harishchandra）讲述了大仙人众友考验诃哩湿旃陀罗王是否慷慨好施，诃哩湿旃陀罗通过残酷考验，最终得以升入因陀罗所居天界的故事。众友仙人向他索取祭品，不仅要他献出全部疆土、王权和财富，而且逼他卖掉妻子儿女。诃哩湿旃陀罗自身也沦为一旃荼罗（贱民）的奴隶，在机缘巧合下遇到了妻子在埋葬因被蛇咬而丧生的儿子，夫妻二人相认，痛不欲生，决意投身其子的祭火中双双自焚。众天神赶来告知，往日的一切无非是对他的考验。他笃厚虔诚，可升入天界。《诃哩湿旃陀罗王》出自《摩诃婆罗多·大会篇》第11章插话《诃哩湿旃陀罗传》，讲述了诃哩湿旃陀罗王的旷世盛名。但这一故事在《摩根德耶往世书》（Markandeya Purāṇa，第80章）中被叙说得更为详细。

《尸毗王》（Sibi）主要讲述了尸毗王优湿那罗割肉献给老鹰以保护鸽子的故事。因陀罗和火神想要考验尸毗王的德行，分别化作老鹰和鸽子。

---

① 据印度圣典《摩奴法典》（Mānava Dharma-śāstra）记载，印度古代规定有八种结婚方式，既无父母之命，也无媒妁之言，男女自愿成婚，称为健达缚结婚方式。参见金克木编选《摩诃婆罗多插话选》（下），人民文学出版社1987年版，第328页。

老鹰追逐鸽子，鸽子落在优湿那罗的大腿上寻求庇护。老鹰紧追不舍，要求优湿那罗将鸽子交出。优湿那罗几番求情无果，为了救下鸽子，答应老鹰从自己的身上割下等量的肉献给老鹰。但是奇怪的是，不管优湿那罗割下多少肉，鸽子的重量始终要比肉重。直到优湿那罗将肉割尽，还是不及鸽子的重量。于是优湿那罗干脆自己站到秤上去了。因陀罗被优湿那罗的献身善行感动，现出真身说明缘由，并赐他美名长存，江山永固。这一故事的主角优湿那罗也是印度最著名的帝王之一，出自《摩诃婆罗多·森林篇》中第130—131章的故事《老鹰与鸽子》，由毛密仙人（Lomasa）向坚战介绍尸毗王优湿那罗的主要功德事迹而讲述。尸毗王割肉喂鹰的故事也被佛教吸纳，改编为《尸毗王本生》，成为传播佛教思想的经典传说故事。

三部曲之二的《罗摩衍那的故事》主要讲述了王子罗摩（Rama）被放逐森林，妻子悉多（Sita）在林中被罗刹王罗波那劫走，以及罗摩夺回妻子，并复位登基为王等一系列悲欢离合的故事。罗摩是阿逾陀城国王十车王（Dasarata）祭祀所得的长子，少年时就威名远扬，帮助大仙人众友驱除过扰乱祭祀的罗刹。他又在弥提罗国（Mithila）的选婿大典上，拉开湿婆大弓，娶得公主悉多。十车王本想将王位传给罗摩，但小王后吉迦伊（Kaikeyi）听信驼背宫女的逸言，逼迫十车王履行曾许给她的诺言，传位给自己的儿子婆罗多。罗摩因为忠孝自己的父王，为了免除十车王的难处，自愿流放森林14年。他的妻子悉多与弟弟罗什曼那也自愿跟随其流浪。三人离开后，十车王抑郁而死。婆罗多想要迎回罗摩，遭到罗摩的拒绝，无奈只好代为摄政，等待罗摩流放结束。在流放期间，悉多被十首罗刹王罗波那掳往楞伽城。罗摩为了救回悉多，与猴王妙项结盟，在哈奴曼（Hanuman）的帮助下，带领猴国军队渡海，大战罗波那，最后杀死罗波那，救回了悉多。后来罗摩回国，婆罗多让出王位，罗摩登基为王。

这一核心故事出自大史诗《罗摩衍那》，同样见于《摩诃婆罗多·森林篇》第257—275章的《罗摩传》，被"作为非常古老的历史事件追述出来"[①]。《罗摩传》由仙人摩根德耶讲述，主要是为了安慰流亡中陷入困

---

① 季羡林、刘安武编《印度两大史诗评论汇编》，中国社会科学出版社1984年版，第51页。

境的坚战王。《罗摩传》与《罗摩衍那》的核心故事雷同，相当于大史诗的故事提要，也被称为《小罗摩衍那》。或者可以说，《摩诃婆罗多》中的罗摩故事，是《罗摩衍那》的缩影。此外，据《摩诃婆罗多·诃利世系》记载："在创作《罗摩衍那》很早以前，罗摩的故事就一直由《往世书》的精通者们（行吟艺人、个人或民间诗人）到处传唱。"[①] 印度后来"晚出的《薄伽梵往世书》《毗湿奴往世书》《大鹏往世书》中所描写和叙述的罗摩故事都是以它为蓝本"[②]。甚至后来的耆那教与佛教文学也以崇拜的感情吸收了罗摩的故事，佛教三藏经的编纂者们根据自己需要的形式整理改编的《十车王本生经》和耆那教诗人毗摩罗仙人用俗语创作的《莲花传》[③] 就是明显的例证。因此，罗摩故事对印度文化和文学具有不容争辩的影响。

三部曲之三的《摩诃婆罗多的故事》主要讲述了婆罗多族后裔般度和俱卢两族的王权斗争。这一故事广泛流传于印度各族人民之间，至今历经三千年而不衰。由于般度早逝，象城由坚战的伯父持国（Dhritarashtra）摄政。般度五子长大成人后，理应由坚战继承王位。但持国之子俱卢族长子难敌心存嫉妒与不甘，千方百计加害坚战等兄弟。坚战被宣布为王储之后，难敌设计火烧其祭拜时的行宫紫胶宫，但坚战对此早有戒备，带领兄弟与母亲挖地道逃脱。此后，般度母子开始了艰难的流浪，般度五子乔装为婆罗门，靠化缘为生。在黑公主德罗波蒂的选婿大典上，坚战的弟弟阿周那因箭术超群而中选。因为般度五子的母亲的口误，黑公主不得不嫁给坚战五兄弟为妻。坚战等人的行为受到当时社会的诟病。流亡结束后，坚战灌顶为王，建立天帝城。坚战统治天帝城期间，王道圣明、疆土安泰、百姓安居乐业。坚战的功业与威望再次激起了难敌与俱卢族的嫉妒。在难敌设下的掷骰之计中，作为长子的坚战不仅输掉了般度族的疆土与财产，而且将兄弟与妻子作为赌注，也输掉了，最后被迫流放十三年。流放期满后，坚战派使者见持国，要求收回失去的国土与财产，但遭到了以难敌为

[①] 季羡林、刘安武编《印度两大史诗评论汇编》，中国社会科学出版社1984年版，第51页。
[②] 季羡林、刘安武编《印度两大史诗评论汇编》，中国社会科学出版社1984年版，第21页。
[③] 季羡林、刘安武编《印度两大史诗评论汇编》，中国社会科学出版社1984年版，第59页。

首的俱卢族人的拒绝。坚战不得不在克里希纳（krishna）与外家木柱王（Drupada）的帮助下，发动了俱卢之战，打败了俱卢族，重新夺回王位。此后，坚战又多次举行盛大的马祭，四方诸王相继臣服。数年后，坚战让出王位交予阿周那之孙环住（Pariksit）。兄弟五人携德罗波蒂前往喜马拉雅山做最后的朝拜。在途中，众兄弟与妻子相继死去，唯独坚战与一条狗抵达因陀罗天界。在天界，坚战见到难敌等人，得知自己的兄弟身处地狱，因而甘愿放弃天界，坚持与亲人同处地狱。因为坚战的诚实与坚毅，他与亲人都升入了天国。这一故事来自大史诗《摩诃婆罗多》的核心情节，同时吸收了《火神往世书》（Agni Purāṇa）第13—15章中的部分故事内容。

从纳拉扬选取的这些故事及其来源来看，基本都出自古印度史诗及其中插话。通常而言，在古代印度文学中，以对话贯穿故事、发展情节、刻画人物，某一个讲故事的人在对话中讲述一个完整的故事，在这个故事中又以故事中的人物讲述另一个与这个故事相关或无关的故事，大故事套小故事，甚至小故事里再套故事，根据叙事的需要如此往复，形成了一种惯有的叙事模式。这种模式不仅便于贯穿整个故事情节，而且可以极大地拓展叙事作品的篇幅和容量，使叙事作品呈现出庞大的体量，容纳丰富的文化与历史内容。人们把这种模式称为框架式叙事结构，将其中套入叙事的故事称为"插话"。如上面提及的《罗摩传》《那罗传》《莎维德丽传》和《诃哩湿游陀罗传》等，都是大史诗《摩诃婆罗多》中著名的插话。插话与史诗是互为成立的关系，插话虽是可独自成篇的叙述内容，但是之所以能称为"插话"，是因为基于史诗这一整体而言，它是史诗无须争辩的有机组成部分。在古代印度，"神奇插话的广泛使用被认为是文学写作和史诗创作的合法形式，不受丝毫阻碍"[①]。

在印度，插话的定义相对广泛，甚至史诗中的一些精彩情节也被视为插话，如《摩诃婆罗多》中黑公主德罗波蒂选婿大典的情节。在中国，插话的定义主要有两种类型，存在的分歧主要在于是否将一些非文学性的内容纳入第一种插话的整体概念当中。第一种类型，以季羡林、金克木、郁龙余等学者为代表，根据史诗中插入成分是否具有文学性质来进行定义，只将史诗中神话传说与寓言故事一类具有文学性质的插入成分称为插话。

---

① 陈来生：《史诗·叙事诗与民族精神》，上海社会科学院出版社1990年版，第70页。

史诗中大量的宗教、哲学、政治、法律、伦理和风俗等非文学性质的插入内容，被称为"说教性文字""理论性插入成分"或"其他形式的插叙"等。但是此类界定中，也存在着一个与自身"插话"定义相悖的地方，那就是普遍将《摩诃婆罗多·毗湿摩篇》中具有强烈宗教哲学思想的诗篇《薄伽梵歌》称为插话，而且认为它是其中最著名、最重要的插话。这首诗虽然集中体现了对克里希纳薄伽梵（即毗湿奴）的崇拜，但严格来讲其已经不完全是一个神话故事，而是一篇宗教哲学的说教性作品，因此按照上述关于插话的定义，不应该算作插话。第二种类型以黄宝生、王向远、赵立行等学者为代表，根据史诗中插入成分的具体性质来划分，将史诗中的插入成分都纳入插话的整体系统之中，分为"文学性插话"与"理论性插话"。尽管在插话的概念与定义上存在着分歧，但是，史诗的研究者普遍认为，从史诗表现印度精神的角度而言，史诗框架故事以外的插话（或文学性插话与理论性插入成分、内容）都是一个有机统一体，从不同的侧面说明一个共同的思想，即以婆罗门教的瑜伽哲学为中心的印度精神。

在本书的论述中，"插话"的概念与界定主要采用第二种类型，以黄宝生在《〈摩诃婆罗多〉导读》中的阐释为主，即"《摩诃婆罗多》采用对话体叙述方式。史诗人物在对话中叙述事情经过，或者追忆往事，或者为了说明道理，引用传说和故事，这样就形成了故事中套故事、对话中套对话的框架式叙事结构。……这些在史诗主体之外能够独立成篇的插入部分，我们称之为'插话'。这种插话既有文学性的，也有说教性的。文学性的插话包含神话故事、世俗故事和寓言故事。说教性的插话包含宗教、哲学、政治和伦理"①。此外，甚至还有大量关于地理学与宇宙结构学的详细论述。仅在《摩诃婆罗多》中，除了有关俱卢族与般度族的核心故事外，就充满了多达几百个适应情节发展的有关修道仙人、国王、天神、恶魔与禽兽的文学性插话故事，另散见于整部史诗中的有关道德教训及其知识等的说教性插话也达数千颂。

插话作为一个文学、概念现象或文学范式，最早起源于《摩诃婆罗多》，这一点几乎已没有争议。因此可以说，《摩诃婆罗多》是插话诞生的源头，"也许就是从《摩诃婆罗多》开始以一种民族思维范式向文学结

---

① 黄宝生：《〈摩诃婆罗多〉导读》，中国社会科学出版社2005年版，第53页。

构范式转变的过程"①。这种文学结构范式影响了后来的印度文学与世界文学，如印度古典文学中《五卷书》(Panchatantra)、《故事海》(Kathsaritsara)和阿拉伯文学中的经典《一千零一夜》(Tales from the Thousand and One Nights)，使插话及其构成的框架式叙述结构成为经典的文学结构范式。"《五卷书》的德语译者弗尔夫认为，插话不仅仅存在于南亚与东亚，拉丁语的《奇闻汇集》及其同类的教士故事汇集，薄伽丘的《十日谈》、意大利施特拉巴罗拉、英国乔叟和法国拉封登的著作也都有插话的痕迹。"②可见插话作为一种文学结构样式的深远影响。

在古印度，重新阐释或重新创造史诗及其插话一直以来都是一种文学传统，尤其是史诗中的插话，重述尤其兴盛。"这些插话的重新阐释或重新创造的功能在于，将严格的叙事年表推向幕后。根据西方的术语，这些插话也被叫作神话（myth）。"③ 在印度文化传统中，神话象征着那种既古老又永恒原初的东西。这种神话具有再生与永恒的性质，让印度人世代着迷。"按照神谕（Vachaspatyam），神话司职创造。它把所有不同的元素组合在一起。它讨论维持和保护世界的方法。它描述摩奴时代（Manvantarani）、王朝的世系更替、历史兴衰以及将万事万物带回原初状态的世界毁灭。它讨论宇宙成因，引导人们走向最后居所，与梵合一。因此，一方面，万物繁多如插话繁复；另一方面，天启（sruti）如同月光，永恒的真实之光。"④ 因此，繁复的古印度史诗及其插话拥有古老而又永恒原初的迷人魅力，具有永恒的启示之光。

纳拉扬的印度史诗重述三部曲也深受古印度史诗插话魅力的影响。这种影响不仅仅体现在纳拉扬对史诗及史诗插话故事本身的选择，也体现在纳拉扬在审美文化叙述上的继承性。如果就叙述故事的最小单元而言，印度史诗重述三部曲主要是史诗中的插话故事。重述的基本策略，一是对史诗插话的加工式重述，二是基于大史诗的核心故事，进行其他插话的删减

---

① 陈芳：《百科全书式的文化叙事——〈摩诃婆罗多〉的插话研究》（学位论文），云南大学2008年，第45页。

② 金克木：《〈摩诃婆罗多〉插话选序》，见《印度文化余论——〈梵竺庐集〉补编》，学苑出版社2002年版，第194页。

③ ［印度］I. N. 乔杜里：《印度叙事学》，引自尹锡南译《印度比较文学论文选译》，巴蜀书社2012年版，第509页。

④ ［印度］I. N. 乔杜里：《印度叙事学》，引自尹锡南译《印度比较文学论文选译》，巴蜀书社2012年版，第509页。

式重述。但本质上，史诗的核心故事也可以看作是存在于史诗本身或其他史诗中的一个插话故事。正是基于此，本书的最重要的研究切入视角是从古印度史诗插话切入纳拉扬的史诗重述创作，并与插话源文本做比较，对纳拉扬的英文版印度史诗重述三部曲文本进行细致解读，探析其如何再现史诗印度人物、历史与文化风貌，以及其体现出的独特创作情怀、叙事艺术和跨文化传播价值。

第二节 重述源出与故事基础

在印度史诗重述三部曲第一部《众神、诸魔与其他》的前言部分，纳拉扬注明，此书卷中的众多故事，源出于《摩诃婆罗多》的有《迅行王》《德罗波蒂》《那罗》《莎维德丽》《沙恭达罗》《诃哩湿旃陀罗王》《尸毗王》；出自《罗摩衍那》的有《众友仙人》《罗波那》《蚁垤》；《拉瓦纳》与《库达拉》则源自《极裕仙人瑜伽》；《提毗》出自《女神薄伽梵往世书》；《曼摩陀》出自《湿婆往世书》；《遗失的脚镯》选自泰米尔史诗《脚镯记》。[①] 此外，《罗摩衍那的故事》和《摩诃婆罗多的故事》，既可以看作是两大史诗《罗摩衍那》与《摩诃婆罗多》的缩写本，又可以分别看作《摩诃婆罗多》中《罗摩传》（《森林篇》第257—275章）和《火神往世书》（第13—15章《婆罗多族故事》）的演义。纳拉扬三部曲中所选取的这些故事，综合看来，都是古印度史诗中的经典插话。纳拉扬以这些经典的插话进行现代重述，体现出了其自觉再塑经典的文学创作意识。

一、三部曲重述的源出与特点

整理以上故事的源出，即故事的源文本，具体可以概括为以下重要的史诗经典：《摩诃婆罗多》《罗摩衍那》《极裕仙人瑜伽》、往世书（《湿

---

① R. K. Narayan. *The Indian Epics Retold*: *The Ramayana*, *The Mahabharata*, *Gods*, *Demons*, *and Others*. London: Penguin Books, 2000, p. 378.

婆往世书》《女神薄伽梵往世书》《火神往世书》）和《脚镯记》。不难发现，这些源文本具有一些共同的特点。

(一) 源文本都是古印度著名的史诗经典

《罗摩衍那》与《摩诃婆罗多》是印度享誉世界的两大史诗，两者具有许多共同的特点。首先，两大史诗长期以口耳相传的方式吟诵与传唱，最早都由梵文著成，都采用对话体形式、阿奴湿图朴（Anustubh）诗律与输洛迦诗体。其次，两大史诗的篇幅都较大，《摩诃婆罗多》共计 10 万颂，《罗摩衍那》共有 2.4 万颂。在印度，《摩诃婆罗多》被称为史（itihāsa），《罗摩衍那》一直被视为叙事诗的典范，两者共同构筑了印度文学传统的两大基石。古印度梵语（Sanskrit language，Saṃskṛtam）的大部分文学作品，都是在两大史诗的基础上创作出来的。在《摩诃婆罗多》中，一方面隐约可见古代吠陀韵律的痕迹，另一方面"还可以找到古老的梵文散文体的形式，因为有些插话用的是散文体，有不少地方还用了'插言'，比如'克里希纳插言'、'毗湿摩插言'等"①。因此从诗的角度而言，《摩诃婆罗多》有明显不紧凑的地方。较之《摩诃婆罗多》，《罗摩衍那》的叙事结构简洁清晰，但在文体上讲究修辞藻饰与技法雕琢，从而开创了印度古典梵语叙事诗风之先河，奠定了印度长篇叙事诗的格式基础。

《极裕仙人瑜伽》是印度中世纪继《摩诃婆罗多》之后最长的史诗之一，最初也由梵文著成，共有 3.2 万颂。《极裕仙人瑜伽》在诗体上同样采用输洛迦体，每颂两行 32 音节。而结构类型上采取了古代印度文学中的格兰特（Grantha），这一类型产生于巴克提文学（Bhakti Movement Literature），可以依据韵律设置为特殊的拉格乐曲（Raga Music）进行唱诵。历史上，《极裕仙人瑜伽》被翻译成多种印度语言，甚至被翻译成波斯语与英语。其中较为著名的是数个世纪后，由克什米尔的智者阿比难陀（Abhinanda Pandita）精取《极裕仙人瑜伽》的核心思想著成 6000 颂的

---

① 季羡林、刘安武编《印度两大史诗评论汇编》，中国社会科学出版社 1984 年版，第 38 页。

《拉祜极裕仙人瑜伽》（*Laghu Yoga Vasishta*）①。印度教神话的历史编年认为，极裕仙人与罗摩经典对话的发生早于史诗《罗摩衍那》，其因体量规模与哲学思想都要比人们熟知的史诗圣典《罗摩衍那》庞大而被尊称为《摩诃罗摩衍那》，"摩诃"也即是"大"的意思。

往世书在形式上模仿印度两大史诗，但以写历史为主，并根据不同神话历史人物的活动讲述故事。与印度两大史诗一样，往世书也采用通俗简易的输洛迦诗体、对话问答式的格式，同时兼有散文的风格。

泰米尔史诗《脚镯记》使用的是阿卡瓦尔诗律（Akaval Meter），一种泰米尔地区桑伽姆文学（Sangam Literature）②中采用的独白诗律类型。史诗共计5270行，在泰米尔诗歌创作上进行了革新，将散文引进诗歌创作，开泰米尔文学之先河，在泰米尔人民心中有着崇高的地位。史诗也将民歌纳入文学类型之中，认为民歌是回归民间起源、文化根基保存最完善的制度化文学文化类型。"它是印度文学史上第一部以平民为主人公的长篇史诗，因而被称作平民史诗，在南印度流传很广，影响深远。"③对于泰米尔人而言，《脚镯记》的文学地位，有如《伊利亚特》（*Iliad*）与《奥德赛》（*Odyssey*）之于希腊人。

由此可见，这些源文本都是古印度著名的史诗经典。源文本本身崇高的文学地位，体现出了纳拉扬选取重述故事本身的高度性。这种高度性既能凸显出史诗现代重述文本故事的文学代表性，同时也能反映纳拉扬对印度古代文学经典的尊崇与继承。同时，需要指出的是，印度是"一个拥有上万种方言、18种国家承认的语言和15种不同文字的多民族和多语种国家"④，印度的日常生活与文学是建立在翻译的基础之上的。古印度史诗，特别是两大史诗《罗摩衍那》与《摩诃婆罗多》，在历史上被翻译与改编

---

① 拉祜（Laghu）即"小"的意思，这里的《拉祜极裕仙人瑜伽》是相对《极裕仙人瑜伽》而言的，《极裕仙人瑜伽》全名《至上极裕仙人瑜伽》（*Brihat Yoga Vasishta*），Brihat即"伟大，至上"的意思，与Maha同意。

② 桑伽姆文学是公元前5世纪至公元2世纪在印度南部泰米尔地区兴起的一种丰富优美的诗歌文学。桑伽姆原为"组织"或"团体""雅集"之意，特指文学府，是古代泰米尔族诗人与学者的文学组织。情诗和英雄颂歌被认为是桑伽姆文学最重要的两个部分，被称为桑伽姆文学的双目。

③ 黄心川主编《南亚大辞典》，四川人民出版社1998年版，第181页。

④ ［印度］K. 沙基达南丹：《翻译之邦》，引自尹锡南译《印度比较文学论文选译》，巴蜀书社2012年版，第448页。

成不同语言,但是却"既未被当做翻译,也未被视为改编,而是被看作是原创作品,因其均为各个语种的天才的最辉煌表述。可以说,直到19世纪,印度文学大体上就是对经典文本的创造性翻译、改写、重述、阐释、概括和发挥。在梵语、波斯语、阿拉伯语和各种印度现代语言之间的翻译维系着种族、语言、宗教和文化"①。英国占领时期英语在印度的兴起,使这一文学传统更加活跃。因此,古印度史诗经典的存在方式不再依赖于原初语言,而依赖于其核心故事及其所蕴含的文化价值。这也是纳拉扬重述印度史诗、再现古印度的核心基石所在。

(二) 源文本都是插话密集型的文学巨典

不仅如此,这些源文本也都是插话密集型的文学巨典,三部曲重述所选取的插话都是出自这些文学巨典,是史诗经典中的经典故事。

"《摩诃婆罗多》大史诗的重要特色之一就是包括了大量的插话,据统计,共有二百余个大大小小的插话。"② 除去插话,整部史诗的颂体诗数目仅有2.4万颂。围绕史诗中心故事而穿插的这些插话,包括了大量历史故事、神话传说、寓言和各种宗教的或非宗教的轶事趣闻等类型的文学性插话,如前面提及的《那罗传》(《森林篇》第50—78章),《莎维德丽传》(《森林篇》第277—283章)、《沙恭达罗传》(《初篇》第62—69章)、《罗摩传》(《森林篇》第257—275章)等。这些插话中,有许多甚至可以追溯到吠陀时代,鲜明地表现出古印度社会的社会基础与道德基础。"除了这类文学性插话外,还有大量宗教、哲学、政治和伦理等理论性插话,其中最为重要的当属第六篇《毗湿摩篇》中的《薄伽梵歌》。"③《摩诃婆罗多》中的插话,内容几乎包含了所有印度古代典籍中提及的重要传说与故事。其中许多著名的插话,在流传中最后都成为印度家喻户晓的经典。理论性插话《薄伽梵歌》更因其传达出的深邃哲学要义与宗教精神而成为全印度教徒的福音书和精神支柱,重要性甚至超过了整部《摩诃

---

① [印度] K. 沙基达南丹:《翻译之邦》,引自尹锡南译《印度比较文学论文选译》,巴蜀书社2012年版,第449页。

② 刘安武:《〈摩诃婆罗多〉中的插话〈莎维德丽传〉》,载《东方丛刊》1999年第4辑,第163页。

③ [印度] 毗耶娑:《摩诃婆罗多·毗湿摩篇》,黄宝生译,译林出版社1999年版,序言第5页。

婆罗多》。《摩诃婆罗多》也因此被称为"印度的灵魂"。印度梵文学者苏克坦卡尔（V. S. Sukthankar）更是将其称之为"印度的集体无意识"，印度的过去，"一直延伸到现在的过去"。

与《摩诃婆罗多》一样，《罗摩衍那》除了核心故事之外，同样包含了不少主要是神话传说与寓言故事类的文学性插话，如《蚁垤传》《如意神牛》《有翅膀的山》等。这些插话与史诗中大量自然景色、地名等的名物性插话，共同丰富了整部史诗的叙事广度。

《极裕仙人瑜伽》史诗中同样存在着大量的插话，这些插话常常以短故事、轶事趣闻与寓言故事等形式阐释史诗中的精神哲学。插话故事辅以哲理分析，寓言优美，易于诵读与理解。许多插话故事成为印度教育儿童的经典故事，被以多种形式讲述给不同年龄段的儿童。其中，纳拉扬的《众神、诸魔与其他》就选取了《极裕仙人瑜伽》著名的两则插话故事《拉瓦纳》与《库达拉》，它们分别出自《极裕仙人瑜伽》第三部分《创造篇》中的《拉瓦纳的故事》、第六部分《解脱篇》中的《锡克达瓦伽和库达拉的故事》。

在内容上，一部往世书通常以敬奉婆罗门教三相神（梵天、毗湿奴和湿婆）中的一位大神为主，讲述他们的神话历史，有时也敬奉其他的主要神灵，如大神的化身和众女神。除了以上以各神话历史人物活动为核心的上古历史为核心的主体内容之外，往世书还包括大量的插话。往世书中的大量插话，同样包含了神话传说、寓言故事等方面的文学性插话，同时也包含了诸如宗教与哲学理论、法律、诗律、医学、修辞学等方面内容的理论性插话，如《火神往世书》就包含了古印度诗论和戏剧理论。此外，往世书虽然记载的主要是一些新的神话传说，较之史诗的早期部分要晚出现，但是与两大史诗有着深厚的渊源。首先，往世书丰富和发展了两大史诗中的神话，如克里希纳的故事，在《薄伽梵往世书》和《诃利世系》中被详细叙述。其次，两大史诗中的一些插话故事被往世书直接吸收并沿用，成为自身的插话与重要组成部分。也就是说，往世书的一个重要特点，就是进一步发展了两大史诗的插话叙事技巧，使插话叙事成为婆罗门知识分子吸收印度哲学思想、民间信仰和神话故事并能运用自如的艺术手段。

纳拉扬从插话密集型的文学巨典中精选出最经典的插话来作为自己史诗现代重述的文本基础，体现出了文本内容上的经典性。这种经典性使纳拉扬的史诗现代重述三部曲具备了集成印度文学经典的代表性，具备了传承印度文学经典的文本力量。

(三) 源文本都是百科全书式的文化圣典

此外,纳拉扬进行现代史诗重述所选取的源文本都是百科全书式的文化圣典。在印度,印度教将《摩诃婆罗多》奉为"圣典""第五吠陀",给予其十分崇高的地位。与《摩诃婆罗多》并列的《罗摩衍那》同样被列为印度教的圣书、"第五吠陀"。《罗摩衍那》传达出的宗教理念和生活理想,确立了印度传统社会的宗教典范与道德标准,被普遍认为是"印度人的思想、行为和传统惯习的典范著作,是反映了印度自古以来虔诚的感情、理智、思维以及友爱情谊的代表作品"①。它甚至被认为是"用典雅的语言描绘了人类的社会生活、文明和文化发展的传统的图画"②。而《摩诃婆罗多》"除了作为诗和历史外,它还是蕴藏了印度文化意识的一座伟大的文化宝库,或者说是文化体系。其中,诗人通过俱卢族和般度族的故事,描绘了当时印度文化和文明的巨幅画卷"③。因此可以说,《摩诃婆罗多》是印度这一个辽阔大国的"所有知识的总汇","是往世书、神话传说、历史,还是史诗,宗教经典。总之,它是一切"④,是印度道德和宗教传统的主要源泉所在。

往世书篇幅庞大,内容丰富广泛,包括宇宙创世论、众神谱系、帝王世系与宗教仪礼等,通常被认为是印度古代的史籍、印度最主要的印度教圣典之一,与两部大史诗《摩诃婆罗多》和《罗摩衍那》一起被称为"第五吠陀"。《极裕仙人瑜伽》则是最重要的印度教吠檀多哲学文献与瑜伽知识经典之一。印度教传统信仰认为,《极裕仙人瑜伽》如太阳和月亮照耀、滋养着印度人民,因此研读此书可以觉悟得道,获得精神解脱。《极裕仙人瑜伽》的"不二吠檀多"理论影响了后来的锡克教(Sikhism)圣典赞歌《阿底格兰特》(*Guru Granth Sahib*)。《脚镯记》描写了当时统

---

① 季羡林、刘安武编《印度两大史诗评论汇编》,中国社会科学出版社1984年版,第48页。
② 季羡林、刘安武编《印度两大史诗评论汇编》,中国社会科学出版社1984年版,第21页。
③ 季羡林、刘安武编《印度两大史诗评论汇编》,中国社会科学出版社1984年版,第9页。
④ 季羡林、刘安武编《印度两大史诗评论汇编》,中国社会科学出版社1984年版,第81页。

治泰米尔的三大古代王国——朱罗王朝（Chola）、潘迪亚王朝（Pandyan）、哲罗王朝（Chera）及其城乡的社会、政治、文化状况，是一部珍贵的泰米尔历史文献与文化典籍。

同时，由于大量插话的存在，这些史诗在整体结构上采取了开放型的框架式叙事结构，话中套话，故事中套故事，使史诗内容丰富庞杂、包罗万象，成为极具包容性的活性文本，进而演变为一部部百科全书式的史诗。在这种开放的框架式叙事结构中，这些史诗的中心故事也在插话的不断涌入中不断缩小篇幅。因而，史诗中的框架式叙事结构与丰富的插话内容成为印度古代完整保存传统文化的特殊方式之一。

《罗摩衍那》和《摩诃婆罗多》两部史诗都以百科全书式的体量综合了代表印度传统文化的历史传说、寓言故事、宗教哲理与道德箴言等，是印度历史与文化的一座伟大宝库，代表了印度悠久的民族生活、宗教伦理与文学传统。印度传统文化认为，"一个人旅行全印度，看到了一切东西，可是他除非读了《罗摩衍那》和《摩诃婆罗多》，否则就不可能了解印度的生活方式"①。往世书与两大史诗一样，同样兼具百科全书式的性质。

《极裕仙人瑜伽》则在记述印度教著名仙人极裕仙人与王子罗摩的精神授课与对话的二十二天中，不仅涉及众多的历史传说，而且两人的精彩对话还涉及人生自我、世界规律与宇宙真理，以及人如何获得自我觉悟的智慧。"全书通过故事、寓言比喻、直接陈述等，展示了印度的精神哲学，以及对生活、对宇宙、对人、对神圣者的态度。"② 因此，《极裕仙人瑜伽》集文学性、哲学性于一体，内容博大精深，堪称印度文明之经典、瑜伽修养之导引。许多印度学者认为，《极裕仙人瑜伽》实际上就是一部集成之作。全诗展示了自印度吠陀时代以来，以印度教哲学为核心，融合了印度教吠檀多（Vedanta）、瑜伽、数论哲学（Samkhya）、湿婆教悉檀多（Saiva Siddhanta）、耆那教（Jainism）与大乘佛教（Mahayana Buddhism）思想要素的哲学传统，甚至包含了一些与传统相悖的成分。因而，《极裕仙人瑜伽》以其卷帙浩繁、内容包罗万象，同样堪称古代印度百科全书式的史诗。

---

① 赵伯乐：《永恒涅槃：古印度文明探秘》，云南人民出版社1999年版，第172页。

② ［印度］蚁垤：《至上瑜伽：瓦希斯塔瑜伽》，斯瓦米·维卡特萨南达英译，王志成、灵海汉译，浙江大学出版社2012年版，第707页。

《脚镯记》则记载了公元 4 世纪前泰米尔人民的生活习惯和多元的宗教文化、神灵、城市文化、民俗传统、舞蹈与音乐艺术等,"勾画出一幅反映古代南印度历史文化、社会政治、人民生活和自然景物的色彩斑斓的巨幅画卷"[①],被认为是泰米尔精神的伟大成就之一,是泰米尔文化细节的诗学再现,无疑也是一部百科全书式的文化经典。

源文本的百科全书式的文化圣典的特性,赋予了纳拉扬所选重述故事浓厚的文化底蕴。从这一意义上来讲,纳拉扬印度史诗重述所选取的这些故事不仅是印度宝贵的文学遗产,也是印度传统文化精神的代表,是反映印度民族文化特性和文化思维的符号载体所在。因此,从纳拉扬所选故事的源文本可以看出,纳拉扬以英语所进行的古印度史诗故事的现代重述,体现了其对印度古代文学经典的尊崇与继承,对印度文学经典的传承之心,对印度民族文化特性、文化思维和文化精神进行传播的美好夙愿与理想。

二、源文本中插话的类型

从纳拉扬重述的印度史诗故事来看,插话是其中的核心,因此在熟悉了纳拉扬印度史诗重述的源文本之后,对纳拉扬史诗重述中所选插话的性质、类型与功能进行分析,才能充分理解纳拉扬如何选取史诗插话故事,而后又如何利用这些插话在自己的重述三部曲中建构自己的史诗印度。在古印度史诗中,插话通常是由插入核心故事中的大量纯属往世书风格的地方传说、宇宙起源故事、众神诸魔神话、地理志和家谱等构成。插话总体上可以分为文学性插话、理论性插话和名物性插话三大类。这些插话往往是在史诗流传的过程中被大量汇入,有些与史诗的核心故事关系不大。其中的许多插话,特别是神话传说与寓言故事,往往可以独立成篇。

(一)文学性插话

文学性插话指一些具有生动的文学语言、鲜明的人物形象、曲折的故事情节和精巧的叙述结构等文学性特征的故事。文学性插话又可以细分为神话传说与寓言故事两大类。

---

① 黄心川主编《南亚大辞典》,四川人民出版社 1998 年版,第 181 页。

◎ 再现史诗印度

1. 神话传说

古印度史诗中神话传说一类的文学性插话具有很强的故事性，几乎都是可以独立成篇的故事。这些故事通常是古印度人民通过幻想古今生物，如天神、阿修罗、仙人、罗刹、人等编织而成。这些故事从吠陀时代起就已经以口头的形式保留了下来，主要包含神话与传说两个部分。神话部分侧重于讲述世界创造、万物初始和人神起源；传说部分则侧重于讲述世界来源与国王、英雄与仙人事迹。国王和英雄故事与古印度许多王朝的国王和英雄人物有关，古代梵书与经书中也时常有对他们的颂歌，两大史诗的核心故事和许多插话的核心就是以这些英雄颂歌为基础的。"这些英雄事迹的创作者就是歌唱者、传播者、歌人和民间诗人。歌人和民间诗人就以此作为日常的谋生手段，他们到处云游，在节日里，在庆典上，在王室的集会上，他们把这些事迹用吸引人的方式整理成唱诗的形式唱给大家听。"①

在《摩诃婆罗多》中，这类插话主要分布在《初篇》《森林篇》《备战篇》和《马祭篇》中。例如，其中著名的创世神话故事《搅乳海的故事》（《初篇》第15—17章），《罗摩衍那》同样被插入了这一则神话故事。又如有关天神的故事《五个因陀罗的故事》（《初篇》第189章），有关恶魔阿修罗的故事《孙陀和优波孙陀》（《初篇》第201—198章）。还有著名的英雄传说《持斧罗摩传说》（《森林篇》第115—117章）、《罗摩传》（《森林篇》第257—275章）、《那罗传》（《森林篇》第50—78章）；著名的仙人传说《极裕仙人》（《初篇》第164—173章）、《股生仙人》（《初篇》第169—172）、《鹿角仙人》（《森林篇》第110—113章）、《八曲仙人》（《森林篇》第132—134章）等；著名的帝王传说《迅行王传》（《初篇》第70—80章）与《迅行王后传》（《初篇》第81—88章）；等等。

一般而言，"颂扬刹帝利的神话传说插话是由宫廷歌手苏多编制的，而另一类颂扬婆罗门的神话传说是由祭祀编制，并在后期插入的"②。古印度史诗中插入的神话传说类插话具有丰富的文学价值与美学价值。它们以丰富的情感、奇丽的幻想组织故事，描绘形象，并表达了认识自然和征服自然的愿望，极富浪漫主义色彩。同时，这些神话传说还有丰富的历史

---

① 季羡林、刘安武编《印度两大史诗评论汇编》，中国社会科学出版社1984年版，第113页。
② 季羡林主编《东方文学史》（上卷），吉林教育出版社1995年（2006年重印）版，第79页。

价值，与古代印度的生活密切相关，是研究古代印度社会原始宗教、家庭与婚姻制度、风俗习惯等十分重要的文献资料。许多神话传说经过久远流传成为印度家喻户晓的民族故事，成为印度后世文学创作取之不尽、用之不竭的故事题材与原型。

2. 寓言故事

古印度史诗中插入的寓言故事同样是故事性极强的一类文学性插话。这些故事较之神话传说，结构简单、篇幅短小，但是能在简单明晰的故事中传达出人生道理与生活智慧，富含讽喻或训诫意义。这些插话的作者往往是苦行僧、山林修道者、乞食僧、教派与僧侣团体的创始人等。在《摩诃婆罗多》中，寓言故事几乎都收录在《和平篇》与《教诫篇》中，"其中许多故事又出现在佛教和后代的寓言童话集里。有些故事传入了欧洲的叙述文学。例如，本费伊从各国文学中找到一组相同的寓言故事，内容都是说猫和老鼠之间不可能建立友谊"①。

"史诗中插入的各种寓言故事大多是史诗人物引证自己的观点或阐明某种道德教训的。"② 借此宣传他们弃世超俗、自我牺牲与博爱众生的说教，以及因果业报思想。例如，《摩诃婆罗多》中讲述报恩的《四只小花斑雀》（《初篇》第220—224章）；以猫鼬颂扬苦行精神，批评杀生祭祀的《猫鼬故事》（《教诫篇》第92—96章）；作为国王"危机法"典范策略的《小老鼠故事》（《和平篇》第136章）。《极裕仙人瑜伽》中同样存在大量的寓言故事，如《创造篇》中的《大森林的故事》，《解脱篇》中的《乌鸦布栅达的故事》《木苹果的故事》《石头的故事》《愚蠢的对象》《猎人和鹿的故事》等。这些寓言故事都以通俗易懂的故事阐释了古代印度的宗教与政治哲理，印证了印度古代的生活与伦理观念。

不难发现，古印度史诗中的这些寓言故事类插话往往以动物作为主人公，利用动物的行为与关系进行教训或讽喻，以达到教诲的效果。"动物寓言是古代梵语教诲文学的一个特色，符合印度教中流行的信仰：同一个灵魂，按照它在这一生中的善业或恶业，注定在另一生居于某种动物身体

---

① 季羡林、刘安武编《印度两大史诗评论汇编》，中国社会科学出版社1984年版，第350页。

② 季羡林主编《东方文学史》（上卷），吉林教育出版社1995年（2006年重印）版，第80页。

中，作为报应或惩罚。"① 寓言故事类插话的这一特色，使得古印度史诗在宏大的血战场面与宗教祭祀理论之外，具有了人世脉脉的温情、感化的哲理和对人与兽的博大之爱。这类插话宣扬了普通人的道德观念，是古代印度人民健康、朴实的伦理思想和智慧、高尚的伦理光芒在史诗中的形象体现。

（二）理论性插话

除了文学性插话之外，在古印度史诗源文本中，"还有无穷无尽和数不胜数的关于宗教、哲学、自然科学、法学、政治的说教，以及关于生活的实践与理论两方面知识的说教"②。这些充斥于古印度史诗中的各门类的说教共同组成了其中的理论性插话。理论性插话在古印度史诗中数不胜数，几乎每一篇中都有，占据了每部史诗的大量篇幅。理论性插话主要"讨论了三个问题，印度人称之为正道、正法和解脱；正道的意思是处世之道，它尤其针对国王而言的，所以又叫'政术'。正法既指系统的法律，也指一般的道德伦常。解脱是一切哲学的最终目的"③。

1. 宗教哲学插话

古印度史诗在形成与演化，由伶工口头文学发展到文人书面文学的过程中，都不同程度地成为各教派宣扬宗派学说的场域。除了根据自家学说所需对史诗进行刻意的修改之外，最常见的方式就是巧妙地插入本派的哲学思想。因此，古印度史诗每一部都是极具虔诚精神与神秘色彩的宗教经典，成为印度古代宗教传统最主要的源泉。

这些被教派文人插入史诗中的宗教哲学构成了古印度史诗理论性插话的类别之一。其中以《摩诃婆罗多》中的宗教哲学插话最盛，它因文本中充斥的大量宗教哲学插话而被比作普及印度教思想、宣扬印度教哲学与道德观念的教科书。最负盛名的要数其中的《薄伽梵歌》（《毗湿摩篇》第23—40章），长达18章700颂，是古印度最著名的宗教哲学诗，印度教最

---

① ［印度］毗耶娑：《摩诃婆罗多》第五卷，黄宝生主持，金克木、赵国华等译，中国社会科学出版社2005年版，导言第11页。
② 季羡林、刘安武编《印度两大史诗评论汇编》，中国社会科学出版社1984年版，第127页。
③ 季羡林、刘安武编《印度两大史诗评论汇编》，中国社会科学出版社1984年版，第361页。

重要的圣经与古代瑜伽经典。此外,还有再次宣讲古印度至高梵学的《续薄伽梵歌》(《马祭篇》第16—50章)、《斡旋篇》中的《不寐篇》(第33—41章)和《永善生篇》(第42—45章)。第十二篇《和平篇》中的《解脱法篇》(第168—353章)通过躺在"箭床"上的毗湿摩,"阐释了世界的起源与发展、生和死、灵魂、时间、命运、不杀生、行动方法、弃绝方式、数论、瑜伽和虔信等等一系列问题"①。

2. 政治哲学插话

古印度史诗中的政治哲学类插话带有很明显的训诫意味,一般认为是古印度教婆罗门仙人在对史诗进行修订的过程中加入进去的。这些政治哲学插话,表达了古代婆罗门的政治标准与理想,及其对统治阶层进行的劝导。

例如,《摩诃婆罗多》中的《和平篇》与《教诫篇》,是政治哲学插话比较集中的篇章。第十二篇《和平篇》中的《王法篇》(第1—128章)和《危机法篇》(第129—167章)重点讲述躺在"箭床"上的毗湿摩向般度五子传授国王的职责,"王法"讲述的是国王在正常时期的职责,"危机法"主要讲述国王在危机时期的职责与应变策略。此外,其还涉及许多别的问题,例如,印度四种姓的职责、人生四阶段应完成的不同任务、对父母师长应尽的职责,以及人生三大目的及其关系等。这些政治哲学插话篇幅庞大、语言枯燥乏味,可作为单独的政治哲学著作,如"危机法"中的《迦宁迦正道论》(《和平篇》第138章)中的政治格言。

3. 其他理论性插话

其他理论性插话包含古印度史诗中插入的论述祭祖仪典礼、斋戒仪式、种姓制度、妇女仪规、婚姻法、继承法等礼仪律法内容的礼仪律法类插话,以及其他如战争哲学、占星术、武术、语法学、医学、文艺理论等内容的插话。这些插话从不同侧面反映了古印度社会中军事、医疗、文艺等各种行为规则和伦理道德状况。

例如,《摩诃婆罗多·教诫篇》中第38—43章、第134章对妇女的本性和妇女仪规进行了论述,体现了古印度社会具体的妇女观。这些女性观念与仪规具有明显贬损女性的特点,违背了人文精神。又如,第44—46

---

① [印度]毗耶娑:《摩诃婆罗多》第五卷,黄宝生主持,金克木、赵国华等译,中国社会科学出版社2005年版,导言第1页。

章论述了古印度的婚姻法,包括婚姻的方式、结婚的年龄、彩礼制度、男子娶妻的数量等。其中提到了五种主要的婚姻方式,包括阿修罗式的买儿媳方式和罗刹式的抢亲。这几章中还提及了男子娶妻的数量,"婆罗门可以娶三个妻子。刹帝利可以娶两个妻子。吠舍只可以从本种姓内娶一个妻子"①。

又如往世书中的《火神往世书》,主要以火神阿耆尼吟唱给极裕仙人的颂歌,描写毗湿奴的十次化身、湿婆教林伽崇拜与难近母崇拜。全书共383章,另有6章附录,内容庞杂,不仅包含历史传说,还包括兵法、祭祀仪礼、律法、语法学、医学和武术等丰富内容,甚至还有专门论述文学和戏剧的文艺理论,是现存比较古老的印度文艺理论著作之一。例如,第21—70章论及祭祀沐浴、崇拜中手指的位置、崇拜的类型,以及为祭祀崇拜造像学和寺庙建筑学等;第121—149章讨论天文学与占星术的各种内容;第336章讨论吠陀语音学,还论述诗的定义和体裁,并将"味"称之为"诗的生命";第337章讨论诗学与修辞学;第338—345章包含一系列梵语戏剧理论,如印度戏剧中的情味、风格、庄严、诗德和诗病等。

这些内容丰富繁杂的理论性插话丰富了古印度史诗百科全书式的体量特征。

(三) 名物性插话

这类插话主要指在史诗中插入繁复的山川、河流、地名、天神、阿修罗、帝王、仙人等一系列动植物、人神的类型、名号等的内容。

1. 山、河、地名等

这类插话如《摩诃婆罗多·森林篇》中的《朝拜圣地篇》(第80—153章)和《沙利耶篇》中的《朝拜圣地篇》(第34—53章),后者记录了因不愿参加两大家族的大战而独自离去朝拜圣地的大力罗摩用了42天朝拜了30多处圣地。这几章内容详细地描述了大力罗摩朝拜的这些圣地及其相关的传说,这些传说约占《沙利耶篇》整个篇幅的1/3。又如,第34章讲述了月神受到诅咒,每到朔日之夜,兔影都会到非凡的圣地波罗婆沙去沐浴,于是月神获得无上的光辉而慢慢丰满,使得波罗婆沙广为人

---

① [印度]毗耶娑:《摩诃婆罗多》第六卷,黄宝生主持,金克木、赵国华等译,中国社会科学出版社2005年版,第156页。

知，成为所有圣地中的佼佼者的故事。

2. **神、帝王、仙人名号等**

这类插话如《罗摩衍那》第三篇《森林篇》中的《罗怙世系》（第13章），大鸟阇吒优私向罗摩兄弟讲述自己的家族世系，罗列了大量鸟类祖先名氏、亲族同类。又如《摩诃婆罗多》中《蛇族篇》（《初篇》第52章）罗列的蛇类家族，从颜色、形态、声名、家族归属，品类繁多，不一而足。再如《原始宗族降世篇》（《初篇》第59—61章）中的原始宗族谱系，追溯了史诗中英雄们的家谱，并逐一罗列了老祖宗、仙人、天神、阿修罗、檀那婆、药叉、罗刹等其他众多生灵的宗族世系，还讲述了许多关于这些古代先祖、国王们的有趣故事。

《摩诃婆罗多·教诫篇》中的《湿婆千名赞》（第17章）和《毗湿奴千名录》（第135章）可谓别具特色，这两篇插话是毗湿摩应坚战的请求，将湿婆与毗湿奴在印度教演变过程中分别获得的1000个名号一一以赞歌的形式唱颂出来。毗湿摩认为，吟诵两大主神，特别是毗湿奴神的一千个名号，崇拜他，人就能获得赐福，生灵就能从轮回中获得解脱。这两则插话是名物性插话的典型例子，都具有明显的宗教说教和训导色彩。在史诗《摩诃婆罗多》中"有五篇著名的颂歌，印度称为'五宝'。它们是《薄伽梵歌》（《神之歌》）、《续薄伽梵歌》、《毗湿奴千名录》、《毗湿摩颂》、《象王的解脱》等"①。《毗湿奴千名录》就名列五宝之一，是带有浓厚的宗教神秘色彩和虔诚精神的著作。

三、源文本中插话的功能

在源文本中，插话故事通常是作为训诫、教诫、比拟或例证而被引入史诗之中的。插话的功能与作用各式各样，就文本中故事自身的功能而言，主要用于为故事人物排遣哀伤，寻求慰藉。刘安武曾指出，"根据插话内容，有的起着鼓励人心的作用，有的起着安慰听众的作用，有的进行某种劝戒，有的则纯粹是神话传说……总之，大史诗中的插话为大史诗增色不少"②。古印度史诗中的众多插话故事，"清楚地表明了国王与臣民之

---

① 温祖荫：《东方文学鉴赏》（上），福建教育出版社1988年版，第188页。
② 刘安武：《〈摩诃婆罗多〉中的插话〈莎维德丽传〉》，载《东方丛刊》1999年第4辑，第163-164页。

间、主仆之间、父母与子女之间、夫妻之间、人与人之间，以及首先是人与神之间的关系"①。印度学者普遍认为，插话在史诗作品的原始结构美和作品的和谐方面也起到了重要的作用。插话"至少篇幅较长的部分是以这样的方式插入故事中去的，即填补由于没有故事情节的年份而构成的'暂时的空隙'"②。这不仅没有使史诗的核心故事的进程受到干扰，而且可以帮助读者轻松跳过一些与主题不相干的年代，而对一些时期的细节则细细品味，从而在感觉上使两者之间的差别对比不至于过于强烈。

对于源文本中插话的功能，从插话作为独立的叙事单位所具有的文本功能来分析，它不仅丰富了古印度史诗的叙述结构，扩充了史诗的篇幅容量，而且构成了印度史诗独特的风格。印度史诗中大量存在的插话往往以特有的形式独立于史诗历史事件发展的时间进程之外，不对历史事件本身做出客观描述，而是基于东方人特有的散文式思维方式，通过大量的联想，将印度文明发展至此阶段时社会积累的知识与经验传递下来，使史诗独具魅力而流传于世。各种类型的插话尽管对史诗核心故事中人物行为具有不同的推动功能，但往往也被其溢出文本之外的文化表征功能所遮盖。因此，源文本插话的功能主要体现在其对古印度文化的表征之上。

（一）阐释古印度宇宙观的功能

古印度史诗中的插话，特别是神话传说与寓言故事类型的文学性插话，以充满想象的故事情节和生动夸张的神灵与人物形象记叙了宇宙起源、世界诞生之类的主题，阐释了古印度先民思维宇宙的基本方式与形态。例如，根据传统的说法，往世书主要叙述有五类主题。"印度古代辞书《长寿字库》（约7世纪）将往世书的主题归纳为'五相'：一、世界的创造，二、世界毁灭后的再创造，三、天神和仙人的谱系，四、各个摩奴时期，五、帝王谱系。"③ 其中的许多插话对于这五大主题的凸显起到了十分重要的作用。此外，古印度史诗插话将古印度人的原初思维方式、原始宗教信仰、哲学、科学等多种意识形态因素，以具象与意象的故事文

---

① 季羡林、刘安武编《印度两大史诗评论汇编》，中国社会科学出版社1984年版，第187页。
② 季羡林、刘安武编《印度两大史诗评论汇编》，中国社会科学出版社1984年版，第159页。
③ 黄宝生：《〈摩诃婆罗多〉导读》，中国社会科学出版社2005年版，第138页。

学的方式，以隐喻的思维特征和象征的手段呈现出来，体现了古印度人民对世界宇宙认知的特殊性。其中许多远古故事的插话为后世印度宗教的内核与体系搭建起了最初的框架。

这些文学性插话往往使一个简短的神话传说与寓言故事包含了丰富的内容。插话的这种功能特性使其成为古印度原始意识形态的综合体和古印度文化形态的复合体。如《摩诃婆罗多》与《罗摩衍那》中都出现过的《搅乳海的故事》，天神与阿修罗以蛇王婆苏吉（Vasuki）为搅绳，以曼荼罗山（Mount of Mandara）为搅海的杵，且毗湿奴化身为大海龟（Tortoise）做搅杵的基盘，搅拌乳海，以便取得可以长生不老的甘露。经过几百年的搅拌，诞生了众多生灵与神物，但因天神的贪婪，同时也引发了天神与阿修罗的仇怨，导致神魔大战。其中名为罗睺（Rahu）的阿修罗化身为天神，想要混在众天神中获取不死甘露，却被日神苏利耶（Surya）和月神旃陀罗（Chandra）识破，向毗湿奴告发，最终落得个身首异处的下场。由于罗睺饮了甘露，头得以不死，于是他为了复仇，经常以头来咬啮或吞食日月两大天神，却又因没有身体，日神月神总能从他的咽喉处逃掉。这一段小插曲于是成为古印度人民解释日食和月食的依据。就连罗睺的身体升入天空，也化作不祥的彗星记都（Ketu），他的尾巴有时也以彗星的形式出现在天空。通过《搅乳海的故事》，古代印度人民不仅表达了追求永生的愿望，刻画了天神贪婪的一面，而且阐释了宇宙的本源、日食和月食的诞生、彗星的形成。

古印度史诗中的这类插话包含了鲜明的印度民族特性与地域特点，这些插话形象记录了古印度人民的原始思维，是他们宇宙人生观的结晶，思考和解答宇宙万物起源和普遍本质的实证基础。从哲学价值层面来讲，这些插话体现出的宇宙观阐释功能既哲学性地探索了宇宙本源，也为印度人民认识世界提供了譬如观察、体验、想象和类比的形象方法。

（二）宣传宗教与政治思想的功能

在印度史诗中，宣传宗教和政治思想是史诗作者再普遍不过的创作活动，尤其像两大史诗与众多往世书这样经由口头文学发展而来、历经众多伶工诗人参与创作的作品。除了通过主干故事进行系列宗教与政治说教之外，填入插话，以插话的形式来进行这类宣传，成为古印度伶工诗人的巧工之作。于是，插话依附于史诗的核心故事，将与核心故事看似几乎毫不相干的政治与宗教理论、帝王之国的王法、修行者的说教、宗派哲学的阐释、阐释哲理的寓言串联在一起，具备了这种普遍为宗教政治而服务的宣传功能。其方法上与大史诗的主题基本上是一致的，即通过对正直与邪恶的生活与命运进行一番对比，"并显示出真理和道德最终取得胜利（尽管表面上相反），以此来劝导人们过一种虔诚的、讲究道德的生活"①。

具备这种功能的插话，最直接的莫过于理论性插话中的宗教哲学插话与政治哲学插话，它们以理论的形式直接进行宗教、政治说教与道德训诫。如《摩诃婆罗多》中的《和平篇》和《教诫篇》，几乎都是在对政治、宗教进行说教宣传。《和平篇》分为《王法篇》《危机法篇》和《解脱法篇》，对王权政治哲学和人之宗教解脱法进行了深入的论述。《教诫篇》则以俱卢族老祖父毗湿摩（Bhishma）安慰坚战之便，讲述了许多寓言故事，阐释了财富的获得、罪孽的避免以及施舍的方式等关乎宗教伦理与道德正法的问题。"而且，这类宗教哲学论述也散见于其他各篇中，如《斡旋篇》中的《不寐篇》和《永善生篇》、《毗湿摩篇》中的《薄伽梵歌》和《马祭篇》中的《薄伽梵续歌》等。"② 尤其是《毗湿摩篇》中的《薄伽梵歌》，这则著名的宗教哲学插话，以克里希纳显神的行为中止了般度族与俱卢族两族激烈战争的叙事过程，令时间停止，专门阐释"三瑜伽"的宗教哲学，以此解释了"真理"的五大概念——自在、存在、元素、职责、时间，宣扬无我的行为，以及对唯一的神的皈依与奉献。《薄伽梵歌》因其所述及的道性与离欲解脱的光明最符合印度人的所好而成为古今印度社会中家喻户晓的宗教诗、全印度教徒的福音书、信徒的座右铭，至今仍是印度人早晚读诵的经典。其因此奠定了在史诗中的地位，成为史诗的核心所在。季羡林先生就其影响曾说过，"印度反英斗争的伟大领袖甘地的哲学基础就是《薄伽梵歌》，它在甘地思想中起过多么大作用，是众所周知的。一直到今天，《薄伽梵歌》对印度人民仍然有极大的权威"③。

---

① 季羡林、刘安武编《印度两大史诗评论汇编》，中国社会科学出版社1984年版，第138页。
② ［印度］毗耶娑：《摩诃婆罗多》（第五卷），黄宝生主持，金克木、赵国华等译，中国社会科学出版社2005年版，导言第1页。
③ ［印度］毗耶娑：《薄伽梵歌》，张保胜译，中国社会科学出版社1989年版，第1页。

此外，还有其他类型的插话，特别是文学性插话中的神话传说和寓言故事，其实质是专门为宣传政治和道德的目的而创作的政治宗教宣传故事，如《摩诃婆罗多》中的《沙恭达罗传》（《初篇》中第62—69章）、《莎维德丽传》（《森林篇》第277—283章）、《那罗传》（《森林篇》第52—78章）、《罗摩传》（《森林篇》第257—275章）、《老鹰与鸽子》（《森林篇》第130—131章）、《迅行王传》（《初篇》第70—80章）等，着意于宣传和树立统治阶级理想的君王和妇女的榜样，带有明显的宗教色彩和宿命论思想。

（三）记载帝王、仙人谱系的功能

在印度古代，通常将史诗作品，特别是《摩诃婆罗多》与众多的往世书，称为"史书"，但实际上它们只不过是神话和历史传说。之所以出现这种情况，除了因为印度史诗核心故事所具有可供考察的历史依据外，其中的插话同样承载了对印度古代社会政治、文学、科技、文化等方面进行记载的功能，这也是印度史诗皆为百科全书式史诗的原因。尤其是插话中关于古代印度著名的帝王和仙人故事，以及他们的宗族谱系的记录，使得古印度史诗的"史书"特性尤为明显。如《摩诃婆罗多》中的《洪呼王》《友邻王》《迅行王传》《迅行王后传》等，《罗摩衍那》中的《鹿角仙人》（《童年篇》第8—10章）、《众友仙人传》（《童年篇》第50—64章）、《罗波那传》（《后篇》第1—34章）等，都是明显的仙人、魔王传记，既是人物完整的故事记录，也是对宗族谱系的梳理。因此，这类插话带有很明显的"历史"痕迹。

在古印度史诗中，还有一些插话是为了追溯主要英雄人物的宗族谱系而特意插入进来的，是对祖先历史的一种追叙或补充。如《摩诃婆罗多》中的《沙恭达罗传》和《罗摩衍那》中的《众友仙人传》追溯的是古代印度月亮王朝及婆罗多族谱系，是当代印度人的先祖历史；又如《罗摩衍那》中的《恒河下凡的故事》（《童年篇》第34—43章）与《陀哩商古》（《童年篇》第56—59章）则追溯太阳王朝与罗摩家族诞生和祖先的历史。

无论是以上的哪类插话，作为史诗中心人物共同祖先历史溯源的传记性作品插入了史诗之中，很多其实都可以视作史诗中心故事的一部分。众所周知，将祖先的姻亲血缘关系与神话中的仙女或天神、仙人等关联，是

再现史诗印度

一种抬高史诗英雄身份的手法。而史诗插话中的神话传说对于古代印度人来说,都是真实的历史,其中的人物都是真实存在的远古祖先。"因为在古代,印度是把大史诗《摩诃婆罗多》以及 18 部往世书当作历史或历史传说来看待的,就像我国将 24 史以及其他正史和非正史的典籍当作历史一样。至于印度史诗、往世书应该被看作是神话传说的汇编或神话传说系列,里面真正的历史事实很少,这种看法不是古代的,而是现代人才有的。"①

因此,古印度史诗与其中的插话,特别是其中的神话传说,虽不是严格意义上的历史,但由于它们用来"揭示世界、人类和生命,具有一个超自然的起源和历史,并且这种历史是重要的、珍贵的和典范的,它们赋予历史以意义"②,而被印度传统视之为真正的历史存在。这些故事通常将一些新的、强大而又重要的东西展示出来,虽不真实,却实实在在地存在。这类作品往往强调思想和文化的过程,与宗教和道德关系密切,注重追求事件的普遍性(精神)意义。因此,在印度,史诗插话中的故事往往能够经受历史的检验,以一种超出历史经验的方式长久地保存下来,甚至可能保持永恒。

从纳拉扬印度史诗重述三部曲的故事分布来看,纳拉扬选取了古印度史诗中具有鲜明故事特性的文学性插话,而且几乎都是在印度历史上久经流传的经典故事。这些经典故事不仅保留了印度古代文学原型的精华,而且保留了古印度史诗的精神内核。金克木先生在《摩诃婆罗多》中文译本的序中提及古印度史诗中的插话时说道:"这里面有印度古人装进去的种种世界缩影。有家谱和说教,那是祠堂和教堂的世界。有数不清的格言和谚语,那是老人教孩子继承传统的世界。有神向人传授宗教哲学被印度人尊为圣典,那是信仰的世界。还有政治、军事、外交、伦理等统称为'正法'的各种各样的世界。有一个大故事是大世界。还有许多小故事是小世界。"③古印度史诗中的大大小小的插话,构成了众多大大小小的世界,难以计数的"插话"既各自独立又相互联系,大大小小的世界亦如此,

---

① 刘安武:《〈沙恭达罗〉与〈长生殿〉——兼论历史题材的作品》,载《湖南社会科学》2001 年第 4 期,第 104 页。
② Mircea Eliade. *Myth and Reality*. New York: Harper and Row, 1963, p. 19.
③ [印度] 毗耶娑:《摩诃婆罗多》第五卷,黄宝生主持,金克木、赵国华等译,中国社会科学出版社 2005 年版,导言第 2 页。

"各个世界连起来构成一个世界的历史"①。在这个"世界的历史"中，纳拉扬以自己的文学与精神修养，在一个个大大小小的故事世界里精心选择出他所钟爱的插话，潜心领悟，并将它们进行重述，再现了印度人引以为豪的史诗印度，并创造出一个新的印度史诗世界。

第三节 重述缘起与现实基础

所谓重述，主要指"在种种动机作用下，作家使用各种文体，以复述、变更原文本的题材、叙述模式、人物形象及其关系、语境、语辞等因素为特征所进行的一种文学创作"②。这种文学创作是作家创作活动自觉性的表现之一，通过对传统文学的反复重述，可以促使传统文学适应不同时代需求的新发展。纳拉扬的印度史诗重述是对印度民族史诗的一种重新创作，是记载印度民族历史文化的一种叙事方式，也是传承印度传统文化的一种重要形式。纳拉扬意图借助古老的史诗神话故事，从个体的角度重新进行叙述与解读，追溯印度民族历史文化，向民族文化传统致敬，表现出其强烈的传承印度传统文化与建构民族文化认同的创作意图与艺术愿景。因此，除了古印度史诗及其插话本身的文学与文化魅力之外，纳拉扬的古印度史诗重述还有着时代场域与纳拉扬个人惯习的影响。

一、时代场域的影响

在纳拉扬所生活的时代，印度社会经历了诸多历史的剧变，如英国在印度殖民统治的末日与结束、印度民族主义运动的兴起、印度的民族独立、印巴分治和印度频繁的教派争斗等。

纳拉扬的创作尽管自始至终都没有直接选择关涉印度历史发展的政治、国家与民族命运等宏大题材，但是受时代场域的影响，纳拉扬的创作独开一面，以自己独特的方式，将时代的变化作为人物性格发展的背景，

---

① ［印度］毗耶娑：《摩诃婆罗多》第五卷，黄宝生主持，金克木、赵国华等译，中国社会科学出版社2005年版，导言第1页。
② 黄大宏：《唐代小说重写研究》，重庆出版社2004年版，第79页。

展示印度的真实历史与风貌。纳拉扬在针对其文学创作不写民生愿景、国家痛苦和经济计划等重大历史主题的批评中指出,他更关注时代背景下人物的命运。他的作品更注重讲述故事,注重故事带给人的启示与愉悦。因此,正如文学理论家博埃默(Elleke Boehmer)所指出的,"尽管纳拉扬的小说小心翼翼地回避了明显的政治话题,然而民族主义和神话般的印度教仍然植根于小说叙述之中"①。这一点在纳拉扬注重故事讲述的创作原则中显得更为突出。纳拉扬带有愉悦与启示意义的故事作品,最终将历史的力量吸纳了进来,表现出了独特的艺术魅力。他的小说创作如此,印度史诗重述的意图更是如此。从这一意义上来说,纳拉扬无疑是印度现代社会的故事讲述者,也是再现古代印度社会、实现古今对话的故事重述者。

纳拉扬曾将印度社会现代化的进程描述成青蛙自井底爬出的过程,这一过程不可避免地伴随着东西方文化之间的冲突。但是,"各式各样的交流方法,各种迅捷的运输方式,报纸、广播、电视,每一种发明创造都对井底之蛙形成冲击"②。这些冲击无不对生活在底层社会中的人产生影响,给他们带来了巨大的精神变化。纳拉扬的印度史诗的重述源于20世纪60年代,世界发生了诸多重大的历史变化,也是印度社会现代化带来的精神变化趋于显著的时期。纳拉扬的小说通过描写印度普通个体的平凡生活来展示印度人的存在状态与民族的存在模式,以及时代洪流带给他们信仰和精神世界的变化。而纳拉扬的印度史诗重述,则期望通过塑造一个印度神话体系,传达普遍流传于印度社会大众而永恒的主题,来再现早已存在于印度社会生活之中的另一种典型状态:信仰的力量。印度长达两百年的殖民历史,印度传统文化在文化表达上的弱势地位,以及印度传统文化自身所遭遇的现代性困境,是纳拉扬完成印度传统文化自我表达与传播这一创作理想的根源所在。纳拉扬的创作理想决定了他借助古印度史诗来实现其对印度传统文化历史的表述。

实证主义理论家泰纳(Hippolyte Adolphe Taine)曾经指出:"正是通过再现整个民族和整个时代的存在模式,一位作家才把整个时代与整个民

---

① [英]艾勒克·博埃默:《殖民与后殖民文学》,盛宁、韩敏译,辽宁教育出版社1998年版,第199页。

② R. K. Narayan. *The Bachelor of Arts*. Mysore: Indian Thought Publications, 1965, p. 71.

族的同感汇集在一起。"① 正因如此，纳拉扬试图通过古代印度史诗的现代重述，再现印度民族新时代下理想的生存模式，汇集新时代下印度民族共同的追求认同。

二、纳拉扬个人惯习的影响

（一）纳拉扬个人教育与人生经历

在20世纪30年代兴起的印度英语小说三大家之中，纳拉扬是唯一一位没有接受过国外教育且没有长期定居国外的作家。土生土长于马德拉斯的纳拉扬，只在成名后才多次出访欧美。但是早在20世纪20年代，热爱英语文学的纳拉扬便对战后英国文学产生了浓厚的兴趣，"通过司各特和狄更斯，历史和社会小说成为其终生关注的对象"②。这种关注促使他以同样的热情关注印度的历史与社会。而居住地迈索尔给了纳拉扬文学创作的灵感与素材，纳拉扬声称，他在城中每转一个弯，便能发现一个值得写进故事里的人物。③ 印度的传统为他提供了取之不尽、用之不竭的素材，④流传在泰米尔地区的民间故事、史诗与神话传说自然成为他后期史诗重述的素材基础，这也是纳拉扬印度史诗重述三部曲中民族文化情结浓厚的缘由与根基。

纳拉扬人生历程中的许多亲人同样对他的史诗重述故事的选择与主题意蕴的表达产生了重要的影响。纳拉扬的祖母是一位十分传统的印度教妇女，"作为一个作家，对其产生巨大影响的可能就是给他讲述梵语颂歌和印度教神话与史诗故事的祖母"⑤。尽管纳拉扬并不是一位传统意义上的宗教徒，但是他自小就在潜移默化中被祖母灌输了印度教价值，这毫无疑

---

① ［英］塞尔登：《文学批评理论：从柏拉图到现在》，刘象愚、陈永国等译，北京大学出版社2000年版，第459页。

② Jay Parini. *World Writers in English*: *R. K. Narayan to Patrick White*. New York: Charles Scribner's Sons, 2004, p.389.

③ R. K. Narayan. *My Days*. Hopewell, New Jersey: The Ecco Press, 1974, p.131.

④ R. K. Narayan. *Malgudi Days*. London: Viking Penguin Inc., 1982, p.7.

⑤ K. Mohan. "Use of Myth in Fictional World of R. K. Narayan". *International Journal of Research and Analytical Reviews* (*IJRAR*), 2016, 3 (1), p.12.

问影响了他后来的创作。纳拉扬的母亲是一位虔诚而严守教规的印度教妇女。"母亲钟爱于用黄金花边与小金饰品装饰那些塑有天神与神女的石版画，然后将它们挂在墙上。"① 纳拉扬的母亲身上所体现出来的传统印度妇女的品性，不仅反映在纳拉扬的许多小说中，也成为他热衷于选取众多女性题材与表现完美女性主题的古印度史诗插话故事的缘由所在。

1939 年，与纳拉扬结婚仅 6 年的妻子忽然染病去世，给他带来了沉重的打击。在此后长达七八年的时间里，纳拉扬一直沉陷在丧失爱妻的痛苦之中，无法自拔，甚至一度放弃了他最喜爱的文学创作。直到 1961 年，纳拉扬谈及爱妻，仍然泪流不止。在这段时间里，他不断地思考生死、宿命、存在与孤独等人生哲学问题，思想上发生了重大的转变。在回忆录《作家生活》（The Writerly Life，2002）中，纳拉扬坦言自己因此接触到一位修行者，在修行者的指点下通过神秘的通灵术接近妻子的灵魂，并在相当长的一段时间里沉浸其中。正是这期间，纳拉扬在精神与文化立场上的诉求与态度，从此前阅读与模仿西方文化与文学中获取感知经验转向了印度传统文化的体认。纳拉扬由此开始大量接触印度古典哲学与宗教经典，并阅读梵文书籍，思想慢慢发生转变。不仅如此，纳拉扬还经常与弟弟通过讨论印度神话来减轻生活之苦。他在《我的日子》中提道："我们探讨各种舒缓不幸的方式，或从古老的神话情节中获取勇气。在这些神话情节中，某个最强大的恶魔掳掠了地球，并将其藏在宇宙之海的深底，毗湿奴的化身杀死恶魔之后，将其挖出，依据它的航线再次将其安置。因此就有了希望！"② 在他此后的文学创作中，印度传统思想的成分越来越浓。古印度史诗作为承载印度传统文化最重要的载体，自然成为其思想转变的重要精神资源。在史诗插话《莎维德丽传》的重述中，莎维德丽与法王阎摩斗智斗勇，最终从阎摩手中救出已经魂魄出窍的丈夫，纳拉扬之所以写得那么动容，是因为这一故事寄托了他对爱妻的深深怀念。

（二）纳拉扬对印度古代文学传统的主动借鉴与吸收

从纳拉扬的印度史诗重述三部曲来看，纳拉扬对古代印度史诗故事的重述继承了印度古典梵语文学中一贯直接以神话人物作为创作主题的文学

---

① R. K. Narayan. *My Days*. Hopewell, New Jersey: The Ecco Press, 1974, p. 33.
② R. K. Narayan. *My Days*. Hopewell, New Jersey: The Ecco Press, 1974, p. 177.

传统。古印度史诗,特别是两大史诗《摩诃婆罗多》与《罗摩衍那》,因在结构和体例、思想和主题、情节和风格上所具有的独特魅力,成为印度后世文学无穷的源泉,印度各时代各民族文学创作者无不从中获取各种养料。"这样地利用《摩诃婆罗多》和《罗摩衍那》,造成了许多世纪以来一直被尊崇的这样一条印度诗学的理论原则:凡是巨大的富有艺术性的长诗的题材必须取自过去的文学传统,就是说必须取自《摩诃婆罗多》与《罗摩衍那》。"① 其中最为卓著的传承诗人与作品,当属印度古代最伟大的诗人和戏剧家迦梨陀娑(Kālidāsa)的《沙恭达罗》与16—17世纪印地语文学中最杰出的诗人杜勒西达斯(Tulasidas)的长篇叙事诗《罗摩功行录》(Rāmcaritmāna,或译《罗摩事迹之湖》)。这种从古印度史诗寻取主题、情节与思想等的做法,不仅古代与中世纪印度的作家如此惯行,现代印度的作家亦如此,不只是印度某种固定的语言,而是印度不同语种语言文学都参与了进来,印度英语也是如此。

作为古印度史诗中精华的插话,同样以各种形式遵循着这条印度诗学的理论原则。如迦梨陀娑的剧本《沙恭达罗》和《优哩婆湿》(Vikramorvaśīya)都取材于《摩诃婆罗多》中的插话,但无论在凸显主题、塑造人物,还是在抒发情感方面,技艺都超出了源文本插话。古印度史诗中的经典插话不断成为印度各个时期文学创作极为重要的题材来源,特别是"在虔诚运动的前后,各地语言文学都大体经历过神话传说阶段。这都是以古代神话传说,特别是以两大史诗和个别往世书为依据,用神话传说为题材进行再创作成为普遍的文学现象"②。插话故事中的"人物一再被塑造,情节一再被改写,主题一再被改变,时代观念也一再被修正和更新"③。以《摩诃婆罗多》中的著名插话《那罗传》为例,在史诗文本之中,这一插话或许是其最为流行的插话。在梵语古典文学中,有契米希沃尔的《那罗的喜悦》、室利诃奢的《那罗王传》、拉姆金德尔的《那罗的游乐》;中世纪有古吉拉特语中伯勒马南德(17—18世纪)的《那罗的传说》,奥利萨语中马土苏登(17世纪)的《那罗生平》等。由此可见这条印度诗学理论原则在印度文学中的盛行。

纳拉扬的古印度史诗的重述同样遵循了取材于古印度史诗文学资源的

---

① 刘安武:《印度两大史诗研究》,中国大百科全书出版社2015年版,第226页。
② 刘安武:《印度两大史诗研究》,中国大百科全书出版社2015年版,第210页。
③ 刘安武:《印度两大史诗研究》,中国大百科全书出版社2015年版,第202页。

印度诗学理论原则。印度史诗重述三部曲有意识地继承了源文本中重大而永恒的主题和艺术魅力。重述史诗核心故事与插话中流传于世的著名的国王与英雄、足智多谋的仙师、粗犷豪爽的大神、善良完美的女神等形象，意在唤起现代人对古代印度理想人格的幻想与追求。重述史诗故事中人与罗刹、天神与阿修罗之间正义和非正义的冲突、善与恶的斗争、美和丑的对立，旨在再现映射现代社会的现实根源。纳拉扬的印度史诗重述文本，试图通过重新描绘作为印度传统社会生活基础的父母之爱、兄弟之情、夫妻之恋、朋友之义等的伦理关系，再现一个印度人理想中的史诗社会，也为古印度史诗源文本中的插话故事注入新时代的社会需求和自身理想。

（三）纳拉扬对印度宗教、神话的喜爱

印度是一个全民信教的国度，印度文学自然免不了受到宗教文化的深刻影响。相比古印度文学，现代印度文学增强了现实性的观照，但是仍然深受印度宗教精神的浸润。泰戈尔就曾指出："印度大部分文学作品是有关宗教的，因为与我们同在的神，并未远离我们；他属于我们家庭，也属于我们的庙宇。……家常琐事，都被编织在我们的文献中，就像一出体现神灵精神的戏剧。"① 因为宗教特性的影响，"印度人与其他民族不同，他们轻蔑外在的、物质的东西，崇尚内在的、精神的东西"②。这种轻视物质生活、崇尚精神解脱的宗教观念，成为印度民族性格最为重要的特点，同时使得印度教徒对人与现实和他人的关系有着特殊的认知，他们将人与神的关系看成最重要的关系，人与现实的关系则退居其次。印度传统文化中"道德的目标不在于建立人与人的正常伦理关系，不在于社会的共在，而是要促进个体的幸福和自身生命境界的提高"③。印度人以静修来体会人与外界的亲密联系，并体味人作为精神性存在的完整性，是印度人生活的理想。对自我问题的思考，是超越世俗、升华精神的重要历程，使人成为精神性的存在。纳拉扬在其《马尔古蒂之虎》一书的前言中写道："当

---

① ［印度］泰戈尔：《泰戈尔随笔·一个艺术家的宗教观》，康绍邦译，刘湛秋主编，安徽文艺出版社1995年版，第36页。

② 朱明忠：《宗教与印度的民族性格》，载《世界宗教文化》2005年第2期，第28页。

③ 吴学国：《存在自我神性——印度哲学与宗教思想研究》，中国社会科学出版社2006年版，第375页。

人为了解自我的激情所擒，他就已退至日常生活与习惯性思维之后，成为一个修行者……"① 这种道德与理想的追求，被纳拉扬付诸古印度史诗重述的过程，这在三部曲中的《拉瓦纳》《库达拉》和《迅行王》三个故事所要表达的主题中体现得最为明显。

纳拉扬曾经描述，和大多数印度人一样，自己从儿时起，就成长在轻视物质生活的观念氛围中，通过奶奶讲述的故事、寺庙的讲经与道德书，沐浴在关注来世的特定态度之中。"在每个印度人的家里，我们都有一个地方称为静修室或神的房间。在那里，家里的每个人都可以祈祷、静修。"② 这是无论贫穷还是战争，印度人的生存经验中都有一种平和的观念的原因之一。而在现代社会转型时期的印度，东西文化、新旧观念的冲突带来了现代印度人的迷茫、痛苦与心灵空虚。纳拉扬认为，拯救之路在于每天静修15分钟。宗教所带来的人的平和观念，是纳拉扬对印度宗教与传统文化持肯定与赞赏态度的原因所在。虽然纳拉扬的印度史诗重述从整体的叙述上努力摆脱说教色彩，但是主题上呈现出的哲理性和神话式的寓意，正是源于印度宗教文化所形成的文化传统。也正因如此，纳拉扬的史诗重述才富有浓郁的印度性。

在《讲故事人的世界》（*A Story-Teller's World*，1989）中，纳拉扬认为印度人的一切都从古印度史诗发展而来，史诗中的每一则故事都有其道德指意，表现为善恶对立，但这种对立不以悲剧的形式呈现，因为它只发生于神话层面，因而随着时间的推移，不管过程多么漫长，苦难皆会自我消解。这是一则古老的神话，同时也是一个循环往复、永叙不竭的故事。③ 从中我们可以看到纳拉扬对古印度史诗与神话的深刻理解。纳拉扬的史诗故事重述，实际上意在结合当下印度人的生活观念，将古老神话中好与坏、善与恶的对立充分地展现出来。

从古印度史诗现在的发展来看，纳拉扬所进行的史诗重述构成了一个非常丰富的神话体系，负载了印度传统文化与文学的遗产，这个系统的存在是古印度史诗核心故事和插话在现代社会新发展的一个缩影，一个从传

---

① R. K. Narayan. *A Tiger for Malgudi*. London：Penguin Books，1983，p. 2.
② R. K. Narayan. *My Dateless Dairy：An American Journey*. New Delhi：Penguin Books，1988，p. 54.
③ R. K. Narayan. "The World of Story-Teller". In *A Story-Teller's World*. New Delhi：Penguin Books，1989，p. 5.

统走向现代的印度文化体系的缩影。纳拉扬通过古印度史诗故事的重述，展示了印度传统文化走向现代的形态特征，揭示了新时代背景下古印度史诗内部的深层变化。

在小说《斯瓦米和朋友们》中，纳拉扬借一位集会的演讲者之口谈论印度悠久的传统时说道："《罗摩衍那》和《摩诃婆罗多》时代的光荣，我们难道忘了吗？当英国人还处在茹毛饮血的时代，我们的船只已经航行在大海之上，我们的文明已经达到了最高级的层次。"① 从中我们可以看到纳拉扬对古印度史诗所蕴含悠久文化的骄傲，同时也有如何继续传扬传统文化的深刻反思。而这些都体现在其古印度史诗的重述之中。这些史诗中故事的重述，并非简单的追思怀旧，而是对失去的"乐园"的一种呼唤，"其主要用意是向人们指出一条重返原型世界之路"②。

（四）纳拉扬对英语及英语文学的态度

纳拉扬出生于南部的泰米尔，母语为泰米尔语，但是他自小接受英语教育。英语是纳拉扬70年文学笔耕一直使用的语言，他根植于自己的民族土壤，以英语锤炼自己的文学语言、思维与话语方式。纳拉扬也正是凭借他杰出的英语文学创作，成为第一位获得印度文学院奖的英语文学作家。

纳拉扬选择英语文学进行文学创作虽然有其个人的原因，但印度的客观历史文化环境影响起到了决定性的作用。英语是英国殖民统治者的语言，印度英语文学为英印文化混血而生，英语作为一种文学语言，其历史处境的复杂性与其文化双重性同源而生。作为一种文学语言，英语在印度19世纪末20世纪初期的民族主义运动中备受冲击，以英语进行文学创作的作家备受时代与历史的压力。但是在纳拉扬生活的南印度泰米尔地区，早已开展的英语教育受民族主义运动的影响较小。泰米尔多元的语言与文化环境为纳拉扬提供了自由的语言与文化发展空间。纳拉扬以泰米尔语为母语，又学习过梵语，注重英语教育的父亲更是自小就培养纳拉扬的英语能力。南印度英语宽松的历史发展环境和注重英语教育的家庭环境促使纳

---

① R. K. Narayan. *Swami and Friends*. Oxford: Oxford University Press, 1978, pp. 94 - 95.

② ［英］凯伦·阿姆斯特朗：《神话简史》，胡亚幽译，重庆出版社2005年版，第17页。

拉扬自然而然地选择英语作为其文学创作的语言，即使遭遇创作出版的困境，他也没有放弃过英语创作。

在20世纪初期的印度民族主义语境中，纳拉扬并没有使用当时惯行的标准衡量或排斥英语，而是有着相对客观、开放的英语观。"纳拉扬是从印度的语言现实出发来看待英语这一交流工具的。他尊重历史和现实，把英语当作印度的一种语言，而不是当作英国人的语言，突出了英语的印度性和印度英语的独立地位。"① 在其散文《五十年》（"Fifty Years"）中，通过英语与法官的精彩对话，纳拉扬客观地承认了英语本土化的历史，赋予了英语印度身份。

> 我是比你更印度的，你或许已有五十、六十或七十岁，但实际上我却存在于这片土地已达两百年。
> 或许，你们将我视为大英帝国统治的标志，但实际上我却是女神萨拉斯瓦蒂的奉献者，是她最坚定的侍女。②

因此，对于纳拉扬而言，使用英语和运用英语进行文学创作并不意味着背叛印度。此外，他坚信英语不仅不会束缚个人的意识观念和思想感情，而且能够使他自由地表达自己的民族情感和文化体验。对纳拉扬的文学创作而言，英语只是一种写作媒介，自己的文学创作之所以能够进入世界文坛，并不仅仅是英语的力量，更是印度文化与文学传统浸染下所产生的文学艺术的力量。在纳拉扬的印度史诗重述三部曲中，英语已是符合其思想与精神表达方式的本土化语言。通过自然流畅的英语，纳拉扬重述深具印度文化意蕴的古印度史诗及其插话，表达印度人深邃的神话思维与宗教、人文观念。通过具有鲜明"印度性"英语重述的古印度史诗故事，纳拉扬"建构了民族的文化身份，表现了印度文化、历史的伟大力量，用英语向世界读者展示了鲜明的印度品格"③。

---

① 王春景：《印度作家R. K.纳拉扬的英语创作》，载《燕赵学术》2010年第1期，第192页。

② R. K. Narayan. "Fifty Years". In *A Writer's Nightmare: Selected Essays (1958—1988)*. New Delhi: Penguin Books, 1988, p. 15.

③ 王春景：《印度作家R. K.纳拉扬的英语创作》，载《燕赵学术》2010年第1期，第194页。

在《印度作家之问题》("The Problem of Indian Writer")一文中，纳拉扬还指出，英国的殖民统治改变了印度传统，英语不仅带给印度以新的文学形式，而且将西方文学引入了印度作家的视域。① 小说这一新文学形式，刺激了印度作家关注社会现实的意识觉醒。纳拉扬在古老的印度文学与西方文学之间寻找与思考平衡之法，以结构严谨的故事叙述取代印度散漫无序的故事传统，以简洁明快的语言取代印度传统文学讲究华丽辞藻的语言。纳拉扬印度史诗重述三部曲中故事主题的自然表达，就是其以一个熟稔印度文化的印度人那种漠然的处世态度与生活哲学，巧妙地将西方文学技巧与印度传统素材相结合的产物，无疑"成功地于英语艺术之中，自如地表达了印度体认"②。

（五）纳拉扬个人文学生活经验

纳拉扬以小说创作著称，借鉴与吸收印度史诗与神话养分成为其后期小说创作的一种习惯，并有目的地作为一种叙述技巧深层次地运用于小说的叙述层面。它们"无处不在证明纳拉扬致力于印度生活的实际观察与对印度史诗原型神话与人物的研究"③。印度史诗、神话传说与民间故事中的宗教与哲学信仰，及其所赋予印度传统生活的一些价值观念，不可否认地赋予了纳拉扬小说独特的艺术魅力。与早期惯于南部印度本土文化书写体现普通人物精神的作品相比，自20世纪50年代和60年代开始，他的作品在结构上明显地纳入了因果报应和印度精神发展的观念框架。这种创作思想在其代表作《向导》中达到了极致。但是，在纳拉扬的作品中，这种因果报应和印度精神发展最终总能归置于一种不分绝对对错、全面考察人性的平衡观。这种平衡观来源于印度教传统宗教观念，它认为世界只不过是对与错的不断平衡。印度教传统宗教故事与古老神话传说中的人、仙人、恶魔与天神共存于宇宙之中，彼此奇妙地相互牵制作用，维系着宇宙秩序的平衡。

---

① R. K. Narayan. "The Problem of Indian Writer". In *A Story-Teller's World*. New Delhi: Penguin Books, 1989, p. 15.
② William Walsh. *R. K. Narayan: Critical Appreciation*. New Delhi: Allied Publishers Private Limitied, 1982, p. 6.
③ Jagdish Mujalde. "The Use of Mythology in Novels of R. K. Narayan". *Shrinkhala*, 2014, 2 (3), p. 83.

纳拉扬的小说从现代视角重新展示了这种观念,其看似简单而缺乏新意,却深邃而不易理解。因此,文学评论家认为,在一定程度上,纳拉扬的小说就是现代意义上的印度神话与寓言,反映了印度古老的传统与文化。纳拉扬的后期作品,无一不在揭示一个真理:现代印度生活是一个看似真实的幻象而已,尽管秩序总被打乱,但最终总能恢复,走向平衡。"这是一个循环往复的过程,它既是历史,也是神话。"①

《马尔古蒂的食人者》同样是这种平衡观的力作。在小说中,纳拉扬指出,恶魔式的人物往往具有非凡的力量、奇特的才能与权力,他们自认为凡人或天神对他们都无计可施。通过小说中的人物沙斯特里(Sastri),纳拉扬更是强调,虽然每一个罗刹的自我总会出于种种因由不断膨胀,自认为不可战胜,超越一切正法,但是总有某种力量,或早或迟总能将其摧毁。而这种力量总在维持着现实生活中善恶之间的平衡。② 20世纪60年代的《众神、诸魔与其他》选取的古印度史诗插话故事,纳拉扬在重述的过程中,以人与罗刹、天神与阿修罗等进行斗争与平衡,正是这一善恶平衡观的具现。众神和诸魔已然是印度传统文化中不可或缺的一部分,也是纳拉扬创作灵感的源泉。纳拉扬认为,众神或诸魔的诞生,源自人的邪恶或善良,神话世界只不过是现实世界的寓意映射。纳拉扬的这种神魔观、人生观与哲学观,反映出印度传统文化的深刻影响。

而人神魔、善恶之争的故事模式,近似于印度宗教传说中毗湿奴和湿婆故事的模式,"纳拉扬在现代生活中发现了这些古老的法则,并以这种结构方式把印度的现代生活和古老的精神文化联系在一起"③。这一故事结构反映了印度文化强大的生命力,同时也反映出纳拉扬说故事的非凡天赋。"纳拉扬将神话运用作为呈现当代真理的策略,彰显了他的创作才华。"④ 纳拉扬正是以这种方式重述古印度史诗及其插话故事,将古代印

---

① 王春景:《真诚与欺骗:〈向导〉》,载《外国文学评论》2013年第3期,第132页。

② R. K. Narayan. *The Man-Eater of Malgudi*. Mysore: Indian Thought Publications, 2000.

③ 王春景:《R. K. 纳拉扬的小说与印度社会》,河北教育出版社2010年版,第185页。

④ Chandra Shekhar Sharma. "R. K. Narayan: A Study in Religion and Myth". *International Journal of English Language, Literature and Humanities*, 2014, 2 (6), p. 19.

度神话精神与思维融入现代历史语境，并呈现出弥新的主题意蕴。

总之，在古印度史诗中，不仅史诗的核心故事是一个个伟大的故事，史诗插话中诸如神话传说、寓言故事也有很多伟大的故事。纳拉扬重述的史诗故事都是古印度史诗中著名的故事，久传于印度社会。这些古印度史诗中的故事按照古代印度人的真、善、美或崇高的理想标准，描述了他们那个时代伟大的历史人物与传奇性的事件。这些伟大的故事又以其深富愉悦与魅力的情节、充满哲思的语言与独具特色的风格，不仅鼓舞了印度人解脱于日常的黑暗，同时给予他们以力量与希望不断直面不可知的未来。那一个个"在很久很久以前"的开场，总能叫人屏住呼吸、生出好奇，以一种亲善的力量沉浸于其中。关于什么是"伟大的故事"，当代印度小说家阿兰达蒂·洛伊说道：

> 伟大的故事，就是那些你听到过、还想再听的。那些故事你可以全然深入其中，可以自在地沉浸于其中。它们不用惊悚的情节和高超的结尾来误导你，也不用出人意料的东西让你惊讶。它们就像你住的房屋，或者爱人肌肤的气息一样熟悉。你知道怎样结尾，但还会听，就好像你没听过一样。就像你知道有一天会死掉，但你还活着，好像不会死一样。那些伟大的故事中，你知道谁活着，谁死了，谁找到了爱，谁没有找到。但你还想再了解一下。这就是它们的秘密，它们的魅力。①

纳拉扬重述古印度史诗中讲述的这些伟大故事，其本质在于再一次讲述一代代人传承的文明传统。这些伟大故事的经典情节在不同时期与不同文化背景中被人们反复重温与回味，并被一次又一次地进行"再创作"。纳拉扬只不过是这一传统接力中的一环而已。因此，纳拉扬的印度史诗重述，反映的是现代印度人对古代印度伟大的祖先和英雄们永不停止的联想、评价与阐释而进行的再创作。

---

① ［爱尔兰］理查德·卡尼：《故事离真实有多远》，王广州译，广西师范大学出版社 2007 年版，第 19 页。

第二章　三部曲的故事元素重述

讲故事（叙述）的活动是一个民族继承文化传统和引导社会性格的重要文化活动，叙述艺术"因而也就成为一个民族的艺术文化中至关重要的部分"①。叙述学（叙事学）理论认为，所谓"叙述（叙事）"简单而言就是"讲故事"。一个完整的叙述文本，按照结构主义叙述学，分为故事和话语两个层面。这种二分法由法国结构主义叙述学家托多罗夫（Tzvetan Todorov）最先于1966年提出，主要用来"区分叙事作品中的素材与表达形式"②。西蒙·查特曼（Seymour Chatman）在其著作《故事与话语：小说和电影的叙事结构》（*Story and Discourse：Narrative Structure in Fiction and Film*，1978）中认为，故事（story，histoire）指"叙事文的内容即事件与存在物"③，包括行动、状态事件与人物、环境等存在物；话语，即表达或叙述，指"内容被传达所经由的方式"④，简单而言就是文本中故事的语言文字表述行为。从文本讲述故事的实质而言，故事指向"说什么"，而话语则指向"怎么说"。从叙述学的研究角度出发，故事研究倾向于叙述作品的内容，分析其深层结构与故事情节的逻辑；话语研究则倾向于故事表现方式的规律，旨在说明故事、叙述行为和叙述文本之间的关系，分析谁在讲故事、在何时何地讲、通过何种方式讲、讲到何种程度等问题。

作为古代印度著名的叙述作品，古印度史诗以及依附于史诗中的插话故事，在故事与话语两个层面有着显著区别于其他叙述作品的特点。古代

---

① 高小康：《中国古代叙事观念与意识形态》，北京大学出版社2005年版，第12页。

② 申丹：《叙述学与小说文体学研究》，北京大学出版社2001年版，第14页。

③ 王先霈、王又平主编《文学批评术语词典》，上海文艺出版社1999年版，第301页。

④ Seymour Chatman. *Story and Discourse：Narrative Structure in Fiction and Film*. New York：Cornell University Press，1978，p.19.

◎ 再现史诗印度

经典叙述文本的重述,对源文本故事内容的继承是前提和出发点。纳拉扬的古印度史诗和插话的重述自然也不例外。纳拉扬重述的史诗故事和插话承载着强大的文化功能,这些故事不仅建构了古代印度人生活的丰富性与复杂性,也承载了古印度先民生活与文化的本质。尤其是其中的插话故事,是理解古代印度人生活和历史的一种最佳方式。而纳拉扬的史诗重述旨在通过叙述故事这一最有效的表达手段和民间文化本质特征,使他的文本读者能够了解一个来自远古印度的"异在性世界",更好地理解印度先民的生活与文化、历史与精神。因此从本质上来讲,纳拉扬的文本存在故事与话语两个层面,故事层面重在继承,而话语层面则突显创新。纳拉扬的古印度史诗重述三部曲基本继承了所选史诗源文本中的核心故事与插话故事的主要内容,但这种继承也是吸收变化中的继承,有着纳拉扬文本自身的特点。

第一节 故事构架的调整变化

我国著名的文学理论家童庆炳认为,故事是"叙事的基本成分,是叙事的存在形式,是叙事的内在动力"①。从叙述学的角度来说,叙述文本一旦离开故事,叙述的真正意义也会随之消亡。而对于读者来说,故事属于潜藏在文本之下的构造,读者无法直接读取,必须通过对事件序列按时间顺序重新编排,并且对故事情节的复述等方式加以重构而成。"故事作为一种构造,有它自身构成与相互结合的一些基本原则。这些基本原则在叙事作品中具有某种共性的特征。"② 反而言之,故事的创作者讲述故事,就是对故事元素的深层构造。

作为印度史诗源文本故事的读者,同时又是自己重述三部曲文本的作者,纳拉扬既要在创作意识中解构源文本各个故事的深层构造,同时又要对源文本这些故事主体结构的组成元素以及这些主体组成元素之间相互依存的关系进行重新组织和编排,创作出自己的新印度史诗故事文本。

---

① 童庆炳:《文学理论教程》,高等教育出版社2006年版,第205页。
② 谭君强:《叙事学导论:从经典叙事学到后经典叙事学》,高等教育出版社2008年版,第22页。

一、故事结构的变化

故事是叙述性作品的灵魂，故事内部元素的组织构造与总体安排即故事结构，决定着故事讲述的形式，同时关系着整个叙述作品的谋篇布局与表达效果。我国明末清初著名的文学理论家李渔在谈及作品故事结构时曾说过："工师之建宅亦然：基址初平，间架未立，先筹何处建厅，何方开户，栋需何木，梁用何材，必俟成局了然，始可挥斤运斧。"① 李渔将创作叙述作品视为如同建造房屋，将建构故事结构比喻为房屋构架，需要建筑物中各要素之间的特殊搭配与巧妙组织，可见故事结构的重要性。无论是古印度各大史诗源文本，还是纳拉扬的印度史诗重述三部曲，都可以视作一个大故事框架，而其中的各个故事独立存在，形成一个个自成一体的小框架。在这大框架内，故事小框架各有其结构规则。古印度史诗中的故事经由纳拉扬的组织安排，就呈现出了不同于源文本大故事框架和小故事框架的特点。

（一）主体结构的变化

在古印度史诗源文本中，故事的主体结构建立在古印度史诗独具特色的框架式结构上，插话则作为一些次一级的故事单位依附于这一大故事框架之上。古印度史诗框架式的故事结构是一种连串嵌入式的故事叙述结构，具有很强的开放性。各类插话以连接式、镶嵌式的方式成为框架式结构中的某一序列。这种故事结构的特点与优势在于它克服了传统单篇故事由于故事篇幅短小、故事内部结构元素单一而造成的表现力不足的缺陷，形成了对话中套有对话、故事中嵌有故事（或叫"连锁故事"），无限扩张框架层次与故事集合容量的结构形式。在这一结构内，故事以大故事套中故事、中故事套小故事、小故事套小小故事的方式呈环状递增，"这种做法可以循环地应用着，成为一连串的'故事环'，系在一个主要的线索上"②，构成一个累积的群体。框架结构中的故事环，外环可以大至无穷大，内环则可以小至无限小，如同中国套盒和俄罗斯套娃一样。理论上，

---

① 李渔：《李渔全集》第三卷《闲情偶寄》，浙江古籍出版社1991年版，第4页。
② 柳无忌：《印度文学》，台北联经出版事业公司1982年版，第109页。

故事可以永不停止地讲下去，故事的容量因而得以扩张，故事的讲述时间随之逐渐延长。

古印度史诗的这种框架式结构，是"一种具有印度特色的叙述形式，它使故事成为关于人类存在的永恒原型（timeless prototype of human existence）。在书中，故事里镶嵌着故事，主要故事的线索在很多的叙事后方可理清。有时候主要故事似乎已被遗弃或丢失，但接下来又重新开始讲述，这使叙述在大河流泻与时间无限的意义层面上进行。因此，这些故事都是原初而永恒的，它们天荒地老而又生机无限"[①]。古印度史诗的这种框架式结构在阿拉伯世界得到了更开放性的演进，不仅"故事环"环环相扣，而且出现了几个故事互相嵌套的形式，也有几个故事并列连串的形式，即在讲述故事的时候，"一个故事往往会引发出其他同类故事，这样既可以反复阐明中心故事的主体，又能够造成种种悬念，具有很强的艺术感染力"[②]。

这种结构的主要原理是基于"叙述者"与"受述者"的处理，采取对话的方式，故事依附于对话，出现于"叙述者"与"受述者"的对话之中。当需要嵌入一个次一级故事时，上一级故事以同样的原理将故事人物转化为"叙述者"与"受述者"进行对话，次一级故事成为对话的内容，组成框架式结构中的层次序列。以此类推，框架层次越来越多，故事越来越多。古印度各大史诗正是凭借这种容纳百川的框架式结构，使其自身构成了一个规模宏大、结构精致的故事体系。例如，在大史诗《摩诃婆罗多》中，《初篇》就已经开始采用框架式故事结构。在飘忽林中仙人的邀请之下，歌人厉声讲述了自己在镇群王蛇祭大典上听来的《摩诃婆罗多》故事（护民子讲述），讲述《摩诃婆罗多》故事梗概时，插入了蛇祭的故事（四篇），蛇祭的故事中又插入了鹏与蛇结怨起源的故事，这一故事之下又插入了天神与阿修罗搅乳海的故事传说。

纳拉扬印度史诗重述三部曲中的故事结构，也注重故事的连接，却放弃了镶嵌式的框架式结构。在主体结构"叙述者"和"受述者"的处理上，纳拉扬控制住了"叙述者"与"受述者"的层次演变，即源文本中

[①] ［印度］I. N. 乔杜里：《印度叙事学》，引自尹锡南译《印度比较文学论文选译》，巴蜀书社2012年版，第509页。

[②] 张莎：《析〈一千零一夜〉的框架式故事结构》，载《语文学刊》2009年第9期，第136页。

出现的插话故事中的人物转化为"叙述者"与"受述者"的层级再生功能。主体结构只保留了一位叙述者，所有的故事保留其独立性，以并列形式集合于同一层次之上，但是又通过将其中一些故事人物或故事主题类同的故事组成一个小合集，罗列相似的叙述成分，表达类同的思想和理念，使故事合集的意义增值，从而形成了有别于源文本故事结构的新样式。这一样式同样可以依据类同合集数量控制故事集合的规模，同时保留了结构的精巧性，形成了一个新集合类型的故事体系。

在纳拉扬的印度史诗重述三部曲中，文本的主体结构是相同的。故事的叙述者只有一位，那就是"讲故事的人"。"受述者"是乡间的乡民和作者"我"。《众神、诸魔与其他》可以看作一本由印度史诗中的插话重述后集结而成的故事集。《摩诃婆罗多的故事》与《罗摩衍那的故事》既可以看作是对古印度史诗源文本中婆罗多族后裔插话和罗摩插话的演绎，同时也可以看作是对古印度史诗核心故事的一种演绎，前者细化插话故事，后者简化史诗故事。但是，所有重述后的故事都处于并列的同一层次，而且不论何种形式，纳拉扬的印度史诗重述三部曲都继承了古印度史诗各个故事的基本内核。

简而言之，《众神、诸魔与其他》之所以可以视作故事集，是因为文本中的十五个插话故事的重述是基于"讲故事的人"这一叙述者进行并联而成的，"讲故事的人"这一在文本中讲述故事的角色并没有参与到重述的插话故事的任何情节之中。印度史诗重述三部曲中的其他两部也是同理。

(二) 附表层结构的增加

然而，纳拉扬的印度史诗重述三部曲虽然继承了源文本对话体讲故事的叙述特点，但是在结构上，文本基本摆脱了古印度史诗框架结构的局限。纳拉扬将史诗源文本中的插话和核心故事并列起来，全部由同一个讲故事的人来讲述。这样，纳拉扬继承了基本故事，在此基础上又形成了重述文本自身的特色。

此外，在这个"讲故事的人"并置故事的主体结构之外，纳拉扬设置了一个更大的外层结构——附表层结构，即纳拉扬关于印度史诗重述三部曲创作动机和经历的阐释。这些附表层结构主要包括三部曲每部开端的"序言"，《摩诃婆罗多的故事》和《罗摩衍那的故事》中的"故事人物

◎ 再现史诗印度

（与地名）列表"，《众神、诸魔与其他》中的"故事中的神"和书尾处的"宇宙笔记"，《众神、诸魔与其他》中五个大部分开场前对所要讲述故事内容与精髓的概述。这几篇附属内容既可以看作相对独立的创作纪实，同时也可以看作对故事成分的补充。这些篇章相对独立，却又不游离于重述三部曲的整体结构之外，而是十分紧密地依附在每部作品的主体结构躯体之上。这样一来，这些篇章让史诗重述文本的阅读者可以清醒地意识到，在印度史诗重述三部曲中，除了"讲故事的人"这一个守居乡村场域的讲述者之外，还有一个统领印度史诗重述三部曲的共同讲述者——纳拉扬。这个附表层结构让纳拉扬时不时出现于文本之中，巧妙地介入主体结构叙述，从而做到了故事结构层叙述者与主体结构层叙述者的叙述层次交流、叙述时间上的现在时与故事时间过去时的跨越，同时还巧妙地嫁接了纳拉扬的创作现实与史诗重述故事的具体作品情节。不仅如此，纳拉扬有时作为主体结构中"讲故事的人"的一个听者、文本中的一个形象，与"讲故事的人"交流故事内容，同时对故事的某个部分在流传中发生了的变化做出解释。如《沙恭达罗》的结尾处，纳拉扬不仅还原文本中插话的内容，而且对迦梨陀娑改编《沙恭达罗》成梵剧中的结尾做了介绍与呈现。

> 上面讲述的故事基于事实来源于《摩诃婆罗多》。以此为纲，迦梨陀娑（如同莎士比亚运用了《古希腊罗马名人传》）于公元 5 世纪写下了他著名的诗剧《凭表记认出沙恭达罗》（*Abhijnana Shakuntalam*）。Abhijnana 意为"印章"或"表记"；情节在一只表记上发生了转变，并使主角失去了记忆。《凭表记认出沙恭达罗》可以称作为是围绕健忘主题进行创作的最早的故事。
>
> 在迦梨陀娑的版本中，整个几近悲剧的情节出自坏脾气和说话刻薄的敝衣仙人（Durvasa）发出的一个诅咒，他在这一天来到坎瓦的静修院，发现沙恭达罗心事重重。她竟然因为思念刚刚离她而去的豆扇陀没有注意到这个重要的拜访者的到来。仙人大喊出他的诅咒："从现在开始，你所想的那个人将会把你忘记。"……①

---

① R. K. Narayan. *The Indian Epics Retold*: *The Ramayana*, *The Mahabharata*, *Gods*, *Demons*, *and Others*. London: Penguin Books, 2000, p. 600.

纳拉扬史诗重述文本中这种附表层结构的运用，最早可以追溯至意大利小说之父乔万尼·薄伽丘（Giovanni Boccaccio）的《十日谈》（*The Decameron*）。在《十日谈》中，薄伽丘采用了阿拉伯的《一千零一夜》与印度《五卷书》等东方世界优秀的民间故事文学作品的框架式结构，同时添加了其独具特色的附表层结构，形成了"大、小框架"加附表层结构的结构模式。纳拉扬的印度史诗重述文本吸收了自薄伽丘以来西方文学经典有机整饬的传统结构基因，并对其进行了改造加工和创造性发展，摆脱了印度史诗框架式结构的束缚，强化了附表层结构的运用。这种简化了的主体结构，加上附表层结构的形式，不仅有利于加强结构内部的有机联系，而且更为重要的是有助于有序地表达故事内容和制造轻松的表意环境。同时，它还能更为简单地标记自己的创作动机，进一步阐发自己的创作意识。

二、故事功能的变化

从叙述结构的层面而言，故事是一种兼具时空结构与历史结构的立体式叙述结构。以语言文字符号叙述而成的故事背后，隐藏着一个架构复杂的精神世界与生活世界，它通常能够激活阅读者潜在的文化与审美心理结构，唤醒阅读者的形象记忆与空间构建能力。在故事构架的研究中，作为一个结构的故事，由若干的结构素（structural factor）构成。如果故事中的一些关键性结构素发生变化，故事的整体构架也会发生变化，导致故事的异变。因此，要把握故事的结构及其变化，首先要把握故事的结构素。故事最基本的结构素是功能，罗兰·巴特（Rolamd Barthes）甚至认为，"一部叙事作品从来就只是由种种功能构成的，其中的一切都表示不同程度的意义。这不是（叙述者方面的）艺术问题，而是结构问题"[①]。

在叙述作品中，"所谓功能，指的是作品中一切有意义的最小的成分（包括指示体）"[②]。在具体的故事中，功能对故事行为者的行动进程产生作用。功能不仅仅局限于行为者的行为，而且包含与行为及其关系相关联

[①] ［法］罗兰·巴特：《叙事作品结构分析导论》，引自张寅德编选《叙述学研究》，中国社会科学出版社1989年版，第11页。

[②] 景秀明：《纪录的魔方：纪录片叙事艺术研究》，文化艺术出版社2005年版，第395页。

的具体细节,如某一物件或风景。例如史诗《脚镯记》中,脚镯是整个故事中对男女主人公人物命运起到转折性作用的物件。脚镯导致了男主人公被陷害,造成了国王与王后的误判,推动了故事的发展,为女主人公愤怒进入王宫控诉国王、怒烧王宫埋下伏笔。又如《摩诃婆罗多》中黑公主德罗波蒂选婿大典上的大弓和《罗摩衍那》中悉多选婿大典上的湿婆大弓,都具有改变故事情节、推动故事进程的作用。具体而言,功能就是叙述者要表达的一个内容单位。确定功能的"依据就是这个单位元素在其中起的'作用'"①。功能的上一级单位是序列,序列之上是故事线,故事线之上才是故事。功能、序列、故事线都是故事的结构素。

(一)故事功能体与指示体的存与变

罗兰·巴特认为,功能具体可以分为"功能体"与"指示体"两种。功能体的主要作用是介入故事情节,是联系构成情节的事件(event)之间前后因果的纽带,与行为的功能性相符合。例如,古印度史诗《摩诃婆罗多》插话《老鹰与鸽子》的故事中,与尸毗王割肉相关联的内容单位是把肉献给老鹰养育妻儿,或用肉来换取鸽子的性命。在具体的故事中,故事功能体受到文本自身的限制,阅读者对故事功能的确定取决于文本中的事件系统(event system)。事件是故事中的核心部分,不论叙述作品讲述何种内容的故事,以何种方式讲述,都离不开具体的事件。事件通常指过去发生、现在正在发生与未来将发生的能够引起状况发生变化的行为者的行动。这个行为者可以是人物,也可以是动物与神等起推动力的形象。

热拉尔·热奈特(Gerard Genette)认为,作为话语对象而接连发生的一系列事件以及与之相关联的诸多因素共同构成故事,使其成为叙述作品中"所指"或被叙述的内容部分。傅修延教授将事件称之为"叙事文本的细胞"②,掌握事件规律及其组织结构,有利于指导和讲述故事。事件与事件之间存在具体所指、规模、时长之分,并且一个大事件可以包含多个小事件,诸多小事件也可同属于同一大事件。例如,古印度史诗《摩诃婆罗多》插话《老鹰与鸽子》的故事中,尸毗王割肉是一个大事件,这

---

① 王先霈、王又平主编《文学批评术语词典》,上海文艺出版社1999年版,第176页。
② 傅修延:《文本学:文本主义文论系统研究》,北京大学出版社2004年版,第163页。

一个事件包含小事件因陀罗与火神化身老鹰与鸽子考验尸毗王、尸毗王救助鸽子、用肉来换取鸽子的性命等。

就叙述文本的内容结构层面而言，故事属于系列事件筑构而成的集合结构。"叙述就是讲故事，给一系列事件以特殊的形式。从而产生相当于或大于各个部分之总和的意义。"[①] 在故事中，作者将人物参与或经历的行动，从具体的叙述语境或者话语的排列中抽取出来，按照一定的逻辑关系、时间顺序，重新进行构造和描述出来。更简单地说，故事即"被讲述的全部事件"[②]。因而，事件及其构成的事件链、事件系统对故事功能的确定起着制约性的作用。

一个事件在具体的叙述作品中，因其与其他事件构成的关系、构成的语境不同而呈现出多个不同的功能。对于已经传承数千年的古印度史诗插话而言，插话故事中的许多事件已经成为不可缺少的内容部分固定与保留下来。纳拉扬在重述这些事件的同时，重新对其中的客观事件进行阐释，创作出与源文本插话中事件序列不一致的新文本。

这种变化由功能体的核心功能与催化功能来完成，前者推动情节前进，后者基于前者的框架，将情节补充、扩展、丰富，并使之具体、完整、丰满。"核心功能是情节的核心，它组成了情节的基本框架。在情节中，核心单元是不能省略的，一旦省略，就会破坏基本的叙事逻辑。"[③] 例如，《老鹰与鸽子》的故事中，"尸毗王救鸽子"作为功能体，起到的是核心功能的作用，因为这一事件为故事设置了一个选择悬念，开启了一个有待确定的局面。"尸毗王割肉"同样也起到核心功能的作用，因为它作为故事发展的必然趋势，使故事发展达到高潮，维持了故事的发展。这些功能在《老鹰与鸽子》的故事情节的进程中是不可或缺的。因此，纳拉扬在重述这一故事的时候，这些事件按照故事流传的习惯，作为核心部分，被保存了下来。在众多史诗故事重述的过程中，纳拉扬将保留核心功能体作为重述的基本原则而被一以贯之地执行。有些故事的核心功能体在

---

① ［美］于连·沃尔夫莱：《批评关键词文化与文化理论》，陈永国译，北京大学出版社2015年版，第213页。
② ［法］热拉尔·热奈特：《叙事话语　新叙事话语》，王文融译，中国社会科学出版社1990年版，第198页。
③ 景秀明：《纪录的魔方：纪录片叙事艺术研究》，文化艺术出版社2005年版，第400页。

故事流传的过程中，因为世俗异变而发生了变异，纳拉扬对此甚至也加以保留。例如，在重述《摩诃婆罗多》插话《沙恭达罗传》这一故事的时候，结尾处豆扇陀与沙恭达罗相认的情节因其合理性问题而在历史流传的过程中发生了变化。尤其是迦梨陀娑的梵剧《沙恭达罗》，将豆扇陀在王宫内接受沙恭达罗的情节改变为大地女神从天而降将沙恭达罗直接带走，让豆扇陀经受后悔之苦，在豆扇陀经历很多年的悔悟之后，才让其与沙恭达罗重聚。纳拉扬在重述这一核心功能体的过程中，既保留了源文本《摩诃婆罗多》插话中的源事件构成的情节，同时借助"讲故事的人"之口对比迦梨陀娑版《沙恭达罗》有关这一部分事件的细节，从而以对比的形式保留了源文本及其变异的内容。

核心功能体是故事结构中的关键，而起催化功能的非核心单元功能体则通常用来填充核心功能体之间的叙述空隙，尽管可以被去掉而不影响情节逻辑，但美学效果会因它的缺失而有所削弱。因此在史诗故事重述过程中，纳拉扬有选择性地对催化功能体进行了保留，并基本上通过对话的形式进行了演绎。

另一大功能"指示体"主要提供相关情况，对人物和环境进行描述，是对核心功能体的扩展与修饰。"指示体"可分为迹象与情报两种，"前者表示性格、感情、气氛和哲理，后者用来识别身份以及定时定地"①。迹象即特征，涉及故事中人物、环境与情节等，通常具有含蓄的所指。情报通常指一些具有直接意义指示的纯数据，带来的是现成知识，也无含蓄意味，如故事中某一事件参加的具体人数、某一角色的具体年龄、故事事件发生的具体年限等。由于迹象与情报相比故事内容的其他部分重要性相对薄弱，因此，纳拉扬对史诗源文本中的大量的迹象与情报内容进行了删减，然后多以对话性的功能体来体现这些部分的功能，不再详述。

（二）故事序列的调整

通过功能体的选择，纳拉扬确定了印度史诗重述故事内容框架的基本构成。但依据何种逻辑组合排列这些功能体，使故事的讲述达到极佳的美学效果，就要求在故事序列上做出新的编排调整。结构主义叙述学家托多

---

① [法]罗兰·巴特：《叙事作品结构分析导论》，引自张寅德编选《叙述学研究》，中国社会科学出版社1989年版，第16页。

罗夫认为,"序列是可以构成完整而独立的故事的各种有关陈述的汇集或排列"①,在结构上由功能与功能组合而成,是大于功能一级的结构素。在叙述作品中,最小的序列可以仅由一个功能体构成,一个序列即一个新的结构素,随时可以作为更大一级序列的结构项而运行。例如,纳拉扬关于大史诗《罗摩衍那》插话《众友仙人传》的重述,将原来分布在不同叙述层次中的插话故事以时间序列的排布方式,调整为如下一系列连贯的小一级序列,强化了故事的因果连贯性:

拜访修道院—盛宴—夺牛大败—第一次苦行成王仙—大战极裕仙人再败—第二次苦行—创造陀哩商古宇宙—成梵仙等序列结构素,在创造陀哩商古宇宙这一序列中,陀哩商古意想升入天国—极裕仙人之子拒绝—众友仙人助力—入天坠落数次—众友仙人创造倒立宇宙。

另外,通常一个序列可以构成一个完整而独立的故事,同时又是大一级故事的结构成分。序列的概念由法国结构主义叙述学家克洛德·布雷蒙(Claude Bremond)提出,用以强调功能与功能之间的逻辑关系,但需要明确的是,功能与功能之间的逻辑关系仅是一种可能的逻辑关系。② 这恰恰是许多经典神话故事之所以能够得以重述的逻辑空隙。布雷蒙将故事的序列分为"基本序列"和"复杂序列"两大类。所有的故事都建立在基本序列之上,故事之变化都源自基本序列的搭配形式的转化。

故事的基本序列由三大功能构成:一是"目的情景的出现",功能以将要采取的行动或将要发生的事件为形式,表示可能发生的变化;二是"行动过程的发生",功能以进行中的行动或事件为形式,使目的愿望的出现所造成的潜在变化可能转化为现实;三是"行为结果的产生",功能以取得结果为形式,结束变化的过程。例如,纳拉扬在重述《众友仙人》中的陀哩商古故事时,依据的就是三大功能依次展开。陀哩商古想要升入天国的功能是促使"目的情景的出现";陀哩商古请求极裕仙人之子帮忙的功能是导致"行动过程的发生";陀哩商古倒立在众友仙人创造的宇宙中的功能是"行为结果的产生"。

---

① 王先霈、王又平主编《文学批评术语词典》,上海文艺出版社1999年版,第305页。

② [法]克洛德·布雷蒙:《叙述可能之逻辑》,引自张寅德编选《叙述学研究》,中国社会科学出版社1989年版,第154页。

三、故事情节类型与情节结构模式的变化

在纳拉扬重述史诗故事的过程中，较之源文本故事，还有一个重要的故事结构素的变化值得重视。这个重要的结构素是介入大序列和故事之间的"故事线"。以色列结构主义叙述学家施劳米什·里蒙-凯南（Shlomith Rimmon-Kenan）认为："'故事线'与一个完整的故事结构相似，所不同的是前者只限于某一组人物。……当围绕同一组人物发生的一连串事件在作品本文中成为起支配作用的故事要素时，这些事件就构成了主要故事线（不幸的是，对于什么是支配作用并没有明确的标准）；而围绕另一组人物发生的一系列事件就是故事的次要故事线。"① 可见故事线的确定以人物为依据，但不局限于主人公，故事线在结构上与一个完整的故事结构相似。例如，大史诗《罗摩衍那》中，主人公是罗摩，但是根据故事线的特征，罗摩的故事构成了一条故事线，反面主角罗波那的故事和神猴哈奴曼的故事以及罗什曼那、悉多等人的故事也可以分别构成故事线。

（一）故事线的变化

由于故事线的确定以人物为依据，又不局限于主人公，因此，在叙述文本中，出现多少人物就会有多少条故事线。尽管如此，但在具体的故事结构中，故事线与故事线的重要性有着天壤之别。同样以大史诗《罗摩衍那》为例，罗摩、罗什曼那、设睹卢祇那、婆罗多四兄弟中，罗摩、罗什曼那两个人物的故事线在整个故事中十分突出，婆罗多这条故事线在整个故事结构中也相当重要，但是设睹卢祇那这条故事线几乎可有可无，他的故事对大故事的情节影响甚微。因此，在一个大故事的所有故事线中，"有的故事线是情节中必不可少的，缺少它，情节就是不完整的，这些故事线，我们可以称之为核心故事线，而有的故事线，它的最大作用就是在核心故事线的框架中把情节补充、扩展，使之丰满起来。我们把这些故事

---

① ［以色列］里蒙-凯南：《叙事虚构作品》，姚锦清等译，生活·读书·新知三联书店1989年版，第29页。

线称为卫星故事线"①。

在叙事作品中，结构素序列的组合可以使读者很好地分析作品故事的情节逻辑与连接方式。而叙述作品中的结构素故事线，其核心故事线与卫星故事线的分类以及不同故事线的组合，可以使读者很好地把握作品故事的情节类型。在叙事作品中，根据故事线的组合方式可以分为单线、复线、多线三种情节类型。其中，单线故事通常少见，复线与多线情节类型又可根据核心故事线的数量分为主副线情节、双情节类型和多情节类型。主副线类型中两条或多条故事线平行发展，但其中一条故事线为核心故事线，构成主情节，其他都是卫星故事线，为次情节。双情节类型和多情节类型主要指故事中有两条或多条平行或交叉发展的核心情节线。这两大类型中的故事线互不干扰，单独发展，因而无法分出主副和从属关系。

古印度史诗源文本中的插话故事，尽管不同的故事中各个人物在整个故事中所占的比重不一，但通常采取的是主副情节类型，以一个人物（主人公）的故事线为核心故事线，其他人物的故事线为卫星故事线。有些故事如《摩诃婆罗多·初篇》插话《迅行王传》与《迅行王后传》，虽然主人公迅行王雅亚提的出现是在仙人云发与迅行王之妻天乘的故事结束之后，但是仙人云发在此后的情节中并没有出现，因此，他的故事线依然属于整个迅行王故事的卫星故事线。当然也有特殊情况，如《摩诃婆罗多》故事中主人公般度五子由五位兄弟组成，在与反派主角持国百子的故事对比中，般度五子是一个整体，共同推动着故事情节的发展，但是五位兄弟又各有故事，而且每个人的故事比例不相上下。因此，般度五子五条故事线交织在一起，可被视为核心故事线。

纳拉扬的印度史诗重述，在对所有插话故事的整理和故事线的组合安排上，整体继承了史诗源文本插话故事主副情节类型。故事的讲述主要集中在核心主人公身上，以这一主人公的故事线作为主情节，其他人物的故事皆为卫星故事线，补充、扩展和丰满以主人公的故事为主的故事线。例如，在处理《摩诃婆罗多的故事》中般度五子故事线交织的情况时，纳拉扬将视角主要以般度五子的大哥坚战为主，其他人物的故事线都围绕这条

---

① 景秀明：《纪录的魔方：纪录片叙事艺术研究》，文化艺术出版社2005年版，第428页。

核心故事线发展，并辅助、补充和丰满这一核心故事线。此外，纳拉扬将源文本中作为卫星故事线的人物的故事抽出，独立成篇，发展成为核心故事线。例如《罗摩衍那》中的反派人物罗波那，纳拉扬将其在这一大故事中的故事线抽离出来，结合《罗摩衍那》中的插话《罗波那传》，组成重述后的新故事《罗波那》。在重述故事《罗波那》中，罗摩这一在《罗摩衍那》故事中作为核心故事线的情节和悉多、罗什曼那等重要的卫星故事线，都成为补充、完善与丰满罗波那故事的卫星故事线。又如《德罗波蒂》，在《摩诃婆罗多》中，德罗波蒂的故事是辅助核心故事线最为重要的卫星故事线，但是这条故事线被抽取独立出来，结合《摩诃婆罗多·初篇》中的插话《五个丈夫的故事》，被重述为核心故事线，而史诗源文本中般度五子这条交织的核心故事线则成为这一大故事的卫星故事线。

纳拉扬在史诗重述过程中对故事线的这种调整与组合，实现了多条故事线与多套结构整合、串联于统一的核心故事线上的目标，依据意义观念的联结，使重述后的故事的存在具备了明确具体的指向和清晰确定的意涵。

（二）故事情节的模式化

在叙述学中，情节一直是一个十分复杂且又难以定义的概念。叙述学家申丹教授在梳理情节概念的阐释时认为，"如果故事事件在作品中起了一种骨架的作用，即使不具因果关系，也可称之为情节"[①]。但是通过对故事线的分析可知，故事情节实际上可以理解为由众多的故事线组合而成的结构素。故事情节的主次关系与类型由不同类型的故事线组合排列而成。核心故事线在作品故事中起骨架作用，构成故事的核心情节或主情节，其他卫星故事线作为辅助与补充，构成故事的次要情节或副情节。情节虽然不同于故事，但是如同故事线一样，包含相同的事件，与一些完整的故事结构相似。情节在叙述文本中的最后实现形式就是故事结构。可以说，"情节是结构化了的故事，其中的人物、时间与空间诸因素的叙述安排都体现了作者的主观意志"[②]。

---

① 申丹：《叙述学与小说文体学研究》，北京大学出版社1998年版，第50页。
② 徐岱：《小说叙事学》，中国社会科学出版社1992年版，第220页。

保罗·利科（Paul Ricoeur）认为，叙述中的情节统一了叙述中的各种因素，使叙述成为可理解的手段。情节的这一特征使其"成为了时间性与记述性相互关系的集中表演场所，成为语言把人的思想、认识、行为及其对象综合成为可理解的'文本'单位的关节点"①，从情节、事件与故事的关系来看，即"情节将事件变为故事"②。我国著名的叙述学家赵毅衡甚至认为："情节（plot 或 action）是叙述学的最核心问题，是任何叙述之所以为叙述的原因。"③

不同故事情节的组合形成故事的总体结构，不同的叙述作品具有不同的故事情节模式。在古印度史诗源文本中，有一些情节单元被史诗中的故事特别是插话反复运用，构成源文本故事中相对稳定的故事情节，并形成一定的故事情节模式，从而成为古印度史诗故事文本的基本叙述规范。这些基本叙述规范中的一些本质性的恒定因素不会随着时代的变迁和创作者的文学素养以及关注点的相异而发生变化。正是这些相对稳定的恒定因素，确定与维持了古印度史诗故事的基本特征，纳拉扬的史诗重述才有了基本的依据。对于史诗故事中一些恒定的因素，纳拉扬专门在附表层结构文本中进行了描述。

> 所有这些故事都有着一些共同的元素，即先人们在森林中生活，通过苦行和沉思寻求生命的启示（称作"塔帕"，tapa）。恶魔的造物们也从事着紧张的苦修，获取奇异、无限的力量，并不断骚扰人类和神族，直到一个救世主的出现，将他们消灭。在接下来的这些故事中，恶魔罗波那和《曼摩陀》中的陀罗迦，就是这类造物。
>
> 国王在这些故事中是行动的人，发动战争和开拓疆土是他们合法且公开的行为。国王根据印度教圣典为他指明的准则，严格地管治着他的臣民。有时他们背离准则，从而经历巨大的磨难（《德罗波蒂》中，赌博是般度族的劣势，《那罗传》中的英雄那罗也一样）。有时，国王外出狩猎，与随臣失散，步入一些机缘的境况，于是应验了他人

---

① 高宣扬：《利科的反思诠释学》，同济大学出版社2004年版，第153页。

② Paul Pricoeur. "Narrative Time". In *On Narrative*, J. W. T. Mitchell ed. Chicago：University of Chicago Press，1981，p. 167.

③ 赵毅衡：《广义叙述学中的情节问题》，载《江苏社会科学》2003年第3期，第192页。

生的转折，像这类故事有《诃哩湿旃陀罗王》和《沙恭达罗》。①

纳拉扬的古印度史诗的重述在情节结构上也形成了比较明显的模式化形态。一个是情节发展过程中的善恶二项对立，这种对立形成了插话情节的主体悲剧性；另一个是"大和谐"（包括"大团圆"）的结局模式，即使主体情节是悲剧性的，人物也是悲剧性人物，但是最终善总能祛除恶，达到和谐与团圆。前者反映的是善恶之间的对立冲突，后者反映的是冲突平息趋于和谐，体现了印度民族惩恶扬善的道德理想和崇尚和谐、圆满的深层审美文化心理。这两种模式化的情节结构整体上来自史诗源文本，纳拉扬对此加以保留。但同时，纳拉扬也结合了故事情节在历史演变过程中的一些变化，比如《沙恭达罗》的结局，纳拉扬结合迦梨陀娑的经典梵剧结局模式进行了讨论。

人物角色的设置也呈现出了模式化的特征。源文本故事中基本是以善为代表或象征的人物作为主角，宣扬他们的故事以达到教化的目的。

他们的故事模式是：

平静美好的生活—遭遇命运（苦难与不幸，天神、仙人的考验）—经受磨难—摆脱困境（通过考验）—重新恢复平静美好的生活。

但是纳拉扬的史诗重述却摈除了这种限制，将恶之代表的人物也纳入其中。如《提毗》中的马希沙和《罗波那》中的罗波那所代表的恶，经历的是反英雄的系列过程。在纳拉扬的笔下，恶魔们呈现出了更丰富的性格。

他们的故事模式是：

不凡的出生—坚定的苦行—获得天神赐福—骄傲自满、作恶犯错—遭遇克星—誓死不悔—壮烈死亡。

对于善恶人物都作为故事人物主体出现，纳拉扬有自己的论述。

> 梵天是创造者，毗湿奴是维护者，湿婆是毁灭者，他们和众多小神（因陀罗为首领），甚至大量被广泛称为恶魔——阿修罗和罗刹的邪恶力量，加上地球上的国王和仙人，在神话故事中扮演着重要的角

---

① R. K. Narayan. *The Indian Epics Retold: The Ramayana, The Mahabharata, Gods, Demons, and Others*. London: Penguin Books, 2000, p. 386.

色。这些不同类型的存在彼此之间施加的压力,和他们之间不同程度的复杂关系,诞生了我们故事中的系列事件和样式。①

纳拉扬印度史诗重述三部曲中人物设置与情节结构的模式化构成了文本稳定的故事框架,彰显了三部曲文学样式的文化内容与其独特的叙述特征,"表达了创作者和阅读者共同的文化心理诉求,成为沟通作品文化特征与读者审美体验的桥梁"②。

第二节　角色功能的分配优化

在叙述作品的研究中,故事结构的功能、序列与故事线等的研究属于横向组合研究范围。有些叙述学家如布雷蒙与罗兰·巴特等不满足于此,想要对故事结构进行纵向的深层研究,人物作为故事角色成为这一领域的重要内容,因为人物在故事情节的关键时刻做出的选择确定了故事的进一步发展。人物的行为只是故事情节的表层。在叙述作品中,人物无疑是故事各组成部分中的首要因素,塑造人物是决定叙述作品美学价值的重要环节。

纳拉扬重述的史诗故事中的主要人物角色,基于叙事诗源文本,大体可分为两种类型:神话人物和英雄人物。"所谓'神话人物',乃是见诸叙事诗的诸神(尚有种种精灵、魔怪以及仙人等),成为叙事诗中不可或缺的人物形象,具有其特定的职能和作用,并反映一定的宗教信仰、崇拜仪礼乃至思想意识等。而英雄人物,则大多与神话人物有着血缘的和非血缘的关联,为神的行为和意志所左右,在既定的范围内展开其活动。神话人物和英雄人物又均为叙事诗深化结构的总的规律所制约。"③ 如何重新塑造这些人物,是纳拉扬史诗重述的关键环节。

---

① R. K. Narayan. *The Indian Epics Retold*: *The Ramayana*, *The Mahabharata*, *Gods*, *Demons*, *and Others*. London: Penguin Books, 2000, p. 384.
② 罗立群:《论明清剑侠小说的情节模式》,载《明清小说研究》2011年第4期,第62页。
③ 魏庆征编《古代印度神话》,北岳文艺出版社1999年版,第447页。

长期以来,尽管存在诸多人物研究理论,但是人物性格研究一直是叙述作品人物研究的重点,性格型人物因其强调故事人物心理的可信性和性格特征,被称为"心理性人物"。现实主义文学理论更是将人物性格中个性与共性统一的"典型性格"作为主要研究内容,因为人物的这种统一中蕴含着深刻的社会关系。结构主义叙述学兴起之后,人物功能成为其主要的研究对象。"功能性人物"观认为,叙述作品中的人物与故事情节的发展密切相关。人物是为了叙述文本构造情节而设置,是情节发展中的行动元,其动作推动了故事中事件的向前发展。"这样,叙事作品中的人物就有了双重特性:即角色与行动元。"① 角色之所以能够推动故事情节的发展,在于角色本身作为故事中行动力因素的存在。角色不仅承载着故事本体中的某种力量、精神或意识形态要素,"也包含了故事发展的若干要素,一个角色意味着一种行为模式和价值取向,角色的年龄、外貌、社会身份等具体的因素也代表了情节发展的环境因素以及故事中矛盾的具体形式"②。因此,结构主义叙述学认为,角色功能是故事的核心要素。

作为史诗故事中的核心要素,史诗故事中的很多主要人物角色已经在流传的过程中深入人心,实际已经成为印度社会的一种文化符号,是印度社会生活中的某种典型。"作为文学形象的高级形态之一,典型是文学言语系统中显出特征的富于魅力的性格。它在叙事性作品中,又称典型人物或典型性格。"③ 因此,古印度史诗故事中的这些人物角色都是具有"典型性格"的人物。在纳拉扬的史诗重述过程中,这些人物的角色特征被以较稳定的因素和必须继承的文本特征保留了下来,因为这些角色特征能够直接作为印度文化符号进行表征,而且过多的改动必然会导致史诗重述本与源文本亲缘上的疏离,从而使史诗重述失去清晰的参照坐标。同时,纳拉扬深知,阅读故事的人往往将对故事的理解与关注放在角色身上,对故事角色进行比较且反思自身,并与作品发生共鸣。因此,纳拉扬在史诗故事重述的实践中,继承性地保留了"母题"与角色特征此类具有较强识别性、对叙述而言最基本的故事要素。正是这些历经时代洗礼、特征鲜明的

---

① 步雅芸:《经典与后经典:简·奥斯丁的叙事策略》,浙江大学出版社2014年版,第64页。

② 高娴:《叙事文本改写研究》(学位论文),武汉大学2011年,第43页。

③ 童庆炳主编《文学理论教程》,高等教育出版社2007年版,第215页。

人物角色，成为纳拉扬史诗重述三部曲最具辨识力的文本标志，直接表明了纳拉扬的史诗重述本与叙事诗源文本之间的继承关系。

纳拉扬保留了源文本史诗故事中的主要人物及其角色特征，以此来保证源文本与史诗重述本之间清晰可辨的关联性。但同时，纳拉扬史诗重述三部曲在叙述故事的过程中，对充当故事角色的人物数量以及人物之间的矛盾关系模式做出了新的调整与设置，因为这两点都是影响故事情节发展的重要因素。纳拉扬对这些情节发展影响因素的调整和设置，都属于角色功能的优化。

一、角色类型的精简

在文学叙述学诸多人物研究理论之中，普罗普（Vladimir Propp）的角色理论与格雷马斯（Algirdas Julien Greimas）的行动元理论影响最为深远，适用性也最为广泛。他们的理论都属于"功能性人物"研究理论。普罗普在其《故事形态学》（Morphology of the Folktale，1928）中鲜明地提出了角色功能（人物功能）的概念："功能指的是从其对于行动过程意义角度定义的角色行为。"[①] 普罗普认为，角色与功能项构成相对应的关系。普罗普将俄罗斯民间故事中的历时性展开的叙事单元功能归纳为 31 种，而将共时性、静态的功能角色概括为 7 种：主人公（hero）、假主人公（false hero）、坏人（villain）、施与者（donor）、帮助者（helper）、被寻求者（princess，公主）、派遣者（dispatcher）。普罗普进一步指出，角色功能是故事中稳定的、不变的因素，角色的具体所指并不重要，重要的是角色在 7 种功能中的归属和角色在故事中的具体作用。例如，在大史诗《摩诃婆罗多》插话《罗摩传》中，故事中的系列人物并没有完全呈现出普罗普的 7 种角色，主要体现了 5 种功能角色（见表 2.1）。

[①] ［俄］弗拉基米尔·雅可夫列维奇·普罗普：《故事形态学》，贾放译，中华书局 2006 年版，第 17 页。

表2.1 《罗摩传》人物的普罗普功能角色列表

普罗普的功能角色	《罗摩传》中的角色	角色功能
主人公	罗摩	恢复平衡状态,拯救公主(悉多)
假主人公	—	貌似好人其实是坏人(无)
坏人	罗波那	打破平衡状态(夺取悉多),创造叙述复杂化
施与者	天神、仙人	给予英雄(罗摩)信息或忠告,助于解决叙述的转折
帮助者	罗什曼那、猴王须羯哩婆、神猴哈奴曼等	帮助英雄(罗摩)恢复平衡状态(夺回悉多)
被寻求者(公主)	悉多(弥提罗国公主)	受坏人(罗波那)胁迫,亟待英雄(罗摩)拯救
派遣者	—	派遣主人公出任务(无)

在《结构语义学》(Structural Semantics,1966)中,格雷马斯对普罗普人物行为功能的概念进行了突破,大胆地提出"行动元"(actants)的概念,将普罗普的7个行动角色简化为6个具有叙述功能的"行动元"、3对"二项对立"①:主体/客体(subject/object)、发送者/接受者(sender/receiver)、辅助者/反对者(helper/oponent)。格雷马斯还将这3对行动元放置于一个共时性的矩阵里,提出了"行动元结构",使人物的角色功能更加明朗化,更具概括力,适用的范围也更广,如图2.1所示。

图2.1 格雷马斯"行动元结构"模型

---

① [法]格雷马斯:《结构语义学》,蒋梓骅译,生活·读书·新知三联书店1999年版,第256–257页。

在这些行动元中，主体与客体指的是追求某种目标的角色与其所追求目标，两者是叙述作品中最重要的角色功能。关于发送者与接受者，发送者指的是促使主体为追求目标而行动的或为其提供追求目标与对象的某种力量，它既可以是一个或多个人物，也可以是某种抽象的社会力量；接受者即获得对象者，往往与主体是同一个人物；两者实际上属于一种授受关系。辅助者与反对者则指在主体追求目标的过程中所遭遇到的施与援助的帮助者和设置阻碍的敌对势力。两个行动元的功能是对主体追求目标的过程起促进或阻碍作用，这些作用造成了主体追求目标过程中出现的波折与变故，使故事的情节发展变得波动曲折。

同样以大史诗《摩诃婆罗多》插话《罗摩传》为例，故事中的系列人物呈现出了格雷马斯的 6 种功能角色（见表 2.2）。

表 2.2 《罗摩传》人物的格雷马斯功能角色列表

格雷马斯的功能角色（行动元）	《罗摩传》中的角色	角色功能
主体	罗摩	追求欲望目标（拯救公主悉多）
客体	悉多	主体（罗摩）欲望追求（拯救）的目标
发送者	天神、仙人	促使主体（罗摩）追求欲望目标
接受者	罗摩	承受欲望目标（夺回悉多）
辅助者	罗什曼那、猴王须羯哩婆、神猴哈奴曼等	帮助主体（罗摩）实现欲望目标（夺回悉多）
反对者	罗波那及其辅助者	阻碍主体实现欲望（夺取悉多，阻碍罗摩夺回悉多），创造叙述复杂化

以格雷马斯的"行动元结构"模型来标识大史诗《摩诃婆罗多》插话《罗摩传》中的功能角色（行动元），如图 2.2 所示。

◎ 再现史诗印度

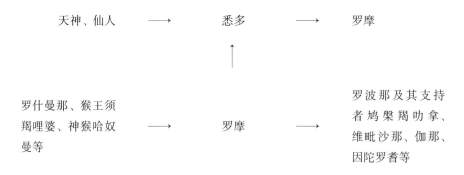

图 2.2 《罗摩传》中的功能角色（行动元）

格雷马斯的"行动元结构"注意到了人物之间复杂的心理动机对叙述模式构成的影响，围绕主体欲望的客体目标进行人物结构模式的建构，并将主体/客体间存在的欲望关系进行精神分析层面的诠释。格雷马斯认为，人物的行动构成了故事的意义，"叙事主体对作品角色模式的设置主要是一种深层的结构布局"①。

史诗源文本中有大量人物出场。"这在印度艺术发展的早期，完全是合乎规律的：因为一系列形象中的每一个形象，都是人类一种或几种品质的拟人化。……除了在古代印度长篇叙事诗中具有共同特点的英雄以外，也会碰到体现个人主义特点的主人公形象。达摩衍蒂（《那罗传》）和莎维德丽（《莎维德丽传》）的形象，就为这些特点提供了丰富的描写素材。"②

在纳拉扬的史诗重述三部曲中，纳拉扬虽然保留了源文本核心故事及插话中的主要人物及其角色特征，却在人物的角色模式设置上做出了新的结构布局。从格雷马斯的"行动元结构"出发，对纳拉扬的史诗重述三部曲与源文本故事或插话中的行动元进行比较，可以发现纳拉扬新人物结构模式的微妙之处，即前面提及的善恶人物、正反角色在主次要情节线的变化上产生的角色功能的变化，如《罗波那》中的罗波那。此外，对于格雷马斯的3对行动元，可以理解为6种不同的角色类型，通过角色类型的分布、行动元的变化，可以看出纳拉扬对一些源文本插话中具体角色类型的

---

① 曹高菲：《〈儿女英雄传〉叙事研究》，黑龙江教育出版社2009年版，第205页。
② 季羡林、刘安武编《印度两大史诗评论汇编》，中国社会科学出版社1984年版，第442页。

人物数量的增减变化。这种人物数量的增减变化在纳拉扬史诗重述三部曲中的《罗摩衍那的故事》和《摩诃婆罗多的故事》中十分明显。这两大故事是对两大史诗源文本核心故事所做的精心重述，也是对两大史诗做出的大刀阔斧的修剪，几乎只保留了与核心故事紧密关联的枝干情节和功能角色（行动元）。

二、角色描写的简化

在具体的人物角色描写过程中，较之插话源文本，纳拉扬做出了许多具体的调整。这些调整做到了整体上符合史诗重述三部曲文本简洁明快的风格。

（一）人物外貌与品性描写的减少

纳拉扬在史诗重述的过程中，注重通过人物的行动与语言来彰显人物个性化的性格，因此，他减少了不少插话故事中人物的外貌与品性描写。三部曲的史诗故事现代重述，从整体上而言，在人物和景物的描写方面都表现出极度精简的特征。以《摩诃婆罗多》中的插话《那罗传》与三部曲中纳拉扬的现代重述版为例，插话源文本对那罗外貌与品性的描写贯彻了史诗一贯的赞誉与渲染风格：

> 昔有一国王，那罗为名，
> 他是雄军之子，力大无穷，
> 具有一切优良品德，
> 容颜俊美，精通马性。
>
> 国王之中他最为出众，
> 如神主凌驾群王之顶；
> 又似太阳闪烁着光环，
> 万物之上高高地悬挂。
>
> 他尊重婆罗门，吠陀谙详，
> 是位英雄，是尼奢陀国王；

再现史诗印度

> 他好掷骰子，言语真诚，
> 他又是军队的伟大统领。
>
> 绝色美女都愿结姻缘，
> 这位保护者却约束感官；
> 弓箭手中他首屈一指，
> 他俨然摩奴亲临凡世。①

插话源文本中，那罗的力量、美貌、品行和才能等都得到了极度的渲染。史诗中讲故事的人将那罗作为国王之中佼佼者的形象呈现在读者面前。但是在现代重述版中，纳拉扬是这样描述的：

> 那罗王是尼奢陀国的统治者，尼奢陀国是个极度繁荣与美丽的王国，那里的人民过着和平与富足的生活，这反映了他们统治者的品质，他年轻、勇猛且正直。他依然独身。②

那罗王的统治者品质以其国尼奢陀国的繁荣与美丽、人民富足安宁来反映，其他则用"年轻""勇猛""正直"三个词全部概括。

又如对达摩衍蒂的描绘，大史诗同样写尽了其青春美貌与高贵光环：

> 单表达摩衍蒂妙腰女，
> 她美貌光艳，享有盛誉，
> 吉祥如意，福气绵长，
> 众世界里她声名远扬。
>
> 女郎生长到青春妙龄，
> 百名浓妆女仆来侍奉，
> 百名女友环绕在身旁，

---

① [印度] 毗耶婆：《摩诃婆罗多插话选》，金克木等译，人民文学出版社 1996 年版，第 486—487 页。

② R. K. Narayan. *The Indian Epics Retold: The Ramayana, The Mahabharata, Gods, Demons, and Others.* London: Penguin Books, 2000, p.551.

俨然与沙姬一般模样。

毗摩之女的体态绝美，
周身佩戴着珍宝珠翠，
她在众位女友当中，
似一道闪电放射光辉。

天神、药叉、凡人中，
或者是任何一处地方，
如同这般美丽的女郎，
从未目睹亦未听人讲；
这一位妩媚的女娇娘，
众神之心也为之荡漾。①

纳拉扬的现代重述版则通过一位诗人来描述她：

诗人将达摩衍蒂描述了一番。"定是那造物者在心情最佳时的垂爱，当我试图描绘她那眼睛、嘴唇、面容与仪态之时，我的口齿变得笨拙，连表达都不再连贯，我于是立即放弃了任何熟稔的词语，知晓它们皆无法将她充分描绘。"②

纳拉扬通过诗人之口，将纳拉扬的美貌说成是"定是那造物者在心情最佳时的垂爱"，直言词语无法充分描绘。将插话源文本中的华丽辞藻与赞誉之词彻底剔除，充分体现出了其表达语词的极简风格。

（二）人物心理描写的减少

在人物心理描写方面，纳拉扬也进行了大量的删减，然后通过对人物行动的直接叙述来简化叙事，减少人物的心理活动。同样以插话《那罗

---

① ［印度］毗耶娑：《摩诃婆罗多插话选》，金克木等译，人民文学出版社1996年版，第488-489页。
② R. K. Narayan. *The Indian Epics Retold: The Ramayana, The Mahabharata, Gods, Demons, and Others.* London: Penguin Books, 2000, p.551.

● 再现史诗印度

传》为例:

> 女郎们各个又惊又喜,
> 暗自把那罗赞美不已,
> 对那罗虽然默无一言,
> 内心却在不住地考虑:
>
> "啊,多么英俊!啊,多么可亲!
> 啊,多么坚定!这位高贵的人!
> 这是谁?是天神,还是药叉?
> 或者他会是一个健达缚驾临?"①

这是那罗出现在达摩衍蒂的选婿大典上,众女郎们见到那罗的英俊美貌和高贵气质时的一段心理描写,旨在突出那罗在众国王中的出众之处。但是在纳拉扬的三部曲现代重述文本中,连女郎们见到那罗并赞美那罗的小情节都没有,心理描写就更是无从谈起了。

又如达摩衍蒂在大厅之中看见同时出现五个那罗王时的一段心理描写:

> 这位达摩衍蒂女娇娥,
> 费尽心思,努力琢磨:
> "我怎样识辨诸位天神?
> 我如何认出国王那罗?"
>
> 婆罗多之子孙啊!
> 毗德尔跋公主思索不停,
> 她的内心里非常的苦痛,
> 猛想起听说的天神特征:

---

① [印度]毗耶娑:《摩诃婆罗多插话选》,金克木等译,人民文学出版社1996年版,第502页。

"我从耆老那里曾闻见，
天神们具有一些特点，
站在这里地上那几位，
就连一个我也未发现！"①

插话源文本通过心理描写表现了达摩衍蒂面对五个那罗时的吃惊和痛苦心理，以此凸显达摩衍蒂的焦灼状态。但是在纳拉扬的三部曲现代重述本中，心理活动被省略了，直接通过叙述语言将那罗的惊讶和痛苦，以"不敢相信自己的眼睛"和"艰难地凝视"表达了出来。

简直不敢相信自己的眼睛，达摩衍蒂逼近一看，同一排中并列站着五个那罗，如五个同生子一台展出。她艰难地凝视着，却找不到方法将那罗从其他人中分离开来。②

（三）人物语言描写（对话）的合理调整

纳拉扬的史诗重述三部曲文本以人物语言的描写见长，特别是人物的对话。但是相对于同样以人物对话描写为主的某些插话，纳拉扬采取合理调整的方式对其进行了简化。一方面使人物语言不因过于繁复而影响叙述进程，另一方面重在使重述故事达到简洁流畅的效果。如《罗摩衍那》中的插话《罗波那传》中关于罗波那想要用甜言蜜语诱惑悉多的语言描写：

看到了我，你就遮盖起
那象鼻般的大腿、乳房和肚皮；
因为害怕我，你就想到
不让其他的人看到自己。

大眼女郎呀！我真爱你，

---

① [印度] 毗耶娑：《摩诃婆罗多插话选》，金克木等译，人民文学出版社1996年版，第511页。
② R. K. Narayan. *The Indian Epics Retold*: *The Ramayana*, *The Mahabharata*, *Gods*, *Demons*, *and Others*. London: Penguin Books, 2000, p. 556.

◎ 再现史诗印度

> 亲爱的！请你对我加恩！
> 你具备着完美的道德，
> 你夺走世间所有人的心。
>
> ……
> 这一些林子，
> 就坐落在海边上；
> 里面长满开花的树，
> 蜜蜂在那里闹嚷。
> 黄金的项圈，
> 装饰着你的身体；
> 腼腆女郎呀！
> 请来同我游戏。①

史诗源文本第 18 章中，罗波那用了整整 35 个诗节的篇幅来赞美悉多和表达自己的爱意。语言详尽，用词直白夸张，反映了罗波那表达爱意的浮夸性。但是在纳拉扬的史诗重述文本中，这一章充满自我表达欲望的文字被精简为以下的一段描写：

> 我会等待的。望着我，我如今可是这宇宙之中最伟大的存在。天神们提及我的名字都会为之颤抖。我的财富和力量无人能敌。我的祷告、冥思和学识天下无双。凭借我特殊的能力，只要我愿意，我便能召唤像梵天和湿婆那样伟大的天神。别做愚蠢之人了！不要将你的美貌浪费在隐蔽和悲伤之中。我会让你做我的后宫之主。你会享尽我所有的财富和权贵。随你所愿，你可以施舍任何人礼物。做我的王后吧，让我们快乐地周游这世界。来，做下决定！你试图让自己变得难看，但你的美貌仍未见衰减。你可知我多么渴望你的触摸，为你的美貌痴狂，除此我别无他想。②

---

① ［印度］蚁垤：《罗摩衍那（美妙篇）》，季羡林译，吉林出版集团股份有限公司 2016 年版，第 212—220 页。

② R. K. Narayan. *The Indian Epics Retold*: *The Ramayana*, *The Mahabharata*, *Gods*, *Demons*, *and Others*. London: Penguin Books, 2000, p. 445.

罗波那在这段文字里既宣示了自己存在的伟大，拥有财富与力量、学识与智慧、过人的能力等，同时又施以利诱，许诺悉多"后宫之主"的权力，且不忘赞美悉多的美貌，表达自己"痴狂"的爱意。在这一小段描述中，纳拉扬将罗波那自大和自傲以及自恋的性格表露无遗。

第三节　环境描写的配置简化

环境是"指作者在塑造人物形象的过程中，为表现人物的行为和情节发生、发展而创造的空间和生存条件"①。在叙述作品中，人物虽然是故事叙述的中心，但人物的行为活动却离不开具体的环境，人物的生命进程与生命质量无不依托于环境而存在。"环境在特定的时间内，是人物活动的舞台。"② 在叙述作品中，"没有对人物生存的环境做出具体、合理的描写，人物的一切行为、思想感情的交流、性格的形成便失去了客观的依据"③。因此，环境描写是刻画人物与制造氛围、进行作品空间建构的重要艺术手段。

人物生存与活动的环境可分为自然环境与社会环境。在叙述作品中，"环境描写就是指人物生存、活动和事件发生、发展的自然环境和社会环境所作的形象描绘"④。其中，主要以涉及人物生存活动最多的社会环境描写为主。因此，关涉作品内容的一定历史时期的社会背景与环境又称为大环境，而关联人物活动的具体场所和情景则称为小环境。环境描写的主要功能，通常可分为三类：第一类是交代作品故事的时代背景；第二类是渲染故事的氛围；第三类是烘托人物的性格。此外，环境描写对一些故事情节的推动发展、人物心理情感的衬托以及作者思想感情的抒发也起着重要的作用。实质上，叙述作品中的环境描写是对作品中人物在所处外部世界的存在方式或生存状态所进行的反思。

---

① 于天全、刘迅主编《文学写作》，重庆大学出版社2014年版，第216页。
② 郭超：《小说的创作艺术》，花山文艺出版社1982年版，第140页。
③ 于天全、刘迅主编《文学写作》，重庆大学出版社2014年版，第216页
④ 龙钢华：《小说新论：以微篇小说为重点》，湖南人民出版社2006年版，第128页。

无论是在史诗源文本中，还是在纳拉扬的史诗重述三部曲中，环境描写都是十分重要的艺术手段。纳拉扬的史诗重述三部曲为了实现文本叙述的精简化以及故事发展的特殊需要，在不同程度上对史诗源文本故事中的社会环境与自然环境都做了相关的处理。

一、社会环境描写

在叙述作品中，"社会环境描写，是对事件的发生和人物所处的时代、具体地域、乡土民情、人际关系等的描写。它除了交代事件发生的时间、地点、原因之外，主要展示人物性格形成的社会原因、社会背景，揭示出种种复杂的关系等"[①]。以直观的绘画做比较，社会环境描写相当于绘画中的"风俗画"。社会环境描写的范围很广，大至整个社会、整个时代，内容包括社会制度和政治、经济、文化生活以及能反映社会与时代特征的建筑、场所、陈设等景物和民俗风情等；小至一个家庭、一处住所，包括人物工作、学习、交往、起居等生活空间及条件。

社会环境的描写不仅可以真实地反映特定历史时期社会与时代的矛盾特点、规律、趋向以及社会生活特色，而且有助于交代人物关系、烘托人物的内心活动与性格特征、揭示产生人物性格的社会基础及决定人物行动的因素。"恰到好处的社会环境描写能为作品中人物思想性格的形成提供符合生活逻辑的条件和依据。"[②]

在史诗源文本中，社会环境描写是占主导的环境描写，交织着人物的社会关系。根据其特点与作用，同样可以将其分为两种：社会历史背景与人物生活环境。社会历史背景的描写，主要指的是对叙述作品中人物所处的特定历史时代中某些特定的社会生活情境的描写。人物生活环境的描写主要指对人物生活的具体环境的基本格局、陈设布置、色调气度等的描写，主要用来烘托人物的思想、性格与身份等特征。纳拉扬的史诗重述以不同的方式对这两种社会环境的描写进行了改写与处理。

---

① 陶然、萧良主编《现代汉语写作辞典》，中国国际广播出版社1995年版，第203页。

② 庄涛、胡敦骅、梁冠群主编《写作大辞典（新版）》，汉语大词典出版社2003年版，第543页。

(一) 化有为无

纳拉扬的史诗重述三部曲文本常常直接删除源文本插话中的一些对情节的发展没有实质影响的社会环境描写。采用化有为无的手法，一方面是因为这些社会环境描写多是对某一城市与王国的社会状况的描写，另一方面是因为源文本插话出于赞颂某一位国王的社会治理能力的目的，对其治理之下的社会环境的描写在内容上对情节而言可有可无。纳拉扬基于简洁情节的需要进行了删减。如大史诗《摩诃婆罗多》中的插话《沙恭达罗传》中，源文本插话作者对豆扇陀国王治理之下的社会环境进行了极尽赞美之言的描述：

> 没有人种姓混杂不清，
> 不需要人去从事耕种，
> 没有任何人犯下罪行，
> 在他统治的王国之中。
>
> 人人尽享合法度的欢愉，
> 人人又兼得正法和财力，
> 人中之虎啊！
> 在那位国主当政的时期。
>
> 亲爱的！不为偷盗害怕，
> 也不必担心会饿上一霎，
> 更没有染疾患病的恐惧，
> 在那位国主的治理之下。
>
> 各个种姓都安守本分，
> 并非有所求而敬天神，
> 他们依靠大地保护者，
> 哪里会有恐惧和担心！①

---

① [印度] 毗耶娑：《摩诃婆罗多插话选》，金克木等译，人民文学出版社1996年版，第297-298页。

再现史诗印度

但是,在纳拉扬的三部曲版本中,对豆扇陀国王治理下的王国却只字未提。这不仅没有影响到史诗重述文本的情节叙述,而且使以沙恭达罗为主角的故事主线叙述更为清晰。

(二)化此为彼

纳拉扬在史诗重述的过程中,将源文本插话中本来是社会环境描写的内容转化为自然环境描写的内容,而且进行了简化。这种化此为彼的做法简化了叙述的成分,保证了故事叙述的简洁。如史诗《罗摩衍那》中的插话《众友仙人传》中关于婆私吒净修林的社会环境描写:

> 婆私吒的那一座净修林,
> 里面有各种的花果树木,
> 有悉陀和歌童来服事,
> 还挤满了各种各样的鹿。
>
> 点缀着神仙和檀那婆,
> 还有乾闼婆和紧那罗;
> 里面挤满了驯顺的猴子,
> 还有成群的婆罗门住着。
>
> 里面挤满了成群的梵仙,
> 成群的王仙也住在里面,
> 仙人苦行都很有道行,
> 高贵尊严,光辉像火一般。
>
> 这地方经常挤满了仙人,
> 有的只喝水,有的把气来餐,
> 有的只吃干了的树叶,
> 都高贵尊严像大梵天。
>
> 有的只吃果子和根茎,
> 驯顺、不怒、控制感官;

> 仙人们和婆罗吉厘耶,
> 举行祭祀,会把咒念。①

到了纳拉扬的史诗重述三部曲,他则将其极为简约地转化成了一段圣洁的自然环境描写:

> 国王环顾延伸在山谷和高地的景色,只见树木高耸,彩花遍地,地锦、灌木和绿茵漫山遍野;群鸟欢叫,赞歌回响,圣烟升腾,檀香和花香弥漫空中。②

这种化此为彼的手法,结合文本叙述情景的实际需要,简化文本的叙述过程,插话重述呈现出简洁、朴实的文体色彩。

(三) 化繁为简

在大史诗《罗摩衍那》中,关于社会环境的叙述往往过于烦琐,罗列倾向十分明显。例如,《美妙篇》中哈奴曼到达楞伽岛时,蚁垤对楞伽岛上建筑名称的罗列。为了找到悉多的下落,蚁垤经过许多后宫王殿,他一个一个地描述了这些宫殿,使整篇诗歌叙述处于停滞状态,行文堆砌臃肿。如哈奴曼来到罗波那宫廷内,巡视众多罗刹的房子寻找悉多时,对罗刹房子不厌其烦地罗列:

> 从一间房子到一间房子,
> 这猴子连花园一起巡视;
> 他镇定,丝毫也不惊慌,
> 在这宫殿里游荡不止。
>
> 他跳跃得异常迅捷,
> 跳到钵罗诃私陀的房上;

---

① [印度] 蚁垤:《罗摩衍那·童年篇》,季羡林译,吉林出版集团股份有限公司 2016 年版,第 326-327 页。

② R. K. Narayan. *The Indian Epics Retold*: *The Ramayana*, *The Mahabharata*, *Gods*, *Demons*, *and Others*. London: Penguin Books, 2000, p. 445.

◎ 再现史诗印度

　　　　这勇健的猴又跳上了
　　　　摩诃波哩湿婆的楼房。

　　　　然后这一个大猴子
　　　　又跳到鸠槃竭叻拿房上；
　　　　还有维毗沙那的房屋，
　　　　像成堆的云层一样。

　　　　他又跳到摩护陀罗房上，
　　　　还向毗噜钵刹的房顶跳动；
　　　　接着这一个大猴子
　　　　又跳上毗鸠吉诃婆的房顶；
　　　　……

　　　　风神的这个儿子跳上了
　　　　图牟罗刹和商婆底的住房，
　　　　毗鸠噜波、毗摩、伽那
　　　　和毗伽那的房子都跳上。

　　　　苏伽那婆和婆揭罗的房子，
　　　　舍吒和毗揭吒的房子，
　　　　诃罗婆揭哩那和檀湿特罗的房子，
　　　　噜摩舍这个罗刹的房子，

　　　　优桐摩陀和摩陀的房子，
　　　　陀婆伽羯哩婆和那亭的房子，
　　　　毗鸠吉宾陀罗和吉诃婆的房子
　　　　还有诃私底牟伽的房子，

　　　　迦罗罗和毕舍遮的房子，
　　　　还有守尼陀刹的房子，
　　　　他一个接一个地都走遍，

哈奴曼风神的这个儿子。①

而在纳拉扬的《罗摩衍那的故事》中，纳拉扬只用了一句"在竭尽全力，搜寻过所有的房屋建筑之后，他决心巡视森林与花园"②，语言简洁，毫不啰唆。

二、自然环境描写

"自然环境是指人物在接触自然景物，并在自然景物中活动的环境。它是由一系列与人的活动有关联的自然事物所组成。"③ 在叙述作品中，自然环境描写包括人物活动的时间、地点、季节、气候及景物等，范围极其广泛，凡地理山川、水域河海、城镇村庄、大路小巷、花草果木、鱼虫鸟兽、晴日云雨、霜雪雷电、皓月寒星等，都可以作为自然环境描写的对象。自然环境描写，相当于绘画中的"风景画"，在叙述作品中有着多种作用："首先能提供有关人物活动的自然背景或场所，形象地介绍出故事发生发展的时间、地点和条件，增强作品的画面感、形象感和时空情境的真实感，其次还能从侧面烘托人物的性格和内心活动或渲染某种气氛，抒发、表达作者以及人物的感情。"④

在史诗源文本中，自然环境描写虽然不是环境描写的主要对象，但是许多自然环境的描写为插话故事情节的展开提供了广阔的活动空间，为插话人物的思想性格提供了表现和衬托的环境。史诗作者通过自然环境的描写，有效地交代了史诗故事中人物活动的典型环境，烘托了人物的内心世界与性格，并推动了故事情节的发展。例如，大史诗《罗摩衍那》中，"蚁垤仙人最大的特点是他对大自然的爱。他对大自然的柔和、可怕或庄严的面貌进行细致的考察时表现出他非凡的洞察力。诗人在描绘大自然

---

① ［印度］蚁垤：《罗摩衍那·美妙篇》，季羡林译，吉林出版集团股份有限公司 2016 年版，第 84–86 页。

② R. K. Narayan. *The Indian Epics Retold*: *The Ramayana*, *The Mahabharata*, *Gods*, *Demons*, *and Others*. London: Penguin Books, 2000, p.150.

③ 干天全、刘迅主编《文学写作》，重庆大学出版社 2014 年版，第 216 页。

④ 林三松、任文贵、佟德真主编《写作艺术技巧辞典》，北京出版社 1994 年版，第 623 页。

时,有时通过清新而典雅的风格如实地表现出自然的实际景象,有时将人的感情和大自然的变化作对比,不用典雅的风格而采取一种自然生成的含蓄的手法。但是,诗人不注重奇特的自然景色,他将诗中人物或角色心理上的反应透过自然景色表现出来,并让这种反应和自然景色之间彼此协调交融"。"蚁垤仙人是大自然的真正画师,他通过各色各样的色彩在感情的画板上非常成功地画出了自然的图景,这些图景的线条细腻而又朴素。"①

纳拉扬的史诗重述,由于自身的创作理念、表现意图以及风格趣味的原因,往往根据重述故事中塑造人物、展开情节的需要,重新配置了相关的自然环境,合理地分配和描写人物活动的场景以及周围的自然景物。相比源文本中的故事,同样达到了交代背景、渲染气氛、推动情节发展、寄托人物情趣以及表现人物命运与性格特征的艺术效果,而且与重述故事的重要情节结合得更为紧密。

(一) 化有为无

纳拉扬的印度史诗重述三部曲对源文本故事中的一些对情节的发展没有实质影响的环境描写使用了直接删除、化有为无的手法。一方面,纳拉扬出于简化情节的需要,删减这些在内容上对情节原本可有可无的自然环境描写。另一方面,这些自然环境描写中的许多动植物,尤其是植物,学名过于印度化,非专家的读者甚至闻所未闻,容易引起阅读障碍,为了避免这种没有必要的障碍,可以删除。如《摩诃婆罗多·森林篇》里的插话《那罗传》中关于那罗抛下达摩衍蒂后,达摩衍蒂遭到猎人的调戏,独自进入森林时的自然环境描写:

> 森林中狮子、猛虎、野猪、
> 熊、麋鹿、豹子竞相追逐。
> 形形色色的鸟群散布四处,
> 野蛮人和盗贼在其中居住。
>
> 森林中生长着娑罗、毛竹、达婆、

---

① 季羡林、刘安武编《印度两大史诗评论汇编》,中国社会科学出版社1984年版,第7页。

圣无花果、黑檀、因古陀与忧何；
到处是孔雀以及苍鹰，
又有檀香伴随木棉树。

森林之中长满了瞻部树、芒果、
娄可罗、佉蒂罗、麻栗和藤葛，
遍布着迦希摩利、阿摩罗迦树，
无花果、迦丹波以及乌杜波罗。

林中遍布枣树和野苹果，
又生长满了印度无花果，
可爱的高大棕榈与椰枣，
诃利陀迦以及毗毗陀迦。①

这段自然环境的描写，对重述故事的整体情节的影响甚小，而且娄可罗、佉蒂罗、麻栗、藤葛、迦希摩利、阿摩罗迦树这些印度树木少有人知晓。因此，纳拉扬进行了删减。关于情节的延续，纳拉扬仅用了四个字——"穿过森林"。

（二）化繁为简

化繁为简主要是为了缩短叙述时间，使故事时间更为突出，故事情节更为紧凑，尤其是对自然环境的化繁为简。古印度史诗源文本故事中的自然环境的描写辞藻华美，描述详细，极尽渲染之能事。而纳拉扬的史诗重述三部曲重在叙述故事，因此环境描写往往轻描淡写，稍做渲染，旨在交代地点的转换。又以《摩诃婆罗多》中的插话《沙恭达罗传》为例，作者对国王豆扇陀进入干婆仙人的森林道院时所见到的周围环境的描写十分详细，如下：

却说国王正在观赏那座森林，其中有鸟雀十分喜人，他发现了一

---

① ［印度］毗耶娑：《摩诃婆罗多插话选》，金克木等译，人民文学出版社1996年版，第549-550页。

◎ 再现史诗印度

  座不同凡响的森林道院,风光美丽,令人心旷神怡。道院中遍布着种种树木,祭火光芒四射,有许多出家人和矮仙,到处是一群一群的仙人。道院中有许多处祭火坛,地上覆盖着散布的鲜花,多有茁壮高大的桃花心树,这道院因之绚丽辉煌。道院旁有一条神圣的玛梨尼河,国王啊!上下游净是幸福的流水,河面有一群群的水禽,河水给苦行林带来欢乐,河畔有许多驯顺的野兽。豆扇陀看到这些,感到很是高兴。

  战车武士、吉祥的国王,来到了那座森林道院附近,它恍若天界,处处分外迷人。国王看见一道河流,环绕着森林道院,满是圣水,其中孕育了各种生命,好似一位依偎在身边的母亲。那条河流的沙洲上有成双成对的赤鹜,河面漂浮着花朵和泡沫,岸边有紧那罗成群安居,又有猿猴和熊罴不断出没。神圣的诵经声顺着河水飘荡,几处沙洲更添增了美丽风光,醉象、猛虎和蛇王出没在河畔。

  观赏过环绕森林道院的河流,又看见了那座森林道院,那位国王当时产生了探访之念。几个小岛、美丽的河岸,国王看见这样一条玛梨尼河装扮的道院,浑似那罗和那罗延的天界,因有了恒河而美不胜收;国王走进了这座广大的净修林,有醉人的孔雀婉转啼鸣。……①

而在纳拉扬的三部曲中,有关这座森林道院的描写浓缩为以下一段话:

  这是个宁静的地方,所有的树下都围坐着学者,沉浸在学习之中;初学者吟唱着歌曲与诗句,圣火燃起的烟雾,在玛梨尼河岸的空气中萦绕。②

---

  ① [印度] 毗耶娑:《摩诃婆罗多》第一卷,黄宝生主持,金克木、赵国华等译,中国社会科学出版社 2005 年版,第 166-167 页。
  ② R. K. Narayan. *The Indian Epics Retold*: *The Ramayana*, *The Mahabharata*, *Gods, Demons, and Others*. London: Penguin Books, 2000, p. 593.

第三章　三部曲的叙述话语重构

在结构主义叙述学关于叙述文本故事和话语的二元区分法中，话语往往能反映故事与文本关系。话语强调的是故事经由何种方式而获得表达或叙述，或者说叙述话语如何作用于故事。这是结构主义叙述学研究的主要对象。申丹认为，"叙述话语主要以三种方式作用于故事：选择、组织、评论故事成分"①。这也是叙述话语的三种主要功能：从叙述选择可以考察作者对再现故事内容的选择情况；从叙述的组织可以探索作者对结构与语言技巧的组织与运用；从叙述评论可以分析作者对故事人物或事件的显性或隐性评论。

纳拉扬对古印度史诗故事的现代重述，实质上是对已有文本的一次大胆的解构与重构。因此，其要完成的不是原原本本地复制故事，而是再现故事中所蕴含的时代文化与精神。在重述史诗故事的过程中，纳拉扬既要把握改写的尺度和发挥改写的艺术，借助史诗源文本结构基础推陈出新，同时又要摆脱源文本中故事，特别是插话故事与文本结构的制约，承载与寄托自己的创作意图，使故事在形式的变换中诞生出新的意义。

在纳拉扬的印度史诗重述三部曲中，故事层面史诗的重述只是重述了史诗故事文本的内容层面。而文本叙述者的意图以及文本叙述所要传达出的艺术效果更多蕴含和体现在文本的话语层面，史诗源文本中这种叙述者的意图成分尤为复杂。在影响与制约文本叙述行为与话语模式的诸多因素中，文本的外在形式和内在策略是最为关键的两个方面。文本的外在形式因素是通向叙述文本意义的渠道，就叙述活动的整体构造而言，其表现为文本的叙述。认识文本的叙述，主要有两种不同的视角：一种是从文本内部构成的视角，多表现为叙述话语，探讨语言构成的话语如何叙述故事；

---

① 申丹：《从叙述话语的功能看叙事作品的深层意义》，载《江西社会科学》2011 年第 11 期，第 26 页。

● 再现史诗印度

另一种是从文本叙述交流的视角出发,多注重叙述策略,探讨叙事使用的策略如何展开情节。因此,"在语言上如何表述故事,以及从策略上如何揭示一段情节,这两者共同构成故事的叙述"①。

第一节 叙述语体的外向转化

"语体"是语言修辞学中被经常运用的一个基本概念,对其形式与定义学术界迄今看法不一。根据著名语言学家王德春先生的定义,语体"指根据不同的交际目的、综合采取不同的语言手段而产生的语言功能变体"②。文学是以语言为第一要素,担负着特定交际功能的语言艺术。因此,在文学领域内,运用不同的文学语言材料和语言手段形成的独具特色的语言表达体系(语言综合体,包括语言系统、语言修辞和语言风格),可称为文艺语体(或艺术语体)。文学创作者是文艺语体的直接生产者。根据不同的文学语言使用因素(如叙述内容、交流目的、交流场合等),创作者通过对文学语言材料的筛选与组合,创造出了某种符合文学交流目的的语体。

"语体"历来被看作可以与"文体"("文章体裁"或"语言体裁")和"语言风格"("言语风格")彼此替换的概念。但无论是将"语体"作为独立的概念,还是作为语言风格的一种,在语言的运用上,语体总是居于领先的位置。"写说者从确定表达意旨、收集材料、剪裁配置到写说发表这个语辞形成的整个阶段,'语体'总是'先行'的,而且是笼罩全局的。"③ 文学艺术创作的基本流程亦如此。"在文学艺术创作中,'语体观念'是第一位的,是发挥着重要的'先行'作用的。"④ "语体先行"的观念在文学创作中占据着重要的地位。

纳拉扬关于印度史诗的重述,可以看作纳拉扬"语体观念"在文学创

---

① 高娴:《叙事文本改写研究》(学位论文),武汉大学 2011 年,第 66 页。
② 张驰:《林纾语体观念研究》(学位论文),华东师范大学 2009 年,第 12 页。
③ 转引自盛永生《新时期语体研究中的论争》,载《修辞学习》2004 年第 2 期,第 48 页。
④ 张驰:《林纾语体观念研究》(学位论文),华东师范大学 2009 年,第 7 页。

作上的实践。纳拉扬印度史诗重述的过程，也必定是一个遵循语体先行、创作续后的过程。因此，作为史诗重述三部曲中故事叙述构成之一的语言表达，应当成为叙述话语分析中的首要方面，因为语言的选择和运用能够反映重述者的文化立场和创作意图。分析纳拉扬如何运用语言重述史诗故事的叙述语体及其语体观念，对于理解纳拉扬印度史诗重述三部曲及其再现的史诗印度意义重大。

一、英语语言的选择

既然叙述语体是语言表达体系，那么，首先就要考察纳拉扬印度史诗重述三部曲选择的语言，其次才考察其语言运用的特征及其产生这种特征的内部机制。纳拉扬史诗重述的源文本几乎综合了南北印度古代著名的史诗。由于印度在古代从来都不是一个国家，而是一个地理上的概念，因此，印度次大陆广阔的地域范围内存在着多种语言，古印度史诗也因为地域原因，被用多种语言传颂。考察纳拉扬的印度史诗重述三部曲的叙述语言，首先要了解古印度史诗源文本的语言及其运用特征。

（一）印度史诗源文本中的多元语言

在纳拉扬重述的史诗源文本中，除了泰米尔史诗《脚镯记》最初使用的是泰米尔语外，其余的史诗最初都采用梵语。泰米尔语是一种拥有超过 2000 年历史的古典语言，属于达罗毗荼语系南部语族泰米尔-卡纳达语支，是这一语系中最为重要的语言，也是印度最早出现文字的语言之一，最早可追溯至公元前 2 世纪。泰米尔语如同中文的古代文言文一样，至今仍在日常生活中继续得到使用。如今，泰米尔语属于印度宪法承认的 22 种官方语言之一。公元前 3 世纪至公元前 1 世纪，泰米尔语就已经形成了自己的文学语言，距今已有超过 2000 年的文学传统，且这一传统从未中断过，其中以桑伽姆文学最为鼎盛，留下了大量桑伽姆诗歌文献。《脚镯记》约成书于公元 5—6 世纪，接近泰米尔文学的宗教时期（公元 6—10 世纪），是宗教在泰米尔文学中大放异彩的时期。

梵语印度最古老的语言之一，"我国及日本依此语为梵天（印度教的主神之一）所造的传说，而称其为梵语"①。梵语是印度－伊朗语族的印度－雅利安语的一支，属于印欧语系，也是这一语系最古老的语言之一。梵语同属印度宪法承认的22种官方语言之一，但已逐渐退出日常生活，成为世界语言学研究的活化石之一。梵语于公元前14世纪因雅利安人入侵印度大陆而得到传播和发展，属于高种姓的语言，是古印度社会高种姓阶层的标志之一。早期的梵语无文字形式，主要通过史诗与婆罗门教圣典教义等方式口耳相传，因而具有长期的口语传统。梵语在发展的过程中日渐世俗化，于公元前4世纪出现书写形式。这一时期出现了现存最古老的梵语文法——《波你尼经》（Pāṇinisūtra）。《波你尼经》由印度古代语法学集大成者波你尼（Pāṇini）所著，因为该书一共有八章，又名《八章书》（Aṣṭādhyāyī），也即玄奘所谓的《声明论》。在印度，《波你尼经》是梵语学习的圭臬，此后陆续出现了一些修订、补充和注释《波你尼经》的著作。

梵语的字面意思为整理完好的语言，区别于印度民间俗语（Prakrit），又被称为雅语。"一般说来包括吠陀梵语、史诗梵语和古典梵语。我们现在所说的梵语主要是指史诗梵语和古典梵语。"② 相对而言，"史诗梵语在语音和语法变化上比吠陀语简易，它是一种比较通俗的梵语，既保留了一些吠陀语法形式残余，同时也受到方言俗语的影响。史诗梵语有别于这一时期正在形成的古典梵语"③。

梵语文学发端于吠陀时期（公元前15世纪—前6世纪）的婆罗门教圣典四吠陀和大量的梵书、奥义书等，这一时期又被称为吠陀文学时期。梵语文学发展的鼎盛时期为史诗梵语文学时期和古典梵语文学时期。公元12—14世纪后，梵语文学走向衰落，各地方言文学随之兴起。这两个时期的梵语文学根据梵语的分期，可称为史诗、往世书文学和古典文学。古典梵语文学作品成就斐然，对后世印度文学影响深远。史诗梵语文学时期，诞生了堪与吠陀经典齐名的"第五吠陀"：两大史诗《摩诃婆罗多》与《罗摩衍那》，以及众多的往世书文学，这些是纳拉扬印度史诗重述三部曲中故事的主要源文本。

---

① 摩诃衍：《梵语——神的语言》，载《佛教文化》2004年第6期，第34页。
② 黄宝生、释会闲：《〈梵英词典〉：佛经原典研究的重要工具》，载《中华读书报》2014年04月09日，第B94版。
③ 季羡林主编《东方文学史》（上卷），吉林教育出版社1995年（2006年重印）版，第64页。

在古印度，宗教祭礼与文化权力通常掌控在婆罗门与刹帝利种姓阶层手中，他们严格地控制着语言文字与文化话语权。这一特权同样体现在文学上，以两大史诗来说，长期以来都被视为政治、宗教与伦理教科书，其原因就是婆罗门阶层与刹帝利阶层长期控制着宣传政治与文化之工具——语言。古印度语言的这种权力之差，在古印度戏剧中体现得最为明显。戏剧中如天神、国王与婆罗门仙人等高贵人物通常使用梵语，低等种姓、妇女和作为丑角的婆罗门，则使用民间的俗语。在这一点上，泰米尔语也不例外，但史诗《脚镯记》却以商人夫妇为主角，并且回避当时的宗教纷争，赞扬各派宗教，因而备受推崇，得以广泛流传。

纳拉扬史诗重述故事的源文本，由于地域与语言文字的不同，拥有着大量的传本。例如两大史诗，"现存两大史诗的抄本很多，分成南北两种传本。抄本字体不一，北方传本有天城、舍罗陀、尼泊尔、梅提利和孟加拉字体，南方传本有天城泰卢固、葛兰陀和马拉雅拉姆字体"[①]。据印度梵语学家统计，《罗摩衍那》存在2000多种的手抄传本，梵文注释就多达50多种，早在9世纪就已有译本出现。16世纪由杜勒西达斯以印地语改写《罗摩衍那》而成的长篇叙事诗《罗摩功行录》，成为该书影响最大的改写作品，其在印度中部与北部地区的文学地位甚至超过了源文本史诗，被称为几百年来受印度教崇拜的文学典范、宗教圣典与百科全书。为了给两大史诗研究提供一个坚实的基础，"20世纪，印度梵语文学界从七百多种不同文本中，按照'尽可能古老'的原则，编辑、审定、校注出了两大史诗梵文精校本"[②]。《摩诃婆罗多》精选本（19卷，8万多颂）于1966年编撰出版；《罗摩衍那》精校本（近2万颂）于1975出版。

尽管如此，古印度史诗的文本至今还处在不断流动衍变之中，有些还在不断地被各种现代语言所翻译和改写，因此很难确定它们的原始形式。正如黄宝生在谈及《摩诃婆罗多》精校本时说道："《摩诃婆罗多》精校本不是恢复传说中的毗耶娑创作的《摩诃婆罗多》，也不是恢复毗耶娑的弟子传诵的《摩诃婆罗多》。它只是在现存的各种并不古老的抄本基础上，提供一种尽可能古老的版本，也就是可以称作现存所有抄本的共同祖先的

---

① 季羡林主编《东方文学史》（上卷），吉林教育出版社1995年（2006年重印）版，第75页。

② 王治国：《集体记忆的千年传唱：〈格萨尔〉翻译与传播研究》（学位论文），南开大学2011年，第212页。

版本。"①

纳拉扬古印度史诗故事重述所涉及的源文本,从根本上而言,指的也并不是最初的或最原始的版本,而是目前普遍流行于印度社会,普遍为学界所认可和接受的版本,它们都以不同的印度语或世界语言正流传在世界各地。例如在中国,两大史诗都已经有了精校本中文全译本。《罗摩衍那》由季羡林使用民歌体,历时10年于1983年译完,1985年出版,共计7卷8册。《摩诃婆罗多》(共6卷)由黄宝生主持,以合译的方式,采用散文体,历时10年于2005年出版。

(二) 印度史诗重述三部曲的英语语言

较之史诗源文本中多元的语言,纳拉扬的印度史诗重述三部曲采用英语或者更为确切地说是单一的印度英语语言进行了古印度史诗故事及插话的重述。因此,纳拉扬的印度史诗重述三部曲属于跨语言重述文本,是基于传承与传播印度传统文化与文学的初心,力求贴近源文本的翻译性改写文本。

那么,为什么纳拉扬要采用英语语言来作为印度史诗重述的语言形式?

首先,这与英语在印度的发展历史有关。严格说来,运用英语这一非母语进行古印度史诗故事的重述,与民族文化认同之间隔着一层天然障碍。然而纳拉扬却凭着自己独到的语言见解,并运用特殊的语言手段与策略,降低了这种阻隔的水平,实现了通过非母语语言对民族文化的认同。纳拉扬的英语观认为,由于英国在印度200多年的统治,英语已日渐本土化,并发展成为超越地区与民族隔阂的通用语,又随着印度获得独立与英语作为官方语言60多年来的发展,英语最终成为一种与印度其他语言一样能够承载印度民族古老而年轻的心智与想象的语言。

殖民历史所造成的英语语言优势境况,使英语作为印度官方语言运用范围广泛,对印度本土语言的空间出现过强势挤压,这后来又与印度作为独立国家对世俗化民主政治的诉求密切联系,使得英语无论是在政治、文化,还是文学上,都已经融入了印度社会的意识形态之中。接受英语并运

---

① [印度] 毗耶娑:《摩诃婆罗多》第一卷,黄宝生主持,金克木、赵国华等译,中国社会科学出版社2005年版,第13页。

用它，是印度历史必然的趋向。

纳拉扬的这一语言见解，使得他巧妙地通过英语的文化输入实现了对印度民族文化的留存。文化翻译理论认为，文字的翻译实际上也是一种文化的翻译。纳拉扬运用英语进行的古印度史诗故事的重述，作为一种再创作，在脑海中必定有一个文字翻译的构思过程，而这一构思付诸实践后，一种输入了新文化元素的文本就得以创造出来。这与英语作家翻译创作的古印度史诗有着明显的差异性，于是独特的民族文化价值得以彰显。因此，这也就不难理解为什么以英语语言创作的纳拉扬的印度史诗重述三部曲给人以十分具有印度特色的感觉。对于重述文本所展现出的独特的民族审美价值和民族文化价值，纳拉扬非母语语言文化输入的实践功不可没。所以说，"话语活动并不是孤立封闭的，它有一个广阔而深厚的社会历史和精神文化的关联域，离开它，语言活动无法进行、语言的理解也不可思议"①。

纳拉扬注意到了英语对史诗重述叙述话语与文本传播的重要意义，于是将自己的审美感知方式融入英语创作之中，使两者紧密联系在一起，形成了具有印度语思维逻辑特色的英语表达方式，即语言符号工具是英语，但在表达方式上遵循自己的印度语言逻辑惯习，从而保留了其印度语的思维模式。纳拉扬所生活的时代背景，营造出了一种多元文化共生的语境，纳拉扬以一种混合的身份穿梭于这种语境之中。在多元文化表述的交错中，纳拉扬用自己独具个性的创作，以印度语涵化英语，将印度语言思维改造成英语叙述模式，并将自己特有的文化素养与精神特质灌注到对英语的创造性运用中，形成了自己独具韵味和节奏的文学语言。纳拉扬的这种文学语言游移在英语的规范性与非规范性之间，并与印度语言形成"根"与"流浪"的关系，承载了印度人的经历、情感、集体经验、生活趣味和文化价值。这样，这种文学语言既与英语的文学传统相联系，又能适应表达印度本土的文化环境，最后形成了一种既饱含英语语言文化内涵，又蕴含印度文化精神内涵的独特语言，在整体上呈现出独具魅力的语言特色。纳拉扬用英语表述印度语言的思维范式，将印度文化思维与西方英语的表述方式结合起来，形成了一种"第三语言空间"，"在语言的能指与所指

---

① 陶东风：《文体的演变其文化意蕴》，云南人民出版社1994年版，第19页。

◎ 再现史诗印度

之间建立起了自己的语义场,达到了独特的语言使用效果"①。

古印度史诗众多英语译本为纳拉扬提供了有力的借鉴。纳拉扬印度史诗重述三部曲涉及的源文本史诗,每一部都已经有英译本,而且版本的语体形式各异。以两大史诗为例,见表3.1。

表3.1 源文本史诗英译本

译者	时间	译本	文体
格里菲斯(Ralph T. H. Griffith,英国梵文学者)	1870—1874年	《罗摩衍那》	诗体
甘古利(Kisari Mohan Ganguli,印度学者)	1883—1893年	《摩诃婆罗多》全译本	散文体
杜特(R. C. Dutt,印度作家、翻译家)	1899年	《罗摩衍那》《摩诃婆罗多》节译本	诗体、英雄双行体
	1891—1894年	《罗摩衍那》《摩诃婆罗多》全译本	散文体
杜特(M. N. Dutt,印度学者)	1895—1905年	《摩诃婆罗多》梵英对照全译本	诗体
美国梵文学者:布依特南(Van Buitenen)、吉特摩尔(D. Gitomer)、菲茨杰拉德(James L. Fitzgerald)、多尼格尔(Wendy Doniger)	1976—1996年	《摩诃婆罗多》精校全译本	散文体
拉尔(P. Lal,印度诗人、翻译家)	2005年	《摩诃婆罗多》全译本	诗体、输洛迦体

其次,对本民族语言的独特运用和处理也是纳拉扬通过英语实现自己传播印度民族文化意图的重要层面。他在其中运用了许多重要的语言手段,如借鉴学术论文做注的方式,对出现在文本中的一些印度特有的词汇,在页脚处做了专门的注释。如尤嘎(yuga)这一古代印度计时用的单

---

① 杨琳:《阿来小说语言的多文化混合语境》,载《中央民族大学学报》(哲学社会科学版)2009年第4期,第76页。

位，纳拉扬在脚注中注释，解释得十分详细：

> 依天年计，每一个尤嘎可持续 3000 天年，而每一个天年又相当于 3600 个人类纪年。每一个尤嘎包含四个时代，克利塔（Krita）、特莱塔（Treta）、德瓦帕拉（Dwapara）和迦梨（Kali），分别具有各自的善恶特征。在克利塔尤嘎时期，正法举世盛行。特莱塔尤嘎时期，正法减少四分之一，但十分重视祭祀与庆典。人们不再以责任感执行仪式，而以特定的物品代之。苦行逐渐减少。在德瓦帕拉尤嘎时期，正法减半。一些人学习四大吠陀，一些则学习三部，一些两部，另一些一部也不学。因良善的衰减，疾病与灾祸的出现，仪式会成倍增加。在迦梨尤嘎时代，正法、美德和良善完全消失。仪式与祭祀因迷信而被废弃。愤怒、绝望、饥饿和恐惧横行，统治者的行为如同强盗，千方百计敛权聚富。①

纳拉扬保留一些印度语言，并使用注释这种特殊的语言处理方式，意图是希望这些印度语言受到阅读者的重视，与民族文化认同密切相关。在印度史诗重述三部曲的英语语境中，印度语言文字（以非标准拼写方法拼写而成的英语字母词汇）的存在，在视觉效果上给人一种异于标准英语的言语错觉，构成了一种异质性的视觉存在，因而能够直观地提示这种语言的使用是无法用英语直接呈现的特有印度词汇。从民族文化认同的角度来看，这种语言的运用，背后表征的是印度民族的文化，是有意识地保留本民族文化核心内容的认同心理。此外，"非母语写作有一种召唤他民族读者认同本民族及其文化的目的和效果"②。由此可知，纳拉扬用英语进行印度史诗的重述，其意图主要是吸引读者特别是非印度民族读者阅读这一再现史诗印度的印度神话体系文本，了解久远的史诗印度时代的人物与文化风貌，了解真正的传统印度文化，了解印度民族的心理与心灵，从而引起类似的民族认同反应，召唤出他们对印度民族文化的认同。可见，纳拉扬是秉着一颗敬畏之心在进行印度史诗重述，他试图通过这些具有深厚文

---

① R. K. Narayan. *The Indian Epics Retold*: *The Ramayana*, *The Mahabharata*, *Gods*, *Demons*, *and Others*. London: Penguin Books, 2000, p. 383.

② 樊义红：《文学的民族认同特性及其文学性生成》（学位论文），南开大学2012 年，第 138 页。

化积淀的史诗故事，实现对印度传统文化的继承与传播，展示本民族的民族精神与优秀文化。

一方面，纳拉扬坚持以英语来进行印度史诗重述，以一种世界性的语言展现本民族文化精髓和诉说印度史诗故事及其现代命运，从文学的传播与对话的层面而言，也是在探寻一种与世界文化与文学相互理解或沟通的可能，并试图与西方文学主流实现平等对话。另一方面，运用英语这一世界性的语言，通过对史诗源文本中故事进行一定程度上的翻译性改写，纳拉扬使其印度史诗重述三部曲符合现代印度社会的主流意识形态和诗学形态，使印度著名的神话传说故事符合当代世界文化语境文化交流的需求，进而可以促使更多异文化世界的读者了解充满传奇色彩的史诗印度及其时代特征，理解印度文化的传统来源与鲜明特色，从而更容易接受和喜爱印度文化。

二、小说文体的定位与透析

从语言学的角度而言，语言属于语体语境之一的语言语境。"语境是语体的基础，语体一旦形成，对产生和形成它的语境有最高的适应性。"[①]因此，语体受到许多语境因素的制约。而语境因素大体相同的一些语境就会形成某一语境类型，它反映某一语体的本质属性。根据语境的类型、语境使用的语言手段和客体反映方式，王德春先生将语体首先分为谈话语体和书卷语体（或口头语体和书面语体）两大类，艺术语体归属于书卷语体。同时对艺术语体通常具有的表现形式进行归结，"表现为三种形式的话语：1. 韵体，包括各种用韵的文学作品，如诗词歌赋、快板、唱词；2. 散体，包括各种不押韵的文学作品，如散文、小说的叙述部分等；3. 对白体，即说话主体为复数的对话作品，如小说和剧本的人物对白。韵体、散体、对白体都是艺术语体，具有艺术语体的共同特征"[②]。根据这一划分可以知道，纳拉扬印度史诗重述后形成的语体归属为话语叙述形式。

文体属性是语体的语境类型之一，却与语体有着纠缠不清的关系。学

---

① 王殿珍：《语义·语境·语体——言语世界之要》，载《松辽学刊》1997年第2期，第75页。

② 王德春：《语体学》，广西教育出版社2000年版，第78页。

者祝克懿认为:"文体是语体存在不可或缺的物质条件,因为语体只是对于文体的抽象,语体的功用只能通过文体具象化、条理化,离开了文体,语体即成了无本之木、无源之水。……语体适应不同交际目的、任务、领域需要的功能,正是由不同文体具备的交际功能来实现的。语体所具有的语言特点系列,正是由文体运用语言要素和非语言要素表现出来的特点系列构成。"① 也就是说,"一种文体的属性实际上蕴涵着相应语体的多种语境因素"②。文体通过特定的语体实现对文章外部表现形态的直接控制。因此,通过文体可以分析纳拉扬印度史诗重述三部曲的叙述语体的话语叙述形式与语言特点。

(一) 史诗源文本以诗体为主的语体表现形式

古印度史诗源文本都曾经历过从口头文学至书面文学的发展过程。史诗中的每一则故事在叙述模式上都带有民间口头文学的特点。史诗是一种独特的文体,主要以诗体著成,有些也兼有散文体,如《摩诃婆罗多》,总体上属于散韵结合体。相对于一般的诗词而言,史诗具有叙述性;相对于小说而言,它又具有明显的抒情色彩。它是一种融合了叙述艺术与抒情艺术的文学体式。

从史诗的语体归属,也即话语叙述方式方面来看,古印度史诗是一种十分特别的话语叙述方式。首先,它可以是韵体,以抒情性的诗歌体为主。其次,又因为它具有历史神话传说等叙述性的主干或插话成分,以及说理性的散文,所以它也可以是散体。最后,古代印度史诗几乎都采用问答对话式的叙述模式,史诗中存在大量的人物对白,因而,也可以称为对白体。

话语叙述方式是语境因素之一,古印度史诗的这种多元话语叙述方式不仅影响史诗的故事内容、角色关系和整体架构等显性语境因素,同时还反映出印度社会文化、历史等隐性语境因素对其的影响。印度自古以来就是一个沉迷宗教信仰与精神冥思的国度。古印度统治阶级与掌握文化特权的婆罗门,通过各种途径进行宗教思想与文化的传播。又由于印度种姓制度有高低贵贱之分,这种传播的方向是由高种姓向低种姓传播。而方式往往遵循印度教四期中采用的师徒亲授方式。在古印度,亲授往往指口耳相

---

① 祝克懿:《文体与语体关系的思考》,载《修辞学习》2000年第3期,第5页。
② 谢智香:《试论元杂剧的语体特征》(学位论文),云南师范大学2005年,第5页。

传。师生之间进行精神性的对话，学生提问，婆罗门仙人或师长进行答授。文学领域自然也不例外，高等种姓阶层充分利用了各种文学体裁或具有很强文学特性的圣典进行传播，采用的叙述方式也是这种问答对话的模式。而像古印度史诗这类大型的百科全书式的文学作品，更是成为婆罗门与刹帝利阶层加以利用的场域，甚至成为种姓阶层之间论战的平台。在以问答对话模式进行主干故事叙述的时候，同样以问答对话模式插入神话传说、寓言故事、政治主张和宗教训诫等各种类型的插话，形成故事套故事、叙述套叙述的框架式叙述结构。

古印度史诗因此也以海纳百川般的格局，源源不断地将插话文本容纳进来。而问答对话模式则在印度文学叙述思维与叙述手法的演进过程中发挥了重大的作用。正如傅修延先生在讨论赋中问答式叙述模式对中国叙述的演进时总结："客主问答为作者放飞想象提供了'发射'的平台，循着问答体的轨道，作者很容易进入虚构人物的内在世界，用他们的眼睛口吻来观察叙说。在客主问答过程中，叙述者（narrator）与受述者（narratee）的身份被凸显出来，一方饶有兴致或咄咄逼人的询问，引出了另一方口若悬河般的回答。换而言之，受述者的'在场'鼓励了叙述者的尽兴发挥，营造了适合铺叙的最佳语境。"[①] 问答式的叙述模式为作者转换叙述立场提供了方便之径。古印度史诗正是凭借这一模式，发展出了影响世界民间文学的文学文本结构模式——框架式叙述模式。

（二）重述三部曲小说文体的语体表现形式

纳拉扬的印度史诗重述三部曲在语言上确定选择以英语为叙述语言，属于跨语言的翻译性改写文本。而在语体表现形式上，为了适应印度英语文学发展的新形势，纳拉扬在继承源文本中史诗故事内核的基础上，放弃了史诗源文本的诗歌输洛迦体，采取了小说这一适应新时期英语文学创作的体裁。因此，纳拉扬的古印度史诗重述又可以归属于跨体裁的叙述文本改写。

尽管采取小说文体作为史诗故事重述的创作体裁，但是从语体的归属来看，纳拉扬的印度史诗重述三部曲依然是艺术语体的综合体。三部曲文本中大量叙述部分的存在，使得其可以归于散体一类，但同时纳拉扬继承

---

① 傅修延：《赋与中国叙事的演进》，载《江西社会科学》2007 年第 9 期，第 32 页。

了史诗源文本叙述中大量的人物对白,并进行了演绎,因此,它也有对白体的特征。所以,纳拉扬的印度史诗重述三部曲在话语叙述形式上可以归属为以散体为主兼具对白体的文艺语体。而对史诗源文本叙述中大量的人物对白的继承和发扬,可以说是对史诗印度时代文化传播方式的一种再现。

因此,整体而言,纳拉扬印度史诗重述三部曲除了放弃了复杂的古代诗歌输洛迦韵体叙述形式外,基本上继承了史诗源文本中散体与对白体的话语叙述形式,并且在叙述手法与主题表现风格上有了创新。同时,较之史诗源文本,三部曲的小说语体叙述形式对文本话语意义指向的体现起到了更好的标志性作用。

为什么纳拉扬要采用散体兼对白体的小说语体形式?金克木先生在《摩诃婆罗多》"译本序"中曾对采用散文体译出精校本的原因做出的解释,可以用来解释纳拉扬印度史诗重述三部曲的语体形式选择的原因:"遗憾的是原来的诗体无法照搬。原书虽用古语,却大体上是可以通俗的诗句,不便改成弹词或新诗。我们决定还是照印度现代语全译本和英译全本、俄译全本的先例,译成散文。有诗意的原文不会因散文翻译而索然无味。本来无诗意只有诗体的部分更不会尽失原样。这样也许比译成中国诗体更接近一点原来文体,丧失的只是口头吟诵的韵律。"①

纳拉扬选用散体进行史诗重述的原因与金克木先生所提的原因大体相似。首先,源文本诗体的形式无法照搬,而且没有意义,他甚至认为故事的叙述也一样,不可以照搬原始的叙述过程。纳拉扬指出,"对于当代的英语阅读者,务必体现精炼和简洁。我没有尝试过任何翻译,用英语转述原初语言的韵律和深度是不可能的。梵语的音律有一种令人陶醉的品质,在翻译中难免会丢失。以故事的形式辅以散文的叙述,不失为一种令人满意的方式"②。其次,不采用诗体的原因还在于,从现代社会读者的阅读习惯出发,散体相对诗体而言受众更多。最后,同样涉及印、英、俄全译本译成散文的先例问题,说明散文体在翻译的过程中能够在一定程度上保存原文的诗意,译文相对自由,难度较低。而且从史诗故事的传播方面而

---

① [印度]毗耶娑:《摩诃婆罗多》第二卷,黄宝生主持,金克木、赵国华等译,中国社会科学出版社2005年版,第3页。

② R. K. Narayan. *The Indian Epics Retold*: *The Ramayana*, *The Mahabharata*, *Gods*, *Demons*, *and Others*. London: Penguin Books, 2000, p. 197.

言，散体更利于史诗故事进入英语文学的受众场域，为非本民族语言的读者所接受，在不同的文化系统中更容易促进文化的交流与传播。

从社会文化学的角度而言，"文体的创造与演变就扎根于人类的生存环境和精神需求，具有丰富的人文内涵和价值内涵。文体决不是与人类的生存环境无关的纯语言现象"①。纳拉扬古印度史诗重述选择的小说语体的文体建构与阐释，拥有其特定的文化背景，蕴含着特定的文化意蕴。纳拉扬生活在宗教与文学传统文化历史悠久的泰米尔地区，处于这些传统与惯例之中，其中自然包括文体惯例，如史诗对话体。这些文体惯例先于纳拉扬而存在，影响着他的文体意识。同时，时代的变化与英国殖民文化与文学势力的入侵带来的传统的变革与新文体形式的建立，如印度英语小说的兴起，同样影响着他的文体意识。在这种传统与现代的交集作用下，纳拉扬创造了他的史诗重述独特的散体与对话体结合的小说文体形式。

此外，小说作为现代最具典型性的叙述文学文体形式，是语言、结构与叙述形态诸要素有机统一的产物。小说原本就是在神话传说、寓言故事和历史传奇等故事性文学的基础上发展而来的。古印度史诗中的故事尤其是插话，都是故事性极强的叙述文学作品，因此很容易在文体形式上从源文本的输洛迦体转变到史诗重述三部曲的小说文体上来。这一种转变恰恰反映了印度各神话传说、寓言故事等类型的故事促使传统印度小说发展的基本进程。作为印度英语文学三大家之一，纳拉扬的创作主要以小说为主，在叙述行为上都采用了传统小说的基本方法与模式。史诗重述三部曲的小说文体的定位反映了他对创作经验与价值倾向的过滤与择取。

因此，纳拉扬史诗重述三部曲继承了传统小说叙述活动中以故事和人物为重心的叙述格局，以及将确定性叙述整体背景之下的讲故事与塑造人物作为第一位文体功能的叙述传统。史诗故事重述后的叙述系统时空结构完整、事件脉络清晰、人物性格鲜明，以故事与人物的确定性与具体性保证了整体叙述格局的稳定性，真正使小说文体成为承载整个史诗重述三部曲叙述的容器，与重述后的故事共同产生出新的文本意义。

纳拉扬的印度史诗重述三部曲以史诗源文本中故事内核架构起新的文化意义与文化场域，形成了文本兼具统一性与差异性的阅读语境。印度史诗重述三部曲不仅使阅读者更有效地识别出其叙述意图，而且适应

---

① 陶东风：《文体的演变其文化意蕴》，云南人民出版1994年版，第21页。

了作为以英语为主体的、对印度神话传说持有不同阅读期待的读者的期待视野,为纳拉扬再现的史诗印度的对外传播奠定了适应英语异域文化语境的基础。

第二节　叙述层次的删减简化

一部叙述作品叙述语体的确定,相当于明确了作品故事选择以何种语言、何种体裁进行叙述。接下来就要确定选择谁来叙述、怎么进行叙述。罗兰·巴特曾指出:"理解一部叙事作品不仅是理解故事的原委,而且也是辨别故事的'层次',将叙述'线索'的横向连接投射到一根纵向的暗轴上;阅读(听讲)一部叙事作品,不仅是从一个词过渡到另一个词,而且也是从一个层次过渡到另一个层次。"① 按照巴特的观点,理解叙述作品中的故事和辨别故事中的层次是同等重要的。

关于故事的叙述层次,里蒙-凯南指出:"一个人物的行动是叙述的对象,可是这个人物也可以反过来叙述另一个故事。在他讲的故事里,当然还可以有另一个人物叙述另外一个故事,如此类推,以致无限。这些故事中的故事就形成了层次,按照这些层次,每个内部的叙述故事都从属于使它得以存在的那个外围的叙述故事。"② 按照里蒙-凯南的说法,当叙事作品中的人物作为叙述者去叙述另外一个故事,出现"故事中的故事"时,就会形成故事的叙述层。这些层次的存在与形成的等级关系以及产生的功能与意义,依据的都是叙述故事的"叙述者"。有了叙述者,叙述这一行为才有发生的主体,它是叙述层生成的最首要的前提。因此,在研究叙述文本的叙述层次时,最先应当确立的是叙述者。

---

① [法]罗兰·巴特:《叙事作品结构分析导论》,引自张寅德《叙述学研究》,中国社会科学出版社1989年版,第8页。
② [以色列]里蒙-凯南:《叙事虚构作品》,姚锦清等译,生活·读书·新知三联书店1989年版,第164页。

一、叙述者的固定

叙述者（或叙事者，narrator）是任何叙述作品中必不可少的"一个执行特殊使命的人物"①。作为故事的讲述者，在叙述文本中，"叙述者在材料的取舍、组构过程乃至语气的运用上都会不同程度地影响故事的面貌和色彩"②。区分叙述者的方式有很多种，热奈特从结构主义分析角度，将叙述者分为故事叙述者与故事内叙述者（依据叙述者所处的叙述层次，或叙述者在故事中的位置），同故事叙述者与异故事者（依据叙述者与故事的关系，即叙述者是否在故事中以某一人物出现），受到了广泛的认同。但不论怎样区分，"叙述者并非存在实体，是作者虚构、想象的产物，与作者有着特殊的关系：所谓叙述者无非是作者在文本中的心灵投影，或者他故弄玄虚的一种叙事谋略"③。叙述者和故事人物一样都是"纸上的生命"，是作者在叙述文本中的忠实代言人。

在《叙事话语 新叙事话语》中，热奈特将叙述者在叙述文本中的职能分为叙述职能（讲述故事）、管理职能（组织与解说文本的叙事结构）、见证职能（阐释叙述信息来源、可靠性与叙述者情感状态）、思想职能（或说服职能，实施文本干预，对人物、事件进行评价）和交流职能（设置叙述者与人物、读者的对话场）五种。④ 这五种职能相互掺杂、彼此依靠，其中叙述职能是最基本的功能，不可或缺，否则便会失去叙述者的资格。实际上，"综合来看，可以把热奈特所论述的五种叙述者职能合而为一，即交流职能"⑤。因为五大职能最终的指向，都是通过叙述文本传递作者的某些思想、信仰与观念，实现与读者的情感交流，引起读者的内心共鸣。

---

① 赵毅衡：《苦恼的叙述者》，四川文艺出版社2013年版，第1页。
② 胡亚敏：《叙事学》，华中师范大学出版社2004年版，第19页。
③ 杨义：《中国叙事学》，人民出版社1997年版，第200页。
④ 参见［法］热拉尔·热奈特《叙事话语 新叙事话语》，王文融译，中国社会科学出版社1990年版，180－182页。
⑤ 李乃刚：《辛格短篇小说的叙事学研究》（学位论文），上海外国语大学2013年，第43页。

(一) 史诗源文本中故事的叙述者

作为故事源文本的古印度史诗，通常都是百科全书式的叙述文本，这是史诗时代叙事文学的主要形态。这些海纳百川式的叙述文本主要由史诗核心故事与插话组成。人们往往认为，史诗插话的存在主要源自这类叙述文本中强大的框架式叙述结构。但仔细分析，框架式叙述结构之所以得以形成与发挥结构功能，反倒是因为不同的插话以不同的目的与方式插入史诗文本的结果。插话之所以能够插入文本，是因为源自民间口头文本的程式化表达——问答式叙述模式。插话故事往往以问答的形式在仪式化的古代民间口头文学中得到吟诵、表演而流传。可以说，"以问答对话为特征的插话是民间口头文本程式化特征的遗存"①。在古代世界诸多百科全书式的史诗文本中，由于受到古代口传文学的影响，几乎也都具有以采用问与答作为叙述模式的程式化的表达特征。古印度史诗更是如此，而且问与答的叙述模式几乎是古印度史诗运用和表述的唯一模式。而这种以问答为特征的程式化表达，又恰是史诗插话形成的关键所在。因此可以说，古印度史诗文本对插话不仅在内容上进行吸收，而且在形式上借以运用。

古印度史诗文本中问答对话叙述模式的运用自然少不了不同层次中作为主客体存在的叙述者与受述者。以不同叙述者与受述者问答对话为标识的结构层次在转化的过程中所插入的叙述文本就是插话。正是以符合此叙述模式特征的插话为基本单位，古印度史诗的诸多文本得以成为由诸多插话集合而成的百科全书式叙述文本。

然而，古印度史诗叙述文本的特征不仅仅是以问答式叙述模式为特征的插话的集合这么简单，重点在于其对这一叙述模式所具有逻辑的扩展，使之成为整个文本的结构特征。史诗的框架式结构就是这一叙述模式逻辑扩展的结果，插话故事中的一些人物不断地成为问答叙述模式中的叙述者与次级叙述者、受述者与次级受述者，叙述层次也随之逐次生成。例如，大史诗《摩诃婆罗多》的《初篇》，叙述层次最多时达到六个。作品本身就交代了三个讲故事的人，"开头，毗耶娑把《摩诃婆罗多》的故事说给他的一个有才华的弟子护民听，然后在一个毗耶娑本人在场的祭典上，由

---

① 陈芳:《百科全书式的文化叙事——〈摩诃婆罗多〉的插话研究》（学位论文），云南大学 2008 年，第 25 页。

毗耶娑做了指示，护民再一次把这故事说给激昂的孙子镇群王听，第三次是发喜的儿子骚底讲给寿那迦等修道士仙人听，而寿那迦等人又把这故事流传尘世"①。此外，全胜也算是故事的讲述者之一，他是对持国王讲述俱卢之战的人。

因此可以说，插话的叙述者在源文本中所处的叙述层不是唯一固定的，而是随着史诗叙述文本在表达不同的主题与寓意时，由插话所处的叙述层的位置决定的。源文本中插话的叙述者根据叙述层的不同会溯源出多名叙述者。其中，这些叙述者在身份上呈现出一种相对稳定的由高地位叙述者向低地位叙述者讲述的单向信息交流。故事的讲述者通常为高种姓的婆罗门和仙人，故事的受述者通常为刹帝利与吠舍等低等级种姓。这种情况是由古代印度种姓制度的等级关系所决定的，即以掌握知识话语权的种姓阶层为主导，知识由高流向低，这也是印度史诗时代知识与文化生产的基本生态。

以纳拉扬改写的插话源文本之《摩诃婆罗多·森林篇》中的插话《那罗传》（第49—78章）为例，这一插话故事引子中的问答式叙述如下：

（护民子说：）等仙人坐下休息后，大臂坚战就向他连连诉起苦来，说道："……大地上还有比我更不幸的国王吗？你过去看见过或听说过有吗？我想没有比我更痛苦的人了。"

巨马说：

大王啊！你说："再没有比我更不幸的人了。"般度之子啊！纯洁无瑕的国王啊！如果你想听的话，我就讲一个国王的故事，他比你更加痛苦和不幸！②

询问是言说的楔子。巨马仙人讲述了那罗故事的概况，坚战再请巨马仙人详细讲述那罗的故事。在这种问与答的叙述模式中，就引出了《那罗传》的故事概况，且预述了故事的发展方向与结局。而这一故事所处的叙

---

① 季羡林、刘安武编《印度两大史诗评论汇编》，中国社会科学出版社1984年版，第33页。
② [印度]毗耶娑：《摩诃婆罗多》第二卷，黄宝生主持，金克木、赵国华等译，中国社会科学出版社2005年版，第99–100页。

述层次与叙述者等状况见表3.2。

表3.2 插话《那罗传》的叙述层次与叙述者

叙述层次	叙述者	受述者	叙述故事
第一层	毗耶娑	厉声	厉声来到寿那迦大师祭祀大会
第二层	厉声	寿那迦	讲述自己在镇群王蛇祭大会上听毗耶娑弟子护民子宣讲毗耶娑所著作的《婆罗多的故事》
第三层	护民子	镇群王	《婆罗多的故事》
第四层	巨马仙人	坚战	《那罗传》

可见，在源文本大史诗《摩诃婆罗多》中，插话《那罗传》经历了四个叙述层次的叙述者的讲述过程，直到第四叙述层的叙述者巨马仙人，才完成了《那罗传》的讲述。而《那罗传》的故事，位于第五叙述层。

（二）三部曲中"讲故事的人"

那么，在史诗重述三部曲中，纳拉扬又如何改变不同史诗源文本中过于繁复的叙述层次与层级叙述者的状况，突破读者的期待视野，在读者面前展现出一个新的审美空间？关键在于"讲故事的人"这一角色的出现。

当代修辞叙述学理论领军人物詹姆斯·费伦（James Phelan）将叙述者简明地界定为"讲故事的人"[①]。而在纳拉扬的印度史诗重述三部曲中，纳拉扬直接引入了一位出自印度乡村社区的"讲故事的人"。纳拉扬既没有给出这位"讲故事的人"的姓名，也没有对他的外貌进行任何的描述，而是按照印度乡村社区对"讲故事的人"的惯常叫法，称其为"潘迪特"（Pandit）[②]。实际上，他是印度传统社会知识分子（婆罗门种姓）在乡村社区的身份象征，既是如同大史诗作者毗耶娑一样的集体创作者的代言人，也是史诗重述三部曲中纳拉扬的代言人。从传统意义上来讲，"讲故事的人"是印度传统叙事文学中最悠久、最为普遍的叙述者，是印度现代社会中传统意识形态观念的维护者，也是社会公共道德的代言人。

---

① ［美］詹巧斯·费伦：《作为修辞的叙事：技巧、读者、伦理、意识形态》，陈永国译，北京大学出版社2002年版，第172页。

② Pandit：学者（在印度用作专称），印度关于博学家、梵学家的一种尊称。

◎ 再现史诗印度

1. "讲故事的人"的特点

纳拉扬的史诗重述三部曲中"讲故事的人",与中国白话小说特别是话本、拟话本小说和章回小说中的"说书人"有异曲同工之处。与中国古代白话小说中的"说书人"模拟书场说书人对听书者讲故事这一叙述传统一样,纳拉扬模拟了印度乡村社区婆罗门年长智者在社区聚集所给村中人讲故事的传统。

中国"传统说书是说书人在集市街头、勾栏瓦舍里面对听众的说唱表演,由此形成了说书人'说'和广大听众'听'的'说—听'叙事模式"①。"说—听"叙述模式与一般的叙述模式相比,其实质就是"讲述"与"叙述"两种话语之间的差异。叙述是文本中"无人说话"的讲述,而讲述则将人们的注意力转移到说话的主体上,突出文本中某些具体的话语讲述者。"印度叙事学具备这两种话语的'你我关系'(I-you relation),因为,在口传文化中,说者和听众的联系不可割裂,这样才能发挥语言的表达功能,同时也具备叙述内在的客观性,完美体现语言的交际功能。"②纳拉扬的"讲故事的人"的叙述模式,具有与"说书人"相类似的特点,概括起来有三个方面。

其一,"讲故事的人"是一个既具体又抽象的叙述者。"讲故事的人"既是乡村聚集所中那个具体生动的婆罗门长者,又是史诗重述三部曲中那个已经抽象化的叙述者。他在模拟社区聚集所讲故事的语境中不断地与读者交流。"讲故事的人"在文本中既讲述故事、交代事件,又对故事的内容进行叙述干预(评论干预),在故事的讲述过程中频繁地跳出故事进行评论,发表自己的见解,品鉴人物、阐释主题、归结因果,并指导价值判断、传递思想与道德等。此外,他还是故事寓意的权威阐释者,以不容置疑的权威性,言说正义,评论真理,代替观众思考。"讲故事的人"还时常中断故事,与拟想的听众交流,并以"我""我们"进行自我指涉。就这一点而言,"讲故事的人"这一叙述者具有第一人称的特点。

其二,"讲故事的人"是一个全知全能的叙述者。无论在说故事的内容上还是形式上,"讲故事的人"都具有极强的控制故事的能力,位居故

---

① 张相宽:《莫言小说"类书场"的建构与异变》,载《中国现代文学研究丛刊》2016年第6期,第144页。

② [印度] I. N. 乔杜里:《印度叙事学》,引自尹锡南译《印度比较文学论文选译》,巴蜀书社2012年版,第510页。

事之外而又凌驾于故事之上，以全知全能者的视角与口吻讲述一个个与己无关的故事，即"异故事"叙述。他不但通晓天界凡间诸种神迹、出入神魔世界，而且知晓故事人物的心理与梦境、人物的过去与未来，俨然一个上帝般全能的叙述者。就这一点而言，"讲故事的人"是一个"第三人称"的叙述者。通过"讲故事的人"的干预往往能看出纳拉扬对人生、宗教哲理的思考。他又与当代社会动态密切关联，能以现代思维反观传统社会，代表了纳拉扬的叙述立场与态度。

其三，"讲故事的人"具有一定套路的叙述程式。首先，"讲故事的人"在呈现一个故事时通常使用大体类同的套话与听故事的听众进行交流，如"我将为你讲述……的故事来阐释它。""为了弄清楚为什么……我们必须稍微回到过去，追溯一下他的故事。""为了了解……我们必须得钻研一段更早些的故事。"这种对叙述形式的干预（指点干预）具有很明显的印度传统叙事文学的特征，表现出其独特的文体特色。其次，叙述者通常以现代的见闻比较故事内容等，这是纳拉扬"讲故事的人"这一叙述者最明显的标志。最后，在叙述的时间结构上，往往采取连贯性的线性时间为叙述时序，几乎所有的故事都采用了顺序结构。

"讲故事的人"既非故事中的人物，又非故事的见证人。但是，就其讲故事的艺术而言，一方面，"讲故事的人"是一个端坐在乡村社区聚集所内，直接面对村民说故事的人，具体而形象；另一方面，"讲故事的人"以上帝的视角全知全能地讲述故事，因此又是一个抽象的人。可以说，纳拉扬的"讲故事的人"是兼具两大人称身份的双栖叙述者。这样一个具体而抽象的叙述者，在书面化的文本中依然通过一系列的叙述程式将自己的形象轮廓保留在文本之中，从而形成了纳拉扬印度史诗重述三部曲中独具特色的叙事元素。

2. "讲故事的人"的文本功能

毛姆说："听故事的愿望在人类身上，同财产观念一样是根深蒂固的。自有历史以来，人们就聚集在篝火旁或市井处听讲故事。"① "讲故事的人"的创设，无疑满足了人类这一愿望。纳拉扬在进行史诗重述时，既要保留史诗阅读的先在视野，又要有所创新，超出读者的期待视野，带来全

---

① ［美］毛姆：《巨匠与杰作》，孔海立等译，华东师范大学出版社1987年版，第17页。

新的审美体验，就必须调动重述三部曲的文本叙述魅力。因而，纳拉扬创造出了"讲故事的人"。他是纳拉扬精心安排的故事讲述者，不仅具有非凡的故事编辑能力，而且也是一位极佳的代言人。"讲故事的人"的存在"形成事件的模仿和叙述者的评论双线发展的特殊修辞效果"①。因此，纳拉扬是以"讲故事的人"与"编辑兼叙述者"的身份介入自己的文本，对史诗故事进行重述的。

"讲故事的人"这一形象，功能复杂。他通过故事回望古印度传统，通过人神对话，引发读者对人性的思考，赋予印度古老故事以现代启示意义。同时，他把握故事的进程，让叙述在神话传说故事与印度现代社会中穿梭行进，对照传统与现实，再现史诗印度时期的时代特色与人文精神，又关注古印度史诗与传统文化的现代命运。

纳拉扬有意识地创造了代替甚至超越自己的"讲故事的人"来叙述故事，从而大胆地突破了古印度史诗的同故事叙述模式，使自己的叙述趋近于具有现代意味的异故事叙述模式。这一叙述模式与史诗源文本的区别在于，纳拉扬不再像源文本作者一样在文本的某一具体情境与语境中，由某位人物直接进入故事，为史诗主人公或其他人物讲述故事，而是经由自己创造的叙述人，直接向拟想听者（读者）讲述故事。

这一叙述模式符合现代小说叙事的基本传统，即由作者叙述某人所讲述的故事这一传统模式。这与纳拉扬以自己的口吻叙述故事的直接性相比，在他与受述者之间多了一个中介环节，使自己与史诗故事及其人物保持了适当的审美距离。纳拉扬可以将自己隐蔽于幕后，尽可能地减少或避免直接介入故事，又可便于其根据故事的审美需要和利益构思叙述方式，达到与众不同的叙述效果，从而使叙述本身更具个性化和风格化。这一模式体现了纳拉扬创新的叙事策略与独特的审美意图。此外，纳拉扬在《众神、诸魔与其他》的序篇《讲故事人的世界》中提道："按照传统的方法，我在幕后保留了叙述者，他偶尔走至前台，做一番解释和说明。"②印度史诗重述三部曲的叙述者（隐含作者）即"我"，隐含作者"我"同时还作为"讲故事的人"的听众而存在，参与到故事的倾听和讨论当中（如图 3.1 所示）。

---

① 浦安迪：《中国叙事学》，北京大学出版社 1996 年版，第 100 页。
② R. K. Narayan. *The Indian Epics Retold：The Ramayana，The Mahabharata，Gods，Demons，and Others*. London：Penguin Books，2000，p.388.

图 3.1　纳拉扬印度史诗重述三部曲中的叙述者层次

不难看出,"讲故事的人"叙事的"说—听"模式,以听故事者或拟听故事者为受述者,保留了某些口头文学特点的叙述模式。在书面化后,这一模式类同于现代小说叙事中的"写—读"模式,它提供给读者的是完全不同的阅读(聆听)期待,有助于古印度史诗故事更趋于现代化、生活化与世俗化。这一叙述模式彰显了纳拉扬既尊敬古印度文学传统,又善于向现代叙事形态借势的创造精神和创作个性。

"一部作品选择什么样的叙事方式来进行表述绝不是偶然或随意的,其背后不但有原故事的要求,还必然有作者初衷和各种创作语境的角力。"[①] 因此可以说,纳拉扬的史诗重述创作是其在继承古印度史诗叙述艺术的基础上,接受西方小说艺术的影响,自觉地融合印度口传文学资源进行创造的结果。"讲故事的人"叙述模式是体现纳拉扬叙述艺术审美特征的产物,是纳拉扬主动地、有意识地采取的一种叙述技巧和策略,也是其创作观念的体现,暗含着他深层的文化和社会心理。

以"讲故事的人"叙述模式,纳拉扬将从史诗源文本中选出的核心故事与插话,由"讲故事的人"以五种不同类型的序列故事串联并列在同一叙述层上进行讲述。每个故事因而都有了叙述的独立性与意义的完整性,又不脱离内在联系,能够相互参照、彼此印证,共同建构为一个整体。这种结构布局可以称为主层并列型叙述格局,相对史诗源文本而言,它大大简化了文本的叙述层次。

"讲故事的人"叙述所形成的叙述层次(结构)不仅提供了一个统一的叙述空间、规定了叙述的视野,而且能够吸引读者进入一种设定的叙述情景。"讲故事的人"如同日常面对一群淳朴的乡民一样亲切地讲述故事,形成一种"召唤"结构,无形之中拉近了与读者的距离。这一优势实际让纳拉扬获得了直接进行情感表述并与观众交流的通道,同时赋予了史诗重

---

① 黄苏瑾:《中国动画中的说书人叙事:从叙事技巧到创作观念》,载《新疆艺术学院学报》2011 年第 4 期,第 67 页。

述主题更为复杂的精神命题。

对于纳拉扬而言,"讲故事的人"的存在,目的在于吸引读者进入乡村社区说故事场域中听众这一受述者的身份,增加对读者的场域感染力。"讲故事的人"是现存于印度乡村社区的一个独特现象,象征印度传统与古印度史诗的虔诚传承者。他尊重传统与史诗的神圣性,努力保持史诗的传统寓意。他在印度乡村社区充分行使着自己的特殊使命,在讲故事的时候保持长者的姿态与亲和者的平易近人,努力增进与听者的情感交流,充分调动听者的参与感与热情。

从纳拉扬的文本叙述语言来观察,"讲故事的人"讲述故事时沉着冷静,却又富含情感,将其干预的态度如实地表露出来,贴近人物的遭遇,拉近与人物的距离。而"讲故事的人"那一套颇具特色的固定干预手段有利于作者在短时间内成功地建立相应的文学期待模式。其中,文学套语般的指点性干预更有助于增进与听故事者的感情,营造亲切感。

纳拉扬以"讲故事的人"作为古印度史诗插话的讲述人,将古印度神话传说和现代社会紧密结合,立足现实,结合自己的时代感受,"从神话和历史的对照中重新获取言说和批判的话语空间,在对所选题材的重新解读之后,完成了相同现实问题在远古和现代两个场景的演绎和解说"①。因此,通过"讲故事的人",纳拉扬恰到好处地为古印度史诗传统注入了新鲜的血液,使史诗故事再次焕发出新时代的光彩与魅力,使史诗印度又一次展现在世人的面前,既为史诗传承增添了一个现代的舞台,也为印度民族精神和优秀传统文化的全球化传播与交流开辟了一条新的途径。

二、叙述交流层的简化

叙述层次生成的另一个前提就是叙述交流的存在,只有在文本动态的交流过程中,叙述层次方能产生。在叙述文本中,叙述交流同样存在着不同的层次,能够实现作者不同的叙述意图。

在《作为修辞的叙事:技巧、读者、伦理、意识形态》(*Narrative as Rhetoric: Technique, Audiences, Ethics, Ideology*)一书中,詹姆斯·费伦

---

① 黄国建:《中国新世纪"重述神话"的审美研究》(学位论文),扬州大学2013年,第62页。

曾指出："叙事不仅仅是故事，而且也是行动，某人在某个场合出于某种目的对某人讲一个故事。"① 费伦的这一叙述定义，暗含了叙述文本中三个叙述交流层次：隐含作者与隐含读者交流层、叙述者与受述者交流层、人物与人物交流层。其考察的是以（隐含）作者为主的叙述交流语境中，（隐含）作者、叙述者、受述者人物、（隐含）读者之间的叙述交流关系。在叙述文本中，三个叙述交流层次各有一个叙述者，都有其叙述语境和修辞意图，且层与层之间彼此关联。此外，"该定义既强调'讲述内容'层次，也强调'讲述过程'层次，也就是说，隐含作者的叙述策略、叙述技巧和叙述内容一起影响读者，实现自己的修辞目的"②。这就意味着，叙述交流层次不仅是一种文本现象，而且是叙述主体用以实现其叙述意图的叙述策略。

1978年，西蒙·查特曼在其《故事与话语：小说和电影的叙事结构》一书中，从符号学的角度建构了叙述交流模式图。构成这一模式的六要素分别为：真实作者、隐含作者、叙述者、受述者、隐含读者和真实读者。这一模式更加强调叙述过程中人的参与性。

查特曼的符号学文本叙述交流模式如图3.2所示。

图3.2　查特曼的符号学文本叙述交流模式

其中，"隐含作者"由修辞叙述学创始人韦恩·布斯（Wayne C. Booth）在其1961年出版的《小说修辞学》（*The Rhetoric of Fiction*）中提出。隐含作者相当于作者的"第二自我"，也即作者的"替身"。其隐含在文本之中，是读者从文本的叙述之中重构出来的。隐含作者不能等同于作者本身，他只是相对于某个具体文本或故事的叙述者。在叙述文本中，当叙述者执行热奈特界定的第二职能——管理职能（指明"作品如何划分

---

① ［美］詹姆斯·费伦：《作为修辞的叙事：技巧、读者、伦理、意识形态》，陈永国译，北京大学出版社2002年版，第14页。
② 唐伟胜：《叙事进程与多层次动态交流——评詹姆斯·费伦的修辞叙事理论》，载《外国语文》2008年第3期，第7页。

篇章，如何衔接，以及相互间的关系，总之指明其内在的结构"①）时，就已经"成为文本结构的组织者和解说者，他同作者的距离几乎消失"②，即变成了真正的"隐含作者"。"这一区分使作者和叙述者之间又多了一个可操作的层次，使叙事学的分析更有解释力。"③

（一）史诗源文本中的叙述交流层次

在源文本古印度史诗中，叙述交流层次要远比费伦所归纳的三个层次复杂。史诗问答式叙述模式的逻辑扩展使其叙述中套有叙述、故事里生出故事，最后在结构上形成了容纳百川的框架式故事结构（或连环穿插式叙述结构），成为集合众多插话的巨大文本容器。季羡林先生在总结古印度史诗的这种框架式故事结构时说道："这好像是一个大树干，然后把很多大故事一一插进来，就好像是大树干上的粗枝，这些大故事中又套上许多中小故事，这好像是大树粗枝上的细枝条。就这样，大故事套中故事，中故事又套小故事，错综复杂，镶嵌穿插，形成了一个像迷楼似的结构。"④ 在这一结构的扩展过程中，每一层套的故事中都会诞生出一名或并列多名叙述者（隐含作者），组织、统筹和讲述下一个故事。叙述交流层次随之而趋向无限延展。查特曼的符号学文本叙述交流层次如图3.3所示。

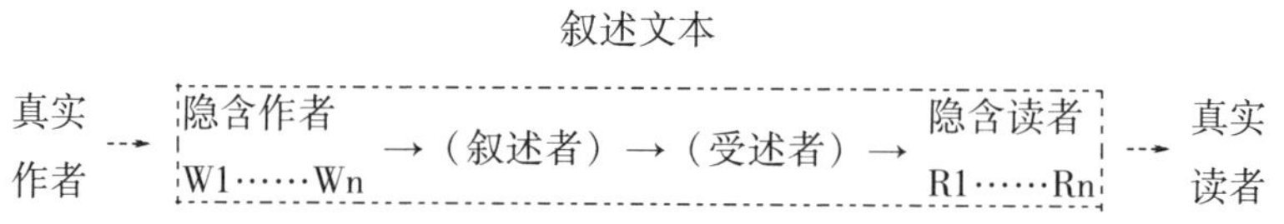

叙述文本

真实作者 ⇢ [隐含作者 $W_1 \cdots W_n$ → （叙述者）→ （受述者）→ 隐含读者 $R_1 \cdots R_n$] ⇢ 真实读者

W_1 为作者1；W_n 为作者n；R_1 为读者1；R_n 为读者n

图3.3 查特曼的符号学文本叙述交流层次

从图3.3可以看出，在古印度史诗叙述文本的框架内，插入的插话越多，叙述者转变为隐含作者的数量也就越多，两者成正比关系；叙述者演变为隐含作者的情况越多，叙述交流层次也就越来越多，那么整部史诗故

---

① ［法］热拉尔·热奈特：《叙事话语　新叙事话语》，王文融译，中国社会科学出版社1990年版，180－181页。

② 刘世剑：《小说叙事艺术》，吉林大学出版社1999年版，第5页。

③ 刘旭：《叙述行为与文学性——形式分析与文学性问题的思考之一》，载《文艺理论研究》2013年第3期，第75页。

④ 佚名：《五卷书》，季羡林译，人民文学出版社2001年版，第398页。

事的框架结构也就越来越大。

古印度史诗的这种框架式叙述结构在世界文学中衍生发展出了不同的叫法,如阿拉伯人通过《一千零一夜》总结出来的"金字塔式"叙述结构与秘鲁结构主义大师巴尔加斯·略萨(Mario Vargas Llosa)所称的"中国套盒"式结构。前者强调了小故事的故事"金字塔"的基底作用,因为《一千零一夜》随着叙述层的增多,越往下叙述的故事越多,支撑起整个"金字塔"。这有助于理解古印度史诗中插话作为叙述整体而言在一部史诗中的作用。而要理解史诗中的某一单个插话所处的层次关系,略萨的"中国套盒"无疑是最好的理解模式。"中国套盒"式结构在"大套盒里容纳形状相似但体积较小的一系列套盒,大玩偶里套着小玩偶,这个系列可以发展到无限小"①。这一结构虽然忽略了某一叙述层中故事作为序列多个出现的情况,但以单个插话而言,它可以清晰地找出此插话所在的叙述层。"中国套盒"中的每一个套盒皆可视为一个叙述层,自大而小,明晰具体。

还是以大史诗《摩诃婆罗多》中《森林篇》内的插话《那罗传》(第49—78章)为例,其在整部源文本史诗中的相关叙事交流模式与层次如图3.4所示(《那罗传》故事叙述文本处于最内层的虚线框内,可将其视之为一个四层"中国套盒"中最里层的玩偶)。

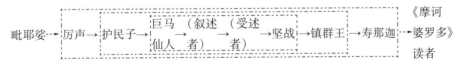

图 3.4 插话《那罗传》的叙事交流模式与叙述层次

在这一插话故事的叙述文本中,包含4种不同的作者。

(1)真实作者:大史诗作者毗耶娑(《摩诃婆罗多》形式上的作者)。

(2)隐含作者1:厉声(整部史诗中最大的隐含作者、插话《那罗传》的二级间接隐含作者)。

(3)隐含作者2:护民子(插话《那罗传》的一级间接隐含作者)。

(4)隐含作者3:巨马仙人(插话《那罗传》的直接隐含作者,讲述有关那罗的独立故事)。

---

① [秘鲁] 巴尔加斯·略萨:《给青年小说家的信》,赵德明译,上海译文出版社 2004 年版,第 113 页。

同时还包含了4种不同的读者。

（1）真实读者：大史诗的读者（即所有阅读《摩诃婆罗多》故事的读者）。

（2）隐含读者1：寿那迦（全书最大的隐含读者，插话《那罗传》二级间接隐含读者）。

（3）隐含读者2：镇群王及朝臣（插话《那罗传》一级间接隐含读者）。

（4）隐含读者3：坚战（插话《那罗传》的直接隐含读者）。

在这一叙述交流模式（乃至整部大史诗叙述交流模式）中，厉声（隐含作者1）是最大的隐含作者，他复述了护民子（隐含作者2）讲述的摩诃婆罗多故事，同时掌控了护民子引出的摩诃婆罗多核心故事中的诸多次一级隐含读者（如隐含作者3：巨马仙人），再安排次一级故事中的再次级隐含读者等，不断引出更多与插话故事关联的叙述层次，建构成巨大的框架式叙述文本。

插话《那罗传》只是大史诗《摩诃婆罗多》核心故事中的一个插话故事，隐含作者巨马仙人实际上是核心故事中的人物之一，是大史诗中人物与人物交流层内人物之间交流过程中功能转变的结果。在大史诗中，《那罗传》的叙述交流模式只是整部大史诗叙述交流结构中的一个缩影。大史诗中还存在着大量有着更多叙述层次、更为复杂的交流模式的插话故事。这还没有考虑那些与这一插话平行的另一些插话，但如此也已足够说明，源文本古印度史诗叙述交流层次的错综复杂性。

（二）三部曲中的叙述交流层次

在纳拉扬的印度史诗重述三部曲中，文本的叙述交流层被简化了许多。来自古印度史诗多源文本中的插话被类型化地安置在同一叙述层，由纳拉扬精心创设的叙述者"讲故事的人"讲述完成。因此，"讲故事的人"作为叙述主体成为最为权威的叙事成分，其讲故事的情形成为史诗重述三部曲文本叙述流程的有机组成部分。依据查特曼的叙述交流模式图，在纳拉扬的印度史诗重述三部曲中，作为听众之一的"我"是文本中的隐含作者，记录了"讲故事的人"所讲述的古印度史诗中的神话传说，是文本结构的组织者和解说者。"我"既是费伦三个叙述交流层次中隐含作者与隐含读者交流层中的隐含作者，同时还是叙述者与受述者交流层中的受述者。而"讲故事的人"则在第二个叙述交流层叙述者与受述者交流层中担当叙述者，讲述由纳拉扬重述后的古印度史诗故事。具体如图3.5所示。

图3.5 纳拉扬印度史诗重述三部曲的文本叙述交流模式

其中，插话重述进入三部曲重述文本叙事系统之后，叙述交流模式中的各元素就获得了统一（最内层的虚线框内即被纳拉扬重述史诗后获得的故事，分别由五大类型故事序列组成）。

（1）真实作者：印度史诗重述者纳拉扬。

（2）隐含作者1："我"（三部曲的隐含作者，记录了"讲故事的人"讲述的故事）。

（3）隐含作者2："讲故事的人"（史诗重述三部曲的直接隐含作者，讲述了所有由史诗重述形成的故事）。

（4）真实读者：阅读纳拉扬印度史诗重述三部曲的读者（即所有阅读三部曲文本的读者）。

（5）隐含读者1：故事的理想读者（能够理解作者创作意图的模范读者或作者的读者）。

（6）隐含读者2：村民与"我"（史诗重述三部曲中故事的直接隐含读者）。

从图3.5可以看出，纳拉扬史诗重述三部曲中的叙述交流层次固定在三个层次之上。相对于源文本中故事所处叙述层次呈现各异的情况而言，史诗重述三部曲有效地控制了故事叙述层次的延展。叙述交流层次的固定以及叙述交流清晰地呈现出的内外层次性便捷了文本的创作、话语和故事产生的叙述效应的认识与理解。由此也可以看出，纳拉扬史诗重述三部曲中叙述者与受述者关系的变化改变了叙事交流的层次与关系。

印度史诗重述三部曲叙述交流层次的固定，较之史诗源文本，意味着文本叙述过程中施动者与受施者二者叙述交流的改变。细致分析，实质上可归结为叙述交流策略的转变。其中最为显著的是叙述聚焦方式，体现在纳拉扬借助"讲故事的人"之口讲述故事，其改变了源文本中故事的叙述者与受述者同属于文本故事人物的叙述交流主客体的基本模式。

叙述聚焦是叙述文本审视世界的角度与叙述的生发点,是文本故事人物与事件组织的轴心。"它是叙述者把他体验到的世界转化为语言叙事世界的基本角度"①,也是作者引导阅读者感知故事情境、理解人物行为的方式。纳拉扬以"讲故事的人"所建立起来的叙述聚焦(叙述视角)方式,保留了源文本中的零叙述聚焦(外部叙述聚焦)方式。这是神话传说、民间故事等古典风格叙事文本中通常采用的叙述视角,阅读者处于一种受述与被告知的状态,等待故事的全部揭晓,而叙述者则处于权威地位。这在一定程度上反映了史诗印度时代知识传播中的权力关系。作为现代人的纳拉扬,"讲故事的人"既为其重述古印度史诗故事找到了合理的切入口,又保留了故事叙述上的权威性。

纳拉扬采取这一叙述聚焦方式的原因在于,他对史诗故事的探讨角度与源文本基本一致,观察与思考故事的方式基本没有发生太大的改变,呈现的场景与主要故事情境以及主题意蕴、文化内涵也基本与源文本相同。印度史诗重述三部曲从《众神、诸魔与其他》的开头就已经确立了这样的叙述视点,纳拉扬将历史、现在与未来等的一切,全纳入"讲故事的人"的视野之内,构筑了三部曲的主体框架。"讲故事的人"通过无所不知的叙述者视角,讲述史诗故事中的任意人物的活动与任何时空事件的发展。他凌驾于故事之上,既可以深入人物内心心理,又可跳出故事,发表见解,他的整个叙述囊括了现实生活的诸多层面。"这无疑是传统的和'自然的'叙述模式。……就像一个讲演者伴随着幻灯片或纪录片进行讲解一样。"②这是纳拉扬继承史诗叙述传统,使众多插话故事的叙述更为客观全面,并成为其以古神话传说解答现代社会生命问题时的一种巧妙的应对方式。"讲故事的人"独特的聚焦方式对三部文本而言,产生了重要的哲理性功能,这一视角是对史诗时代叙事文学传统的继承与发展,蕴含着丰富的人生哲学与历史哲学,对于纳拉扬反省现代社会与人生具有深刻的意义。读者透过"讲故事的人"的视角,观看古印度神话传说故事的始末,纵览其中人物百态,领略纳拉扬笔下史诗印度的时代风貌、神话世界的万端变幻,从而与其进行心灵的对话。

---

① 杨义:《中国叙事学》,人民出版社1998年版,第191页。
② [美]勒内·韦勒克、奥斯汀·沃伦:《文学理论》(新修订版),刘象愚等译,浙江人民出版社2017年版,第218页。

第三节　叙述时空的调整优化

在叙述文本中，时间与空间是叙述话语存在的两个基本范畴，时间呈现抽象的事件逻辑，而空间则容纳话语的叙述形式。在叙述话语中，叙述将"形式与内容在时空中融为一体，时空是一种想象和表现一个世界的统一方式"①，使叙述文本还原一个作者意图表达的想象世界。因此，在叙述作品中，最能体现叙述话语特征的就是叙述时间与叙述空间。改变叙述时空，将有可能从根本上改变叙述文本的意义与价值。

纳拉扬的古印度史诗重述属于古代经典跨时代、跨语境的文本重述，将印度古老的神话传说置于崭新的时空幻境之下进行讲述与阐释，具有深刻的文化反思倾向。从叙述时空层面出发，可以探究纳拉扬在现代语境中对古印度史诗具体故事事件与情境的继承取舍和理解转化。"讲故事的人"这一叙述者的设置及其在现代社会中的社会关系与活动能力，奠定了纳拉扬印度史诗重述三部曲文本叙述话语的当下时空语境。"讲故事的人"这一叙述者以怎样的口吻讲述故事、如何处理叙述时间、如何表达故事时间、选取何种叙述时序，以及选择人物行动的哪些空间、反映多少社会场景、是否会并置故事时空呈现宏阔的故事背景等，无不体现出纳拉扬运用叙述策略与叙述技巧铺设故事悬念、展现叙述效果、跨越时空重新演绎古印度史诗中的神话传说，再现史诗印度时代风貌与人物精神的美学理想。

一、叙述时间的优化

在叙述作品中，叙述与时间的关系异常密切。"叙述在根本上是一种时间性表意活动。叙述也是人感觉时间、整理时间经验的基本方式，是人理解时间的手段，没有叙述，人无法感受时间。"② 保罗·利科在其巨著《时间与叙述》（*Time and Narrative*，1983）中认为，只有叙述活动才能对

---

① ［美］华莱士·马丁：《当代叙事学》，伍晓明等译，北京大学出版社2005年版，第43页。

② 赵毅衡：《广义叙述学》，四川大学出版社2013年版，第145页。

反思时间这种不确定的沉思行为做出反应。① 而热奈特更是指出:"叙事事实上是叙述者与时间进行游戏。"② 任何叙述作品在时间维度上都具有双重性,一个是关于内部故事的,一个是关于外部话语的,具体体现为文本内部的故事时间与文本中叙述故事形成的叙述时间。

在叙述作品中,故事时间体现的是故事中事件在自然时间状态下的接续顺序,叙述时间则呈现文本中叙述话语的排列顺序,或叙述故事事件时呈现的文本时间状态。为了服从故事叙述的需要,作家会采取诸多手法来处理时间在叙述中的作用。作家通过不同的叙述时间以及叙述时间与故事时间的不同关系来体现自己对文学艺术的理解与表达。由于故事时间总是均匀地线性发展,而作家的叙述行为则往往脱离故事发生的自然时间对其进行艺术处理,这样就会导致故事时间的变形。变形后的故事时间在叙述文本中以另一种具有审美意味的时序出现,构成新的文本时间状态。叙述时间反映的就是故事时间与文本时间相互对照形成的时间关系。叙述时间是作家叙述故事时使用的一种重要的叙述话语和叙述策略,是体现作家文本叙述艺术性的重要手段。因此,叙述时间及其与故事时间的关系也就成为叙述作品话语层面重要的分析内容。

1972年,热奈特将叙述作品中的时间性作为反映叙述内容与叙述方式之间关系的一种功能加以研究,设计出"叙述时间分析模式",从时序(order)、时长(duration)与频率(frequency)三个层面探究叙述时间与故事时间的关系,这至今仍是这一领域最为精密的分析模式。这一模式分三个层面加以讨论:首先是故事叙述过程中叙述时间与被叙述故事中事件之间的时间顺序关系;其次是文本本身(文本时间)与文本所描述的事件之间的时间关系;最后是叙述时间与被叙述事件之间的时间频率特征。纳拉扬的印度史诗重述三部曲在叙述时间的优化方面也主要体现在以上三个层面,可以依据热奈特的"叙述时间分析模式"进行分析。纳拉扬印度史诗重述三部曲中叙述时间的这种优化,不仅是相对于故事时间而言的,而且是对照源文本中的叙述时间而言的。

---

① Paul Ricouer. *Time and Narrative*, Vol I. Chicago: University of Chicago Press, 1983, p. 6.
② [法] 热拉尔·热奈特:《叙事话语 新叙事话语》,王文融译,中国社会科学出版社1990年版,第149页。

(一) 简化叙述时序

叙述时序，实际上指的就是"对照事件或时间段在叙事话语中的排列顺序和这些事件或时间段在故事中的接续顺序"①，用来表示故事时间与叙述时间比照后呈现出的关系。在叙述作品中，时序关系是最易被观察出来的文本间关系。叙述时序与故事时序相一致的情况叫"顺序"，不一致的情形叫"时间变形"或"时间倒置"。实际上，在叙述文本中，"叙述时间（话语时间）的顺序永远不可能与被叙述时间（故事时间）的顺序完全平行；其中必然存在'前'与'后'的相互倒置"②。热奈特就曾指出，"叙事实际上处理的是基本按顺时间发展的'初级叙事文'与逆时叙述、追叙、预叙等构成的'第二叙事文'的关系"③。

纳拉扬的印度史诗重述三部曲中的叙述时间在时序上追求与史诗故事中事件时间的一致性，采取了比史诗源文本还要严格的直线式的叙述时间。纳拉扬的印度史诗重述几乎都平铺直叙，将其中的故事条理清晰地复述出来。相比于早已惯于通过时间倒置与时间变形来建构叙述典范的现代叙述方法，纳拉扬的这种平铺直叙表现出了明显的对时间的自然顺从。但是，这也恰恰表明了纳拉扬对叙述时间的重视。当故事的"情节进展动力剔除了因果律和逻辑关系时，时间就成了决定性因素。'顺其自然'，才得以让情节发展接受时间的约束和制裁"④。古印度史诗故事中的人物往往受制于神的意志、命运与造化的捉弄，时间就是这种神的意志、命运与造化的显在形式。无论是国王、英雄、仙人，还是天神、阿修罗，都以异常坚定的意志经历着时间的磨砺。所以，"顺其自然"是史诗印度时代生命哲学的重要体现之一，众神与诸魔都命定其中。纳拉扬史诗重述对故事时间的自然顺从一定程度上反映了其对这一哲学的叙事展现。

以纳拉扬史诗重述后的故事《拉瓦纳》与其源文本《极裕仙人瑜伽》

---

① ［法］热拉尔·热奈特：《叙事话语 新叙事话语》，王文融译，中国社会科学出版社1990年版，第14页。
② ［法］兹维坦·托多罗夫：《叙事作为话语》，引自张寅德编选《叙述学研究》，中国社会科学出版社1989版，第62页。
③ 汪正龙：《西方形式美学问题研究》，黑龙江人民出版社2007年版，第119页。
④ 刘洪涛：《沈从文小说新论》，北京师范大学出版社2005年版，第159页。

◎ 再现史诗印度

中《创造篇》第三部分内的《拉瓦纳的故事》的叙述时序为例，可以观照纳拉扬叙述时序与故事事件发生次序严格一致的特点。在源文本《极裕仙人瑜伽》中，插话《拉瓦纳的故事》中事件的叙述顺序如下（故事由极裕仙人向罗摩讲述）：

A. 魔术师来到国王拉瓦纳的宫廷，为他表演魔术。

B. 魔术师变出一匹非常漂亮的马，恳请国王接受，并恳求他骑马漫游世界。

C. 国王拉瓦纳陷入幻境，宫中的每个人都不敢打扰他。

D. 国王拉瓦纳从惊愕中醒来，在众人安慰之下才平静下来。

E. 国王讲述自己在短时间内体验到的奇妙幻觉。

F. 国王讲述自己骑马到达一片沙漠，度过恐怖的夜晚。

G. 国王讲述自己碰到一位肤色黝黑的女子，向她乞求食物，女子要求他与自己结婚才肯给他食物；他答应了女子的要求，拜见了她的父亲以及村庄中的人，并在一个可怕的仪式上与女子结了婚。

H. 国王讲述自己很快成为这个原始部落中的一员，生育了四个孩子。他不得不以砍柴为谋生手段，供养和保护妻子与孩子。

I. 国王讲述自己年老后以从事猪肉贸易为生，经常受到饥饿的折磨，与部落里的人打架。

J. 国王讲述自己以捕杀鸟类与动物为生，失去慈悲之心，变得行为野蛮、语言粗鲁、罪孽深重。

K. 国王讲述大地干旱、森林着火，整个世界一片饥荒，出现人吃人的现象，国王与妻子、孩子不得不离开村庄寻找生路。

L. 国王讲述自己的幼儿因为饥饿，坚持向他索要食物，他在绝望之际对幼儿说出"那好吧，吃我的肉吧！"的话，无知的孩子想都没想就对他说："给我吧！"

M. 国王讲述他在看到自己的孩子再也无法忍受饥饿痛苦之时，心生怜悯，搭起火堆，准备爬上火堆将自己的肉奉献给孩子。就在这时，他突然醒来，发现自己仍在王宫之中。

N. 魔术师突然消失了。

在纳拉扬的印度史诗重述三部曲中，《拉瓦纳》的事件叙述顺序如下

（纳拉扬对源文本中的插话故事做了细节的处理，故事全部由"讲故事的人"讲述）：

  a. 魔法师来到国王拉瓦纳的宫廷，为他表演魔术。

  b. 国王拉瓦纳对一般的魔法不感兴趣，魔法师让拉瓦纳望着自己的眼睛。

  c. 国王拉瓦纳立即陷入幻境，世界在瞬息间发生变化，自己出现在一片原野上。

  d. 国王发现一匹乌黑的马，想要靠近它，被它几番躲开，最后他在愤怒中跃身跳上马背。

  e. 黑马疯狂地载着国王奔跑，途中掉落在一棵树上，下方是绿色深渊，他鼓起勇气跳下去，却不知身处何处。

  f. 国王开始往前走，直到筋疲力尽，饿倒在地上。

  g. 国王醒来时发现一位年轻的首陀罗女子，向她乞求食物，女子要求国王与她结婚才肯给他食物；他答应了女子的要求，拜见了她的父亲，与女子结了婚。

  h. 女子的父亲死后，国王成为一家之主，夫妻生育了四个孩子，他以捕杀动物为生，供养和保护妻子与孩子。

  i. 一场大饥荒侵袭了大地，食物匮乏，森林着火，国王与妻子、孩子不得不离开村庄寻找生路。

  j. 国王的孩子们已经长大，但是依然需要他供养，国王向妻子提出让孩子自力更生，遭到妻子的猛烈攻击。

  k. 孩子们见到国王老迈，再无力抚养他们，前三个孩子一个接一个地离开，只剩下最小的男孩与他们同行。

  l. 国王见到自己的幼儿因为饥饿，气息微弱，于是瞒着妻子和儿子偷偷决定将自己的肉奉献给孩子；国王跃身跳进火堆里，就在此时，他突然醒来。

  m. 国王发现自己依然坐在王宫之内，大臣们环坐在四周。国王询问大臣自己睡了多久，大臣答复只有一两分钟，他不禁感叹自己刚刚在幻境中已度过了七十年光阴。

  n. 四下观望，魔法师已经不见了。

仔细观察史诗源文本与纳拉扬的印度史诗重述三部曲中故事事件的叙

述顺序，以国王拉瓦纳的经历作为故事的线索，可以发现，纳拉扬的史诗重述本故事的叙述时序与故事时序是保持一致的，是典型的线性叙述。而源文本中的插话则采取了倒叙的方式，通过国王拉瓦纳回述了自己在幻境之中的经历。在源文本中，如果用大写字母代表源文本中插话的叙述时序，以阿拉伯数字代表插话中的故事时序，那么，故事时间与叙述时间呈现的时序对照将如图3.6所示。

$A_1 - B_2 - C_3 - D_{13} - E_4 - F_5 - G_6 - H_7 - I_8 - J_9 - K_{10} - L_{11} - M_{12} - N_{14}$

图3.6　史诗源文本中插话《拉瓦纳的故事》的故事时间与叙述时间的时序对照

而在纳拉扬的史诗重述故事中，如果用小写字母代表重述后故事的叙述时序，以阿拉伯数字代表这一文本的故事时序，那么，故事时间与叙述时间呈现的时序对照将如图3.7所示。

$a_1 - b_2 - c_3 - d_4 - e_5 - f_6 - g_7 - h_8 - i_9 - j_{10} - k_{11} - l_{12} - m_{13} - n_{14}$

图3.7　纳拉扬史诗重述三部曲中《拉瓦纳》的故事时间与叙述时间的时序对照

实际上，在源文本中，拉瓦纳的故事发生的时间是立体性的，故事中两个明显的事件同时发生，一个是拉瓦纳进入幻境，另一个则是大臣们静候在宫廷之上不敢言语。源文本的叙述侧重第二个事件所在的故事层次，故事的场景继续留在王宫，所以通过拉瓦纳回述幻境故事来实现。纳拉扬的文本则并置了两个故事层次，叙述一直追随拉瓦纳的经历进入幻境的故事层次。因此，两个文本呈现出不同的叙述时序。源文本中插话的叙述时序明显地呈现出叙述时间与故事时间的离异，正是两种时间的离异造成了"时间倒置"或"时间变形"的叙述。纳拉扬的印度史诗重述则将故事的事件依序一件一件地叙述出来，将复杂的人物形象投射到一条线性的时间上来，从而使故事在层次上更为简洁，叙述节奏更为顺畅。相对源文本来说，纳拉扬的印度史诗重述打破了源文本中的叙述时序，重新梳理与调整了故事的事件序列，依照新文本叙述时序安排了新的事件序列，突出了故事，完全淡化了源文本中的宗教说理成分。史诗重述的微妙之处就体现在这种重述三部曲与源文本有意味的差异之中。

（二）调整叙述时长（叙述速度）

叙述时长指叙述故事中某一段事件所用的叙述时间，反映的是故事时间长度与叙述时间长度之间的均衡状态，"即叙事速度无限的变化形式在时间上是如何分配和组织的，叙事速度被界说为故事长度（以年、月、日、时、分等为单位）和用来描述它的文本长度（以页、行等为单位）之间的关系"①。

热奈特从文学叙述文本的宏观结构层次出发，提出了影响叙述时长（叙述速度）的五大叙述时间运动形式（或叙述节奏），即概略（summary）、停顿（pause）、省略（elipsis）、场景（scene）、减缓（slow down）。在具体的叙述文本中，概略、省略是缩短叙述时间、提升叙述速度的方法，停顿、减缓则是延长叙述时间、减慢叙述速度的方法。叙述速度，"在本质上是人对世界和历史的感觉的折射，是一种'主观时间'的展示"②。在叙述文本内，叙述情节越密，叙述时间越长，叙述速度越慢，反之，叙述情节越疏，叙述时间越短，叙述速度越快。正是叙事作品的这种双重时间性，赋予了纳拉扬这种"根据一种时间去创造另一种时间的功能"③。

其中，概略是以短的篇幅或页码叙述较长时间（几天、几月或几年）的事件，往往忽略情节与话语细节。例如，纳拉扬对《罗摩衍那》中的蚁垤故事的重述文本，将千年之久的时光浓缩在一段语言中，其间世间发生的事情仅以"也许"二字简略概述避之。

> 时间过去了许多年。我们无法正常地算出经过的时光，根据故事的记载，一定有千年之久，也许漫长到国家性质发生了变化，森林变成城市，王国化为沙漠，山川变形，河流改道。从一座巨大的土堆中，人们听到不断重复的词语"罗摩"，听起来就好像是大海永无止境的低语。④

停顿是叙述者为了阐释文本中某些信息，暂时停止故事进程而描写其他场面。停顿在史诗源文本中是常用的手法之一，史诗中的插话之所以能够以独立的成分插入核心故事的叙述之中，其原因就在于使用了停顿的手

---

① 汪正龙：《西方形式美学问题研究》，黑龙江人民出版社2007年版，第119页。
② 杨义：《中国叙事学》，人民出版社1997年版，第141页。
③ 陈良梅：《当代德语叙事理论研究》，河海大学出版社2007年版，第114页。
④ R. K. Narayan. *The Indian Epics Retold*：*The Ramayana*, *The Mahabharata*, *Gods*, *Demons*, *and Others*. London：Penguin Books, 2000, p. 517.

再现史诗印度

法,让叙述者停止核心故事进程,叙述插话故事的内容。纳拉扬在史诗重述的过程中也时常使用这种手法。例如,在重述史诗插话《德罗波蒂》的过程中,讲述般度五子由贡蒂借种诞生的原因时,纳拉扬运用了停顿的手法。

> 我得稍做停顿,解释一下为什么般度五子的出生拥有那么多的父亲。贡蒂的丈夫般度,不能和他的妻子们结合,有两方面原因:一,他是个戴罪之人,注定只能在森林里生活;二,他身上遭受有诅咒,他和妻子同房之日就是他丧命之时。①

省略是用简短叙述取代长时段叙述。例如《德罗波蒂》中,为了叙述《薄伽梵歌》诞生的过程以及其具体的内容,纳拉扬进行了扼要的略写。特别是拥有700诗节的《薄伽梵歌》,为了德罗波蒂故事的简洁性,直接省去不述。

> 克里希纳,扮演着他的车夫的角色,为他讲授了超然与行动的哲学,解释了时光与不朽的本质,善与恶,以及责任(所有这些内容组成了著名的经典《薄伽梵歌》)。并在所有他的神性与形象之中,和他包罗万象与充溢整个宇宙的内在自我之中揭示了他的本真。②

场景则是集中性情节的叙述,故事时间不变,叙述时间约等于故事时间。史诗源文本中存在着大量的场景描写,特别是壮阔的战争场景,使用了大量的叙述时间进行描写。纳拉扬的史诗重述文本中,由于考虑故事的简洁和流畅,场景描写的叙述时间相对源文本缩短了许多。

"减缓的发展速度是与概略直接相对的,比如在制造悬念的时刻,减缓可以起到放大镜那样的作用。"③ 如在史诗插话《提毗》的重述过程中,

---

① R. K. Narayan. *The Indian Epics Retold*: *The Ramayana*, *The Mahabharata*, *Gods*, *Demons*, *and Others*. London: Penguin Books, 2000, p. 532.

② R. K. Narayan. *The Indian Epics Retold*: *The Ramayana*, *The Mahabharata*, *Gods*, *Demons*, *and Others*. London: Penguin Books, 2000, p. 548.

③ 蒋成峰:《纪录片解说词的时间表达》,中国传媒大学出版社2015年版,第88页。

虽然纳拉扬省略了很多关于印度教宗教仪礼的内容,但是纳拉扬在整体上延续了插话对话式的表达方式。纳拉扬通过马希沙与提毗的对话,制造紧张悬念。即便是在提毗做出最后警告的时候,马希沙还在不厌其烦地要为提毗讲故事。故事的发展速度一再被他的对话内容所减缓,却放大了马希沙易于动情、好于说理、自命不凡的性格。

"很久以前,有一位美丽的女子名叫曼陀塔莉。"(这里马希沙论述得非常详尽,就像她的父母一样)"当她到了适婚的年纪,经她父亲安排,她得以许配给一位王子。但曼陀塔莉顽固地拒绝了这场联姻,声称她不想出嫁,因为她不愿受公婆的管束。'我必须过我乐意的生活。更何况一个女人结了婚,失去丈夫后成了寡妇就必须在火葬场上自焚殉夫。'就因为这种种浅薄的原因,她拒绝了那次婚姻。此后的生活中,她后悔她维持单身的决定,且嫁了一位不忠的丈夫,她不得不委屈地忍受自己的命运。"①

因此,总体而言,纳拉扬的史诗重述三部曲通过调整故事时间和叙述时间之间的关系,不仅实现了故事中人物行为节奏的调整,而且突出了史诗插话故事中的戏剧要素,进一步将其作为表达自己叙述意图和艺术思想的重要手段。

二、叙述空间的优化

时间与空间是叙述作品的两个重要元素,融合于作品这一具体的整体之中。长期以来,叙述学研究往往只注重对叙述时间的研究,而忽视叙述空间在文本叙述过程中的功能与意义。正如巴赫金谈论文学中的艺术时空体时所言,"时间在这里浓缩、凝聚,变成艺术上可见的东西;空间则趋向紧张,被卷入时间、情节、历史的运动之中"②。直到 20 世纪,现代、后现代小说叙述策略不断受到重视,叙述学才迎来叙述空间研究的转向。

---

① R. K. Narayan. *The Indian Epics Retold*:*The Ramayana*,*The Mahabharata*,*Gods*,*Demons*,*and Others*. London:Penguin Books,2000,p. 442.

② [苏]巴赫金:《巴赫金全集第三卷·小说理论》,白春仁、晓河译,河北教育出版社1998年版,第 274 – 275 页。

现代法国思想大师亨利·列斐伏尔（Henri Lefebvre）在其《空间的生产》（*The Production of Space*，1974）中指出，空间不仅具有静态的自然属性，而且具有动态实践性，"空间是富含着社会性的，它是生产关系、社会关系的脉络，同时叠加着社会、历史、空间的三重辩证，空间里弥漫着社会关系，它不仅被社会关系所支持，也被其所生产"①。因而他将空间划分为自然空间、心理空间和社会空间三种，这一划分方式现在被广泛运用于叙述作品的分析。"在叙事作品中，所谓空间，狭义地说，是指人物活动的处所与场景。"②

其中，在叙述作品中，心理空间主要指的是人物心理意识活动所及的空间。心理空间属于内部世界，与属于外部世界的自然空间和社会空间共同构成文本统一的叙述空间。在叙述作品的基本叙述框架中，心理空间往往拓展了由自然空间与社会空间打造的文本空间叙述结构。在现代的叙述作品中，心理空间对作品人物的塑造起着举足轻重的作用，同时与其他两大空间内外交融，对作品叙述空间的建构也深具特殊的意义。但是在古印度史诗这类传统叙述作品中，此类心理空间几乎是不存在的。古印度史诗虽然也有心理描写，但往往以叙述者客观化的叙述口吻呈现，因此"没有真正进入人物内心世界，把内心活动当作独立的一个空间范畴来加以表现"③。

纳拉扬的印度史诗重述三部曲基本上延续了古印度史诗缺乏心理空间描写的特点。即便是以梦境为主的插话《拉瓦纳》，纳拉扬采取的也是叙述者客观化地叙述其漫游梦境情况的策略，整体而言并没有对梦境空间做实际的探索。因此，纳拉扬的印度史诗重述三部曲几乎不涉及心理空间的描写。三部曲文本中叙述空间的优化，主要是对自然空间与社会空间两种空间的优化。

（一）自然叙述空间的优化

在叙述作品中，自然空间通常指人物活动的地域与自然景物，如人物活动地点构成的地域空间和日月星辰、花鸟鱼虫等构成的景物空间。这一类空间在史诗源文本中占据着相当大的比重，如《摩诃婆罗多》中般度五

---

① 吴治平：《空间理论与文学的再现》，甘肃人民出版社2008年版，第4页。
② 王彬：《红楼梦叙事》，人民出版社2014年版，第170页。
③ 齐梅：《论郁达夫小说中的空间》（学位论文），南京大学2014年，第12页。

子与德罗波蒂流放时经过的多处森林和仙人的修道院,源文本都用了浓墨重彩的笔调进行了描写。《罗摩衍那》中罗摩与悉多、罗什曼那流放森林时经过的各种地域与处所亦然。但是在纳拉扬的史诗现代重述中,自然叙述空间得到了极为精简的优化。

1. 地域空间的缩减

地域空间通常指故事中人物行动的处所、故事具体事件发生的地域。地域空间是展示情节与塑造人物角色形象的重要手段。"地域内容的功能更多的是表现为促使形形色色的人物会聚到同一地点,以便为矛盾的展开和故事的发生创造契机。"① 因此,不同的地域空间不仅与人物的命运紧密关联,故事情节也随着不同地域的变化发生着变化与进展。在古印度史诗插话源文本中,几乎每一个曲折生动的故事情节都有其特别的地域空间。例如,泰米尔史诗《脚镯记》就在三个主要的地域空间内展开了主人公考瓦兰与妻子卡南吉的三段曲折生动的故事。

更为重要的是,不同的地域空间在整个故事事件序列的动态作用下,往往形成动态地域链。从史诗故事的动态地域链中可以看出人物曲折动荡的人生轨迹。在史诗源文本中,由于围绕核心情节发展所进行的叙述注重细节描写,因此每进入一个空间,既注重空间内的景物描写,同时又注重空间内事件发展的空间氛围的酝酿,最后事件的精彩发展过程也是细细描绘、娓娓道来。但是在纳拉扬的印度史诗重述三部曲中,追求简洁通明的纳拉扬对于地域空间内容的细节进行了十分彻底的简化。不仅如此,纳拉扬还将那些不影响主干故事发展的地域空间从地域链中删除。例如,大史诗《摩诃婆罗多》中插话《那罗传》的主要地域空间形成的地域链如下:

尼奢陀国花园—毗陀婆国的御花园—毗陀婆国王宫—因陀罗天国—达摩衍蒂后宫—毗陀婆国选婿大典的大厅内—尼奢陀都城—尼奢陀国野外—福舍—凄凉的森林—森林道院—支谛国京都—森林蛇王地—哩都波尔那国皇宫—车底国王宫—毗陀婆国—哩都波尔那国皇宫—毗陀婆国会客厅—尼奢陀国。

纳拉扬重述插话后的故事地域链为:

尼奢陀国花园—毗陀婆国王宫—因陀罗天国—毗陀婆国的皇家花园—

---

① 黄霖、李桂奎、韩晓、邓百意:《中国古代小说叙事三维论》,上海书店出版社2009年版,第203页。

毗陀婆国选婿大典的大厅内—尼奢陀都城—流放的森林—车底城集市—巨蛇之地—哩都波尔那国—车底国王宫—毗陀婆国—哩都波尔那国—毗陀婆国会客厅—尼奢陀国。

　　三部曲中，纳拉扬不仅对插话源文本每一地域空间中的空间内容与故事内容都进行了简化，而且直接摘除了源文本插话地域链中的"尼奢陀国野外—福舍—凄凉的森林—森林道院"四个渲染那罗离开达摩衍蒂时依依不舍的情形，达摩衍蒂哀哭着问山、树、仙、兽她的丈夫去了何方时的悲伤情节。但摘除这段地域链并没有影响故事发展，反而大大地简化了故事的叙述，提高了叙述速度，加快了叙述进程。

　　2. 景物空间的简化

　　景物空间相对于地域空间而言，是更为微观的空间概念。通常就是故事人物地域空间内具体的景物内容，"是将人物生存空间予以外化的物质载体"[①]。古印度史诗插话源文本对景物空间的描写犹如中国古代汉赋，往往精雕细绘、辞藻铺张，用以突出史诗神话中众神、诸魔与人类生存的空间色彩，渲染环境气氛。因此，古印度史诗源文本中存在着大量的景物空间描写。但是在纳拉扬的印度史诗重述三部曲中，因为景物空间对情节发展的作用相对薄弱，所以其重要性被严重弱化。

　　同样以插话《那罗传》为例，在史诗源文本中，达摩衍蒂被丈夫遗弃在森林中，达摩衍蒂在经历"森林道院"众婆罗门仙人安慰之后，又继续往前找寻丈夫，途中经历了一系列的景物空间。

> 　　达摩衍蒂一路行走，看见一片又一片森林，一条又一条江河，一座又一座可爱的山岭，一只又一只飞禽走兽。她看见一些岩洞，还有形态各异的悬崖绝壁，更有那江河溪涧奇异的景象。坚守信念的达摩衍蒂继续不知疲倦地寻觅着丈夫的踪迹，走过了悠悠漫长的道路。尔后，她遇到了一支浩大的商旅队，商旅队带有许多只大象、马匹和车辆。
> 　　商旅队正要渡过一条大河。那条河十分惹人喜爱，河水宽阔而深湛，河水澄澈又清凉，水中有乌龟、水蛇和鱼在欢快地游动，茂盛的

[①] 黄霖、李桂奎、韩晓、邓百意：《中国古代小说叙事三维论》，上海书店出版社2009年版，第206页。

芦苇遮掩着河岸。大河的上空,响着麻鹬和鱼鹰的鸣叫,赤鹅那独特的叫声也随着风一阵阵飘飞过来。举目望去,水中还点缀着几处沙洲。①

这两段景物空间描写包含了地域空间发生的快速变化,森林、江河、山林、飞禽走兽、商旅车队、大象、马匹等一一进入眼底,形成一幅纵览图。然后又拉近镜头,细至低处水中生物,高空飞鸟鸣叫,远景沙洲。景物空间不断随着叙述视角前后上下远近变化,一览无余。但是在纳拉扬的史诗重述文本中,这种细腻优美的景物空间叙述被"于是她重新上路出发,继续寻找她的丈夫"这样一句简洁的人物行为叙述所代替。

(二) 社会叙述空间的优化

在叙述作品中,社会叙述空间主要指人物所处的社会环境和场景。社会空间与自然空间都是叙述作品中人物生存活动的空间,但较之自然空间,社会空间升华了一个层次。自然空间为人物生存生活提供物质需求,而社会空间则在自然空间的基础上,"为人物活动范围提供一个更为广阔、内容更为丰富的精神活动环境"②。社会空间使叙述作品中的人物处于一种社会关系网络之中,着重体现人与人之间的关系。社会空间具有两个不同的层次:第一个层次是构成情节展开场景的人物活动的社会环境,它决定着人物性格的形成与情节的发展;第二个层次是反映特定时代社会关系的历史文化背景。前者可称为社会小空间,后者可称为社会大空间。"大空间决定并制约着小空间,小空间反映并暗示了大空间。"③但是,最能反映人与人之间关系的小社会空间,主要体现为人物活动的社会场景空间。

在叙述作品中,地域空间及其形成的地域链可以理解为空间场所的转换,景物空间可以理解为空间场所的景物内容的详细布局,而社会场景空间则可以理解为反映具体社会空间场所中人物及其与人、物与自然关系的详细布局。纳拉扬的印度史诗重述三部曲对社会场景空间的描写,对比插

---

① [印度] 毗耶娑:《摩诃婆罗多》第二卷,黄宝生主持,金克木、赵国华等译,中国社会科学出版社2005年版,第126页。
② 周登富:《银幕世界的空间造型》,中国电影出版社2000年版,第16页。
③ 王克俭:《小说创作隐形逻辑》,北京大学出版社1994年版,第196页。

◎ 再现史诗印度

话源文本，一是减少了一些不影响故事情节发展和故事进程的社会场景；二是对一些繁复的社会场景的描写进行了简化；三是将社会场景空间转化为自然景物空间。还是以《罗摩衍那》源文本插话《众友仙人》中极裕仙人（婆私吒）的净修林为例，当还是车底国国王的众友到来时，对净修林中的社会场景空间内容有这样一段叙述：

> 婆私吒的那一座净修林，
> 里面有各种的花果树木，
> 有悉陀和歌童来服事，
> 还挤满了各种各样的鹿。
>
> 点缀着神仙和檀那婆，
> 还有乾闼婆和紧那罗；
> 里面挤满了驯顺的猴子，
> 还有成群的婆罗门住着。
>
> 里面挤满了成群的梵仙，
> 成群的王仙也住在里面，
> 仙人苦行都很有道行，
> 高贵尊严，光辉像火一般。
>
> 这地方经常挤满了仙人，
> 有的只喝水，有的把气来餐，
> 有的只吃干了的树叶，
> 都高贵尊严像大梵天。
>
> 有的只吃果子和根茎，
> 驯顺、不怒、控制感官；
> 仙人们和婆罗吉厘耶，

举行祭祀，会把咒念。①

源文本中关于极裕仙人的净修林的季节诗行将净修林这一小社会中成员的组成、类型和饮食习惯、修行方式，以及社会成员之间的关系、社会成员与大自然动植物的和谐关系，一一叙述出来。但是在纳拉扬的重述文本中，这些关于净修林社会空间的详情被彻底遮蔽了，取而代之的是一段自然景物空间的叙述。

旅途之中，他来到一处隐士的营地。国王环顾延伸在山谷和高地的景色，只见树木高耸，彩花遍地，地锦、灌木和绿茵漫山遍野；群鸟欢叫，赞歌回响，圣烟升腾，檀香和花香弥漫空中。②

纳拉扬在这段叙述中，将景物空间山谷中的美景与不远处修道院内升起的圣烟、檀香结合在一起，营造了一个神秘、神圣的人间仙境。而且十分重要的一点是，纳拉扬十分巧妙地避开了插话源文本中"悉陀""檀那婆""乾闼婆""紧那罗""婆罗吉厘耶"和"王仙"等神话中的非天类人物的阐释问题。因此，纳拉扬通过此法巧妙地优化了这一社会场景空间。

---

① [印度]蚁垤：《罗摩衍那（童年篇）》，季羡林译，吉林出版集团股份有限公司2016年版，第326–327页。

② R. K. Narayan. *The Indian Epics Retold：The Ramayana*, *The Mahabharata*, *Gods*, *Demons*, *and Others*. London：Penguin Books，2000，p. 445.

第四章　三部曲的新文体特征

文体（style）是文学文本呈现给阅读者的整体感官印象，是使读者产生审美愉悦与情感波动的首要环节。美国文艺理论家勒内·韦勒克（René Wellek）和奥斯汀·沃伦（Austin Warren）在阐释文体的分析方法时指出，"从一件作品的审美角度出发，把它的特征解释为'全部的意义'，这样，文体就好像是一件或一组作品的具有个性的语言系统"①。两者从语言诗学的角度指出了文体在语言系统层面是能够反映一件作品独特性或个性特征的"全部意义"所在，可见其对反映文学作品审美价值大小和衡量文学作品文学性的重要性。在具体的文学文本中，"文体是指一定的话语秩序所形成的文本体式，它折射出作家、批评家独特的精神结构、体验方式、思维方式和其他社会历史、文化精神"②。我国著名的文艺理论家童庆炳认为，文体可以作为一个系统两个层面来理解。从文体的呈现层面来看，文体是文学文本独特话语秩序、规范、特征等文本编码方式和语言话语方式的体现；从其形成的深层原因来看，文体还承载着作家、批评家等创作主体的观念与精神等层面的一切条件和特点，以及与自身相关的社会文化与时代精神层面的内容。因此，文体既是语言符号的共时性存在，同时又是文化信息的历时性存在。考察一个文学作品的文体，既要分析其语言符号本身的特点，又要梳理文本自身历时性存在的文化学意义。

文体作为一个具有个性的语言系统，需要根据系统内部语言的组织原则进行全面、系统的分析。文体主要包含体裁、语言、风格三个层面具体而丰富的含义，体裁的形态样式、语言的选择组合以及风格的整体特征共同使文体具备了具象化的状态。经过纳拉扬的现代重述，印度史诗重述三部曲文本承启了古印度史诗本身的美学品位与文学价值，同时又衔接了新

---

① ［美］勒内·韦勒克、奥斯汀·沃伦：《文学理论》（新修订版），刘象愚等译，浙江人民出版社2017年版，第169页。
② 童庆炳：《文体与文体的创造》，云南人民出版社1999年版，第1页。

的美学策略与现代性思维,在故事层面与叙述层面都发生了变化,形成了新的文本特征。无论是在体裁的确定、语言的选择还是风格的塑造方面,都有别于史诗源文本,体现出新的文体特征。

第一节 纪传体式的体裁特征

在文学作品中,体裁就是作者表达思想内容的具体样式或具体存在方式。文学体裁"是由形象塑造的不同方式、语言运用及结构布局等因素有机综合而呈现出作品的外部形态,是文学作品构成形式的要素之一"①。文学作品中,体裁通常是文体的狭义指称。纳拉扬的印度史诗重述三部曲将史诗源文本的诗歌体裁变换成小说体裁,在叙述上呈现出了有别于史诗源文本的体裁特征。这种体裁特征与中国史书的纪传体十分相似,主要以人物传记为主,但是又与一般的历史人物传记不同。首先,它十分注重人物传记的文学性;其次,基于各类神话人物在印度被认同为历史人物的事实基础,融历史传记与文学传记特征于一体,十分注重对这些形象的刻画;最后,每个人物的故事之中或之后,还时有评语出现,由"讲故事的人"站出来对人物进行评价,如同《史记》中的"太史公曰""赞曰"等话语,故将其称为纪传体式的体裁特征。纳拉扬印度史诗重述三部曲中的这种纪传体特征反映了纳拉扬对印度民族历史建构方式的认同,也体现了其试图在体裁上以神话人物进行历史建构,再现史诗印度时代历史脉络的文学理想。纳拉扬印度史诗重述三部曲的纪传体特征具体体现在两个方面。

一、以人为纲、以人结事

纪传体是西汉时期伟大的历史学家司马迁开创的一种新的历史记述的体裁。纪传体以人物为记述中心,集中描写人物一生所发生的重大事件,凸显人物的历史功绩,刻画人物形象。作为文学体裁,纪传体的编纂体例以人物为纲,以时间为纬,反映历史事件。纪传体通过记录各种历史人物

---

① 徐曼、张玉雁主编《现代基础写作学》,郑州大学出版社2014年版,第239页。

的生平事迹，表现了各时代历史活动的面貌。例如《史记》五体之中，本纪、世家、列传都是以人物为中心，描写了中国上古至西汉汉武帝时期包括帝王名将、贵族王孙、学士文人、妇女倡优等各个阶层各具特色的人物形象。纪传体以人为中心，因此不受时间与空间的严格限制，叙述顺序和人物的活动场所可以多次变化，从而在体例上扩展了叙述时空，更便于写人记事。

（一）以人为纲

纳拉扬的印度史诗重述三部曲同样采取了以人物为纲的编纂方式，将古代印度神话传说中的著名人物形象集结在一起。印度史诗重述文本中，几乎每一篇都有一个人物的生平传记，都有一个故事中心和一个集中的主题。《拉瓦纳》《库达拉》《迅行王》分别讲述的是拉瓦纳、库达拉、迅行王三位不同的时间旅行者的生平事迹；《提毗》《众友仙人》和《曼摩陀》分别记录的是提毗、众友仙人、曼摩陀三位灵魂历练者的传奇故事；《罗波那》《蚁垤》和《德罗波蒂》分别演绎了罗波那、蚁垤、德罗波蒂三位天神作为者的故事；《那罗》《莎维德丽》《遗失的脚镯》和《沙恭达罗》分别记述了达摩衍蒂、莎维德丽、卡南吉和沙恭达罗四位印度历史上著名的完美女性；《诃哩湿旃陀罗王》《尸毗王》《摩诃婆罗多的故事》和《罗摩衍那的故事》则分别描写了诃哩湿旃陀罗王、尸毗王、坚战和罗摩四位印度人心目中的理想统治者。纳拉扬围绕每一个人物及其故事，依据源文本材料，重新组织安排叙述，完成了他们在新时代语境下的历史演绎。纳拉扬的史诗重述，人物重点突出，结构严谨周密，故事异彩纷呈。

为了突出不同人物的性格特征和精神风貌，纳拉扬坚持继承的原则，采取了三个方面的做法。

首先，纳拉扬对史诗源文本故事进行了精选与剪裁。在纳拉扬的印度史诗重述三部曲中，纳拉扬的重点不在于完整地叙写故事人物的人生，将人物一生的经历都记录下来，而在于着重刻画核心人物的某些显著的特征与精神，抓住主人公最能突出其性格特征和精神面貌的事件进行取舍、重点叙述，通常也采取通过侧面人物反衬的方法来表现。例如，重述于《罗摩衍那·初篇》中的插话故事《众友仙人》重点在于刻画众友仙人好强善争、坚韧不拔和刻苦精诚的性格特征与精神气质。纳拉扬主要抓住了能够凸显众友仙人这些性格特征和精神面貌的如意神牛事件、两大仙人斗法事件、陀哩商古升天国事件与苏纳舍帕事件等精彩的故事片段进行细节描绘。

其次,在刻画人物的性格与精神时,纳拉扬采取的是现实主义常用的通过典型环境塑造典型性格的传统手法。纳拉扬善于描绘故事人物活动的环境气氛,通过环境的差异与变化来显示人物不同的才能、性格与精神。例如《摩诃婆罗多·森林篇》中的插话《那罗传》与《老鹰与鸽子》故事的重述,源文本中,两个插话关于人物活动的环境气氛描写都相对简单,尤其是《老鹰与鸽子》,但是在纳拉扬的重述文本中,环境的渲染得到了强化,《那罗》中那罗赌色子失去王国与财富、流浪森林时的氛围渲染,以及《尸毗王》(《老鹰与鸽子》)中尸毗王割肉时的氛围描写,将人物所处的典型环境充分地凸现出来,人物的性格得到了更进一步的渲染。如《尸毗王》中尸毗王割肉时的氛围描写:

秤盘变得血迹斑斑,但是指针没有动。有人诅咒起鸽子来:"它的重量相当于一具死人尸体的重量!它看起来死了一般,快看它是否已经死了!"

另一个补充道:"赶紧拾起它,将它扔给那老鹰,让这事了结吧,可怜的人啊!"

国王因为太虚弱而无法说话,他示意他们停止争论。现在他的右腿上只剩下皮肤。天平仍然没有达到平衡。国王从他的另一只腿上继续收集鲜肉,秤盘的指针依然下沉着。

人们纷纷避开目光,不再去看这血淋淋的场面。……①

最后,除了通过精选的故事事件和营造典型环境来突出人物之外,为了突出人物各具特色的个性特征和精神面貌,纳拉扬还进行了独具匠心的细节描写,并将这些手法有机地结合起来,使笔下的人物丰富生动、个性鲜明,令人印象深刻。同样以《尸毗王》为例,在源文本插话《老鹰与鸽子》中,尸毗王割肉的情形描写极其简单。

这位通晓最高正法的国王割下自己的肉,和鸽子一统放在秤上称

---

① R. K. Narayan. *The Indian Epics Retold*: *The Ramayana*, *The Mahabharata*, *Gods*, *Demons*, *and Others*. London: Penguin Books, 2000, p. 627.

分量。在秤上一称，鸽子比肉重，于是，优湿那罗王又再次把自己的肉割下添上。一次又一次割肉，肉也没有鸽子重，他就自己站到秤上去了。①

但是在纳拉扬的史诗重述本《尸毗王》中，这一过程的描写用了近三分之一的篇幅。例如"鸽子比肉重"这一细节描写。

> 国王将鸽子放在了右手边的秤盘上，秤盘立即沉了下去，使得国王不禁惊奇一只曾那么轻躺在他腿上的小鸟，竟然会将天平压得如此之低。
>
> 他没有再浪费时间猜想。他席地而坐，伸直他的腿，然后，经过一番简单的祷告之后，用一把锋利的刀子割下了他的大腿肉。臣子和宾客们聚集在一起，一见到血便都呻吟起来。国王咬紧牙齿，撕下一把鲜肉，丢进秤盘里。
>
> 秤盘变得血迹斑斑，但是指针没有动。……②

同时，也不难看出，纳拉扬的史诗重述在语言上极富个性和表现力。尸毗王这一文学形象就在这种有机结合的叙述中鲜明地凸现出来，坚持正法、保护弱小、以身献法的典型正法精神在典型环境中一览无余。因此，纳拉扬通过对源文本插话中材料的选择、取舍和加工，使笔下的众多文学形象既具备了典型性，也拥有了普遍性。纳拉扬的这种以人为纲的纪传体式表达方式与文学作品中传统的艺术典型化手法在学理上是完全一致的。

（二）以人结事

纪传体不仅以人为纲，而且以人结（系）事。作为文学体裁，传记体以人为纲，力求生动而具体地描绘出传记人物的性格特征与精神气质，从而摆脱人物年谱或个人履历表式的记录，使文本具备鲜明的文学性。同时，纪传体记的都是历史上真实的人物，要求故事必须以人结事，通过人

---

① ［印度］毗耶婆：《摩诃婆罗多》第二卷，黄宝生主持，金克木、赵国华等译，中国社会科学出版社2005年版，第260页。
② R. K. Narayan. *The Indian Epics Retold*：*The Ramayana*，*The Mahabharata*，*Gods*，*Demons*，*and Others*. London：Penguin Books，2000，p.626–627.

物的生平事迹，再现时代的历史风貌。纳拉扬选取的古印度史诗插话虽然多是古代神话传说，但是对于印度人而言，同样具有历史的真实性。纳拉扬是印度英语作家中著名的短篇小说家，他将史诗源文本中神话故事这一体裁很自然地重述为小说体裁，在史诗源文本神话叙述的基础上体现浓厚的小说性质成为其在以人为纲这一核心之下进行以人结事的叙述基础。

英国小说家福斯特曾言："小说是讲故事。故事是小说的基本面，没有故事就没有小说。这是所有小说都具有的最高要素。"① 纳拉扬选取的古印度史诗核心故事与插话都是具有丰富故事性的故事，这些故事多以叙事写人，经过纳拉扬小说式的重述之后，记事性特征进一步得到加强。这种小说式重述中以叙事写人的记事性特征与中国《史记》类史书记事性特征是十分接近的，而《史记》具有小说意味的特征，历来就为其研究者所称道。纳拉扬的印度史诗重述三部曲在继承神话传说的叙述手法基础上，进一步发挥运用想象、夸张、铺陈等小说创作手法，描绘生动的故事场面，如众友仙人在极裕仙人净修林中大战极裕仙人的场面，尸毗王割肉救鸽子的场景，德罗波蒂宫廷之上受辱演绎"无尽纱丽"的场景，莎维德丽与死神阎摩斗智斗勇的场面等。这些具有鲜明文学性的场面都以人物为经，以故事为纬，开端、发展、高潮与结局无一不具备，尽显史诗源文本的故事魅力，又彰显了小说的基本特性。不仅如此，纳拉扬在重述史诗故事的过程中，对史诗源文本故事在乡村民间发生的异变情况也进行了借鉴，吸收了不少民间叙述的成分，增加了许多乡村"讲故事的人"的想象与演绎，使重述之后的故事更具文学魅力。

以人结事的史诗重述，寄托了纳拉扬以这些神话故事原型树立民族形象与精神力量的时代理想。综观纳拉扬的印度史诗重述三部曲，不难发现，纳拉扬十分重视印度古代经典原型的民族特性与精神力量的展示。其中的原因主要有两个方面。一是因为这些古代经典原型人物都是非凡之人或展现非凡人格力量之人，他们身处古代正法兴盛的时代，在坚定的信念之下，以曲折的人生经历经受天神与命运的考验，展现出常人所不能的人格力量。二是因为纳拉扬所处的时代，20世纪70年代至80年代的印度处于历史转型的边缘，世界局势与国家治理的种种困境使得印度人在精神与命运上遭受着十分严峻的考验。同时，印度在国际上的整体形象也出现了

---

① ［英］福斯特：《小说面面观》，花城出版社1981年版，第21页。

刻板性的现象，印度需要找到一种能够挽救印度整个民族精神低迷和改变印度形象的原型人物与精神力量来改变以上情况。纳拉扬以古代神话原型为核心，选取古史诗故事进行重述，又以英文为叙述语言，体现了他实现这种诉求的文学实践。

在中国古代，"以'人'为中心的纪传体史学著作之所以会出现，是因为对'人'在历史上的作用有了新的认识"[①]。中国著名学者钱穆认为，"历史上一切动力发生在人，人是历史的中心，历史的主脑，这一观念应说是从太史公《史记》开始"[②]。而对于现代的纳拉扬而言，他对古代印度史诗中的著名人物形象在历史上的作用同样有了新的认识。印度古代缺乏记述历史的传统，英印统治之前，印度的历史意识主要通过掌握知识话语权的婆罗门精英著述的神话、史诗和往世书一类的叙事作品表现，而关于历史人物的认识往往寄托在神话传说之上。对于印度人而言，神话人物与历史人物是等同的，被视为印度历史上真实存在的人物。古代印度神话故事为印度后世文学提供了许多著名的故事原型及叙述方式。古印度史诗是这些神话故事的集中体现，纳拉扬将这些著名的插话与故事集结在一起，通过以人结事的纪传体记述方式对它们进行了重述，是对史诗印度时期时代风貌与人物精神的一种再现与致敬，也是对古代印度神话故事原型及叙述方式的一种继承与发展。

二、大小结构系统布局

作为功能框架，结构的意义在于宏观统摄作品叙述，将作品中的人物、事件进行有机合理的组织构造。纪传体通常由大小两个结构系统组成，大结构系统对传主进行层次、门类、角度的划分，如《史记》中本纪、世家、列传等，分别记述中国几千年来的历史风云人物，概括古代华夏民族的发展历史。小结构系统则由单篇传记内在系统构成，每一传记独成体系，完满自足地揭示历史人物的个人发展史。因此，纪传体的大小两个结构系统的架构，"分开来看，每一篇都可以独立；合起来看，又可显

---

① 胡宝国：《汉唐间史学的发展（修订本）》，北京大学出版社2014年版，第13页。
② 钱穆：《中国史学名著》，生活·读书·新知三联书店2000年版，第58页。

示某一历史时代的全部社会内容"①。

(一) 大结构系统之堂皇设计

纳拉扬的印度史诗重述三部曲与纪传体在结构框架上十分类似,同样可以分为大小两个结构系统。大结构从整体上对古印度神话原型进行层次与类别的划分,如十七个故事,纳拉扬共分为五大类型:时间旅行者、灵魂历练者、天神作为者、完美女性、理想统治者,记述了古印度史诗神话中包含神魔、帝王、仙人、女性等在内的各类神话与历史人物,整体上概括了古代印度民族精神的基本面貌。五种类型也可以理解为通过相同的主题进行统摄,在大结构系统中分出的五大类传。五大类传"以类相从,即将那些人品、行事、性质比较接近的历史人物归于一传"②。这种类传中每个单篇处于平等的叙述序列,又以每篇传记故事不同人物性格命运的细微差别导向同类主题。分类组合,并冠之以类同的主题,体现了纳拉扬独特的文化视角与历史识见。

在大结构之下,这些人物分别以单篇结构记述,完整地讲述了每个人物成为民族精神与力量的发展史,构成了整个叙述文本的一个个小系统。以建筑为喻,纳拉扬印度史诗重述三部曲和司马迁的《史记》一样,"像一个宫殿一样,整个是堂皇的设计,而每一个殿堂也都是匠心的经营"③。文本的整体结构有如"堂皇的设计",整体结构下经营的每个人物传记的单篇结构就是"每一个殿堂"。这十七个重述后的故事犹如十七根轴,共同安装在一根毂上。

如同《史记》的大结构系统在整体上体现出了中国传统文化由大而微的宇宙思维,纳拉扬的印度史诗重述三部曲在大结构系统上体现的是印度传统文化中的宇宙精神、伟大灵魂到人世完美人格的哲学思维。五种人物传记类型相互联系照应,又彼此完善补充,构成有机整体。从结构功能来看,《讲故事人的世界》可以说是作为纳拉扬史诗重述三部曲的纲领,以介绍"讲故事的人"讲述故事为线索,以各人物传记故事为叙述重点,为

---

① 翦伯赞:《中国历史学的开创者司马迁》,引自吴泽主编,袁英光编选《中国史学史论集》(一),上海人民出版社1980年版,第107页。
② 王锦贵:《中国纪传体文献研究》,北京大学出版社1996年版,第157页。
③ 李长之:《司马迁之人格与风格》,生活·读书·新知三联书店1984年版,第255页。

整个史诗重述三部曲的故事叙述建构了一个宏阔的时空架构。在整体上，三部曲具备司马迁创《史记》之"'究天人之际，通古今之变'的历史人生哲学，又隐藏着全书的结构逻辑和叙事战略"①。三部曲记载的人物类型，有天神、恶魔、仙人、国王等，以精神的层次为类别次序，展示了古印度宗教文化领域不同层次的人物分布，反映了古印度史诗时代社会生活的多个侧面，对于古印度社会的宗教文化、种姓文化与性别文化具有很强的概括性。关于选何人入传、如何进行顺序排列，纳拉扬有着自觉的思考。人物的编次顺序在结构中的位置符合印度人由梵至人的思维逻辑与历史序列，也体现了纳拉扬的结构之道。从哲学意味上来看，纳拉扬将时间旅行者与灵魂历练者摆在社会人物的首要地位，将这些人物视作所有人物的中心毂，视作古印度社会文化与历史发展的中轴，将宇宙精神视作人生追求的最高境界，从而揭示印度之"天人之际，古今之变"。

（二）小结构系统之单篇列传

对于纳拉扬印度史诗重述三部曲中的每一个小结构系统，因其有着不同的人物与不同的内容，纳拉扬采取了不同的结构形式来进行表现。每一个单篇中独立的人物故事的开篇通常会对所有叙述的故事做一番导入，在结构上可以视为每一篇人物故事的主题纲领或精神眼目。这种开篇大致可以分为三种。

一是直接点明人物的主体性格、专长及与之关系重大的身份。如《众友仙人》：

> 所有高贵的种族中，最为高贵的一个，讲故事的人说道，当属车底国的统治者。他有能力胜任以下任何一个词语的所指：富有、强大，而且深受丰饶女神的青睐。除了远征他国，在击败一个独立的统治者将其降为自己的诸侯，将他的王国纳入自己的帝国之外，他从不出门。因此他时不时要出门看看，以至于最后带着他的整个军队开始

---

① 高萍：《〈史记〉人物传记叙事结构模式解析》，载《唐都学刊》2003 年第 3 期，第 22 页。

了一场环球巡行。①

二是通过对同类人物的概述，在概述中引出要讲述的人物。如《提毗》：

> 每个恶魔，讲故事的人说道，一般情况下以获得神的青睐寻求永生不死，但是即使最粗心的施恩神也往往不会赐予绝对的永生。这种预防拯救了世界免于毁灭。作为选择，恶魔常常注定只有在某种奇异的情形下才会被摧毁。金座（Hiranya）明确要求他的毁灭者必须既不是人也不是神，被杀的地点既不在人间也不在天国，既不在里面也不在外面，于是神化身人狮，站在一个门槛间，将金座置于大腿上，用爪子将其撕毁（他不能被任何武器杀死），因而满足了所有条件。当恶魔为了保命创造不可能和奇异的条件时，天神们必须匹敌他们的智慧，寻找一种途径使世界摆脱这些麻烦制造者。②

三是在跨时代的比较之中，引出人物故事。如《德罗波蒂》：

> 我听说，在西方世界它并没有什么不寻常的，尤其在电影世界里，一个女人可以嫁给五个人——但是他会想到那是一个接一个地，而不会完全发生在同一时间。但是德罗波蒂历经了同时嫁给五个兄弟的体验。这听起来是绝对不可能的事，即便是在他们的时代也是令人发指的。整个事情的发生，源于一场误会。③

在每个人物故事的结尾，同样会对主人公及与其关联的核心事件的结局做出交代。有些结尾还会对如同《史记》一样对人物与故事做出评论，或说明故事的缘起，或就故事的流传加以考核、比照，使每个人物故事首

---

① R. K. Narayan. *The Indian Epics Retold*：*The Ramayana*，*The Mahabharata*，*Gods*，*Demons*，*and Others*. London：Penguin Books，2000，p. 445.

② R. K. Narayan. *The Indian Epics Retold*：*The Ramayana*，*The Mahabharata*，*Gods*，*Demons*，*and Others*. London：Penguin Books，2000，p. 429.

③ R. K. Narayan. *The Indian Epics Retold*：*The Ramayana*，*The Mahabharata*，*Gods*，*Demons*，*and Others*. London：Penguin Books，2000，p. 529.

◎ 再现史诗印度

尾圆合，条贯统序。如《蚁垤》的结尾：

> 作者蚁垤仙人相当无助地望着这一结局，望着自己史诗中的角色自行其是。他有一个心愿，希望能够将他的男女主角结合在一起，帮助这个家庭重新团聚，从而让故事有一个圆满的结局。但是书中角色按照自己的方式安排好了自己的事情。在罗摩渴望带回悉多时，悉多拒绝了。罗摩做出了放弃的艰难决定。这些角色，正如任何完美的艺术品一样，脱离了控制。蚁垤仙人让他们按照自己的方式行事，以一个旁观者的姿态观察完事件的结局后，又重新回到他那沉思的人生之中。①

每个人物故事的核心部分则通常由能够表现人物主体性格或展现人物非凡精神魅力的一个或一系列事件构成。纳拉扬印度史诗重述三部曲文本的这种外形结构与《史记》中的"列传体"在形态上具有很大的相似性，两者都强调人物事迹和事件本末的有头有尾，并以连缀事件的方式构成线性结构，形成人物故事叙述的一种元模式。

纳拉扬印度史诗重述三部曲文本中人物故事叙述的线索结构，以主人公命运的发展过程为主线，以其他与此命运相关的人物与事件为辅助，烘托主人公命运的特征。"人物命运特征是人物命运发展过程的关键时期、关键事件上所表现出来的最能说明人物本质的性质。"② 主人公的命运特征常常与主人公命运紧密关联的事、物、情等因素密切相关，这些因素通常可以作为故事的主线，将反映主人公命运经历的关键环节的事件串联起来，如《沙恭达罗》中的戒指，《莎维德丽》中的"智慧"，《迅行王》中的"青春"，《曼摩陀》中的花箭等。反映主人公命运故事的事件通常按照自然时序排列，事件的开端、发展到结束都按时间顺序叙述。这种叙述有利于揭示人物的命运特征，围绕主题，反映人物的全貌。总体而言，这种叙述以人为经，以事为纬，将人物的故事按照时间顺序一一叙述，且并不是对人物一生所有的事迹进行全面完整的叙述，而是选取其中最能代表人物性格

---

① R. K. Narayan. *The Indian Epics Retold*: *The Ramayana*, *The Mahabharata*, *Gods*, *Demons*, *and Others*. London: Penguin Books, 2000, p. 528.
② 杨树增:《〈史记〉传记结构探索》，载《东北师大学报（哲学社会科学版）》1991年第1期，第70页。

特征与精神气质的事件着重描绘，以典型事迹突出人物形象，以事见人。这种故事结构方式称为串铃式结构，人物（命运）为线，事件为铃。

在《史记》等纪传体史书中，人物命运的发展过程之所以能够成为其中人物传记的最恰当的线索结构形式和组织框架的依据，源自人物传记的整体主题。《史记》中的每篇人物传记的主题统一在整体主题之下，又对本传自身的格局具有统摄作用，直接影响着传记中的人物故事的比例、详略程度、先后顺序以及事件的连接过渡等层面的统筹安排。纳拉扬印度史诗重述三部曲的线索结构同样受到文本整体主题分布的影响。文本整体主题来自纳拉扬对史诗源文本故事人物命运的深刻思考，人物命运历程所蕴含的意义全部集中于主题之中，因此，更确切地说，线索结构其实是以主题为主线。人物命运的展示，展现了故事情节的开端与推进、人际关系的产生与发展。通过对人物命运的展示，纳拉扬对命运与历史的美学见解得以表达，使主题得到深化。人物命运的"实"与主题内蕴的"虚"在整体上是统一的，支配和影响着人物故事的结构。

如同司马迁推出中国思维方式的纪传体双结构性一样，纳拉扬的印度史诗重述三部曲也建构了双结构性的文本框架。这种双结构性"以结构之技呼应着结构之道，以结构之形暗示着结构之神，或者说它们的结构本身也是带有双构性的，以显层的技巧性结构蕴含着深层的哲理性结构，反过来又以深层的哲理性结构贯穿着显层的技巧性结构"①。这是纳拉扬在吸收古印度史诗框架结构原理的基础上，吸收西方小说传统结构的基本原理创建而成的。

整体而言，纳拉扬印度史诗重述三部曲带有类似纪传体的文学体裁特征，其形成归根结底是由纳拉扬所生活的时代生活与文本的受众对象所决定的。印度现代社会的生活决定了现代人开始适应西方传统小说叙述结构带来的直观性与规范性。同时，这也与纳拉扬吸收历代文学创作经验，继承、革新印度文学传统的创造力有着密切的关系。古印度史诗故事及插话能够以新的体裁与形态焕发出新的活力，是与纳拉扬对其创新、发展分不开的。

---

① 杨义：《中国叙事学》，人民出版社1997年版，第47页。

第二节　独具韵味的语言特色

语言属于文体的组成部分，是文学创作者呈现思想情感的重要工具，高尔基甚至认为，"文学的第一要素是语言"①。在文学作品中，语言具有塑造形象、描摹事物、再现场景、营造氛围、阐述事理、传达情意和反映生活等多方面的功能。因此，语言不只是语言符号的简单排列组合，也不只是文本形象与情感表达的载体，同时也是作家借以创造独特文学风格与传承文化的载体，通过语言可以传达出作品的文化内涵和审美价值。在纳拉扬的印度史诗重述三部曲中，语言属于一种特殊的话语体系。通过独具特色的语言艺术，纳拉扬重新塑造了古印度史诗中的人物形象、描绘了其中的社会与自然情景、书写了其中广为传颂的经典故事情境。同样，纳拉扬通过印度史诗重述三部曲中的文学语言，准确、充分、合理地表达了自己创造一个新的印度神话系统的情感和意图，使其达到了传情达志，"为情而造文"的艺术情趣与审美效果。纳拉扬独特的语言艺术主要体现在叙述语言、人物语言和评论语言三个方面。

一、生动简洁的叙述语言

叙述语言通常指叙述故事时使用的语言，这里主要分为写人语言、环境语言和场景语言三种。尽管纳拉扬的印度史诗重述三部曲改写了史诗源文本中的诗歌语体，采用的是散文语体，但是由于设置了"讲故事的人"这一故事叙述者，往往以充满情感的态度叙述故事，语言简洁通俗，但其仍然不乏抒情色彩。

（一）简练的写人语言

写人语言通常可以分为内、外两个层面。外部层面包括直接描绘人物

---

① ［苏］高尔基：《和青年作家谈话》，引自高尔基《高尔基论文学》，林焕平译，人民文学出版社1983年版，第332页。

个性化的外貌、表情、行为与话语等的语言，内部层面主要指人物的心理描写。在纳拉扬的史诗重述三部曲中，由于十分强调人物的话语与行为描写，特别是通过史诗人物之间的对话来彰显人物性格与思想特性，因此常常对人物外貌、表情的直接描写很少。在少数的外貌描写中，语言通常也简洁直接。通过对人物形态、服装和修饰的简洁描写，直接揭示史诗人物的特征与风度。如《拉瓦纳》中纳拉扬对魔法师的外貌描写：

> 有一位陌生人到访。他上身赤裸、满脸憔悴，前额绘饰着神圣标记，披肩是一件罕见物，产自克什米尔。他逢人就宣称自己是一个尊贵的人。在他的手腕上，闪烁着嵌有宝石的金镯子，他的颈前是一串引人注目的黄金念珠；他满头白发，垂至颈背，使每一个注视他的人都心生敬畏。①

纳拉扬通过描写魔法师的容貌、穿着和给人产生的直觉，简洁地描绘出魔法师在形象、身份与气质上的与众不同，为接下来他向国王拉瓦纳施展幻觉埋下了心理暗示。

又如《曼摩陀》中，纳拉扬对于曼摩陀之妻罗蒂的描写格外细致，对罗蒂的眼眉、胸部、乳头、柔发、大腿、脚后跟、脚趾、手一一进行了描述，几乎延续了插话源文本的优美、细腻和详尽，生动的比喻层出不穷。

> 达刹将罗蒂许配给了曼摩陀。曼摩陀，虽然他的箭被证实对他人具有致命的威力，却完全被罗蒂的魅力所征服，她的眼眉完美地弯曲，胜过曼摩陀的弓。她的胸恰似莲花蓓蕾，婷婷而立，乳头黑如蜜蜂点缀其上，又那般结实，泪珠滴落在其上，也会弹作水沫；柔发线般散落在她的胸部之间，让曼摩陀不禁想到，就如同他的弓弦置换在那里。她的大腿宛如香蕉树茎一样，光滑渐至她精致的脚部，脚后跟和脚趾一片粉红。她的手好似金链花芽瓣，而她的长发仿佛雨季云。曼摩陀沉默在对罗蒂的爱意中，并娶了她。②

---

① R. K. Narayan. *The Indian Epics Retold：The Ramayana, The Mahabharata, Gods, Demons, and Others.* London：Penguin Books, 2000, p. 394.

② R. K. Narayan. *The Indian Epics Retold：The Ramayana, The Mahabharata, Gods, Demons, and Others.* London：Penguin Books, 2000, p. 469.

再现史诗印度

在史诗人物的行为语言上,纳拉扬通常也以简练精确的动作神态描摹出性格各异的人物。如重述插话后的《拉瓦纳》写国王想要征服快马时的行为与动作,简洁、生动、具体,将国王拉瓦纳作为国王性格中那种骄横和征服欲清晰地描述出来。同时,对马匹的动作描写用词更为精确,将马的自由不羁、不受约束与拉瓦纳形成了巧妙的对比。

> 他小心翼翼地靠近它,但是它毫不费劲地,一次次躲开了。国王享受着追捕的快感,没有留心自己已走离了多远。马如此牵引着国王,将他带入了一片陌生的地域。他终于被激怒了,突然起身弹跳向前,抓住它蓬松的鬃毛跃身跳上它的脊背。马开始飞奔起来。它呼啸着穿过空气,疾奔、飞驰,就好像土地、空气、树木、旷野和其他阻碍毫不存在。它穿过空气、灌木丛、树林和篱墙,穿过片片山谷和草原。①

又如重述插话后的《提毗》中关于提毗战杀阿修罗统帅的动作神态描写:

> 女神重整精神迎战他的攻击,齐聚天国的诸天神克服恐惧,满腔愤怒地见证这场战争。敌军统帅一跃冲上天空,张开身子如一朵云彩,使出全身力气攻向女神;他挥起巨型狼牙棒击打在女神狮子的头上,狮子后腿撑起身子,发出疼痛的巨吼声,女神在它的头顶泰然自若,在他再次下攻时,挥剑砍下了他的脑袋。②

"一跃""冲上""张开""使出""挥起""打在"等一连串简练传神的动作神态描写,活灵活现地勾画出了阿修罗统帅奋战时的威猛和女神提毗身集众神之力不可战胜的英姿。可谓三五个动作,传尽精神。

---

① R. K. Narayan. *The Indian Epics Retold*: *The Ramayana*, *The Mahabharata*, *Gods*, *Demons*, *and Others*. London: Penguin Books, 2000, p. 395.

② R. K. Narayan. *The Indian Epics Retold*: *The Ramayana*, *The Mahabharata*, *Gods*, *Demons*, *and Others*. London: Penguin Books, 2000, p. 440.

（二）生动的环境语言

环境语言分为自然环境语言和社会环境语言。在纳拉扬的印度史诗重述三部曲中，自然环境语言运用得十分少。风景描写在史诗源文本中占据着大量的篇幅，但是在纳拉扬的印度史诗重述三部曲中却常常被省略或三五句带过。纳拉扬的印度史诗重述主要集中在史诗时代社会环境的描写上，如重述插话后的《罗波那》中关于罗波那的都城楞伽城中的社会环境描写：

> 罗波那的都城楞伽城，是一座集皇宫、博物馆和花园于一体的城市，环绕和装饰着他在不同征战中获得的所有战利品。行走在大街上的人们以他们的衣物、装饰和得体的举止，反映着他们统治者的伟大。空中弥漫着赞颂罗波那的音乐、颂诗和歌曲。罗波那的皇宫宛如珠宝镶嵌在这一切的中心，由全副武装的罗刹重兵守卫。大厅堆满了罗波那诸多远征中所获得的纪念物和文物，他自己的内室更是堆满黄金和珠宝。①

纳拉扬的这段社会环境描写，通过写都城的功能特性、百姓的衣着与举止、城市中的文化气息以及罗波那王宫的富丽与奢华，淋漓尽致地展现了罗波那都城的繁华与兴盛，从中可见罗波那作为一个富有才华的统治者的丰功伟业。

（三）精彩的场景语言

精彩的场景语言是纳拉扬的史诗重述文本中的亮点之一。这些场景既有史诗时代壮观的战争场景、精彩的打斗场景，也有充满诗意的生活场景。如重述插话后的《提毗》中提毗大战马希沙时的打斗场景，纳拉扬通过"变成""攻击""征服""变成""举起""抛飞""射出""截住""击""猛扑""划伤"等连贯的动作语言，将马希沙阿修罗与提毗大战时的多次变化精彩地呈现出来：

---

① R. K. Narayan. *The Indian Epics Retold：The Ramayana, The Mahabharata, Gods, Demons, and Others*. London：Penguin Books, 2000, p. 492.

再现史诗印度

顷刻间,战争爆发了。提毗的狼牙棒擦上他的肩膀时,马希沙昏迷了过去。精神恢复后,他变成狮子的形状攻击她,直到被她的狮子征服。他又变成一头大象,用鼻举起山与树,向她抛飞而去。提毗射出箭支,飞行中将它们截住,并在半空将它们击得粉碎,然后她的狮子猛扑向大象头顶,划伤了它的额头。马希沙的大象化身顷刻崩溃,他变回自己的水牛原形,牛角低垂,横冲乱闯。女神识破了他所有的变形,每次都有相适的兵器应付他的诡计。①

通过这段打斗场景,纳拉扬既展现了马希沙超人的威猛与变化多端,又表现出了提毗女神的战斗智慧。

又如《罗波那》中,哈奴曼火烧楞伽城时的场景:

尾巴上的火势肆虐,男女老少成排站在道路两旁嘲笑猴子。当悉多听到这一消息,她祈祷火神不要伤害哈奴曼。为了回应她的祈祷,火神没有烧伤哈奴曼,尽管烈火燃烧并猛烈咆哮。哈奴曼突然将自己缩小成一只小猴子,锁住他身体的绳子于是滑落了。他摆脱束缚,跳上一幢高楼的顶端,重新变出他那巨大的身形,并用尾巴上燃起的火势点燃了高楼,然后他穿梭在楼顶之上,于是火势蔓延了整座城市,楼房很快全都燃烧起来。风神,哈奴曼之父,随风助势力,使得火势进一步蔓延。哈奴曼对自己顺利干下的事情感到满意之后,停歇在一座小山峰上休息了片刻,望了望燃烧的城市。然后为了熄灭尾巴上的火,他将自己的尾巴投入海中,海水立即发出剧烈的嘶嘶声,并上涨得足有一座山高。②

纳拉扬用语细致生动,语词随着哈奴曼的变化而变化,传神地展现出了风神之子哈奴曼聪慧勇敢的性格特征,再现了哈奴曼火烧楞伽城的过程。

又如《脚镯记》中关于考瓦兰在因陀罗节与玛达维约会的场景:

---

① R. K. Narayan. *The Indian Epics Retold*: *The Ramayana*, *The Mahabharata*, *Gods*, *Demons*, *and Others*. London: Penguin Books, 2000, p. 443.

② R. K. Narayan. *The Indian Epics Retold*: *The Ramayana*, *The Mahabharata*, *Gods*, *Demons*, *and Others*. London: Penguin Books, 2000, p. 498.

城里正在庆祝因陀罗节。四处都是音乐、舞蹈和娱乐消遣；寺庙里祭出特殊的祷告；人们穿着艳丽的服饰四处走动，空气中弥漫着言语和欢笑。考瓦兰和玛达维约在一起，享受着节日的欢庆。这天结束时，玛达维回到家中，在清凉芳香的泉水中沐浴了身体，穿戴上新的首饰与衣物，在考瓦兰的陪伴下再次穿过灯火通明的城市来到海边，这里四处走动着一群群寻欢者，他们手持的灯盏光亮闪烁，欢快地照亮了抛锚在海岸的船只。玛达维在岸边有一处自己的角落，拥有华盖与屏障，专为私人设置，远离人群的扰乱与喧闹。当他们安坐下来后，玛达维取出她的鲁特琴，褪去丝制的套子弹奏起来。考瓦兰将它抢来，随意驱动手指滑过琴弦，即兴唱出了一首赞美河流与大海的歌曲来，然后致辞一位美人，她以细腰与酥胸折磨着一位情人："海岸边海浪来袭，海岸边普陀树立，谁行步如天鹅，走在它的树影里？"

"哦，愚蠢的天鹅，不要将她靠近，你的步法怎与她相敌。"[①]

因陀罗节热闹的氛围、情人约会的温馨浪漫、充满深情的即兴歌唱，纳拉扬以精彩、生动、优美的语言，再现了古印度人庆祝因陀罗节时欢快热闹的氛围，使得这一节日的场景充满抒情色彩与诗意之美。这些语言生动地表现了作者在叙述方面的高超技巧，充分展示出感觉性强、抒情味浓、善于使用简洁的语言叙述生动的人物与情景等特点。

二、性格鲜明的人物语言

人物语言是人物性格与思想的反映，是直接展示人物性格和心灵的重要手段。人物语言表达的好坏，是否符合人物的特定身份，是否能够表现人物的特定性格与心灵，与人物形象刻画的成功与否有着密切的关系。"写好人物的语言和对话，是文学作品构成艺术形象生命力的要素之一。"[②] 人物语言是最能体现纳拉扬驾驭语言能力的语言层面，通过人物语言，纳拉扬印度史诗重述三部曲中的人物丰满鲜活，故事质感生动。为

---

① R. K. Narayan. *The Indian Epics Retold：The Ramayana，The Mahabharata，Gods，Demons，and Others*. London：Penguin Books，2000，p. 579.

② 姜耕玉：《红楼艺境探奇》，东南大学出版社 2015 年版，第 193 页。

◎ 再现史诗印度

了通过人物语言展示人物的性格与心灵，书写出鲜活生动的人物形象，纳拉扬根据史诗故事中人物原型的身份地位、情感特征，精确地赋予人物个性化的表达语气、腔调和方式，使每个人物语言各具思想和性格特色。纳拉扬印度史诗重述的人物语言主要可分为人物对话、人物独白和心理语言三个层面。

(一) 个性化的人物对话

人物语言中，人物对话最为重要，因为"唯有对话发生在两人或两人以上相互交流的情景之中，是人物性格的感情流露和意向表示"[1]。在印度史诗重述三部曲中，人物对话无疑是文本的一个十分重要的组成部分，是纳拉扬使故事人物形象生动鲜活和人物语言个性化的突出手段。人物的对话对于推动故事情节的发展也有着十分重要的作用。

"讲故事的人"通常喜好模仿人物原话，纳拉扬使用直接引语这种带有音响效果的语言方式，直接而生动地记录人物的话语，从而保留了人物个性化的语言特征。纳拉扬对人物语言的设计，往往使人物语言随着周围的环境氛围的变化而变化，形成语言表达的多变性，使史诗人物的形象更加生动具体。如《库达拉》中，库达拉为了测试丈夫锡克达瓦伽的修行，变化成昆巴，然后又想出诅咒的计谋，来试探他对女色的态度。

> 随着午后时光的流逝，黄昏降临，昆巴借故从国王面前离开。他半躲进后方的隔间，悲伤地叫道："哦，国王啊，诅咒灵验了。长发出现在我的头上，还伴着鲜花和芳香。"
>
> 国王没有受这些话的打扰，继续他的冥想。"我原来平坦的胸膛，"昆巴开始说道，"我都羞于向你提及，但是你是我的朋友——出现了结实饱满的乳房。"
>
> "是的，一切都如料想的一样。"国王了无情绪，冷漠地说道。
>
> "我的脖子上出现了装饰物，宝石闪亮。我期望你能看看我。"
>
> "一切都是表象，"锡克达瓦伽说。"细节又有何相关？一切只能持续到明天早晨。你会习惯这一变化。"

---

[1] 高培华:《〈生死疲劳〉的叙事艺术和文体特征》（学位论文），吉林大学2008年，第30页。

"我的衣服变长了,遮起了我的身体。"

"那应当是你能预期的。"

"我的声音变了,你听见没有?"

"是的,我听到了。自然而然地你变了身形,声音应该与其相配。"国王没有什么情绪转变地说。

"我的嘴唇变宽了,而且——哦,朋友啊,真令人震惊,我现在完全是一个女人啦!我不再是昆巴。我再说一次,我现在完全是一个女人了!我能去到你的面前吗?"

"当然可以,我并没有叫你藏起来。"①

在这一过程中,纳拉扬将昆巴变身时与锡克达瓦伽的对话十分暧昧而又幽默地描写出来。昆巴带着娇羞与引诱的语气,国王冷漠的回答,在纳拉扬的描述中生动而形象。这段对话更加突出了库达拉的聪慧与可爱、国王的执着与坚韧。

对于不同的史诗人物,纳拉扬使用了不同的语言表达方式。此外,即便是相同的人物处在不同的环境中,纳拉扬也能通过不同的表达方式来彰显话语背后人物性格的多样性,展现栩栩如生的人物形象。如《提毗》中,阿修罗马希沙见到提毗的威力与美貌后想要向她示好,与她对话时使用的语言:

他向她讲述道:"生存是件喜忧参半的事,我们都曾有欢欣与忧伤。真正能够减轻存在之苦的是我们享有的那些联系:母亲享有儿女的陪伴,兄弟相亲相爱,甚至连最底层的人类联系,即匆匆旅行者的陪伴,也有其自身价值。然而最高级与最幸福的联系,莫过于男女之间。当两者享有高层次的出身、能力、成就等诸多威望,这联系会得到强化。这样一种结合所提供的愉悦是不可估量的。"

"你知晓我是最伟大的战士,"他继续说道。"如果我们联姻,我们能体验的幸福可会有极限可言?我会为你供上美味珍肴,纯饮佳酿,珠宝首饰和无限悦心欢愉。做我的后宫之主并差遣我吧,你将发

---

① R. K. Narayan. *The Indian Epics Retold: The Ramayana, The Mahabharata, Gods, Demons, and Others*. London: Penguin Books, 2000, pp. 408-409.

现于你我只是个奴隶!我答应你,如果它是你所愿,我将不再找那天神们的麻烦。准许他们自行其是。我为你的美貌所迷醉,欲拜倒在你的脚下。好心接受那前来寻求你庇护的人不是你的天职吗?如果你拒绝了我,我就了结我的生命。我这一生,还从未求助过任何人任何恩惠。如今,我这严惩过梵天与众神之人,匍匐在你的脚下,恳请你爱的垂怜!"①

通过这两段马希沙劝服提毗的话语,纳拉扬将马希沙的作风修养、信奉观念和处世哲学以及马希沙狡猾善变的性格和脾气鲜明地展现出来。

(二) 情境化的人物独白

纳拉扬的人物独白是使其人物语言锦上添花的表现形式。这些人物独白往往放置在特定的环境之中,用以解释人物的特殊心理活动,进一步丰富人物的思想与性格,使史诗人物的思想情感与精神面貌更为丰富。

如重述史诗插话后的《拉瓦纳》中,拉瓦拉从飞驰的马上掉落下来,身体悬挂在一棵树上,望见站在树端自由自在的猴子时发表的一番落寞独白。独白展现了拉瓦纳在落魄时形成的强大心理反差,将他身为国王的内心高傲与落魄时不如猴子的窘迫形象地传达了出来。

"它们待在自己的世界里,而我却因为失误迷失在此处。"他想道:"我到底是谁?我是一位国王。我拥有权威、宫殿和许多臣民,当我从他们中间走过或离开,当我严厉地望着他们,他们都会对我恭恭敬敬。然而我却在这里,在一棵树上,形同一只猴子。也许在一棵树上,猴子比国王更至高无上,因此我必须接受目前的状况。如果我试图往上爬,我能确定这猴子会爬得更高,会依然瞧不起我。在情况变得更糟之前,我要尽快离开这个地方。不管下面有什么在等待着我,我宁可粉身碎骨也要离开。"②

---

① R. K. Narayan. *The Indian Epics Retold*:*The Ramayana*,*The Mahabharata*,*Gods*,*Demons*,*and Others*. London:Penguin Books,2000,p. 441.

② R. K. Narayan. *The Indian Epics Retold*:*The Ramayana*,*The Mahabharata*,*Gods*,*Demons*,*and Others*. London:Penguin Books,2000,p. 396.

又如《提毗》中马希沙临镜自照、梳洗打扮时的一段心理独白，将他内心深处渴望获得提毗女神爱慕的柔软心理描写了出来。较之史诗源文本插话中过于野蛮粗俗的直接表述，纳拉扬的这种变动，使身为阿修罗头目的马希沙在恶与善、丑与美之间的反差缩小了，真实的人性得到突显，形象更为鲜活丰满。

> 他站在镜前打量自己。"不，"他对自己说。"她也许会反感我的水牛模样。我必须取悦她。她也许更喜爱一个人类。"因此，他将自己变成一个人，穿上丝绸与天鹅绒，身体擦遍香水，直到他的手下都满意后才打算动身。①

（三）细腻的人物心理语言

较之情境化的人物独白，纳拉扬对人物心理语言的描写，往往用细腻的情感波动彰显人物的心理变化，展现史诗人物的境遇和心理活动。如《众友仙人》中众友仙人在回忆自己的人生目标和惋惜自己贪恋尘世生活时的心理描写：

> 众友仙人意识到这关乎他本身，他是一个典型的企图变成仙人的武士。如果他想要达到一个完全是仙人的境界，他必须使自己从嗔念（本能的挑战）中摆脱出来。难怪梵天不愿承认他超过王仙的称谓，尤其是，当他打算再次实施苦行，却由他的妻子陪同，而那段时间她还为他生育了四个孩子。"为了获取圣徒地位，我放弃了什么？什么也没有。我经常贪恋于征服其他层次，尽管我应当放弃世俗的生活。"他意识到自己必须离开，开始新的尝试，此间摒除分心干扰：不许任何人跟随，防止任何人遇见他。②

这样的心理语言具有浓郁的抒情色彩，既表达了人物的感觉，也表达

---

① R. K. Narayan. *The Indian Epics Retold: The Ramayana, The Mahabharata, Gods, Demons, and Others*. London: Penguin Books, 2000, p. 440.

② R. K. Narayan. *The Indian Epics Retold: The Ramayana, The Mahabharata, Gods, Demons, and Others*. London: Penguin Books, 2000, p. 465.

了叙述者与读者的感觉,抒发的是三方共同的情感。

三、丰富多彩的评论语言

评论语言虽然并非纳拉扬史诗重述三部曲中的主要语言,但是经过纳拉扬的精心打磨和细心撰写,评论语言也如同叙述语言和人物语言一样保持了一致的风格,且表现出了更为丰富的文学性与审美价值。

(一) 简洁性的评论语言

纳拉扬印度史诗重述三部曲中的评论性语言基本也秉承了叙述语言和人物语言的简洁晓畅和表意的准确凝练。这些简洁性的评论语言往往短小精悍、干净利落,三两句就交代清楚所有要表达的语意,同时表达凝练精准。例如:

> 此时,另一个人进入了故事,那就是帕尔瓦蒂,喜马拉雅山神喜马万(Himavan)的女儿。喜马万的妻子曾供奉母神沙克蒂。当她的孩子诞生之时,所有的迹象暗示着一个救世主的诞生。(《曼摩陀》)[1]
> 为了弄清楚为什么罗波那想要动摇吉罗娑山的根基,我们必须稍微回到过去,追溯一下他的故事。(《罗波那》)[2]
> 此间唯一正常的事,是罗波那结婚了。(《罗波那》)[3]
> 是时候讲述所有时代中最伟大的讲故事人的故事了,这人就是阿迪伽维(Adi Kavi)蚁垤。你或许知道阿迪伽维是什么意思:最初的诗人,或诗歌的源出者。(《蚁垤》)[4]

---

[1] R. K. Narayan. *The Indian Epics Retold: The Ramayana, The Mahabharata, Gods, Demons, and Others*. London: Penguin Books, 2000, p. 472.
[2] R. K. Narayan. *The Indian Epics Retold: The Ramayana, The Mahabharata, Gods, Demons, and Others*. London: Penguin Books, 2000, p. 481.
[3] R. K. Narayan. *The Indian Epics Retold: The Ramayana, The Mahabharata, Gods, Demons, and Others*. London: Penguin Books, 2000, p. 484.
[4] R. K. Narayan. *The Indian Epics Retold: The Ramayana, The Mahabharata, Gods, Demons, and Others*. London: Penguin Books, 2000, p. 509.

(二) 释义性的评论语言

评论语言的释义性，主要是"讲故事的人"用来对人物、事件、故事的原委等的行为前因、意义价值或因果关系等的揭示，同样用以补充叙述内容和升华叙述意义。如重述后的《提毗》中，讲故事的人解释恶魔与天神之间的平衡时的一段评论：

> 每个恶魔，讲故事的人说道，一般情况下以获得神的青睐寻求永生不死，但是即使最粗心的施恩神也往往不会赐予绝对的永生。这种预防拯救了世界免于毁灭。作为选择，恶魔常常注定只有在某种奇异的情形下才会被摧毁。金座明确要求他的毁灭者必须既不是人也不是神，被杀的地点既不在人间也不在天国，既不在里面也不在外面，于是神化身人狮，站在一个门槛间，将金座置于大腿上，用爪子将其撕毁（他不能被任何武器杀死），因而满足了所有条件。当恶魔为了保命创造不可能和奇异的条件时，天神们必须匹敌他们的智慧，寻找一种途径使世界摆脱这些麻烦制造者。①

这段评论旨在解释恶魔为何不能永生不死，以及世界不至于毁灭的两个原因：一是天神不会赐予恶魔绝对的永生；二是天神能产生匹敌恶魔和制服恶魔的智慧。

又如重述后的《沙恭达罗》的结尾处的一段评论，讲故事的人解释了迦梨陀娑的版本对史诗源文本的改写情况，分析了失去记忆这一情节与健忘主题是如何改写源文本插话的结局的。

> 上面讲述的故事基于事实来源于《摩诃婆罗多》。以此为纲，迦梨陀娑（如同莎士比亚运用了《古希腊罗马名人传》）于公元5世纪写下了他著名的诗剧《凭表记认出沙恭达罗》（*Abhijnana Shakuntalam*）。Abhijnana 意为"印章"或"表记"；情节在一只表记

---

① R. K. Narayan. *The Indian Epics Retold*: *The Ramayana*, *The Mahabharata*, *Gods*, *Demons*, *and Others*. London: Penguin Books, 2000, p. 429.

上发生了转变，并使主角失去了记忆。《凭表记认出沙恭达罗》可以称作围绕健忘主题进行创作的最早的故事。①

(三) 哲理性与思辨性的评论语言

纳拉扬的印度史诗重述三部曲尽管努力减少言辞说教的束缚，但是评论语言中时常也会出现一些绝妙好语。这些妙语往往凝练精准、富含哲理，有些甚至意味深长。例如《提毗》中"讲故事的人"的一段评论：

> 讲故事的人在此处停了下来，评论道："阿修罗和水牛的联姻看起来十分古怪，但是我们可能得弄明白这个词意味着什么，那就是，品质胜于真实的生物。水牛迟钝、厚实、粗糙，喜欢躺在泥水中，象征一种纯粹的体格发展，与愚昧的人间相匹配。"完成这一序言之后，他继续讲述这个故事。②

这段评论性的语言带有思辨性地评论了古印度神话中恶魔阿修罗与水牛联姻所隐含的象征意义。"讲故事的人"从人物品质的角度来思考生物的象征性，将水牛"迟钝、厚实、粗糙"等特性理解为人的纯粹的体格发展，象征着人愚昧的一面。这里也可以看出纳拉扬对古印度神话故事中众神与恶魔的一种印度式理解，即在理解这些神话人物时，要将他们身上的神性、魔性与兽性视为真实世界中人的精神性人格演化的体现方式。

这种富含哲理性与思辨性的评论性语言很多，又如《罗摩衍那的故事》中"讲故事的人"对蚁垤如何解决史诗《罗摩衍那》的叙述时间与真实时间之间的接合问题的讨论：

> 史诗的时间排序对于习惯了纯粹线性事件序列的我们来说是令人费解的。蚁垤好像要讲述一个过去的故事，然而它却扩展到了俱舍（Kusa）和罗婆（Lava）的世界，他们是罗摩的儿子，直接从作者那

---

① R. K. Narayan. *The Indian Epics Retold: The Ramayana, The Mahabharata, Gods, Demons, and Others*. London: Penguin Books, 2000, p. 600.

② R. K. Narayan. *The Indian Epics Retold: The Ramayana, The Mahabharata, Gods, Demons, and Others*. London: Penguin Books, 2000, p. 430.

里听到了这个故事。我们必须将我们关于人物行动及其侧向的习惯性观念置之一边。当我们考虑到事实，一个国王统治了六十年或更久的年份，享受了一段称心的寿命，那么角色的过去或中期被写作下来，并且他继续活着而且能够与历史学家进行一番对话，这似乎是说得通的。①

这段评论针对史诗中时间的非逻辑性进行了思辨，对蚁垤仙人讲述过去的故事却涉及未来发生的事情，这种缺乏线性序列的令人费解的事情进行评论，然后又进行一番思考，通过寿命的长度达到可以与历史学家对话这样一种假设来说明非逻辑性的可能性。

（四）情感性的评论语言

印度史诗重述三部曲中"讲故事的人"的有些评论语言用带有主观情感的语言来评议、批评、体现情感。这些语言表达简洁，感情丰富，有些甚至不乏灵动风趣的特点。如《蚁垤》的结尾，评价《罗摩衍那》的作者蚁垤仙人对自己故事中的人物的行动和情节的发展无可奈何的评论，风趣幽默，可谓许多作家创作遭遇的真实写照：

> 作者蚁垤仙人相当无助地望着这一结局，望着自己史诗中的角色自行其是。他有一个心愿，希望能够将他的男女主角结合在一起，帮助这个家庭重新团聚，从而让故事有一个圆满的结局。但是书中角色按照自己的方式安排好了自己的事情。在罗摩渴望带回悉多时，悉多拒绝了。罗摩做出了放弃的艰难决定。这些角色，正如任何完美的艺术品一样，脱离了控制。蚁垤仙人让他们按照自己的方式行事，以一个旁观者的姿态观察完结局后，又重新回到他那沉思的人生之中。②

而《提毗》中关于阿修罗马希沙请求梵天的赐福，纳拉扬用一个"奇怪"来形容，表现出"讲故事的人"情绪上的不可理解。

---

① R. K. Narayan. *The Indian Epics Retold*: *The Ramayana*, *The Mahabharata*, *Gods*, *Demons*, *and Others*. London: Penguin Books, 2000, p. 509.

② R. K. Narayan. *The Indian Epics Retold*: *The Ramayana*, *The Mahabharata*, *Gods*, *Demons*, *and Others*. London: Penguin Books, 2000, p. 528.

又如《众友仙人》中,"讲故事的人"带着与众友仙人感同身受的情绪描写众友仙人将天神派来诱惑他的天女兰巴变成石头时的悲伤。然后,"讲故事的人"从众友仙人此前的种种所作所为总结他的得失,又用一个"也许"比较与感叹极裕仙人与众友仙人的差距所在,提出了精神之力和卓绝之力之间的差别所在。

>见到兰巴石化成一座雕像之时,众友仙人为自己感到悲伤。外部世界及其力量似乎总不断向他倾轧而来,激起他采取挑战和愤怒的行动,两者他都毫无保留地表达出来,弥补他通过严格苦行所获得的任何精神价值。他的精神收获似乎确切无疑地平衡了他的物质目的;首先他因极裕仙人失去了一切;其后付出超人的能量促使陀哩商古到达天国;他拯救了苏纳舍帕,却只能在诅咒了自己的儿子之后。如今他终于将一个漂亮的天女变成雕像。精神之力是一种应当珍惜和谨慎的东西,当它得以保全之时就会兴盛和变得更为强大;极裕仙人之所以能够获得卓绝之力,也许正在于他管控自我之事的能力,即使在受到挑衅之时,也能够保持镇定。①

总之,纳拉扬的印度史诗重述三部曲尽管以英语作为创作语言,但由于受到印度文化的影响,因而产生了独特的审美特征,具有印度民族精神的诗化气质。印度民族以多元而充满神奇色彩的文化著称于世界,印度民族深厚的历史文化与印度独具特色的人文景观使纳拉扬的印度史诗重述三部曲文本叙述的主题基调充满诗意。具体而言,印度教的梵我如一、业报轮回等宗教文化观念无形中促成了印度人在人生态度上的从容达观和追求精神解脱的生命诉求,宗教文化观念和生命精神追求的整体地域景观无疑影响了纳拉扬印度史诗重述三部曲文本的诗化叙述。印度民族自古以来的英雄主义梦想像血液一样流淌在印度人的身上,同样影响了纳拉扬的精神气质。古印度史诗故事所描述的神话时代与神话英雄,赋予了印度的传统历史与史诗人物以英雄主义与浪漫主义。神话英雄们身上所具有的精神气质和文化能量正是纳拉扬所缅怀与憧憬的,也是其进行印度史诗现代重

---

① R. K. Narayan. *The Indian Epics Retold: The Ramayana, The Mahabharata, Gods, Demons, and Others*. London: Penguin Books, 2000, p. 465.

述、文学性地再现史诗印度的初衷与理想。这也注定了纳拉扬印度史诗重述三部曲的文本语言必然继承古印度史诗的诗性特征,始终处于一种诗化的流动状态。

第三节 印度悲剧式文体风格

在文学作品中,风格通常指创作者为了表达自己的精神情感,在文本内容与形式高度统一的情形下形成的具有个人色彩的文本特色与审美风貌。因此,风格既与创作者文本中表现的内容密切相关,同时也与其创作的审美取向关联密切。意大利作家与符号学家翁贝托·埃科(Umberto Eco)认为,"风格的领域(作为赋予形式的方法来看待)不止于语言的应用而已(也有可能根据被使用的符号系统或者领域而含颜色或者声音的应用),还包括铺陈叙事结构、描绘角色以及呈现观点的方法"[①]。

纳拉扬的印度史诗重述三部曲是一种结合了文化和审美的创作实验,其真正的文学魅力在于形成了自身独有的审美形态与美学风格。其在整体的语言风格上呈现出简洁、自然、朴实的特点,这与文本作为跨文化传播的交际功能和意图有关,同时也与文本适应的英语环境是相适应的。尽管纳拉扬讲述的都是神话人物的传奇经历,但是因为其赋予了这些人物故事传播文化的功能,同时考虑到英语读者的阅读惯习,因此运用简洁、朴实的语言来简述故事。文本自然朴实的叙述语言更能引发读者深沉的思考与达到心灵净化的效果。

由于风格与文本的内容密切相关,古印度史诗故事内容整体上体现出的印度悲剧美学色彩,以及纳拉扬个人人生遭遇的感情不幸所形成的悲剧式审美倾向,促使纳拉扬印度史诗故事的现代重述文本整体上呈现出了印度悲剧式的文体风格。所谓印度悲剧,主要是就美学悲剧性的高度而言,对印度史诗及其插话整体风格做出的一种命名。古印度史诗及其插话表现出了强烈的悲剧性,这种悲剧性主要体现在人物对待命运和人生苦难时表

[①] [意大利]翁贝托·埃科:《埃科谈文学》,翁德明译,上海译文出版社2015年版,第164页。

现出的悲剧精神。古印度史诗中的众多人物，不论是天神、阿修罗等神魔人物，还是婆罗门仙人、刹帝利国王与低种姓女性，都富有强烈的悲剧精神。"他们凭借自己的能力、智慧和勇气同造成他们悲剧的邪恶人物和命运进行殊死的抗争，使他们的形象拥有超常的悲剧美。"① 印度悲剧的特征主要包括：人物陷入悲剧绝境的基本悲剧方式，悲剧情境所具有的浓厚悲悯色彩的审美之味，悲剧人物面对悲剧绝境表现出了伟大而崇高的反抗命运的精神，悲剧冲突得到解决后形成大团圆结局方式。这些方面共同构成了纳拉扬印度史诗重述三部曲在文体风格上的悲剧色彩。

一、绝境之悲

从印度史诗重述三部曲整体可以看出，纳拉扬重述所选的古印度史诗故事几乎每一个都具有浓厚的悲剧色彩，每一个故事的主人公都是一位悲剧性的人物。这首先奠定了整个史诗重述三部曲内容上表现出的悲剧性。而悲剧故事呈现悲剧的基本方式是，故事人物陷入"两难"悲剧绝境，这种悲剧绝境几乎是无从选择的，故事人物也因而成为悲剧人物。这是世界历史上具有普遍性的悲剧现象之一。

而这些"两难"绝境，基本上涉及天命（命运）、欲望、伦理、政治和战争等多种因素，有些甚至是多种因素综合作用的结果。绝境式悲剧因此也有多种类型，涉及人类最重大、最深刻的永恒主题，如生死之悲、爱情之悲、战争之悲、政治之悲等。这些悲剧中有高等种姓如刹帝利国王、公主的悲剧，也有普通人如商人夫妇的悲剧。这些悲剧以戏剧性的冲突展现出特有的悲剧美学，这些冲突以尖锐而残酷的冲击感激荡着读者的心灵，引发读者的悲壮情绪，产生悲剧性的审美效果。这种绝境式的悲剧，与古印度史诗源文本的主体基调和哲学理念是一致的。纳拉扬继承了源文本的悲剧形式，并结合古印度史诗悲剧思想和创作手法，对这种绝境之悲进行了重新演绎，使印度史诗重述三部曲文本整体上染上了一层绝境故事的悲剧色彩。

首先，天命（命运）之悲。纳拉扬的印度史诗重述故事中，有一类故事因天神或仙人之间的一个赌注，或魔法师制造的一个幻境，使主人公不

---

① 邱紫华：《印度古典美学》，华中师范大学出版社 2006 年版，第 221 页。

得不面临绝望之境。例如《尸毗王》中的尸毗王，因为天神因陀罗与火神阿耆尼想要试探他的高尚正法，因而陷入了不得不为救鸽子而割肉给老鹰的绝境之悲；《诃哩湿旃陀罗王》中的诃哩湿旃陀罗王，因为众友仙人与极裕仙人的赌注，众友仙人制造各种磨难，致使诃哩湿旃陀罗王面临不得不放弃王国、妻子、儿子的绝境之悲；《拉瓦纳》中的拉瓦纳因为魔法师制造的幻境，不得不放弃国王之尊，沦为低等种姓的绝境之悲。

其次，死亡之悲。死亡这一永恒的话题，也是纳拉扬的印度史诗重述所倾向涉及的。这类故事中，死亡成为故事人物必须面临的绝望之境。如《曼摩陀》中爱神不得不面对遭受湿婆毁灭之火焚烧的死亡威胁；《莎维德丽》中莎维德丽面对丈夫萨蒂梵只能再活一年的死亡恐惧。这些故事为插话重述文本绘上了死亡之悲的色彩。

再次，伦理之悲。如《德罗波蒂》中德罗波蒂不得不面临嫁给五个丈夫的伦理困境；《迅行王》中的天乘和云发之间不能结合的伦理之伤；《众友仙人》中众友仙人为了苦行，抛弃女儿沙恭达罗的伦理悲剧等，都不同程度地反映出了故事人物面临的伦理困境，为故事添加了伦理悲剧色彩。

最后，王权与战争之悲。如《那罗传》中那罗被弟弟设下赌局，输后被弟弟夺走王国和流放的王权悲剧；《摩诃婆罗多的故事》中坚战王身上所遭受的与那罗一样因为赌局而丧失一切的王权悲剧，以及王权之争引发的般度族与俱卢族两大亲族之间的旷世之战的战争悲剧；《罗摩衍那的故事》与《罗波那》中的王权之争与战争悲剧。纳拉扬深刻揭示了人类历史中不断发生的悲剧性冲突，使整个印度史诗重述三部曲的文体风格具备历史悲剧色彩。

古印度史诗源文本都是十分成熟的悲剧性作品，浓厚的悲剧美学色彩反映了印度史诗时代的作者们对悲剧美学特征与规律的认知与把握。"这些关于悲剧的某些规律性和共同性的认识不是以理论的形式总结出来的，而是通过故事和人物命运来表达的。"[①] 对古印度史诗深有研究的纳拉扬，在创作的过程中吸收与继承了印度史诗的这种悲剧美学表达方式，通过最能代表印度文化的故事与人物命运的重新讲述，整体性地呈现出了印度悲剧式的文体风貌。

---

① 邱紫华：《印度古典美学》，华中师范大学出版社2006年版，第233页。

二、悲悯之味

"味"（rasa）是印度诗歌与艺术美学中的一种审美特性或要素。"在印度美学史上，没有哪个词汇比味显得更为重要。"① "味"最早出现于吠陀诗篇，指植物的汁液。《奥义书》中将其意指事物的本质或精华。到印度古典时期，印度古典文艺理论的代表、著名的文艺理论家婆罗多（Bharata）的《舞论》（Natyasastra）将其提升为核心的美学范畴，用来指称观众对艺术的感情效应，即各种各样的审美快感或审美情感体验，如艳情、滑稽、悲悯、愤怒、恐怖、平静等类型。"味不单单是一种内心活动状态（visceral condition），还是一种伴随大量认识成分和情感要素的思想反应（conscious response）。"② 因而，味具有"能够唤醒心灵的美德，使人品德高尚，趣味净化"③ 的审美特征，从而使人得到一种积极的美学体验。

悲悯味（karuna rasa）是印度味论中十分重要的味之一，以悲痛或痛苦为其核心情感。悲悯味的产生有其特定的原因或情由（vibhava）。《舞论》第6章第61颂总结的悲悯味的特征为："悲悯味产生于常情悲。它通过诅咒的折磨、灾厄、与心爱之人分离、失去财富、杀害、囚禁、逃跑、打击或落难等等情由产生。"④ 因此，悲悯味与常情悲实际上是由属于种种悲剧的因素所构成。例如大史诗《罗摩衍那》，其核心主题是罗摩与悉多在凄美悲情中分离，悲悯味充满了整部史诗。大史诗的起源是心灵纯洁的蚁垤仙人见到一只雄麻鹬悲痛欲绝，因为它的伴侣即雌麻鹬在它们交欢时被一位猎手射杀。蚁垤仙人被雄麻鹬的悲痛深深感染，心生悲情触发哀伤，并通过诗歌的语言将这种哀伤表达出来。这样，"通过普遍化（sadharahnikarana）程序后，这种上升到普遍意义高度的常情悲（soka）

---

① R. L. Singal. *Aristotle and Bharata: A Comparative Study of Their Theories of Drama*. Punjab: Vishveshvaranand Vedic Research Institute, 1977, p. 188.
② ［印度］克里希那·拉扬：《味韵论与当前的文学批评理论》，引自［印度］奥罗宾多·高士等著《20世纪印度比较诗学论文选译》，尹锡南译，巴蜀书社2016年版，第155页。
③ 郁龙余：《中国印度文学比较》，中国社会科学出版社2001年版，第35页。
④ 黄宝生编译《梵语诗学论著汇编》（上册），昆仑出版社2008年版，第49页。

在仙人那里被转化为他自己体味到的悲悯味"①。纳拉扬的印度史诗重述故事《蚁垤》，在讲述蚁垤仙人悲情式的前世今生故事的同时，还讲述了仙人因麻鹬生悲，创造了大史诗《罗摩衍那》，使整个史诗重述故事同样染上了浓厚的悲悯味。

印度文论家通常认为，理解悲悯味必须理解悲悯味的情由，而理解其情由的关键答案在上述最后的一种情由"落难"（灾难）。"这是因为，灾难是一种非人为暴力（aggression），它（在所有文学中）是由神灵、母亲死亡或纯粹的非人为自然因素所引发的。""这一问题可以（至少是部分地）这样回答：此处的暴力是命运加诸于人的暴力（aggression of fate against one）。人类无法把握自己的命运，因此，这是他自己与其环境进行互动而产生的一种暴力。"② 也就是说，这种种灾难由外部因素引起，使人的命运充满悲哀，从而能够触动人们的悲悯之心。例如《拉瓦纳》的故事，拉瓦纳的灾难与命运悲剧出自魔法师；《曼摩陀》中爱神的灾难出自湿婆；《罗波那》中罗波那的灾难出自命运的诅咒；《诃哩湿旃陀罗王》中的诃哩湿旃陀罗王的灾难来自众友仙人与众神的赌局；《尸毗王》中尸毗王遭受的割肉之苦来自天神因陀罗与火神阿耆尼的考验等。

古印度史诗悲悯味中所体现出来的"命运加诸于人的暴力"，使得印度史诗具有了浓厚的命运观与宿命论的特征。产生这种思想观念的原因在于史诗时代出现的印度思想的大冲突与大融合。古印度雅利安人积极向上的思想在这一时期遭受到同时期的各宗派哲学思潮所宣扬的禁欲、苦行等消极、无为思想的挑战。这些思想在这一时期相互兼容，又彼此争斗，因而体现在史诗及其插话之中，就是在对人世苦难与死亡之认识时，既有对待人生苦难与生命毁亡时坚韧不拔、积极顽强的悲剧性抗争精神，又有消极的命运观与宿命论。两者都是印度民族精神与民族性格的反映。

古印度史诗及其插话悲悯之味中具有的这种强烈的宿命意味，深深地影响了后世文学的主体风格，纳拉扬也深受其影响。正如他重述插话后的《蚁垤》的结尾处总结的关于蚁垤对自己笔下的人物所表达的强烈遗憾一样，纳

---

① ［印度］A.C.苏克拉：《T.S.艾略特与印度味论》，引自尹锡南译《印度比较文学论文选译》，巴蜀书社2012年版，第253页。

② ［印度］普里雅达什·帕特奈克：《悲悯味的现代批评运用》，引自［印度］奥罗宾多·高士等著《20世纪印度比较诗学论文选译》，尹锡南译，巴蜀书社2016年版，第242–243页。

拉扬在整个印度史诗重述三部曲中将这种宿命之味深刻地表达了出来。像大史诗作者蚁垤仙人相当无助地望着自己所创作的故事的结局和自己史诗中的角色自行其是一样,关于寄托在史诗时代人物所涉及的男女结合、家庭重聚和结局圆满的心愿,都不可能因为文学再创作加以改变去实现,只能以一个旁观者的姿态观察故事的结局,从中沉思故事的深层意义。这种宿命之味印度人品尝了数千年。而这种被印度人宿命观影响的文学情感,加上纳拉扬独特的审美意识和浓烈的抒情意味,体现出了浓厚的印度特色。古印度史诗插话中的这种悲悯之味的存在,使得原本在现实生活中的痛苦的情感,经过悲剧性的转化,"以一种类似于'更加悲悯的人类音乐'(the still sad music of humanity)的感情结束"[①],具有独特的印度审美特征。这或许是纳拉扬的印度史诗重述三部曲能够深受英语世界读者喜爱的缘由之一。

三、崇高之美

古印度史诗及其插话充分体现出了印度民族特有的悲悯之味,尽管此中存在着浓厚的命运观和宿命论,但是,古印度史诗及其插话故事中人物的悲剧性抗争精神并没有因此被淡化与消解。古印度史诗故事尽管几乎都呈现出了不同的绝境之悲与浓厚的悲悯情怀,但是结局又往往以大圆满居多。如《拉瓦纳》中国王拉瓦纳最后回到现实,并通过自己的梦领悟到人生的须臾变化;《莎维德丽》中莎维德丽最后说服阎摩,救回自己的丈夫;《沙恭达罗》在遭到豆扇陀国王的试探之后,夫妻、父子团聚等。这种大圆满的结局体现出反悲剧的特征,一定程度上似乎淡化了绝境之悲的悲剧精神与悲剧色彩,但是却形成了具有印度民族特征的印度式悲剧的特征之一。季羡林先生就曾指出:"西方的文艺批评家分悲剧为两种:一种是由剧中人物的性格所决定的悲剧,一种是由一些偶然事件或命运所决定的悲剧。他们认为前者高于后者,而《沙恭达罗》是属于后者的。这种意见不能说是错误的。但是同印度具体情况结合起来,却不能完全应用。仙人诅咒竟然有那样大的威力,印度以外的人是不大能理解的。"[②] 之所以会如

---

① [印度]C.N.帕特尔:《净化与味》,引自[印度]奥罗宾多·高士等著《20世纪印度比较诗学论文选译》,尹锡南译,巴蜀书社2016年版,第144页。
② 季羡林:《中印文化关系史论文集》,生活·读书·新知三联书店1982年版,第478页。

此评价，主要是针对印度式悲剧中的大圆满结局而言的，《沙恭达罗》的圆满结局让读者更倾向于其是一出喜剧，尽管其中有一些悲剧因素。然而，著名东方文学专家孟昭毅先生指出，结局并非一定是悲剧性的悲剧，"可称之为有印度特色的、甚至有东方特色的悲剧"①。

印度悲剧的这种大圆满结局，有其特殊的形成原因：一方面源自印度哲学中对立冲突最终必将合而为一思想的影响与制约作用；另一方面则是印度民族对人生命运抗争精神的一种理想化的回应。印度史诗及其插话主人公在面对灾难与厄运之时，表现出了惊人的抗争意识与非凡的毅力，体现出了人类共有的悲剧之美。古印度史诗及其插话故事中悲剧人物对人生命运中的不幸与苦难所展现的这种抗争精神，体现出了印度悲剧之中的崇高之美。纳拉扬的古印度史诗的现代重述充分呈现了悲剧人物抗争命运的崇高精神，使文本整体上又闪现出崇高之美的亮色。

美学上的悲剧性，通常会就悲剧人物对自己悲剧命运所持的精神态度做出审美判断与评价。真正美学意义上的悲剧不是对命运苦难的逆来顺受，而是其在面对苦难与死亡命运之时，依然能够超越自我、付诸行动，展现出生命的全部热情与光亮，表现出坚定的抗争精神和反抗意志。这种悲剧性的抗争精神，就是所谓的"明知不可为而为之"、九死而不悔的悲剧精神，它充分体现了人的存在意义和人的生命价值。古印度史诗及其插话故事中的人物体现出来的这种悲剧精神最终凝结为印度的民族意识与观念，成为印度民族传统文化中重要的组成部分。纳拉扬的印度史诗的现代重述，其目的就是要突出古印度史诗人物的这种悲剧精神，展现印度传统文化的核心精神，让世界亲近与体会史诗人物对抗命运绝境时展现出的令人震撼的人格力量与精神风貌，使他们认识并了解印度民族的这种崇高的文化精神。

古印度史诗故事中的拉瓦纳、迅行王、曼摩陀、罗摩与悉多、般度五子与黑公主德罗波蒂、那罗与达摩衍蒂、莎维德丽、沙恭达罗、诃哩湿旃陀罗王等，都是印度悲剧精神人物的代表。拉瓦纳牺牲自己，以肉救妻儿，明知是死依然赴死的精神；莎维德丽明知丈夫只能活一年，依然结婚，丈夫死后，不屈服、不放弃，与死神纠缠抗争的精神；沙恭达罗面对负心郎的不公指责，不畏命运、坚持反抗的精神；诃哩湿旃陀罗王为了坚持正法施舍，将

---

① 孟昭毅：《东方戏剧美学》，经济日报出版社1997年版，第274页。

◎ 再现史诗印度

自己的王国、妻儿全部施舍后，依然在悲惨的命运中坚持正法的精神等，都是印度悲剧精神的具体反映。这些悲剧精神使纳拉扬的印度史诗重述三部曲风格上呈现出崇高之美，给读者以心灵震撼与净化。

纳拉扬的印度史诗重述三部曲在表现这些印度悲剧人物的崇高之美时，用十分成熟的冷静色与平和美展现出来。如《拉瓦纳》中，国王拉瓦纳在妻儿面临饥饿所带来的死亡威胁之时，甘愿奉献自己的肉身，跳入火堆时体现出的崇高之美。

> 离开时，国王说："一定要给这孩子所有他想要的食物。所有他想要吃的肉。"在岩石的另一边，他收集起柴把和干树叶，敲击火石，点燃一堆火。当它被燃烧得噼里啪啦响时，他朝着妻子叫道："不要动。等火完全灭了后再过来。"正说着时，他纵身跳进火中，喊叫着："它没有完全烤熟，千万不要把它取出。准备好你的盐。"①

又如《尸毗王》中，尸毗王明知自己临近死亡，依然要坚持割肉给老鹰，并冷静地向大臣们解释自己坚持的意义所在，然后安排好后事，毅然踩上秤盘。纳拉扬的叙述，充分地再现了尸毗王强大的人格力量与牺牲精神。字里行间，体现出尸毗王精神的崇高之美，给人以心灵的震撼。

> "我保证我只要等同那鸽子一样精确的重量。"老鹰坚持道，于是所有聚集的人群都诅咒老鹰，纷纷举起他们的兵器。国王此时因疼痛而虚弱不堪，但是集起最后一丝力气，命令他的手下不可靠近。
>
> 他召唤他的首席大臣走近身来。"人没有权利结束另一个人的生命，但是这情形是不曾预料到的。即便这意味着将置我于死地，我也必须面对它。"他说道。每个人都心生厌恶地看着鸽子。"在王子适龄之前，我的兄弟将代我摄政。"
>
> 说完这些，他伸了伸脚，踩在放满鲜肉的秤盘上。另一个秤盘立即升了起来，达到了平衡。②

---

① R. K. Narayan. *The Indian Epics Retold: The Ramayana, The Mahabharata, Gods, Demons, and Others*. London: Penguin Books, 2000, p. 401.

② R. K. Narayan. *The Indian Epics Retold: The Ramayana, The Mahabharata, Gods, Demons, and Others*. London: Penguin Books, 2000, p. 627.

善良的化身或象征的悲剧人物，能够展现出悲剧性的崇高之美。同样，恶之化身的悲剧人物也能够展现出悲剧性的崇高美。著名美学家朱光潜先生就曾指出，如果从审美意义上去理解的话，"一个穷凶极恶的人如果在他的邪恶当中表现出超乎常人的坚毅和巨人般的力量，也可以成为悲剧人物。因为他们已给我们留下带着崇高意味的印象"①。尤其对悲剧而言，"心灵的伟大"才是关键所在，因为它包含着十分崇高的元素，在审美上这种伟大不一定关联人物的道德品格，正如弥尔顿（John Milton）的撒旦和歌德（J. W. von Goethe）的魔鬼靡非斯特匪勒司，都是气魄宏伟的邪恶代表，却表现出震撼人心的力量与气魄，在审美上体现出悲剧性的崇高之美，因为他们纯粹的邪恶激起人类审美意志的恐惧。尽管这种审美判断往往与我们的道德判断是相互矛盾的，却使人无不对这些人物心生敬畏，并使灵魂得到净化。

这种给人以心灵震撼让人并心生敬畏的悲剧人物，在纳拉扬的史诗重述故事中也十分突出。例如《罗波那》中的罗波那，他并不是冥顽不灵的恶魔。"他博学多识，富有美感，精力过人。只是因为怀抱错误的观念，他才扮演了超人的悲剧。他认为人的自我证明就在于放任自己的冲动，迫使不驯的外在世界屈从它的要求。"② 他内在的悲剧性弱点就在于他过盛的唯我主义。在罗摩一方将自己的兄弟、儿子都杀死之后，他依然不愿放弃悉多，殊死战斗，表现出了他身为罗刹却非同寻常的英雄气魄。他明知最终必然一死，也不放弃自己所求所获的精神，体现出了悲剧性的崇高之美。《提毗》中的马希沙在面对提毗女神的腾腾杀气时，明知命运的诅咒已经出现，依然坚持对抗到底的命运抗争精神，同样体现出了恶之崇高美。

再如《摩诃婆罗多的故事》中的难敌，身为恶的代表，充分体现了人性之恶。他品性中充满嫉妒、贪婪、狠毒、虚伪与仇恨、口蜜腹剑、情绪疯狂。他无视正法，无视血缘亲族之情，通过多种毒辣手段加害自己的堂兄弟般度五子，挑起两大亲族的战争。但是他在这场大战中却显示出了超乎常人的坚韧意志和九死不悔的悲剧精神，同样表现出了崇高之美。这种

---

① 朱光潜：《悲剧心理学》，人民文学出版社1983年版，第96页。
② 季羡林、刘安武编《印度两大史诗评论汇编》，中国社会科学出版社1984年版，第268页。

恶之崇高的美学特征体现了印度哲学中极富思辨性的善恶观念。印度善恶观认为，善、恶是梵的两面，都是构成人类生活与宇宙和谐的本质属性。因此，善、恶皆能展现其精神美学的一面，起到净化人的心灵的作用。这也是难敌在战死后，能够赢得道义上的胜利和观众的同情，连天神都洒下漫天花雨，又能和战后善的一方勇士同升入天国的原因所在。

总之，纳拉扬的印度史诗的现代重述是"基于社会人性、现实关怀的角度回望过去的一种历史形态的展示与反思……是对'失去的乐园'的追忆和呼唤"[①]。印度史诗重述三部曲十分追求故事与审美的趣味性，注重社会现实的探索性，是在史诗神话与现实之间进行的一场文体和体裁的言说性创作试验。其中既有对印度文化历史的温情回顾与细致描绘，也有对现代人性的沉痛思考与心怀悲悯，这些思想情绪无不彰显出感性的文学风格与美学力量。

---

① 黄国建：《中国新世纪"重述神话"的审美研究》（学位论文），扬州大学2013年，第14页。

第五章　三部曲的新主题意蕴

古印度史诗中的故事历经印度各个时代传承，在主题上已经具有了永恒性与普遍性。这些主题不仅贯穿其后的印度历史，而且其传播已经覆盖了印度民族居住的所有地方。整体而言，纳拉扬的印度史诗重述三部曲已经形成了一个自足的印度神话系统。这个神话系统既是古代的，也是现代的。它有着统一的结构，而且在人物的设置、情境的处理和叙事类型的编排，以及"讲故事的人"这一隐含作者的文化立场与态度上，都显示出了其作为一个神话系统的完整统一性。这个印度神话系统内部故事所呈现的主题继承自史诗源文本，但是作为新系统的内核，却在类型的归置和主题意蕴的表达上发生了新的转换与变化。对纳拉扬的新印度神话系统内部主题意蕴的探讨，也主要是考察这些永恒主题和原理之外的新变因素。

第一节　故事类型重构与新功能

为了构建一个纳拉扬式的印度史诗世界，再现一个体系化的史诗印度，纳拉扬从不同的经典史诗源文本中选择了一系列经典故事，作为重述这一世界的基础。接下来，纳拉扬开始了故事类型的重构，对选择的故事进行了重新组合、分门别类，以此组织其印度史诗世界的基本架构。故事类型的重构是纳拉扬印度史诗重述过程中的首要环节。纳拉扬选择的所有史诗故事，除几个史诗核心故事外（也可视为插话），无一不是文学性插话，而且都是神话传说一类。这类插话在思维方式、想象范式、情感表征以及叙事模式方面都存在着众多历久不变的特性。就史诗的各种插话而言,"它们与史诗的基本精神最一致,与主线故事的关系最紧密"[1]。而且这类插话故事性强,都是在印度流传久远的故事,早已渗透了印度人民的核心精神。这无疑是纳拉扬心中早有丘壑的选择。因此,从插话故事传达出的精神内核进行分类就成为纳拉扬史诗重构的主要依据。

一、重述故事的类型重构

在印度史诗重述三部曲中,纳拉扬以五种类型重构了源文本中选择的故事,使这些脱离了源文本的故事呈现出了一种全新的面貌。

(一) 时间旅行者

第一种类型可以归结为"时间旅行者"。对这一类型纳拉扬重述了三个插话,形成的故事分别是:《拉瓦纳》《库达拉》与《迅行王》。《迅行王》出自《摩诃婆罗多·初篇》第70—88章中的插话《迅行王传》和《迅行王后传》,是一篇著名的古印度帝王传说。《拉瓦纳》和《库达拉》则都出自《极裕仙人瑜伽》,前者取自《创造篇》中的《拉瓦纳的故事》,后者取自《解脱篇》中的《锡克达瓦伽和库达拉的故事》。根据纳拉扬的介绍:"这些故事与书名《众神、诸魔与其他》中的'其他'相关联,我们注意到他们受神的干扰最少。每一个故事都与精神领域的发现有关:《拉瓦纳》探索了时间的本质;《库达拉》处理了灵魂的展现;《迅行王》则在某种程度上验证了年老者对永恒年轻的追求。"[2] 这些故事都与时间引起的精神、灵魂以及青春相关联,故归结为"时间旅行者"。

拉瓦纳是印度历史上著名的诃哩湿旃陀罗王(有关诃哩湿旃陀罗王的故事纳拉扬也进行了重述)之孙。他为人公正、高贵、侠义而富有仁爱之心,因此,他的王国宫廷里聚集了许多贤能之才,森林修道院内居住着许多尊贵的仙人。纳拉扬的《拉瓦纳》基本上继承了源文本《拉瓦纳的故事》的内核,将拉瓦纳的回忆通过"讲故事的人"之口直接讲述了出来。拉瓦纳的故事表明了心意对时间的控制,拉瓦纳仅不到一个小时的经验却

---

[1] 季羡林主编《东方文学史》(上卷),吉林教育出版社1995年(2006年重印)版,第78页。

[2] R. K. Narayan. *The Indian Epics Retold:The Ramayana, The Mahabharata, Gods, Demons, and Others*. London:Penguin Books, 2000, p.391.

因为一场魔术扩展成了一生。拉瓦纳无疑是一位亲证时间变幻的时间旅行者。

在印度神话传说中，库达拉以放弃夫妻情爱享乐，追求自我知识，并帮助丈夫治理王国和引导丈夫达到虚妄解脱、寂静觉悟的境界而著称。源文本插话《锡克达瓦伽和库达拉的故事》中存在着大量的印度宗教哲学的阐释。纳拉扬的《库达拉》尽管只保留了源文本插话《锡克达瓦伽和库达拉的故事》的主干故事，但在风趣的故事叙述中，纳拉扬简洁地阐释了印度宗教哲学当中自我知识的巨大力量，它不仅可以使人摆脱人的身体、心意任意遨游于时空之间，而且使人达到彻底弃绝虚妄的状态，获得真正解脱的智慧。因此，通过心意与精神修行的锡克达瓦伽和库达拉夫妻二人都是以自我知识亲证时空虚妄性的时间旅行者。

迅行王是婆罗多族第十代祖先，一位盖世大帝。在源文本插话《迅行王传》中，他真诚勇敢，有非凡的本领，且敬畏祖先与天神，举行过祭仪不一的各种祭祀。纳拉扬的《迅行王》基本保留了《迅行王传》的主要内容，极为精炼地缩写了《迅行王后传》。纳拉扬的《迅行王》叙述了迅行王因通奸而失去青春，又与儿子交换王位获得青春，最终不再依恋青春俗世，修行上天，因此，他也是一位时间旅行者。

（二）灵魂历练者

第二种类型可以归结为"灵魂历练者"。这一类型同样有三个故事，这些重述后的故事分别是：《提毗》《众友仙人》和《曼摩陀》。《提毗》出自《女神薄伽梵往世书》第五书。《众友仙人》出自《罗摩衍那》的《童年篇》第50—64章。《曼摩陀》则选自《湿婆往世书》中的《鲁陀罗书》之《创造篇》。纳拉扬认为："这三个故事讲述灵魂升华的过程：提毗，美与活力最高形式的人格化，与绝对残暴的象征——恶魔马希沙作战并消灭了他；众友仙人，获得足以创造他个人宇宙的神力，但心中仍不平静，也不快乐，直到他意识到他的天赋不应只用于满足自己的自负，而应用于其他高尚的目的；爱神曼摩陀，经受了一场严酷的考验，直到他的凡身被焚，只存在于精神本质。"[①]

---

① R. K. Narayan. *The Indian Epics Retold*: *The Ramayana*, *The Mahabharata*, *Gods*, *Demons*, *and Others*. London: Penguin Books, 2000, p. 427.

提毗是印度教神话中三相神精神力量的体现。其主要故事与崇拜思想记录在《女神薄伽梵往世书》中，后来成为印度教基本圣典之一。此往世书通过毗耶娑与罗摩的对谈，讨论了以提毗崇拜为主线的印度教神话、哲学、节日庆典、众女神、宇宙和正法等内容。纳拉扬的《提毗》剔除了史诗源文本插话中大量的宗教颂词与哲理，只截取了提毗与阿修罗马希沙大战的故事。

在插话《众友仙人传》中，众友仙人与极裕仙人的冲突，以及其从一个刹帝利，苦行修成王仙，后又成为梵仙的过程，反映了印度教古代刹帝利种姓与婆罗门种姓之间的冲突，同时也间接地宣扬了婆罗门至上的宗教思想。纳拉扬的《众友仙人》基本继承了蚁垤的《众友仙人传》的核心故事，但是弱化了其中的宗教思想，突出了人性的贪欲与意志的作用，通过众友仙人的故事，阐释了如何通过意志坚定的修行，产生伟大的灵魂。

古印度神话认为，伽摩为梵天心念所生，常住在有生命的生物心中，掌管他们的情感，并协助梵天创造世界。纳拉扬的《曼摩陀》继承了《湿婆往世书》中爱神伽摩故事的核心，并增补了他诞生的情节，旨在突出曼摩陀是如何通过灵魂的升华成为世界的拯救者的。

（三）天神作为者

第三种类型可以归结为"天神作为者"。对这一类型纳拉扬也重述了三个插话，形成的故事是：《罗波那》《蚁垤》和《德罗波蒂》。《罗波那》出自《罗摩衍那》的《后篇》第1—34章《罗波那传》。《蚁垤》出自《罗摩衍那》的《童年篇》第1—4章《蚁垤传》。《德罗波蒂》则出自《摩诃婆罗多》的核心故事和插话《五个丈夫的故事》（《初篇》第189章）。纳拉扬认为，在这三篇故事中，"天神亲自参与到故事的行动中。他化身下凡消灭恶魔罗波那，从而大大启发了《罗摩衍那》的创作者蚁垤；也帮助女主人公德罗波蒂完成了她消灭丈夫仇敌和施暴者的人生使命"[①]。这里的天神指的是毗湿奴。

在《罗摩衍那》中，罗波那虽为一介魔王，却是个衷心的湿婆崇信者、有能力的统治者，他不仅熟读吠陀经典和奥义书，而且精通军事、通

---

① R. K. Narayan. *The Indian Epics Retold: The Ramayana, The Mahabharata, Gods, Demons, and Others*. London: Penguin Books, 2000, p. 479.

晓音律，善弹维拉琴。纳拉扬的《罗波那》继承了史诗插话《罗波那传》的主体，同时吸收了史诗核心故事中罗波那为主体的成分，即罗波那听闻妹妹首哩薄那迦被割鼻的哭诉后，劫持悉多，大战罗摩，并被罗摩杀死的情节，旨在说明天神参与故事的作为力量。

蚁垤是大史诗《罗摩衍那》和《极裕仙人瑜伽》（《摩诃罗摩衍那》）的作者，印度伟大的先知诗人，被称为阿迪伽维（Adi Kavi，最初的诗人）。相传他出身于婆罗门家庭，由于长期静坐苦修，端坐不动，蚂蚁都在其身上筑起了巢穴，故被称为"蚁垤"。另有传说称，他本为弃儿，被山中野人收养长大。成家后，为供养家庭，以偷盗为生，专门抢劫过往朝圣的婆罗门，后来被一位瑜伽仙人开导。在源文本《罗摩衍那》的核心故事中，悉多被罗摩遗弃后，是蚁垤将她收留在了自己的修道院内，并抚养了悉多留下的两个儿子——俱舍和罗婆。纳拉扬的《蚁垤》在《罗摩衍那》源文本《童年篇》中插话故事与史诗核心故事的基础上，加入了蚁垤抢劫婆罗门，被仙人开导弃恶苦行的故事。

在大史诗《摩诃婆罗多》中，德罗波蒂被称为女神吉祥天女转世，因克里希纳正法而诞生于木柱王的祭火之中。她气质优雅，性格忠贞不渝、纯洁无瑕。纳拉扬的《德罗波蒂》基本上是结合插话围绕大史诗核心故事中德罗波蒂的情节部分而展开的，以德罗波蒂为视角对象还原了大史诗的基本故事情节，克里希纳神在其中起到了重要的作用。

（四）完美女性

第四种类型可以归结为"完美女性"。这一类型纳拉扬重述了四个插话，形成的故事是：《那罗》《莎维德丽》《遗失的脚镯》与《沙恭达罗》。《那罗》出自《摩诃婆罗多》的《森林篇》第50—78章插话《那罗传》（《那罗与达摩衍蒂》），是一部出色的古印度爱情叙事诗。《遗失的脚镯》出自泰米尔史诗《脚镯记》。《莎维德丽》出自《摩诃婆罗多》的《森林篇》第277—283章插话《莎维德丽传》。《沙恭达罗》出自《摩诃婆罗多》的《初篇》第62—69章插话《沙恭达罗传》。

纳拉扬认为"这些故事中的任何一个故事，都依据印度传统描绘了女主人公，展现了一个个为了重新获得失去的丈夫，克服了种种艰难的阻碍的妻子形象。在《那罗》中，美丽可爱的达摩衍蒂在全世界寻找丈夫的过程中，经历了许许多多的磨难。莎维德丽坚持不懈地跟随阎摩——严厉的死亡之神，直到她的请求说服死神并释放了她丈夫的性命。在《遗失的脚镯》中，卡南吉一直如同小鹿一样温柔，当她获悉丈夫不公的处置时，却变成了一个愤怒者，愤怒中使得城市燃起烈火。沙恭达罗为了恢复她曾与之结婚并将她忘记的男人的记忆，经历了一场艰辛的人生之旅，凭借一颗虔诚之心等待与他团聚"①。

达摩衍蒂是印度神话故事中最著名的女性形象之一，毗陀哩婆国的公主，国王毗摩的独生女儿，为人聪慧美丽。纳拉扬的《那罗》基本继承了插话《那罗传》的核心故事和人物刻画的特点。通过达摩衍蒂与那罗的忠贞爱情，纳拉扬阐释了印度社会中美丽善良、聪慧勇敢、坚定忠贞的完美女性形象的典型。

与达摩衍蒂一样，莎维德丽也是印度神话故事中最著名的女性形象之一。德国印度学家温特尼茨（Moriz Winternitz）认为，"在史诗为我们保存下来的婆罗门诗歌中，歌颂莎维德丽对丈夫忠贞不渝的奇特诗章是一篇最为瑰丽的作品"②。插话《莎维德丽传》使莎维德丽悲悯、聪慧与坚韧的美名四处传扬。莎维德丽无疑是古印度人以独有的审美理想所雕刻出的完美女性之一。纳拉扬的《莎维德丽》基本继承了插话《莎维德丽传》的核心故事，进一步地突出了插话故事中莎维德丽这一完美女性的人物特点。

卡南吉是古印度南部泰米尔文学中最著名的贞妇形象之一，原型来自民间。史诗《脚镯记》以卡南吉的愤怒谴责封建君主的昏庸失察，同时宣扬善恶报应的思想。《脚镯记》中的爱情故事与世俗思想，对后世泰米尔文学的创作产生了重大的影响。纳拉扬的《遗失的脚镯》继承了《脚镯记》的核心故事，以火神焚城取代卡南吉烧城的情节，突出了卡南吉贞妇烈女的典型形象。

沙恭达罗是古印度神话故事中著名的大仙人众友与天女弥那迦所生的女儿，古印度神话故事中最著名的完美女性形象之一。沙恭达罗的故事在大史诗时代后的《莲花往世书》等往世书中都有演绎。到了公元5世纪，古印度伟大的诗人、戏剧家迦梨陀娑对其进行了改编，创作了著名的梵语

---

① R. K. Narayan. *The Indian Epics Retold: The Ramayana, The Mahabharata, Gods, Demons, and Others*. London: Penguin Books, 2000, p. 549.

② ［德］莫·温特尼茨：《民族史诗和往世书》，季羡林、刘安武编《印度两大史诗评论汇编》，中国社会科学院出版社1984年版，第341页。

剧本《沙恭达罗》，使沙恭达罗的故事成为全世界的绝唱。沙恭达罗也因此成为千百年来深受各国读者喜爱的女性形象之一。纳拉扬的《沙恭达罗》吸收了大史诗《摩诃婆罗多》插话《沙恭达罗传》的主干故事，又并置了迦梨陀娑《沙恭达罗》的故事结局，讲述了一个别样的沙恭达罗故事，重述了一个典型完美女性的故事。

（五）理想统治者

第五种类型可以归结为"理想统治者"。对于这一类型纳拉扬也重述了四个插话，形成的故事是：《诃哩湿旃陀罗王》《尸毗王》《摩诃婆罗多的故事》与《罗摩衍那的故事》。《诃哩湿旃陀罗王》出自《摩诃婆罗多》的《大会篇》第11章插话《诃哩湿旃陀罗传》，讲述了诃哩湿旃陀罗王的旷世盛名。《尸毗王》出自《摩诃婆罗多》的《森林篇》第130—131章插话《老鹰与鸽子》。《摩诃婆罗多的故事》出自大史诗《摩诃婆罗多》的核心故事与《火神往世书》第13—15章。《罗摩衍那的故事》出自《罗摩衍那》的核心故事与《摩诃婆罗多》的《森林篇》第257—275章插话《罗摩传》。纳拉扬指出："这些故事的核心人物都是国王，每一位都阐释了理想统治者不同的方面。诃哩湿旃陀罗王在面对他高贵原则的挑战中表现出了人类容忍力的限度，而尸毗王则呈现了国王作为保护者角色的一种极致。"[1]

诃哩湿旃陀罗是古印度神话中著名的国王之一，以公正与虔诚著称。古印度神话称其为太阳王族第28世王，陀哩商古之子。诃哩湿旃陀罗的传说故事在一些梵书和往世书等典籍中均有记载。据《爱他罗氏梵书》（第13章）记载，诃哩湿旃陀罗将婆罗门仙人阿阇迦利的儿子苏那式钵作为自己儿子卢旐多的替身，献祭给天神伐楼那。纳拉扬的《诃哩湿旃陀罗王》吸收了大史诗《摩诃婆罗多》插话《诃哩湿旃陀罗传》的主干故事，同时结合了其他梵书与往世书中的部分描述，讲述了诃哩湿旃陀罗为了信仰愿意放弃一切的故事。

尸毗王优湿那罗是古代印度神话中著名的国王之一，大史诗《摩诃婆罗多》将其称为集布施、苦行、真实、正法、知耻、吉祥、仁恕、温顺以

---

[1] R. K. Narayan. *The Indian Epics Retold*: *The Ramayana*, *The Mahabharata*, *Gods*, *Demons*, *and Others*. London: Penguin Books, 2000, p. 605.

及忍让等一切品质于一身，可与天神媲美的国王。在《摩诃婆罗多》中，尸毗王的故事有三种不同的形式：第一种是他与祖父迅行王一齐升入天国的故事；第二种是歌颂尸毗王慷慨好施，赠给婆罗门的牛多如落在地上的雨点、布满天空的繁星和恒河岸边的沙粒的故事；第三种是他割肉献给老鹰保护鸽子的故事，是三种故事中最为有名的。"这一传说被佛教采纳为'佛本生故事'，用于颂扬舍身求法的精神，因为布施是达到涅槃的六大'波罗蜜'之一。"①《菩萨本生鬘论·尸毗王救鸽缘起》《大智度论·初品菩萨释论》《贤愚经·梵天请法六事品》都记载了这一传说。纳拉扬的《尸毗王》吸收了大史诗《摩诃婆罗多》插话《老鹰与鸽子》的主干故事，细化了这一故事的精彩场面。

罗摩是古印度神话传说中著名的国王之一，印度传统文化中理想君王的代表，体现了印度人在家庭、社会与政治等多方面的理想，在历史流传中被日渐神化。传统认为他是三相神之一毗湿奴的化身，因为杀死了罗刹王罗波那，从而确立了人间的宗教与道德标准，所以他在印度文化中拥有极高的地位。罗摩的故事主要记载于大史诗《罗摩衍那》和《摩诃婆罗多》插话《罗摩传》中。在《罗摩传》中，罗摩是一个对爱情忠贞、忠孝爱民的英雄国王，历经艰难夺回悉多。《罗摩衍那》演绎了《罗摩传》的结局，增加了怀疑悉多的贞操、遗弃悉多致使悉多投入大地母亲怀抱的情节。在这两个版本中，罗摩的神性本不突出，但是到了中世纪虔诚派之一的"罗摩派"兴起后，罗摩被以中世纪著名诗人杜勒西达斯的《罗摩功行录》为代表的罗摩故事改写本完全神化，成为一个神。虔诚派认为，只要虔信罗摩，默念其名，就能获得解脱。罗摩崇拜遂即流行。罗摩战胜罗波那的节日十胜节，后来演变为印度教中最为盛大的节日。纳拉扬的《罗摩衍那的故事》继承了大史诗《摩诃婆罗多》插话《罗摩传》的核心情节，同时吸收了南部泰米尔版本《罗摩衍那》的叙述元素，重新创作了罗摩的故事。

坚战是古印度史诗神话中著名的国王之一，印度传统文化中神圣君王的楷模。在《摩诃婆罗多》中，他是般度族的首领，般度族五兄弟中的兄长，象城的国王。名义上，坚战为般度之子，实际上却是贡蒂使用神咒与

---

① ［印度］毗耶娑：《摩诃婆罗多》第二卷，黄宝生主持，金克木、赵国华等译，中国社会科学出版社 2005 年版，第 9 页。

正法之神阎摩所生。在史诗源文本中，坚战表现出了宽容、平和以及自我克制，但略显软弱的特点。纳拉扬的《摩诃婆罗多的故事》继承了大史诗《摩诃婆罗多》的核心情节，同时吸收了《火神往世书》中的叙述元素，创作了叙事视角以坚战为核心的摩诃婆罗多的故事。

二、重述故事的功能转化

印度史诗重述三部曲对所选源文本中的故事进行类型重构，使史诗故事及插话在源文本中所具有的基本功能也随之发生转化，具有新的特征。

在源文本《极裕仙人瑜伽》的《创造篇》中，插话《拉瓦纳的故事》旨在通过极裕仙人以自己在拉瓦纳王宫里亲见的拉瓦纳的故事，向罗摩阐释心意在无限意识中显现出的对时间、空间和一切事物的控制。插话《拉瓦纳的故事》与中国唐代传奇《南柯太守传》（李公佐）中的"南柯梦"、《枕中记》（沈既济）中的"黄粱梦"极为相似。① 三个故事虽然进入梦境幻界的方式不同，梦中人生经历不同，但是讲述的"都是妄想游魂，参成世界"，都以心意生成的梦境与现实的对比来观照现实，透视人生自我的虚无，表达人生如梦的人生哲学。因此，插话的功能为宣传宗教哲理思想，而且在史诗源文本中，拉瓦纳的核心故事几乎淹没在极裕仙人关于"心意"与"自我"的宗教阐释之中。纳拉扬重述插话后的故事《拉瓦纳》剔除了源文本中的这些宗教性的哲理与思想，其功能在于以十分简洁的故事说明时间的相对性与人之心意的关系。

在《极裕仙人瑜伽》的《解脱篇》中，插话《锡克达瓦伽和库达拉的故事》通过极裕仙人教导罗摩如何弃绝一切，从欲望与虚妄中解脱，以寂静智慧治国。极裕仙人在讲述整个《锡克达瓦伽和库达拉的故事》的过程中，还插入了库达拉引导锡克达瓦伽修行的三个寓言故事《点金石的故事》《赐塔曼尼的故事》和《愚蠢的大象》，这三个故事构成了插话中的

---

① 《南柯太守传》的主人公游侠淳于棼酣醉后梦入槐安国，与公主成婚、官任南柯太守，后又入朝为相、荒淫宫廷，终被遣送回家，二十年享尽荣华富贵，醒来时卧榻如初，窗下的酒仍有余温，梦中的槐安国不过是庭前槐树下的蚁穴。《枕中记》则讲述了卢生在邯郸赵州桥北的一家旅店，受吕洞宾所赐青瓷枕，高枕后沉睡入梦。梦中卢生历经娶亲、应试、做官治河、蒙冤被贬谪、拜相封公，最后病死寿终的五十年荣华富贵、宦海沉浮。梦醒后发现自己仍身在旅店，灶上锅里，黄粱尚未煮熟。

插话。但是与《拉瓦纳的故事》一样,这一插话的源文本也充满大量哲理思想的阐释。因此,在《极裕仙人瑜伽》中,插话《锡克达瓦伽和库达拉的故事》的功能同样旨在宣传宗教哲理思想,特别是印度教修行的瑜伽哲学。纳拉扬的《库达拉》则省略了众多哲理思想的阐释的功能,旨在通过锡克达瓦伽和库达拉的故事,表明人在追求自我知识时,心意与精神对人的巨大影响,突出追求过程中的那种坚定与超然的意志与精神。

在《摩诃婆罗多》的《初篇》中,护民子应镇群王的请求,以插话《迅行王传》与《迅行王后传》讲述了补卢族世系的建立。其功能旨在记录帝王谱系。而纳拉扬的《迅行王》的功能除了记录迅行王一族帝王谱系外,也旨在阐释寻求不死和青春的主题。

在源文本《女神薄伽梵往世书》第五书中,毗耶娑讲述提毗与阿修罗马希沙大战的插话故事,旨在向罗摩阐释提毗女神的威力与威名,宣传印度教提毗崇拜的宗教思想。因此,《提毗传》的功能是在往世书中插入的用来阐释宗教哲理的。纳拉扬的《提毗》主要用以阐释众神之怒如何诞生提毗,通过灵魂的升华,如何以美与活力铲除残暴的真理,同时传达邪恶与欲望的膨胀必然导致覆灭的思想。

众友仙人的故事在源文本《罗摩衍那》中的《童年篇》第50—64章插话《众友仙人传》中,借由遮那竭的祭司舍陀南陀(大仙人乔达摩之子)之口讲给罗摩听。这一插话的功能有二:一是记载仙人的功能;二是宣传印度教婆罗门思想的作用。仙人(Risi)是独具印度教文化色彩的称谓,通常"指精通吠陀并严格遵奉吠陀的人。'大仙'则是仙人中之出类拔萃者,或是因'苦修'严厉而道行高深者,或是德高望重、声名遐迩者"①。仙人似神如人,类别于神、人、阿修罗等之外,拥有极大法力与神通,一般分为天仙(Devarisi,出身于天神)、梵仙(Brahmarisi,出身于婆罗门)和王仙(Rajarisi,出身于刹帝利)三类。在后来的演化中,仙人被普遍化,泛指贤哲、圣人,尤指博学的婆罗门。"印度神话故事的仙人之所以风光数千年,是因为他们首先是坐禅苦修静悟大师,即'牟尼'(muni),苦修使他们具有奇异的神通力,可以与神灵交往;他们的杀手锏是诅咒的'证见者',其发出的咒语十分灵验,可使神灵遭殃;他们的第三个功能,是将所听所见加以评说编辑刊出,昭示众生,实是神话

---

① 蒋忠新译《摩奴法论》,社会科学文献出版社2007年版,第3页。

的编撰者和传承人。"① 古印度史诗中存在着大量的仙人形象，他们有些修道于山林，有些参政于朝堂，有些征战于沙场。他们都拥有深不可测的法力，且毫不逊色于天神，如可以轻易击败敌军的极裕仙人，将海水喝光的投山仙人，定住神首因陀罗的行降仙人等。念诵咒语是仙人们施展法力最主要的手段，仙人的咒语既可消灾免难，又可实施惩戒。仙人的这一特点是古印度婆罗门特权的反映，因为"识文断字方能念诵咒语，这恰恰是婆罗门种姓的特权之一"②，在印度先民的心目中，婆罗门拥有操纵咒语的巨大威力，婆罗门的诅咒无异于印度文化中最早的刑罚。纳拉扬的《众友仙人》基本继承了蚁垤的《众友仙人传》的核心故事，但是弱化了其中的宗教思想，其主要功能在于突出了人性之中贪欲与意志所发挥的作用，当然也保留了其中史记仙人的功能。

关于曼摩陀的插话见于《湿婆往世书》之《鲁陀罗书》中的《创造篇》，是毗耶娑礼赞唱颂湿婆为主的一个故事。这一插话的功能主要在于宣扬湿婆崇拜及其思想。而纳拉扬的《曼摩陀》的功能在于阐释灵魂的另一种升华方式——舍身奉献。

史诗插话《罗波那传》的功能主要在于史记魔王谱系。纳拉扬的《罗波那》则通过罗波那的一生，侧重描写了罗波那作为魔王受天神之力后受到的恶果，阐释了善良终将战胜邪恶的真理。

史诗插话《蚁垤传》的功能在于向罗摩讲述蚁垤仙人的人生故事，记载仙人生平。纳拉扬重述后的故事《蚁垤》，描写了蚁垤受天神之力作为后受到的善果，其功能在于阐释弃绝恶行，终得善果的真理。

《摩诃婆罗多·初篇》第189章中插话《五个丈夫的故事》，实际上只是仙人毗耶娑为说服德罗波蒂的父亲木柱王而讲述的德罗波蒂前世故事，其功能是阐释印度教的轮回思想和宿命论。纳拉扬的《德罗波蒂》，其功能在于通过德罗波蒂的故事，描写德罗波蒂受天神之力作为后改变世道恶俗，建立正法新秩序的艰难历程，阐释新事物、新秩序的诞生与建立必然经历曲折艰难过程的客观真理。

《摩诃婆罗多·森林篇》中的插话《那罗传》是巨马仙人为安慰和鼓励坚战，应坚战的请求而讲出的，具有劝慰和记载那罗王生平的功能。

---

① 马维光：《印度神灵探秘》（第2版），世界知识出版社2014年版，第178页。
② 王鸿博：《〈摩诃婆罗多〉"咒祝"主题研究》，载《外国文学研究》2012年第2期，第64页。

再现史诗印度

"《那罗传》的情节几乎是大史诗中心故事的一个缩影。二者所描写的，都是无辜国王遭难失国最后复国。"[①] 但是《那罗传》更突出对女主人公达摩衍蒂的刻画。纳拉扬的《那罗》在故事功能上则突出塑造达摩衍蒂的完美女性形象。

插话《莎维德丽传》由巨马仙人讲述给般度五子，旨在劝慰般度五子和德罗波蒂，有传播印度宗教女性观的功能，也有劝慰和记载莎维德丽生平的功能。纳拉扬的《莎维德丽》去除了史诗插话中的宗教思想，其功能是通过莎维德丽与萨蒂梵的忠贞爱情、与阎摩的智慧对话，塑造印度社会中美丽、善良、聪颖，集美貌、德行与才能俱全于一身的完美女性形象的典型。

在史诗《脚镯记·序篇》中，作者通过故事梗概向读者介绍史诗的要旨，同时阐释史诗创作的目的。

> 我们将以颂歌，创作一首诗
> 来解释这样一些真相：即便是国王
> 如果他们触犯律法，同样将为正法绞住颈脖
> 伟人们都在称赞
> 帕提尼的显赫声名，于是因缘报应
> 得以自现，最终应验。我们称这诗为
> 《西拉巴提伽拉姆》，脚镯的史诗
> 因这脚镯得使真相，昭显于光明。[②]

由此可见其功能在于宣扬善恶报应的市民思想。纳拉扬的《遗失的脚镯》通过讲述卡南吉对丈夫的不离不弃和为含冤而死的丈夫寻求公道的故事，塑造印度南部社会中善良隐忍、贤惠忠诚，又具有反抗强暴的勇敢精神的完美女性形象的典型。

插话《沙恭达罗传》展现了古印度人民对真诚爱情和理想婚姻的向往。插话具有劝慰和记载豆扇陀王与沙恭达罗生平的功能。纳拉扬的《沙

[①] 赵国华：《印度古典叙事长诗〈那罗传〉浅论》，载《南亚研究》1981 年第 1 期，第 28 页。

[②] R. Parthasarathy. *The Cilappatikāram of Iḷaṅkō Aṭikaḷ: An Epic of South India*. New York: Columbia University Press, 1992, p. 21.

恭达罗》，其功能在于通过沙恭达罗的故事，重新塑造印度社会中天真善良、勇敢大胆、温柔多情又刚毅不屈的完美女性形象的典型。

大史诗《摩诃婆罗多》中的插话《诃哩湿旃陀罗王传》的功能主要在于宣扬婆罗门教施舍精神，此外，同样具有记载诃哩湿旃陀罗王生平的功能。纳拉扬的《诃哩湿旃陀罗王》旨在通过诃哩湿旃陀罗的故事，重塑古印度人心目中笃信虔诚、勤朴爱民，为了信仰与高贵的原则敢于牺牲、坚定不移的理想统治者形象。

《摩诃婆罗多》中《森林篇》第130—131章插话《老鹰与鸽子》，由毛密仙人向坚战介绍尸毗王优湿那罗的主要功德事迹而讲述。这一插话具有宣扬印度教自我牺牲思想和记载尸毗王及其宗族谱系的功能。纳拉扬的《尸毗王》旨在通过尸毗王割肉喂老鹰的故事，重塑古印度人心目中心怀仁慈、慷慨布施，为了保护弱小而愿意牺牲自己的爱民如子的理想统治者形象。

在大史诗《摩诃婆罗多》中，插话《罗摩传》由仙人摩根德耶讲述，主要是为了安慰流亡中陷入困境的坚战王。其功能在于劝慰和宣传宗教思想，同时具有记载罗摩生平的功能。纳拉扬的《罗摩衍那的故事》删除了大史诗《罗摩衍那》与插话《罗摩传》中的大量宗教思想，主要集中于罗摩的故事讲述与罗摩形象的塑造，一定程度上保留了罗摩的神性。因此，纳拉扬的《罗摩衍那的故事》，其功能旨在重塑古印度人心目中仁爱忠孝、感情专一、除暴安良、亲臣爱民的理想统治者形象。史诗插话中的坚战故事，其功能在于宣传印度教思想，同时具有记载般度王族谱系的功能。而纳拉扬的《摩诃婆罗多的故事》通过坚战的故事，重塑另一位古印度人心目中睿智、坚毅、正直和诚实的理想统治者形象。"在《摩诃婆罗多》中，坚战被视为法律、职责和正义的化身。他被描述为'神圣之王'的楷模；其国被描绘为富足安乐之邦。坚战以睿智、坚毅、正直和诚实而著称。"① 这一典型形象被更为集中的叙述重塑出来。

从纳拉扬重述过程中对史诗故事类型的重构与功能的转化情况来看，纳拉扬的印度史诗重述三部曲的故事不仅吸收了史诗源文本故事与插话的内容，同时也做出了相应的调整与变动。尤其是源文本插话中的宣传宗教哲理思想的成分，得到了基本清理。此外，纳拉扬对所选故事的重组是基

---

① 魏庆征编《古代印度神话》，北岳文艺出版社1999年版，第732页。

于"以人为纲,以人结事"的原则,囊括古印度神话史诗中著名的人物来进行的,对于质朴醇厚的印度人来说,这些昔日伟大的神话英雄人物们就是他们的祖先,而这些故事就是描述他们远古祖先们的非凡作品。纳拉扬的这种注重人物为类型的重组,同时还体现了古印度史诗的一种基本情趣,那就是:"在于并恰恰集中于人物之间微妙的相互影响,以及人的'精神世界'与'外表'之间存在的不一致和冲突,换句话说,也就是集中于从外部世界窥见到的、恰好隐藏在人的灵魂深处的那些东西。"[①] 正是这些因素,使得古印度史诗在勤于思考、探索人生秘密的人眼中,具有永久的价值,产生永久的魅力。如同古印度史诗诗人所努力的那样,纳拉扬力图"弄懂每个人与特定环境的关系,力图在相互矛盾的行为中,看出那种不可抗拒的必然性。这种必然性从人的内心开始,猛地把我们每一个人推向它所安排的命运"[②]。而纳拉扬的史诗重述也使这些产生于印度远古时期的故事成为联结古老印度与现代印度、印度文化与世界文化之间最强有力的纽带。

这种重组还可以看出纳拉扬对史诗故事的重视。纳拉扬曾表示,"尽管这一史诗是一座兴趣多样的宝库,我自己的偏爱却是故事"[③]。从重述史诗故事的类型重构与功能转化可以看出纳拉扬对故事的偏爱。因此,他也强调:"一方面,我必须避免许多神学的或说教的插话,它们大幅度地绑架了叙事,有时长达两至三天,如讲故事的人停在一个关键点上,离题跑去评论当时的观点或阐述一门哲学。如果没有其他原因,我必须将我的焦点保持在纯粹的叙事价值上,忽略其他一切,将本书限制在当前规格。"[④] 这些无不体现了其重述古印度史诗插话的基本理念与方法,对形成纳拉扬式的古印度史诗文本起到了十分重要的指导作用。

[①] 季羡林、刘安武编《印度两大史诗评论汇编》,中国社会科学出版社 1984 年版,第 145 页。

[②] 季羡林、刘安武编《印度两大史诗评论汇编》,中国社会科学出版社 1984 年版,第 187 页。

[③] R. K. Narayan. *The Indian Epics Retold*:*The Ramayana*,*The Mahabharata*,*Gods*,*Demons*,*and Others*. London:Penguin Books, 2000, p.196.

[④] R. K. Narayan. *The Indian Epics Retold*:*The Ramayana*,*The Mahabharata*,*Gods*,*Demons*,*and Others*. London:Penguin Books, 2000, p.388.

第二节 故事主题转换与差异性

在古印度史诗中,不同的故事穿插在不同的叙述之中,从而形成了其表达主题的多元性。纳拉扬的印度史诗重述三部曲则是从这种多元性中主要择取神话传说一类,挖掘一种更为深刻的观察印度文化的视角,同时叙述立足现代社会,使史诗故事阐释出新的主题。

一、重述故事在源文本中的主题体现

古印度史诗及其插话主题的原始来源十分复杂。以两大史诗为例,"划时代的人物蚁垤和毗耶娑用宗教、哲学、政治、道德、历史、神话传说以及魅力的诗歌修饰和充实那些传统的故事和英雄业绩,并且将自己成熟的思想和典雅的语言体现在《罗摩衍那》和《摩诃婆罗多》中,这就是这两部作品主题的原始来源"①。

(一)具体语境中表明核心主题

古印度史诗源文本常常采用问答对话的叙述模式进行故事叙述,各种类型的插话也是以问答对话模式插入主干故事的叙述之中,因此,插话的核心主题体现在具体的语境中已由人物之间的对话限定。某一个插话的讲述和核心主题的表达往往直接体现讲述人的动机与意图。

例如《极裕仙人瑜伽·解脱篇》中的插话《锡克达瓦伽和库达拉的故事》:

> 瓦西斯塔继续说道:
> 罗摩,要像薄吉拉塔这样安住在平静中。要像锡克达瓦伽这样放

---

① 季羡林、刘安武编《印度两大史诗评论汇编》,中国社会科学出版社1984年版,第113页。

弃一切，安住在寂静中。现在我把锡克达瓦伽的故事告诉你。①

可见，《锡克达瓦伽和库达拉的故事》一开始就在极裕仙人（瓦西斯塔）劝告罗摩的话语中，限定在"放弃一切，安住在寂静中"这样一个核心主题之下。极裕仙人期望通过这个故事，实现教化罗摩摆脱利欲的束缚，以智慧治国，达到心性安住在寂静之中的目的。

因此，对于古印度史诗源文本中的每一个插话故事，都可以从中总结出一个能够体现源文本叙述进程意指的核心主题。《极裕仙人瑜伽》中的另一个插话《拉瓦纳的故事》的核心主题被限定为"心意变化"。极裕仙人期望通过拉瓦纳的故事，向罗摩说明心意是如何通过其思想和观念化的力量，使一个事物表现为他物，甚至能够控制时间、空间和一切事物的。

在《摩诃婆罗多·初篇》中，插话《迅行王传》与《迅行王后传》的核心主题是寻求不死和青春，为仙人护民子应镇群王的请求解答补卢族世系的建立和先祖的传奇经历，阐释王权、青春与自我灵魂的关系。《初篇》中的插话《五个丈夫的故事》的核心主题为"一妇多夫"，为德罗波蒂的前世故事，是仙人毗耶娑用来劝说德罗波蒂的父亲木柱王接受德罗波蒂嫁给般度五子的。《初篇》中的插话《沙恭达罗传》的核心主题为"爱情与婚姻"，由护民子在镇群王举行的蛇祭大典上，应镇群王之请所讲述的婆罗多先祖豆扇陀国王与沙恭达罗曲折离奇的爱情。《森林篇》中的插话《那罗传》，其核心主题是"失国与复国"，是巨马仙人为安慰和鼓励坚战，消除其自叹是世间经受最大苦难之人的悲观情绪所讲述的。这实际上是大史诗《摩诃婆罗多》中心故事的一个缩影。但是这一核心主题反倒被达摩衍蒂对那罗国王忠贞不渝的质朴爱情这一主题所超越，爱情的主题更为后世所传颂。《森林篇》中的插话《莎维德丽传》的核心主题是"爱情与忠夫"，般度五子与共同的妻子德罗波蒂在坚战与难敌赌色子赌输后，遭到流放十二年，被迫在森林里流浪。仙人摩根德耶讲述莎维德丽的故事，旨在安慰和鼓励流亡森林中的德罗波蒂和般度五子，特别是鼓励德罗波蒂，希望她未来也像莎维德丽一样忠于五位丈夫，成为有德有福的妇人。《森林篇》中的插话《老鹰与鸽子》由毛密仙人向坚战介绍尸毗王优

---

① ［印度］蚁垤：《至上瑜伽：瓦希斯塔瑜伽》，斯瓦米·维卡特萨南达英译，王志成、灵海汉译，浙江大学出版社2012年版，第407页。

湿那罗的主要功德事迹而讲述,其核心主题是"考察正法",突出尸毗王牺牲自我、救助弱小的大正法精神。《森林篇》中的插话《罗摩传》由仙人摩根德耶讲述,主要是安慰流亡中陷入困境的坚战王,主题是"失妻救妻、除暴安良"。《罗摩传》与大史诗《罗摩衍那》的核心故事雷同,通常被认为是《罗摩衍那》的故事提要。

此外,其他古印度史诗中的插话基本遵循了"具体语境中表明核心主题"的基本原则。这一基本原则同时也反映了史诗创作过程中,插话作者将其插入文本的创作意图。

(二) 多元主题中阐释教谕与哲理

著名人类学家恩斯特·卡西尔(Ernst Cassirer)曾指出:"神话主题与宗教典礼的操作具有无限的多样性。它们是不可胜数、深不可测的。但是,在一定意义上,神话思想与神话想象的动机都是共同的。"① 因此,神话主题有一种"多样性中的统一性",与宗教一样给予人类一种情感上的统一性。以神话传说等文学插话为主体的古印度史诗插话,也呈现出主题的多样性和情感的统一性。

例如大史诗《罗摩衍那·童年篇》中插话《众友仙人》,由遮那竭的祭司舍陀南陀(大仙人乔达摩之子)之口讲出,意在向罗摩解释众友仙人是如何成为梵仙的修行过程,核心主题为"修道",但它主要围绕众友仙人与大仙人极裕仙人之间的宿怨展开,蕴含着复仇主题。而宿怨的原因在于众友仙人想得到极裕仙人的如意神牛却不能如愿,此后又从王仙到梵仙,心中欲念反复,又蕴含着欲望主题。此外,众友仙人在与极裕仙人的多次冲突和失败中,不断地反省和修行,精神不断历练,最终从苦行之果中顿悟,可称为精神成长主题。在众友仙人与极裕仙人的斗争中,众友仙人通过自己的苦行救赎了甘蔗王族国王陀哩商古,最后在平静中与极裕仙人化解怨恨,达到了自我救赎,因此,这又内含着救赎主题。总而言之,虽然插话以遮那竭的祭司舍陀南陀与罗摩的问答对话,对核心主题进行了限定,但是众多主题依然清晰可见。这种核心主题之下蕴含多元主题的现象在古印度史诗插话中是非常普遍的。尤其是广泛流传后世的那些插话,

---

① [德]恩斯特·卡西尔:《国家的神话》,范进、杨君游译,华夏出版社1990年版,第42页。

更是如此。如《摩诃婆罗多·森林篇》的插话《那罗传》中，达摩衍蒂对那罗国王忠贞不渝的质朴爱情这一主题之所以能够超越核心主题"失国复国"，并为后世所传颂，正源自这种主题多元性的特征。

同时，在这些多元主题的史诗源文本插话故事中，有些插话很明显又蕴含着阐释教谕与哲理的功能，体现着插话创作者宗教或伦理意图。同样以《极裕仙人瑜伽·解脱篇》中插话《锡克达瓦伽和库达拉的故事》为例。这一插话的核心主题限定在"心意变化"。通过核心主题，极裕仙人向罗摩阐释了"心意"的知识。如王后库达拉在觉悟"找回了自我"时，领悟到"心意与感觉都不过是意识的投射"的哲理：

> 正是这意识，被称为各种不同的名字——梵，至上自我，等等。在它里面，没有主客以及它们之间关系（知识）的分化。这意识觉知到它自己的意识，否则它不能明白（作为意识的对象）。正是这意识显现为心意、智性和感观。这世界表象也不过是意识，离开这意识就什么也不是。意识没有任何变化：显明的变化是虚幻的表象，变化是虚幻的，因而非真！在虚幻的海洋中，虚幻的波浪升起。心质自身就是大海，波浪就是心质。同样，世界表象也从意识中升起，因此，它与意识没有什么不同。①

同时，在这一插话故事中，锡克达瓦伽和库达拉都通过自己的修行获得了自我觉悟，体现了修行成长主题。例如极裕仙人通过锡克达瓦伽的瑜伽修行，直接传授罗摩瑜伽之法：

> 在锡克达瓦伽的故事中，我要告诉你他的调息法或生命力的练习以及它们所带来的成就。
>
> 在准备阶段，练习者要放弃所有的习惯和倾向，因为它们与希望获得成就无关。要学会关闭身体中的孔道，也要学习不同的体位练习。饮食要纯。要沉思神圣经典的意思。正确的行为和圣人的陪伴是重要的。放弃一切后，要舒服地坐好。如果练习调息很长一段时间后

---

① ［印度］蚁垤：《至上瑜伽：瓦希斯塔瑜伽》，斯瓦米·维卡特萨南达英译，王志成、灵海汉译，浙江大学出版社2012年版，第409页。

都没有在个人自身内升起愤怒、贪婪等等,那生命力就受到了完美控制。①

二、故事重述后的新主题构成

纳拉扬古印度史诗重述后形成的神话系统在主题设置上同样有其系统性,这种系统性来自以人为纲、以人结事和大小结构系统布局的纪传体式的体裁特征。纳拉扬的印度史诗重述三部曲采取了以人物为纲的方式进行编纂,将讲述古代印度神话传说中包含神魔、帝王、仙人、女性等在内的各类著名的神话与历史人物的插话集结在一起。同时,在结构框架上采取大小两个系统。大结构从整体上对所选的十七个故事,按照古印度神话原型进行层次与类别的划分,共分为五大类型——时间旅行者、灵魂历练者、天神作为者、完美女性、理想统治者,从而概括古代印度民族精神的基本面貌和建立一个自成系统的神话体系。

纳拉扬划分出的史诗故事重述后的五种类型,实际上可以理解为通过相同的主题进行统摄,在大结构系统中分出的五大类型。每个故事依据五大类型,以处于平等的叙述序列布排在史诗重述三部曲中,每一篇单独成人物传,拥有一个故事中心和一个集中的主题。分类组合后的单个故事虽彼此独立,但以每篇故事不同人物性格命运的细微差别导向同类主题。也即是说,纳拉扬史诗重述三部曲中的所有故事集合成五个大的主题,五个大主题之下分布着数个彼此独立呈现主题的故事,但是这些独立故事的主题又从不同层面阐释其所归属的大主题。最为重要的是,这些重述后呈现出的故事主题,去除了史诗源文本故事的某些主题特征。

(一)时间旅行者之精神游历主题

精神游历主题有三个插话重述后的故事:《拉瓦纳》《库达拉》与《迅行王》。三个故事彼此独立,从不同层面体现和阐释精神主题。《拉瓦纳》讲述了拉瓦纳在魔法师介入后,在心意创造的虚幻表象世界中度过的

---

① [印度]蚁垤:《至上瑜伽:瓦希斯塔瑜伽》,斯瓦米·维卡特萨南达英译,王志成、灵海汉译,浙江大学出版社2012年版,第411-412页。

贫苦一生，可以归结为"梦之主题"。与中国古代的"黄粱梦"和"南柯梦"一样，想要表现的是心意时间，如梦人生，从精神之时间旅行来阐释精神游历之大主题。《库达拉》讲述的是国王锡克达瓦伽和王后库达拉精神修行，达到顿悟，获得自我知识的故事，可以归结为"自我修行主题"。这一故事表明了自我知识对于人的心意与精神的巨大影响，从自我知识修行的层面展现了精神主题。《迅行王》讲述了迅行王因通奸而失去青春，与儿子交换王位获得青春，享受俗世情爱的故事。这一故事关涉死亡与青春，阐释了迅行王在精神上寻求不死和青春的主题。因此，这三个故事分别从如梦人生、自我修行和追求不老与青春三个层面，阐释了印度人通过时间之旅抵达精神彼岸的精神主题。

（二）灵魂历练者之灵魂升华主题

灵魂升华主题之下同样有三个插话重述后的故事：《提毗》《众友仙人》和《曼摩陀》。提毗、众友仙人和曼摩陀作为印度教神话中著名的女神、仙人和爱神，在印度教神话中占有重要的地位。《提毗》讲述的是提毗的诞生。《众友仙人》讲述了众友仙人如何成为伟大的仙人。《曼摩陀》讲述了曼摩陀为何无形。三个故事呈现的主题相对统一，都是关于伟大人物的诞生和灵魂升华。

提毗应三相神之怒而诞生，代表着宇宙的精神解脱之力，集众神之所长，在美与力中铲除马希沙阿修罗（牛魔），灵魂升华，成为印度教所有女神的原型。众友仙人原本是一位刹帝利国王，因意图强夺极裕仙人的如意神牛，却又技不如婆罗门仙人极裕仙人而不能如愿，于是立誓苦行摆脱种姓界限的束缚。在历经几千年苦行、数次败于极裕仙人、天女诱惑、制造陀哩商古之宇宙之后，众友仙人终于顿悟欲望和争斗对修行无益。于是，他摆脱宿怨仇恨，超越自我欲望，最终获得梵天与极裕仙人的尊重，升华为梵仙，班列印度神话世界的伟大灵魂之一。《众友仙人》的主题是多元的，却都指向灵魂升华的大主题。曼摩陀作为印度的爱神，其本身诞生于梵天的心念，属于灵魂之列，掌管世间万物的情感。但是曼摩陀从有形到无形，却是因为担负了唤醒湿婆神与帕尔瓦蒂女神恋爱，让他们诞生战神摧毁陀罗迦阿修罗的使命，在此过程中为湿婆之眼焚毁肉身，成为无形之神。但是，他执掌情感的神圣身份与为拯救世界的牺牲精神促使其灵魂得到升华，成为印度神话中最受人爱戴的天神之一。

（三）天神作为者之命运承逆主题

命运承逆主题之下也有三个插话重述后的故事：《罗波那》《蚁垤》和《德罗波蒂》。三个故事的主人公罗波那、蚁垤和德罗波蒂的命运都因天神的介入发生了重大的转变。但是对于天神的介入和命运的作祟，得梵天赐福而胆大自负、无恶不作的罗刹之王罗波那，始终坚持与罗摩对抗，宁可接受命运的安排，也要与罗摩抗争到底。因此，罗波那的故事主题可称为命运与对抗主题。而本为弃儿、盗贼的蚁垤，在八位仙人的开导之下，接受前世恶果与今世修行补偿的命运劝导，最终弃恶苦行，顺承天命，终得善果，著成大史诗《罗摩衍那》。蚁垤的故事主题可称为天命与顺承。德罗波蒂作为女性，在嫁五夫、宫廷当众受辱、随夫流放等一系列曲折命运的折磨之下，依然仁爱隐忍，同时不失勇气反抗暴力与羞辱，最后在受天神之力后，辅助般度五子战胜持国百子，改变世道恶俗，建立正法新秩序，体现了女性特有的智慧和坚强的一面。德罗波蒂的故事主题可称为命运与抗争主题。三个故事以命运对人物的不同作用以及人物不同的反应，阐释了命运承逆的主题。

（四）完美女性之真爱磨砺主题

真爱磨砺主题下的插话重述故事有：《那罗》《莎维德丽》《遗失的脚镯》和《沙恭达罗》。四个故事中，每一个女主人公都是印度传统文化中的完美女性。有关她们的故事的主题都可以归结为爱情主题，且这种对丈夫的爱，备受磨难。有些夫妻团圆，而有些夫妻却阴阳隔世，但是她们在爱的磨砺中，都锻造出了完美的女性品格，为后世所崇仰。

《那罗》中的达摩衍蒂，在丈夫失去财富、王位等一切之后，仍然对丈夫不离不弃，当丈夫悄然离去后，她依然不改初心，全世界寻找丈夫，最终历经磨难，与丈夫重新团聚。莎维德丽明知意中人的家境败落、他的寿命只有一年，但是依然嫁给他，在丈夫的魂魄已落入阎摩手中之时，凭借自己的忠贞、智慧和坚韧，从死神阎摩手中将丈夫救回人间，其对丈夫的爱忠贞不渝，突破生死，打动阎摩。《遗失的脚镯》中，卡南吉的丈夫迷恋乐坊女子，对她不理不顾，家产败落之后，她紧随丈夫背井离乡。当她得知丈夫蒙冤而死之时，变成一位愤怒者，得到火神垂怜，使丈夫蒙冤之地的城市燃起烈火，为夫报仇。《沙恭达罗》中的沙恭达罗在与婆罗多先祖豆扇陀国王以健达缚方式结合之后，国王就离开她回国。生下儿子后，沙恭达罗前去寻夫，在豆扇陀不予承认的情况下，指控豆扇陀始乱终弃，据理力争，最终感动天神，天神出面干预，使得二人重得圆满。纳拉扬的沙恭达罗故事中，沙恭达罗天真善良、勇敢大胆、温柔多情又刚毅不屈，在真爱磨砺主题之下，再现了一个性格饱满的女性形象。

（五）理想统治者之帝王极致主题

帝王极致主题之下，纳拉扬重述的插话故事有：《诃哩湿旃陀罗王》《尸毗王》《摩诃婆罗多的故事》和《罗摩衍那的故事》。这些帝王在经受天神考验或命运考验的过程中，展现出了他们人格之中极致的一面。诃哩湿旃陀罗在众友仙人的考验之下，为了信仰愿意放弃一切，经历贫穷、妻离子散和恐惧之后，依然笃信虔诚、敢于牺牲，对施舍行为坚定不移，达到了人类容忍力的极致。尸毗王为了救护火神化身的鸽子，在据理力争无果的情况下，甘愿割肉以偿因陀罗化身的老鹰，做到了为保护弱小而愿意自我牺牲的极致。坚战则在遭受同族堂兄弟持国百子百般逼迫、妻子遭受凌辱、国土遭到剥夺、本人被迫流放，最后不得不与同族兄弟开战的情形下，经受敌人、兄弟、妻子等的责难，始终坚持正法精神，最后复国，展现出帝王睿智、坚毅、正直和诚实、坚持正法的极致。罗摩为了父亲不违背誓言，甘愿放弃王位，流放森林，为了夺回被罗波那抢去的妻子悉多，历经千难万险，最后赢回妻子，以仁义重得王位，体现了帝王仁爱忠孝、感情专一的极致。

从纳拉扬所选取的所有插话的情况来看，这些主题在整体上都指向了一个共同的特征，即人物与命运的明显冲突。其中，虽然命运掌握在天神之手，但是人物都表现出了通过现实抗争实现人物理想的反抗精神。尽管插话中也存在对命运的妥协，但主要致力于对与命运进行抗争的坚毅精神的颂扬。源文本插话中无论是天神还是人间帝王、英雄、女性，在纳拉扬的重述中几乎都具有这种反抗精神。正是这种精神，最大化地展现了其作为民族精神的最高价值。这些主题因此具备了永恒的启示性和现代性价值。

三、新旧主题构成的具体差异性

纳拉扬的印度史诗重述三部曲中，插话重述后形成的很多平行的独立故事基本去除了源文本插话中为阐释源文本核心故事中某一事件意图而体现出的说教、宗教思想阐释等。比较典型带有宣扬宗教内容和宗教哲理的插话，在主题上的变化尤其明显。比如，《极裕仙人瑜伽》中的《拉瓦纳》和《库达拉》两个故事在源文本中借故事讲述宗教教义与哲学的成分占据相当大的比例，而《摩诃婆罗多》中著名的插话《沙恭达罗传》同样存在着这种情形。

（一）主题的差异性

插话在重述后，主题上发生的变化形成的明显差异性，主要源自源文本插话核心主题的限定性与插话重述文本中大主题的统一性上出现的差异。简单而言，就是创作者的意图和讲述故事的目的发生了变化。以插话《沙恭达罗传》为例，在源文本中，主题本身的多元性导致其一直争议不断，既有帝王姻缘，也有弃妇寻夫。印度学者罗米拉·塔帕（Romila Thapar）甚至认为《沙恭达罗》的主题是寻找婆罗多（沙恭达罗之子）之父。在这些主题中，爱情主题是普遍为人接受的。但是即使如此，在插话直接讲述故事主题内容时，印度教《摩奴法典》以及其他教义内容时常穿插其中，有些关于婚姻法规和继承权的诗歌直接引自这一法典文献。例如豆扇陀在修道院内劝沙恭达罗答应以健达缚方式嫁给他时，阐述了《摩奴法典》的各种结婚方式：

> 根据法论的规定，总共有八种结婚方式：梵式、天神式、仙人式、生主式和阿修罗式，还有健达缚式、罗刹式，以及规定的第八种——毕舍遮式。自有之子摩奴，从前已经讲明了这八种方式适用的范围。对于一个婆罗门，要采用适宜的前面四种方式；对于武士，你要知道，合法的是前六种。纯洁无瑕的女郎啊！不过，法论又说，国王们被允许采用罗刹式，吠舍和首陀罗则规定为阿修罗式。这里，后五种中有三种是合法的，有两种规定为不合法；毕舍遮式和阿修罗式无论如何也不准采用。必须按照这条规定去做，它是法论申明的一条原则。健达缚式、罗刹式，对于武士这两种是合法的，请你不要害怕！我或许采用前一种，或者两种方式一起用，事到如今已经明确无疑了！我有情，你有意，姿色娇艳的女郎啊！请你用健达缚结婚方式

成为我的妻子吧！①

此类宗教法典与教义的内容在插话中还有多处，法论思想与正法观念几乎贯穿整个插话。固然，"一方面这些内容是故事情节发展的需要，反过来又折射出史诗作者们对于婆罗门仙人威力的夸大，以及他们维护婆罗门地位的立场与愿望"②。这也说明，古代婆罗门文人尽可能地利用豆扇陀与沙恭达罗之口传播道德与法律说教的目的。纳拉扬插话重述后的故事中，这些内容最大限度地被删除了：

> 一对相爱的情侣以健达缚（gandharva）仪式结婚是完全合法的，通过神的见证，新娘可以自行做主。它是最神圣的婚礼形式。③

又如大史诗源文本中，插话以"天空中一个无形的精灵"发话，解释沙恭达罗所讲属实，豆扇陀向沙恭达罗道歉，接受沙恭达罗和其儿子作为结尾。因此，插话故事通过这一曲折的爱情故事，从各个方面阐释和表达史诗时代的一些宗教思想与价值观念。而纳拉扬的插话重述故事在结尾处并置了史诗插话与迦梨陀娑的团圆喜剧结尾，还进行了讨论。纳拉扬的沙恭达罗故事使插话故事的爱情主题得到了纯化，同时通过迦梨陀娑的沙恭达罗戏剧结尾，阐释了史诗源文本插话故事结局存在的不合理性。

（二）直接表现主题的内容成分的差异性

在史诗源文本中，《沙恭达罗》在讲述故事、表达爱情主题时，宗教思想与时代价值观念只是穿插其中，而《库达拉》的源文本插话《锡克达瓦伽和库达拉的故事》中，锡克达瓦伽和库达拉的爱情故事作为骨架，则完全被宗教思想与教义哲理等内容所架空，这一故事反而成了次要内容。因此，源文本插话与插话重述故事之间直接表现主题的内容成分的差

---

① ［印度］毗耶娑：《摩诃婆罗多》第一卷，黄宝生主持，金克木、赵国华等译，中国社会科学出版社 2005 年版，第 174 页。
② 刘建树：《印度梵剧〈沙恭达罗〉英汉译本变异研究》（学位论文），陕西师范大学 2013 年，第 52 页。
③ R. K. Narayan. *The Indian Epics Retold*: *The Ramayana*, *The Mahabharata*, *Gods*, *Demons*, *and Others*. London: Penguin Books, 2000, p. 595.

异性十分明显。源文本中,插话旨在指导罗摩"放弃一切,安住在寂静中",而插话重述的意图则在于通过锡克达瓦伽和库达拉的爱情故事阐释自我知识的获得。两者有共同之处,问题的关键在于两者处理故事内容的方式截然不同。自然,这不仅和故事内容的丰富与单薄有关,而且和主题表达方式与价值判断有关。

在源文本插话中,锡克达瓦伽和库达拉的故事内容几乎占其整体内容的三分之一,其他皆为宗教思想与教义哲理、修行之法的讲述与阐释。这些内容,有些穿插在故事人物的对话之中,有些直接停下故事,由讲故事的人极裕仙人直接讲解给罗摩听。例如库达拉在获得自我知识时,容光焕发,锡克达瓦伽问她是什么原因,她答道:

> 我已经放弃假设了某种外形的空。我根植在真理中,而不是根植在表象中。因此,我容光焕发。我放弃了所有一切,我依靠不同于这些的东西,这些东西,既真又不真。因此,我容光焕发。它是某样东西,它也不是某样东西。我知道那所是的。因此,我容光焕发。我因为快乐的非快乐而快乐着,就好像我享受着它们,我既不快乐也不愤怒。因此,我容光焕发。我经验着最快乐的快乐,我安住在实在中,它在我的心中照耀,我不被王室的快乐所吸引。因此,我容光焕发。即便当我在快乐之园中的时候,我也稳稳地安住在自我中,既不在快乐的享受中,也不在羞怯之中。因此,我容光焕发。[①]

库达拉通过关乎空、真理、表象、真、不真、是、不是、快乐以及非快乐等一大堆形而上的哲理向锡克达瓦伽阐释她为什么"容光焕发"。这与印度教的吠檀多哲学实无二致。接着,在讲完锡克达瓦伽对库达拉的回答不屑一顾时,极裕仙人直接停下故事的讲述,向罗摩讲述三种可以达成的目标、所谓"不动心"的智慧和各种宗教哲理,篇幅是前面所讲述内容的两倍之多。如开头:

> 罗摩,在这世上,有三种类型的目标是可以达成的:令人满意

---

① [印度] 蚁垤:《至上瑜伽:瓦希斯塔瑜伽》,斯瓦米·维卡特萨南达英译,王志成、灵海汉译,浙江大学出版社2012年版,第410页。

的、可憎的和可忽略的。令人满意的目标需要通过巨大的努力去寻求；可憎的目标是要放弃的；在这两者之间的，是那些导向人们漠不关心的目标。人们通常认为，令人满意的目标促进幸福，它的反面是不受欢迎的目标，人们对那些既不带来幸福又不带来不幸的目标漠不关心。然而，对于觉悟者而言，这些目标的分类并不存在。因为他们把一切都看作不过是一出游戏，因此，他们对看见的、没有看见的一切都完全不动心。①

可见，史诗源文本插话中的故事内容较之这些哲理与教义内容而言，是十分单薄的。而在纳拉扬的插话重述故事中，这些哲理与宗教的内容成分被降至最低。例如同是讲述锡克达瓦伽对库达拉获得自我知识后发现的新变化，纳拉扬这样叙述：

> 然而她内心的痛苦，却是她愚钝的丈夫。他从字面理解她所说的每一个字词。但是她并没有绝望。她相信，他迟早会获得理解。每当他不懂时，他习惯于谈论："我在你身上见到了一些新东西。"她为此感到高兴，以为他可能变得敏锐了。但然后，当他随意地补充道："我在想，你是否发现了一些新的补妆品。"她就会无视他言语的轻率，而谈论一些重大的事情。②

纳拉扬的讲述简洁而直接，且充满生活情趣，将锡克达瓦伽想讨妻子的欢喜却流于男人夸赞女性外表的可爱，以及他与库达拉之间在灵修方面的巨大差距巧妙地描写了出来。这既对后面故事情节的发展既起到了重要的铺垫作用，又对主题起到了重要的深化作用。

而从以上简单的对比之中，也可以清晰地看出两者在主题表达方式与价值判断上显著的差异性。史诗源文本插话主题的表达方式是阐释型的，借教义与哲理填充故事，又借故事阐明教义与哲理。因此，其价值判断重在故事呈现的教义与哲理内容。而纳拉扬的插话重述故事，主题的表达方

---

① ［印度］蚁垤：《至上瑜伽：瓦希斯塔瑜伽》，斯瓦米·维卡特萨南达英译，王志成、灵海汉译，浙江大学出版社2012年版，第410页。
② R. K. Narayan. *The Indian Epics Retold: The Ramayana, The Mahabharata, Gods, Demons, and Others.* London: Penguin Books, 2000, p. 404.

式是叙述型的，重在叙述锡克达瓦伽与库达拉夫妻精进自我知识的过程，而不在哲理知识本身。其价值判断在于修行过程中的精神力量，而不是自我知识本身。

第三节　故事的新主题文化意蕴

纳拉扬的印度史诗重述所选取的故事，在印度民族文化生活中有着举足轻重的地位。在史诗故事的重述过程中，故事情节结构的最大程度保留、故事类型的重构，以及"讲故事的人"的现代视角，表明了纳拉扬绝不是机械地对史诗源文本故事进行复述，而是对源文本故事中的情节设置与人物塑造进行纳拉扬式的再创造。纳拉扬的印度史诗重述，除了包含纳拉扬对印度史诗故事的浓烈情感和致敬之意，也有着纳拉扬期望通过印度史诗重述实现印度民族文化自我表达的深沉理想。纳拉扬期望通过印度史诗故事的重述，为印度传统文化祛魅，纠正印度传统文化表达中过于宗教化的倾向，实现印度民族文化通过自我表达在异质文化中的跨文化传播，从而使印度传统文化广为世人所知、所理解。纳拉扬的印度史诗重述三部曲，一方面继承和保护了印度传统文化，另一方面又将古印度史诗故事置于现代语境之下，赋予其新的时代意义，激发出更为深刻的文化意蕴与生存内涵。

一、民族形象的建构

"民族形象是流行于社会的一整套关于'民族'的表现或'表述'系统，其中同时包含知识与想象、真实与虚构的内容，具有话语的知识与权力两方面的功能。"① 在重述史诗故事的过程中，纳拉扬从印度史诗传统中寻找文学的源头活水，彰显构建印度民族形象的印度特性，通过对印度史诗中流传久远的经典神话传说故事类型的重构和故事内容的新编，建构

---

① 胡娟：《形象、类型、原型：传统武术民族形象分析的三个层面》，载《武汉体育学院学报》2015年第9期，第57页。

了一套全新的表述系统和整饬的神话体系，体现了纳拉扬再现史诗印度、建构印度民族形象的初衷与美好愿望。纳拉扬重述史诗故事的过程，实质上是对民族形象进行重新认知测绘的过程，也是其对印度民族主体性进行自觉建构的过程。因此，印度史诗的重述同时也体现了纳拉扬将民族形象的文学建构作为增强民族认同的重要方式的美学实践。

（一）民族形象建构语境的形成

"从一定意义上说，艺术形象对建构民族身份和增强民族认同能起到政治说教无法取得的成效，形象比信念更能增强人们的想象性认同。"① 在印度，通过古代史诗中的神话传说来建构本民族的整体形象，发端于印度民族主义运动风起云涌的19世纪末20世纪初期。印度在经受英国东印度公司一百多年的殖民盘剥之后，经济已完全处于积弱积贫的状态。而在文化精神层面，古代印度文化同样遭到了十分严重的侵害。印度民族被指称为一个没有历史的，野蛮、落后的民族。

在近代知识分子不断探索的过程中，如何建构本民族的民族形象成为他们不断争辩和积极参与的议题。印度近代知识分子在东西文化的冲突与对比中，充分意识到了古印度史诗在国家与民族身份的组成过程中所起的作用，许多民族主义历史学家甚至利用史诗的核心故事与插话等一系列材料来撰写国家的历史。作为一个多民族国家，印度不仅需要这些故事来形成一个国家的身份，而且这些故事本身也成就了这种身份。这些故事在印度这样一种充满宗教语境与神话思维的地域范围内产生的民族性效用是十分明显的。在此后，印度作为一个国家，对印度民族的形象和身份进行寻根的时候，许多知识分子纷纷利用史诗展现他们的种族象征、民族价值、神话传说和集体记忆，从中汲取灵感和指引，以获得成功处理国家事务的神奇力量和英雄主义智慧。

到了当代，历经两百多年殖民统治的印度，文化形象上依然被视为低等民族与低等文化。在印度获取独立数十年后的20世纪80年代，相当一部分的西方民众对印度的整体印象依然停留在英国殖民初期建立起的"野蛮、愚昧、落后"等概念和神秘、贫苦交加、饥寒交迫的总体印象之上。

---

① 江宁康：《美国当代文学与美利坚民族认同》，南京大学出版社2008年版，第69页。

东方与西方二元对立的典型话语修辞依旧是西方世界建构话语主导权的重要依据。在西方知识谱系中，印度形象继续作为扭曲、妖魔化的存在，成为保证西方进步形象的"他者"设计之所在。在消费文化日益繁荣的全球化时代，民族形象的塑造遇到了新的时代挑战。当代跨国资本的消费文化传播，尤其是当代消费文化的商品性和时尚性，又不断地消解着印度本土民族形象的历史性与认同性，不断侵蚀着印度本土文化的根基，文化认同的差异性日益显现。民族形象的历史延续性与文化认同的时代差异性不可避免地成为印度民族形象的建构过程中遭遇的矛盾问题。在这样一种矛盾中，民族形象的建构要么赋予已有的民族形象以新的文化意蕴，要么创造出新的民族形象。

如何改变过去一般化的、过于刻板简单化的印度形象，建构起一种没有种族、道德与意识形态偏见的印度形象，是印度文化知识分子在后殖民时代共同努力的目标，也是当时最重要与最普遍的社会命题。因此，重新认知印度民族形象和重新勘定印度民族文化的边界成为新时代印度民族文化学领域进行民族文化建设的一项重要内容。纳拉扬的印度史诗重述是对印度历史与文化的一种再现和再造。纳拉扬的目的在于，通过他的英文版印度史诗重述三部曲，在东西两种不同的文化体系之间建构起文化意义与价值上认知与理解的桥梁，通过史诗故事再现史诗印度的风貌，又通过对印度文化核心价值的选择与构建，达到一种与西方英语世界对话的话语实践，从而更好地向世界传播印度传统文化与价值观念，纠正跨文化叙述中对印度形象的误读。

（二）民族形象精神的展示

黑格尔（Georg Wilhelm Friedrich Hegel）在其巨著《美学》中指出："作为这样一种原始整体，史诗就是一个民族的'传奇故事'，'书'或'圣经'。每一个伟大民族都有这样绝对原始的书，来表现全民族的原始精神。在这个意义上史诗这种纪念坊简直就是一个民族所特有的意识基础。……一种民族精神标本的展览馆。……像印度的《腊玛雅娜》和《摩诃婆罗多》两部史诗或是荷马的《伊利亚特》和《奥德赛》那样显示出民族精神的全貌。"① 古印度史诗无疑是印度民族文化的象征和印度民族精神的体现，它们将印度民族精神的全部世界观和客观存在蕴含在具有个性的史诗形象之中，经由这些具体形象及实际发生的事迹史诗性地呈现出来，展示出了印度民族文化生动现实的原始图景。因此，古印度史诗毫无疑问在印度民族的"民族精神生活与民众心目中占有神圣的地位"②。而古印度史诗插话浓缩了印度民族精神的遗产，反映了印度民族对民族历史的认知与表达，蕴含着印度民族善良、勇敢、无畏、不屈不挠的民族精神。纳拉扬的印度史诗重述通过对史诗故事中男女英雄故事的重述，宣扬印度文化中的善美人性与大爱精神，以故事中的人情之美与艺术之美，歌唱印度民族文化与生命的持久力量，是纳拉扬对史诗中神话人物原型身上散发出的直面命运的精神力量的追慕。

以纳拉扬对古印度"完美女性"的重述为例，纳拉扬着力于开掘印度女性传统精神内涵中孕育不息的强大生命力，重构印度女性形象。从纳拉扬的新印度神话体系中可以看到，完美的女性形象是其竭力渲染的对象。纳拉扬着重重构了德罗波蒂、达摩衍蒂、卡南吉、莎维德丽和沙恭达罗等形象。《德罗波蒂》中的德罗波蒂、《那罗》中的达摩衍蒂、《遗失的脚镯》中的卡南吉、《莎维德丽》中的莎维德丽，以及《沙恭达罗》中的沙恭达罗，这些印度史诗中最能反映印度传统文化女性观念的女性形象充满了善良的本性、执着的情感，拥有悲苦的命运。纳拉扬在维护传统文化的基础上，对这些女性的完美形象做出了精彩的展现，不仅将她们集体建构在一起，而且使每个人物的性格尽可能丰满地呈现出来。纳拉扬采取传统女性文化的视角来建构一个印度完美女性体系，这种建构表达了他对传统女性精神文化的渴望，对印度文化中阴柔与母性的怀念。通过对德罗波蒂、达摩衍蒂、莎维德丽与沙恭达罗故事的重构，纳拉扬追溯了印度传统美德中善良、温情而壮丽的文化基因。而史诗故事当中的男性英雄形象，如那罗、罗摩、尸毗王和般度五子等，体现了印度民族的力量、智慧与精神的大成，代表着印度民族文学艺术形象的英雄精神，是理解印度民族心性生活与精神信仰最好的代表，也是考察印度民族整体文化形象与性格品质的范本。这些"民族英雄形象，并不是简单地即可创造出来，也不是个

---

① ［德］黑格尔：《美学》（第三卷下册），朱光潜译，商务印书馆 2017 年版，第 108 - 109 页。

② 尹虎彬：《史诗与英雄》，广西师范大学出版社 2004 年版，第 395 页。

人随意地能够完成，它本身就是民族共同的文学理想和价值信念的精神寄托"①，因而具有建构本民族认同的文化特性，也体现了纳拉扬对印度民族文化本相的坚持。

纳拉扬的印度史诗重述选择了赋予民族形象新文化意蕴的方式，继承了民族文化传统积淀所培养的那种民族精神和核心价值。纳拉扬通过史诗故事重述民族文化形象，体现出其以文学与文化创新展现民族形象的努力，这种努力既表现出传统文化与历史的传承，又表现出时代的进步，是印度传统文化创新的重要体现。因此，纳拉扬的印度民族形象的建构是对新时代下印度民族文化的一种再生产。这种以文学形象宣扬国家民族形象与文化的方式可以减少文化宣传中的意识形态性，而且这种文化生产带有鲜明的时代特征，印刻着深深的时代烙印。正因为如此，纳拉扬笔下生动可感的人物形象及其所代表的民族文化更容易为英语世界读者所接受。

二、民族文化的认同

所谓文化认同，其实质是"一种肯定的文化价值判断，即指文化群体或文化成员承认群内新文化或群外异文化因素的价值效用符合传统文化价值标准的认可态度与方式。经过认同后的新文化或异文化因素将被接受、传播"②。古印度史诗故事及其插话是阐释印度民族文化认同故事的文学标本。在民族文化认同的表达与沟通层面，古印度史诗故事的主要功能是为民族文化认同的表达提供可供理解与沟通的文化符号，并"在不同的人群、地方社会、民族和国家中，创造整体意识"③。

（一）史诗故事本身的民族文化认同功能

在印度民族发展的历史长河中，古印度各大史诗无不是一部部表达印度民族文化认同的超级故事，在记忆印度民族历史元素、积淀印度民族价值观念和凝聚印度民族思维方式等文化层面起到了巨大的承载作用。以两大史诗为例，印度学者普遍认为，正是这两部巨著为印度的统一做出了最

---

① 李吟咏：《形象叙述学》，浙江大学出版社2009年版，第18页。
② 冯天瑜主编《中华文化辞典》，武汉大学出版社2001年版，第20页。
③ ［芬兰］劳里·航柯：《史诗与认同表达》，孟慧英译，载《民族文学研究》2001年第2期，第89页。

再现史诗印度

大的努力:"蚁垤将楞伽、般波和阿逾陀我国这三个地区的故事糅合在一部民族的史诗中,不仅维护了印度文化的统一,而且给地理上的统一提供了不可磨灭的条件。同样,《摩诃婆罗多》的作者把散布在我国各个地区的思想体系和文化集中在一起,变成了《摩诃婆罗多》这样一个属于全体印度人民的花环。毫不足怪,从迦梨陀娑开始直到今天印度的各种语言的诗人都以《罗摩衍那》和《摩诃婆罗多》的故事为题材创作了诗,整个印度的文学今天仍然还是吮吸了《罗摩衍那》和《摩诃婆罗多》的养分后发展和繁荣起来的。因而,这样一种真理的声音就自然响彻大地:印度的思想体系是统一的;印度的精神是统一的;印度有着共同的文化;而今天,各种不同的地方语言都在为这共同的文化服务。"[①] 因此,古印度史诗本身就具有民族文化认同的功能。

而古印度史诗中的插话作为古印度史诗极为重要的有机组成部分,则是史诗这种民族文化认同功能得以实现的基础。在印度的民族发展史上,插话以不同的形式融入史诗篇幅扩展过程,使它们成为一部部海纳百川的百科全书式著作。例如在大史诗《摩诃婆罗多》的历史扩容过程中,"每一代诗人都要给它添上一些东西。北印度的每一个边远的小王国,都急于在这场国与国之间进行的战争的古老记录上,插入一些关于自己功绩的描述。每一个鼓吹新教义的人,都渴望在古老的史诗中,为自己反复鼓吹的那些新的真理寻找某种支持的根据。法律、伦理法规中的成段论述被收编到这部书中来了,因为对于人民大众来说,这部史诗比干巴巴的法典具有大得多的吸引力。关于不同种姓和人生阶段的规定,也为了同样的目的被搜罗进来了。大量流传不定的故事、口头传说和神话,……都在这部奇妙史诗的巨大卵翼之下得到了庇护"[②]。而这些"东西"恰恰成为大史诗实现文化认同功能的历史文化基础。因此,古印度史诗插话本身同样具备民族文化认同的功能。

古印度史诗及其插话浓缩了印度民族历史文化的经验,积累了印度民族特定的文化性格与文化模式,可以看作印度过去时代的文化指南。从这些故事中,既可以认识到当时笃信宗教的许多礼仪,同时还可以了解到史

[①] 季羡林、刘安武编《印度两大史诗评论汇编》,中国社会科学出版社1984年版,第114页。

[②] 季羡林、刘安武编《印度两大史诗评论汇编》,中国社会科学出版社1984年版,第128页。

诗时代以"行"为主的文化特点。史诗故事中既包含虔诚的感情、尊严、理想、悲悯、同情和善行等细腻的想象,同时也包含刚毅、无畏的勇敢精神和深刻的理性。其中,那些流传至今的优秀插话,其实现民族文化认同的功能就更为显著。纳拉扬重述所选取的古印度史诗插话正是这些优秀插话中的代表,对于建构民族文化的认同,有着十分重要的意义。

而史诗故事中典型的人物形象与故事情节在这种民族文化认同的过程中起到了至关重要的作用。人物形象与故事情节,是文学作品建构民族认同的两大重要手段。民族人物形象负载了丰富而强烈的民族特征,是民族认同的重要媒介。对于广为人知的故事情节,重述这些熟知的故事或许缺乏新意,但是故事情节所具有的读者基础能够使重述的故事产生认同的功能。蚁垤与他弃恶从善的故事情节,莎维德丽和她与死神斗智斗勇的故事情节,尸毗王和他割肉救鸽子的故事,以及诃哩湿旃陀罗王及其舍弃王国、妻儿,实行施舍正法的故事情节,无不是作为媒介产生民族文化认同的独特魅力之处。

(二)作为文化符号的"讲故事的人"

在当代印度社会,乡村社区是当代印度生活文化主流所未曾侵蚀、传统文化传播的形态尚未完全消亡的文化空间之一。"讲故事的人"是印度乡村社区的一部分,在他们的身上继续保留着印度传统文化深厚的影响。他们以一种宗教虔诚恪守和护卫着传统文化的真谛与空间,是印度传统文化中特有的文化符号。①

在乡村社区,"讲故事的人"被称为潘迪特,他们貌似守旧,坚持自己的习惯与举止,遵循延续了千年的传统。他们的穿戴绝不超过两块棉花布料。但是他们绝非故步自封,如纳拉扬笔下的"讲故事的人":

> 有时他也会展示一些现代生活中离奇的知识,这些知识获取自他熟读的一大捆旧报纸,这是《周刊》邮递员在每个星期四的下午带给他的。他们只在历书规定的日子里剃头,只在头顶留一小簇头发,因为古老的经文——印度教圣典规定,一个男人留的头发不能厚得能够

---

① R. K. Narayan. *The Indian Epics Retold: The Ramayana, The Mahabharata, Gods, Demons, and Others.* London: Penguin Books, 2000, p. 379.

穿过他手指上戴的银戒指。人们可以肯定他手指上戴有一个银戒指,因为这也是印度教圣典所规定的。①

按照惯例,他们每天要在井边沐浴两次,祷告三次,根据每天不同的时辰面朝东方或西方打坐,依据历书中的规则选择食物,每周斋戒一天,以盐水煮蔬菜结束斋戒。冥想或礼拜之外的时间都致力于研究圣典。即便是日常生活,也总是基于吠陀经典的权威,其间不仅包括祷告和吟颂诗文,也有细微事务的引导。

他们可以凭借熟稔于心的 24000 颂《罗摩衍那》和 1800 颂《薄伽梵歌》等印度教经典,完全独立地向他们的听众讲述印度古代先民的离奇传说与故事。如果在他们的面前打开一卷梵文抄本,凭着权威的支持,他们可以更好地向大家展示讲述。他们将流传了数千年的蕴含了印度人的历史观念、生命意识、生存体悟、生活态度以及精神诉求,积淀着印度民族的集体无意识与审美心理的印度文化内容的印度史诗神话传说,一代又一代地讲述给乡村社区的每一个人。②

"讲故事的人"无疑是继续继承和守护印度传统民族文化的当代英雄,是活态传承民族形象的根基之一,其自身也成为默默存在于印度乡村传播传统文化的民族形象之一。纳拉扬将"讲故事的人"与印度史诗重述结合在一起,共同缔造了奠基于印度传统文化,展现其不同形态的传统印度民族形象。

此外,在印度史诗重述三部曲中,叙述者"讲故事的人"在讲述故事的时候,时而会偏离故事,或切断故事的内在组织,对故事某些特定人物、事件或故事本身内在结构组织进行评论,这就不可避免地会表现出意识形态色彩。这种叙述干预,往往反映出作者纳拉扬的创作干预和他的意识形态。尤其是其中的解释性评价,"所包含的意识形态意义往往可以进一步深化读者对人物的理解,升华事件的意义,在大量的情节事件中概括

---

① R. K. Narayan. *The Indian Epics Retold: The Ramayana, The Mahabharata, Gods, Demons, and Others*. London: Penguin Books, 2000, p. 380.

② R. K. Narayan. *The Indian Epics Retold: The Ramayana, The Mahabharata, Gods, Demons, and Others*. London: Penguin Books, 2000, p. 380.

出更深一层的意蕴"①。"更深一层的意蕴"实际上指的是印度民族文化认同，因为其内容都与自身的民族文化有关。这源自纳拉扬建构印度民族认同的诉求，目的在于向印度史诗重述文本的读者阐释或灌输印度文化价值和观念，因而饱含着他强烈而真挚的民族感情。

同样，"讲故事的人"讲故事的方式也是纳拉扬印度史诗重述三部曲体现文化认同的方式之一。"讲故事的人"将叙述者与被叙述者（作者与其他乡村社区听故事的人）连为一体，流露出了叙述者（也是纳拉扬）清晰而自觉的民族立场。"讲故事的人"将作为个体的叙述者的"我"通过与受述者（作者与其他乡村社区听故事人）的结合，变成"我们"这样一种具有民族共同体的形式。例如在印度史诗重述三部曲中，"讲故事的人"时常会停下讲述发表一番类似的断言："除非十分精通吠陀经典，否则不会有人能理解我们的神话中任何一个故事的意义。"② 又如"讲故事的人"在讲述《德罗波蒂》的故事之前关于东西方男女婚姻的一番讨论，将"我""我们"与"欧洲人""他们"的区分表现得十分明显：

> 在我们这个社会，丈夫和妻子在婚后才学着彼此了解对方，而不像欧洲人，我听说他们允许男孩女孩自由行事，而且他们可以做主自己的婚姻。在我们的社会里，当一个女孩同意结婚，她理所当然该接受长辈们的意见，但是在见到对方第一眼的时候，她也会衡量自己的状况。③

"讲故事的人"正是通过将"我"变成"我们"这种在说故事的过程中涉及人称区分的叙述方式，无形之中强化了作为民族文化共同体的印度身份与存在，从而达到了一种民族文化认同的效果。对于民族身份不同的英语读者而言，"讲故事的人"的"我们"之中的文化区分意味自然是十分浓厚的。这一叙事策略体现了纳拉扬讲述故事技巧的高超，纳拉扬无疑

---

① 谭君强：《叙事学导论：从经典叙事学到后经典叙事学》，高等教育出版社2008年版，第213页。

② R. K. Narayan. *The Indian Epics Retold: The Ramayana, The Mahabharata, Gods, Demons, and Others*. London: Penguin Books, 2000, p. 382.

③ R. K. Narayan. *The Indian Epics Retold: The Ramayana, The Mahabharata, Gods, Demons, and Others*. London: Penguin Books, 2000, p. 393.

> 再现史诗印度

是一个更为高超的"讲故事的人"。正如印度前总理瓦杰帕伊（Atal Bihari Vajpayee）在纪念纳拉扬逝世大会上总结道：

> 纳拉扬本质上是讲故事的人，一个传统的故事讲述者，他尝试着传达他所熟悉的这片土地和人们的感觉。他描绘了人们之间特殊的关系与印度日常生活的反讽，其中蕴涵着现代城市生活和古老传统的冲突，传统与个性的冲突，人们在印度生活中遇到的无数的荒诞，遍及纳拉扬的作品。从传统的角度来看，现代城市的存在是不自然的，但纳拉扬的人物经常同时生活于现在和过去。他的风格是优美的，具有亲切的幽默、高雅和简洁。①

三、民族历史的反映

中国"民俗学之父"钟敬文先生曾指出："史诗，是民间叙事体长诗中一种规模比较宏大的古老作品。它用诗的语言，记叙各民族有关天地形成、人类起源的传说，以及关于民族迁徙、民族战争和民族英雄的光辉业绩等重大事件，所以，它是伴随着民族的历史一起生长的。从某种意义上来说，一部民族史诗，往往就是该民族在特定时期的一部形象化的历史。"② 英国学者伊恩·克夫顿（Ian Crofton）与杰里米·布莱克（Jeremy Black）也同样指出："我们现在所理解的历史——关于过去的学术性研究——其实是一点点地脱胎于人们关于祖先和起源的神话和传说。最早关于过去的记载大多是帝王的年谱，即沿着当代统治者的血脉向过去追溯，直到找出一位神明来当作祖先，并借以成为其统治的委任状。"③ 因此，"神话的基础是真实的事件，史诗的内容是民族历史的形象记录"④。

古印度神话史诗，从本质上而言，也是以印度远古时代部族的战争、

---

① 薛克翘、唐孟生、唐仁虎：《印度近现代文学》（下），昆仑出版社2014年版，第748页。
② 钟敬文：《民间文学概论》，高等教育出版社2010年版，第204–205页。
③ [英]伊恩·克夫顿、杰里米·布莱克：《简明大历史》，于非译，湖南文艺出版社2018年版，第151页。
④ 龙长吟：《民族文学学论纲》，湖南文艺出版社1997年版，第75–76页。

民族的迁徙与部族首领、民族英雄的故事传说为历史来源的，从一开始就印刻着深深的历史痕迹。从古印度史诗中，人们几乎可以看见整个印度文化，诗中关涉民族起源的人物，无论是英雄还是反派都体现出了印度史诗时代人们理想中的品质。古印度史诗作为一种文化现象，其所展现出的文化精神，可以称为整个印度民族的历史文化精神。《摩诃婆罗多》的作者毗耶娑就曾在史诗中称史诗的核心部分《胜利之歌》是一部历史，"是以'胜利'为名的历史传说"①。《摩诃婆罗多》在古代就被称为"历史"（itihasa，意为"过去如此说"），尽管这一词在印度现代语言中用作"历史"，但实际上，这些史诗并非现代意义上的历史，它们展现的是神话化的历史。

每一部古印度史诗都对其特定历史时代的社会生活风貌进行了全景式的反映，而这种反映是以诗的文学性语言呈现出来的，且在历史的进程中，不断地经过掌握知识话语权阶层的修改与完善。因此可以说，古印度史诗中反映的神话图景如同历史图景一样，可以当作是反映或隐喻当代现实的镜像。同理，附属于古印度史诗中的诸多插话"也被称作历史传说，人们还以这样的话介绍它：Atrapyudaharantimamitihasam puratanam（智者还会这样一如既往地讲述古老的历史传说）。从这个角度来看，历史传说不仅是对过去事件的记叙，也与现在未来密切相关，因为它蕴涵的价值观念被视作为永恒不变"②。

纳拉扬的印度史诗重述所选取的神话传说性插话同样蕴含着丰富的古印度历史基因。"有些插话可能包含关于遥远过去真实事件的记叙，有些则不一定，但这并不重要。重要的是，事实上，当某些特定的理念必须得到传播时，这些插话遂被引入大史诗的主线。"③ 从历史发展的角度而言，这些插话无疑是印度民族思想发展史的一种诗意的记叙。纳拉扬在保持故事的完整性的基础上，使其文本承担了继续保存古印度民族历史的形象化的使命。因此，纳拉扬通过重述印度史诗插话所形成的新神话系

---

① 季羡林、刘安武编《印度两大史诗评论汇编》，中国社会科学出版社1984年版，第10页。

② ［印］I. N. 乔杜里：《印度叙事学》，引自尹锡南译《印度比较文学论文选译》，巴蜀书社2012年版，第507页。

③ ［印］I. N. 乔杜里：《印度叙事学》，引自尹锡南译《印度比较文学论文选译》，巴蜀书社2012年版，第507页。

统，同样反映着印度民族的历史。有关民族历史的反映，主要包含三个方面。

（一）民族历史信息的传递

印度学者认为，古印度史诗特别是两大史诗，是历史，"但是并不是按各种史实顺序的历史，它们是印度古老的历史，其他的历史著作不时地还要加以修改，但是这两部历史著作却没有改变。印度理想和意志的历史始终体现在这两部篇幅浩繁的诗歌王国的宝座之上"①。而史诗中的插话作为古印度史诗的一部分，本身就蕴含着史料信息，对于探索古印度先民的民族观念、生产生活状貌以及社会经验具有重要的作用。纳拉扬通过重述史诗建构新的印度神话系统，无疑也在表述印度的民族历史信息。因此，史诗重述是纳拉扬身处当代社会，反映古印度历史现象和社会共同记忆的叙事形式。而这种传递印度古代历史信息的方式主要体现在两个方面。

第一，印度史诗重述故事中存在着众多的历史人物，有些历史人物的事迹与古代印度的史料相符合。如迅行王、尸毗王、诃哩湿旃陀罗王等国王，在许多典籍与神话故事中都有记载。在印度的历史上，他们是被认为真实存在的，他们的事迹也被广泛流传。又如《罗摩衍那的故事》，"从民族矛盾来看，罗摩皮肤是黑色的，是原始印度人的代表；而罗波那虽然名义上是一个罗刹，实际上是婆罗门，是外来的雅利安人的代表。整个史诗歌颂的是新兴地主阶级，且通过大力宣扬一夫一妻制，强调女子的贞节，表现了作者对王位继承的纯洁性的关心"②。因此，这一故事实际上记录了古印度不同种姓之间权力斗争的历史。《众友仙人》的故事中，众友仙人与极裕仙人的仇怨很明显也是这种刹帝利与婆罗门不同种姓之间权力斗争历史的具体体现。

第二，印度史诗重述中的一些故事基于源文本，反映了古印度民族的历史事件，诸如部族战争、民族迁徙与民族关系和其他社会活动。譬如《摩诃婆罗多的故事》，可以看作婆罗多族两大后裔俱卢族与般度族之间争夺王位的战争历史和般度族的立业史。又如《罗摩衍那的故事》，"照某

---

① 季羡林、刘安武编《印度两大史诗评论汇编》，中国社会科学出版社1984年版，第114页。

② 宫立江编著《人类意识之源》，中国广播电视出版社2015年版，第339页。

些学者的意见看来，罗摩和罗波那的战争实际上是雅利安文明和非雅利安文明之争。雅利安人打败了非雅利安人之后把自己的文明扩大到了楞伽岛，这个说法不纯粹是个隐喻"①。许多西方学者甚至认为其反映了古印度农业技术的南传历史，因为史诗中的女主角名为悉多，悉多的原意是田地里的垄沟，象征着农业技术。悉多被掳至楞伽岛，象征着农业技术从北向南传播的历史。

（二）先民社会生活的反映

《格萨尔》史诗研究专家降边嘉措在谈及史诗反映历史社会生活时，深刻地指出史诗"能够在广阔的历史背景下，多方面地表现一个民族在一定历史阶段的社会生活。史诗，顾名思义，可以理解为用诗歌形式书写的一个民族的历史。当然，它不同于一般的史书，而是艺术地再现各该民族的历史"②。古印度史诗亦然，特别是大史诗《摩诃婆罗多》，甚至被认为是"由印度的一些伟大的智者经过世世代代深思熟虑，从而全面阐明社会生活的唯一代表性著作"③。重述后的印度史诗故事，从根本上而言，继承了史诗的这一特征，都在一定程度上艺术化地展现和反映了古代印度社会的生产与生活方式。这种反映主要表现在古印度早期社会的生活环境与生产生活场景两个方面。

第一，印度史诗重述三部曲和史诗源文本一样，都反映了古代印度先民的生存环境。这些生存环境包括古代印度宫廷、仙人净修林和修道院、城市商业区等。如《迅行王》《那罗》《尸毗王》《库达拉》与《诃哩湿旃陀罗王》中关于古印度王宫生活环境的描写，反映了古印度宫廷王族与大臣的生活场域。又如《众友仙人》《莎维德丽》《蚁垤》和《沙恭达罗》等中的仙人净修林和修道院，是古印度仙人生存的主要场域，它们会成为众多信徒的前往朝圣或避难的地方，反映了古印度的仙人文化与历史。

第二，印度史诗重述三部曲再现了古印度先民生产生活的场景。其中涉及众多家庭生活的内容，如《脚镯记》中城市小市民的家庭生活描写，

---

① 季羡林、刘安武编《印度两大史诗评论汇编》，中国社会科学出版社1984年版，第39页。
② 降边嘉措：《格萨尔初探》，青海人民出版社1986年版，第12页。
③ 季羡林、刘安武编《印度两大史诗评论汇编》，中国社会科学出版社1984年版，第81页。

《莎维德丽》中在森林狩猎生活的场景描写。又如《罗摩衍那的故事》，季羡林先生在为《中国大百科全书·外国文学卷》写的有关《罗摩衍那》的条目中列举了好几种对这一故事所反映的时代生活与思想认识上的差异。其中一些学者认为，这一故事反映的是奴隶社会向封建社会过渡的历史，宣扬的道德教条已经是封建社会的东西。其中，"罗摩代表的是新兴地主阶级，他恃以为生的是农业；而罗波那则代表没落奴隶主，他以吃肉为生，进行游牧活动"①。

此外，这些故事还涉及诸多妇女问题。一方面纳拉扬以浓墨重彩的方式书写印度著名的完美女性形象，凸显女性的生命与人格魅力；另一方面，纳拉扬对史诗故事中一些古印度社会的女性民俗陋习进行了删减与处理。如史诗《摩诃婆罗多》《罗摩衍那》和《脚镯记》中涉及的自焚殉夫陋习，纳拉扬对其进行了明显的艺术处理。纳拉扬对史诗《摩诃婆罗多》源文本中国王般度死后小王后的自焚殉夫只字未提，又将史诗《脚镯记》中原本由卡南吉自焚殉夫所引发的贞洁之火烧毁国都的情节，改为卡南吉的名节感动火神，由火神阿耆尼发怒火烧了国都。因此，在印度史诗重述三部曲中，纳拉扬所选女性的故事无不可歌可泣，她们的身上体现着古印度妇女贤惠、忠贞、勇敢与坚韧等美好品德，凝结着印度妇女追求家庭和谐、生活幸福和社会安定的美好理想与愿望，无疑是印度人民尊重和喜爱的妇女典范。尽管这些故事中的女性始终是在男性主导的社会生活中生活与行事，大多还遭遇到各种不公的待遇，但可以看出古印度妇女在社会生活中占有一定的地位，她们的行为无不影响着男性世界和社会，她们彰显着妇女追求爱情与幸福的自由。如德罗波蒂的受辱与复仇是两大兄弟民族战争的导火索，悉多的被掳掠和拯救是罗摩与罗波那大战的根源，德罗波蒂、悉多有举行选婿大典选婿的权利，莎维德丽更是有自己选婿的自由，沙恭达罗与卡南吉有直入王宫起诉国王争取幸福的权利等。

林语堂先生曾在评价两大史诗时指出，两大史诗的故事核心就是围绕女性而展开的，尤其《罗摩衍那》的主题就是女人与家园。"《罗摩衍那》中的悉多是一个女人所能而且应该是的那样，她的可爱和忠贞给读者留下了深刻的印象。另一方面，《摩诃婆罗多》中的德劳帕德可以是住在纽约某大街的一位泼辣的现代女子，心中满怀怒意和报复的念头，因而更富有

---

① 宫立江编著《人类意识之源》，中国广播电视出版社2015年版，第339页。

人性。……如果我对人性的判断是正确的话，那么凭借父亲对女儿的偏爱和母亲对儿子的偏爱，那么必然出现的情形是，《摩诃婆罗多》是女人的史诗，而《罗摩衍那》则为男人的史诗。"① 因此，总体而言，"在《罗摩衍那》时代，妇女特别受到尊重，她们有各种权利。从《摩诃婆罗多》中可以发现，虽然到那时妇女已经成了男子享乐的工具，但是还是充分注意到了保护她们的尊严。由此可以清楚地看到，《罗摩衍那》和《摩诃婆罗多》中所描写战争的根本原因是有关妇女尊严的问题"②。

（三）人类经验的传递

古印度史诗源文本中的故事与纳拉扬的故事重述同样将史诗所具备的人类普遍经验呈现与传递出来。这些史诗故事所传递出来的人类普遍经验主要体现在一些社会制度与社会结构方面，包括婚姻家庭、风俗习惯、宗教信仰等。重述后的故事反映出印度先人们传递出的古印度社会生活经验与道德标准。

第一，古印度婚姻制度的演变与社会形态的过渡。古印度史诗中的婚姻反映了当时的择偶与婚恋观念。如《德罗波蒂》的选婿大典与五子的婚姻，反映的是母系社会一妻多夫的婚姻制度。而《莎维德丽》中莎维德丽获得自由选择自己夫婿的故事则反映了古代印度婚姻制度中开明的一面。至于婚姻的类型，《沙恭达罗》中的婚姻方式为健达缚方式，也即是男女双方不经父母同意，私订终身的方式。又如婚姻的仪式，《摩诃婆罗多的故事》中德罗波蒂的选婿大典，在竞选结束后，女方必须随男方去拜见男方，得到男方母亲的赐福，然后女方家长赶来商定结婚事宜。

第二，传递生活经验和道德标准。高尔基（Maxim Gorki）说："神并非一种抽象的概念，一种幻想的存在，而是一种武装着某种劳动工具的完全现实的人物，神是某种手艺的能手，人们的教师和同事。"③ 在《那罗》与《摩诃婆罗多》的故事中，掷骰子是古印度国王必须学会的一种技能，

---

① 林语堂：《中国印度之智慧　印度的智慧》（纪念典藏版），湖南文艺出版社2016年版，第148－149页。
② 季羡林、刘安武编《印度两大史诗评论汇编》，中国社会科学出版社1984年版，第41页。
③ ［苏］高尔基：《苏联的文学》，转引自屈育德《神话·传说·民俗》，中国文联出版公司1988年版，第32页。

接受挑战意味着国王的勇气与职责，最终王权的跌落与兴起只是勇气与责任之后的结果而已。在史诗源文本与插话中，无论是坚战还是那罗，两人都因为履行自己作为国王的职责与体现作为一个国王该有的勇气而参加赌局，尽管坚战因为掷骰子的阴谋而失去王位，但是凭借勇气与毅力，他又重新夺回王位。而罗摩的故事，"在婆罗门教中，罗摩被认为是大神毗湿奴的化身，他在史诗故事中所表现出来的英勇、尽职、孝顺、忠贞、友爱以及宽宏大量等性格，成为印度古代社会最高的伦理道德标准，其作为忠臣、孝子、贤夫、良兄、益友等所表现出的多重形象，甚至也是现代印度人所崇敬的道德典范"[①]。印度史诗故事中的这些神话人物展现了史诗印度时代特有的生活经验和道德标准，也反映了那个时代人类旧道德标准遭到践踏与毁弃，或必须做出修正，重新制定新的道德标准以适应新社会发展的历史进程。

通过古印度史诗的现代重述，纳拉扬建构了一个新的神话系统，不仅建构了史诗印度时代的文化形象，达到宣扬印度文化的效果，而且通过故事中的人物、场景与事件，再现了史诗印度时代印度先民的社会生活与历史经验，传递了人类共有的历史进程与社会标准。因此，纳拉扬的印度史诗重述三部曲所传播的就不仅仅是一个系列性的故事重述著述、一套故事集或者一系列道理，而是一种文化，其中包含古印度人民的精神信念、价值观与行为规范等，涉及印度人民生活的诸多方面。纳拉扬的史诗重述文本在英语世界的跨文化传播的过程，也是其所代表的印度文化多元化的过程。

---

① 王春景编著《菩提树与恒河水（印度）》，新世界出版社2013年版，第96页。

第六章　三部曲的跨文化传播特性

国家独立后的印度，因受西方文化的影响，印度文化传统遭受到新的文化冲击与面临着新的失语危险。带领印度本土文化摆脱严重的文化困境，是纳拉扬所处时代知识分子与整个社会共同的使命。古印度史诗神话传说作为印度文学的重要代表，蕴含着丰富的印度文化，理应在世界范围内广泛传播。因此，作为一种文学文化传播方式，纳拉扬的印度史诗重述既是一种个人的行为，也是社会行为的投射。事实证明，纳拉扬的印度史诗重述三部曲是成功的。印度史诗重述三部曲出版后，因其精彩纷呈的故事、简洁通俗的语言和丰富多姿的文化，受到英语世界读者的喜爱，各单行本不断再版，至今已达十次之多。作为一种具有异质文化特性的文化产品的纳拉扬史诗重述文本，能够跨文化传播进入英语文化世界，并为众多读者喜爱与接收，其中的奥秘何在？其跨文化传播的机制与运行规则及原理又如何形成？这无疑是值得深入思考和研究的议题。

第一节　三部曲的跨文化传播特征

全球化带来世界性的文化格局，跨文化传播正日益成为人类生存与生活的普遍方式。"文学本身就是重要的跨文化传播媒介。优秀的文学作品是超越时空的。……也超越了民族和国界，在追求人类共有的价值观的同时，也展现了人类绚丽多姿的文化，而这些作品本身，无可辩驳地成为跨文化传播的媒介。在全球化时代的今天，……文学艺术担负着比历史上任何一个时期都重要得多的跨文化传播的任务，发挥着其他媒介不能承受的文化传播功能。"① 那么，纳拉扬的印度史诗重述三部曲是如何建构起其跨文化传播机制的？其跨文化传播的基本特征又是如何形成的？

一、传播语言的共通性

作为一种传播符号，"在跨文化传播中，语言是文化的载体，反映文化并对文化起非常重要的作用"②。语言的精心选择及巧妙使用，以及语言表达的效果决定了跨文化传播的能量。纳拉扬的印度史诗重述三部曲之所以能够很好地实现跨文化传播的目的，是因为文本满足了跨文化传播所需的基本特征。传播语言的共通性及其达到的良好效果是其最显著的特征之一。

（一）选择英语作为传播媒介

"语言作为人类认知世界的工具、文化信息的载体和社会的黏合剂，是民族认同和归属的重要标志，是民族文化的凝聚和历史积淀的显化，是区别于其他民族的主要特征。"③ 纳拉扬的印度史诗重述三部曲之所以会选取英语作为传播媒介语言，是因为纳拉扬自小就接受英语教育，并有长期的英语文学创作的经验，还有"部分原因是英语已成为一种受尊重的文化交流手段，像桥梁一样连接着千差万别的印度土生语言（印度人把自己的母语视为第二语言）"④。而实际上，对于部分印度人而言，英语和他们的母语一样已经成为他们的第二语言，成为他们表达自己情感意识的工具与方式之一。英语这一"第二语言尽管不是特别重要，且通常不是首先学会的，但它仍然是自己的语言。外语是用来吸收其他民族文化的，第二语言是用来作为表达自己民族文化经验的替代方式"⑤。虽然英语在印度殖

---

① 李岗：《跨文化传播引论——语言·符号·文化》，巴蜀书社2011年版，第301-302页。
② 江滨、王立松、刘蕾主编《语言运用与文化传播》，天津大学出版社2014年版，第2页。
③ 江滨、王立松、刘蕾主编《语言运用与文化传播》，天津大学出版社2014年版，第1页。
④ [美]克里夫顿·费迪曼、约翰·S.梅杰：《一生的读书计划》，马骏娥译，译林出版社2012年版，第278页。
⑤ [印度]M.K.奈克：《印度英语文学的回顾与前瞻》，引自尹锡南译《印度比较文学论文选译》，巴蜀书社2012年版，第370页。

民时期一直是控制印度政治、社会和经济的主要有效手段之一，但是后殖民时代的英语已经发展成为印度文学用来向世界发声、探究身份和跨文化交流的重要手段。

而其中最为重要的原因在于，纳拉扬的印度史诗重述三部曲是作为一套跨文化文本来进行打造的。纳拉扬不得不考虑文本的最广泛受众惯用的语言。英语作为世界上使用最为广泛的语言，是当时世界上的流行语言或强势语言，能够提供最广泛的受众群。作为一种世界通用语言，英语影响了世界上无数种语言。此外，作为对古代史诗源文本故事及插话的一种跨语言重述，纳拉扬的印度史诗重述三部曲同样也是一套文学翻译文本。根据贺拉斯翻译模式（the Horace Model），翻译中存在一种优势语言（privileged language），其他语言最终总是倾向于向这种优势语言妥协。当文学翻译文本的目的受众语为英语时，要将其他语言译成英语，尤其是"将第三世界国家的语言译成英语时，译文总是不可避免地会倾向于英语这种优势语言"[1]。纳拉扬的英语观认为，英语已经成为印度民族语言的一部分和母语之一种，已然成为大量印度民众的"一种语言皮肤（verbal skin）而非语言外套"[2]。在纳拉扬的潜意识中，英语自然是优势语言，因而他将英语作为自己的立场语言，力图保持这种优势语言的特色及其印度文化特征。

因此，在纳拉扬的印度史诗重述三部曲中，以英语来表达与传播印度传统文学与文化并没有什么冲突。相反，英语在印度传统文化跨文化传播过程中扮演了重要的角色，减少了因语言带来的诸多障碍。纳拉扬的印度英语具有浓厚的印度色彩，却无碍于他采用符合英语文化世界的语言使用方式、英语读者易于接受的通俗化传播方式，以及适应当时英语世界文学与文化需要的各种语言手段，实现印度传统文化的跨文化传播，达到理想的文化传播效果。

---

[1] Susan Bassnett, André Lefevere. *Constructing Cultures: Essay on Literary Translation*. Shanghai: Shanghai Foreign Language Education Press, 2001. 转引自刘剑《语境顺应与文学翻译：以〈红楼梦〉为个案》，《中国英汉语比较研究会会议论文集》，第356页。

[2] ［印度］M.K.奈克：《印度英语文学的回顾与前瞻》，引自尹锡南译《印度比较文学论文选译》，巴蜀书社2012年版，第371页。

(二) 构建审美文化的文学语言

卡西尔认为,"语言给了我们第一个通向客体的入口,它好像一句咒语打开了理解概念世界之门"①。语言与文化息息相关,语言工具论认为,语言是人类传播文化和交流思想的工具,在人类文化传播过程中发挥着重大的作用。但是语言绝不仅仅只是一种传播工具,它还是文化的载体,体现了人类的文化属性。不仅如此,语言还有构建文化的功能。德国语言学家洪堡特(Wilhelm von Humboldt)认为,语言的这种构建文化的功能,主要是通过构建人类的思维与创造力来完成的。"在更深刻的意义上说,语言的作用是内在的和构建性的。"②

文学语言是一种艺术化的语言形态,从语言构建性和文化传承性的角度来看,文学语言同样具有构建文化的功能。文学语言最突出的一个功能就是其审美功能,根据语言的民族性特征,一个民族的文学语言以艺术的形式"主要积淀本民族的以审美情感、经验为核心的审美文化,并以此构建本民族成员的审美经验和审美观"③。因此,文学语言不仅具有审美的功能,同时也有建构民族审美文化的功能。

纳拉扬重述印度史诗故事的文学语言简洁、生动、流畅、优美,兼具形式美、形象美、情意美和风格美等特征。通过富有表现力与感情色彩的文学语言,纳拉扬再现了史诗印度中的神话艺术世界,同时使读者轻松地进入这个蕴含丰富多彩文化的印度世界。因此,从纳拉扬印度史诗重述的文学语言中,可以清晰地看到印度民族传统文化的痕迹,感受到印度民族文化的情感、思想、经验与理想。读者在纳拉扬的文学语言中,可以更明确、生动地感觉与想象到古印度先民的遥远过去与现代印度社会的感情联系。不难看出,纳拉扬的文学语言深深地渗透着印度历代先人的经验感受和保留着印度古代先人的生活气息。印度民族追求文学反映深层文化心理的特殊审美情感与经验观念,也沉淀在这种艺术化的语言之中。可以说,

---

① [德]恩斯特·卡西尔:《语言与神话》,于晓等译,生活·读书·新知三联书店1998年版,第134页。
② [德]威廉·冯·洪堡特:《论人类语言结构的差异及其对人类精神发展的影响》,商务印书馆1999年版,第75页。
③ 赵志军:《论文学语言的审美文化构建功能》,载《社会科学辑刊》2008年第1期,第170页。

纳拉扬史诗重述的文学语言，是纳拉扬将印度传统文学语言及其所积淀的民族文化内涵与其独特的人生境遇和情感体验融通后创作出来的文学作品。

因此，纳拉扬印度史诗重述的文学语言实现了建构印度民族审美文化的功能。从传播印度民族文化的角度而言，纳拉扬的文学语言及其建构起来的审美文化就像一座桥梁，承载着印度传统文化的精神与魅力，体现了印度文化深厚的底蕴。而这种桥梁的作用恰恰是在传承本民族文化和跨文化传播民族文化中不可或缺的。

二、文学审美方式的趋同性

（一）史诗故事的现代叙事演绎

美国文学评论大家哈罗德·布鲁姆（Harold Bloom）曾说过，"伟大的作品不是重写即为修正……一首诗、一部戏剧或一部小说无论多么急于直接表现社会关怀，它都必然是由前人的作品催生出来的"[①]。纳拉扬的古印度史诗故事的现代重述是以现实社会关怀对伟大的印度史诗作品的一种新的书写，而纳拉扬则是行走于这些神话故事中的现代人。他立足于印度经验，回归至印度文化传统与叙述传统之中，创造性地对现实生存经验提出疑问，在现代性语境和传统文化的挖掘与传承中，开掘出新的创作之路。

不仅如此，纳拉扬还邀请了一位"讲故事的人"共同演绎。"讲故事的人"的存在和听他讲述故事的叙事方式是一种既古老又现代的文学技巧。在他的身上，纳拉扬赋予了古印度史诗讲述者同等的叙述者功能，同时又赋予了他现代人的开阔视野与思维方式。"讲故事的人"这一现代视角的渗入，使得古印度史诗故事的象征性得到了极大的丰富。这些故事通过演绎生成了一套开放性的符号系统，以极大的包容性承载了复杂多变的现代多元文化。

在"讲故事的人"的叙述中，古代印度史诗神话所具有的文学、文化

---

① ［美］哈罗德·布鲁姆：《西方正典》，江宁康译，译林出版社2005年版，第8页。

资源，与他的现实生活和他获得的文化讯息进行了结合，产生了奇妙的文学效果。也正是通过"讲故事的人"，纳拉扬在源文本的原型、故事与主题之上，不断加入社会现实生活的讲述与阐释，让史诗故事与现实生活之间形成一种充满叙事张力的对话与交流。这样一种叙事方式，不仅充满想象力和洞察力，再现了古老神话中的史诗印度，而且将关于现实生活的描述巧妙地融入神话故事的解读之中，在现实与神话之间建构了一种平衡。这种带有社会现实的切身感与神话体验的平衡感能够吸引读者阅读，并引起读者的共鸣，从而拉近读者与古印度史诗神话的距离。

英国著名神话学家凯伦·阿姆斯特朗（Karen Armstrong）曾说过，"随着我们境况的变化，我们需要以不同的方式讲述我们的故事，为的是从故事中获得不受时间限制的真理。每一次当人们向前迈出重要的一步时，他们都要重温他们的神话，并让神话面对新的境况说出新的内涵"[①]。可以说，纳拉扬运用现代叙事方式进行的印度史诗故事现代重述是他为维护印度文化内核的稳定性，并促使印度文化外延发展的一种方式：在精神意蕴上，使印度传统文化具备了时代的精神与思想；在艺术审美上，使史诗故事具备了另一种诗性审美体验；在民族特色上，使具有民族文化特色的语言与思想走向了世界性的新文化平台。纳拉扬对印度史诗故事的现代重述并非要取代源文本的伟大地位，而是希望结合新时代社会文化因素，打破其存在已久的原始形象，建立新形象，适应新时代读者的阅读期待、认知习惯和思维方式。

（二）神话原型的现代性审美处理

现代性审美是美学意义上的审美，其价值诉求在于建构现代人类的主体性。其产生的背景是人在现代化现实面前主体人格性的丧失，人的欲望膨胀、道德底线的突破和感性欲望融合能力的失去。如何形成感性冲动与形式冲动结合的审美情感，弥补现代性进程中产生的这种人性分裂，成为现代性审美诉求的发端。现代性审美"渗透于现代生活的方方面面，政治活动、日常生活、意识形态领域、审美活动等等，并使这些内容审美

---

① ［英］凯伦·阿姆斯特朗：《叙事的神圣发生：为神话证明》，叶舒宪译，载《江西社会科学》2008年第8期，第251页。

化"①。

在文学方面,现代性审美的诉求体现在:放弃对反映现实生活的现实主义文学创作,转向从人类远古神话中获取创作资源。西方现代主义文学中的卡夫卡(Franz Kafka)、乔伊斯(James Joyce)、福克纳(William Faulkner)与艾略特(T. S. Eliot)等作品的神话原型,和中国"寻根文学"作品中的神话寻根,无不反映了神话复兴的现代性审美诉求。纳拉扬的印度史诗重述也不例外,从古印度史诗神话文学原型中吸收养分,重新发现古代传统文学与文化中的艺术魅力,有助于改善自己文学创作的审美信息结构。原型的存在不仅能够对文本的结构、角色模式产生影响,而且会形成一种神话式的转化情境。

纳拉扬的印度史诗重述对印度神话原型的审美现代性处理体现在四个方面。首先体现在纳拉扬对印度神话原型的精选与重组。通过以人物原型为中心的叙事结构,人物的主体性得以彰显,使这些人物具有西方现代文化中人本主义的色彩,并将人物的个体和感性存在作为重述的主要方面,以此来反衬现代人内心的矛盾性,体现出一种现代性关怀。其次是承继神话原型的原始思维方式,探寻人类科学理性的不足,实现现代意义的超越。再次是展示神话原型的生命欲望,探讨根植于人类自身的生命伦理这一"现代文化深刻的主体转向的一部分"②。最后是展现神话原型的性灵化体验,将神话原型作为体察现实社会和人生情感的着眼点,从而探讨作为现代性语境下现代社会人类反拨平庸现实、实现人生心灵救赎的希望镜像的神话原型。

纳拉扬从以上四个方面对印度史诗神话原型进行了现代性审美处理,使自己的史诗重述三部曲具备了现代性审美的特征。这些特征使得古印度史诗故事及其所承载的印度民族传统文化具备了世界化传播的特性。因此,纳拉扬的印度史诗重述从文学的外在形式和内在精神方面探索出一条适合于民族文化传播的民族文学道路:既继承古代传统文学的艺术精髓与文化内涵,又挖掘现代文学语言的审美优势,结合现代思维,实现印度传统文化与文学世界化的审美追求。

---

① 徐敦广:《现代性、审美现代性与艺术审美主义》,载《东北师大学报(哲学社会科学版)》2009年第1期,第112页。

② [加]查尔斯·泰勒:《承认的政治》,引自汪晖、陈燕谷主编《文化与公共性》,生活·读书·新知三联书店1998年版,第294页。

三、文化价值的普遍性

纳拉扬印度史诗故事的现代重述使得印度文化体现了人类文化的普遍性价值,这种普遍性价值主要源自史诗故事人物原型所具有的对人类文化发展的积极建设意义。史诗故事中的人物原型充当了一种传递印度民族文化的载体,将印度民族文化精神向世界其他民族与国家进行传播,积极展开对话与交流,探究其与世界文化的关系,使其成为文化的他者而被广泛认同,使世界的文化图像更趋完整。

(一)人类命运存在之思

古印度史诗插话中的神话传说寄托着印度民族精神和心灵的双重情感,赋予了印度文化道德与理性的双重内涵。它同时还保留了印度先民对神圣自然的惊奇与敬畏,印度传统文化中的"梵我如一"的深邃思想就出自对自然宇宙的神秘感与敬畏感。正是这些情感,透视出印度民族对生命个体与宇宙存在的思考。人的内心与精神世界的丰富与和谐,抵达"梵我如一"的人世境界,将人的生活与命运归结为梵之本质存在,皆是印度传统文化推崇的生命理想与终极情怀。

纳拉扬的印度史诗重述三部曲以现代化的视角将叙述的核心倾注在故事人物身上。印度史诗神话中描述的天神、国王、英雄与女性等人物,与命运和困境进行的永不屈服的斗争,凝聚着印度民族强烈的精神诉求,以及人类社会共有的情感因素。而神话中以阿修罗、罗刹为代表的诸魔,其实就是潜伏在人之内心深处的敌对的自我,是被生活异化的自我之魔。无论是神、人,还是魔,他们身上都蕴含着人类的智慧与文化基因。通过这些神话原型人物的命运困境与艰难存在,以及人物精神升华超越困境的努力,再现了印度民族对命运与存在的探索与思考。这些广泛流传于印度社会且沉淀在印度民族集体无意识之中的神话原型,其展现出的精神动力和揭示的社会存在,复苏了现代人日渐沉息的对神性的生命观照。"作为历史在当代社会再现的一种方式,成为人们回归历史、思考当代人类生存处境的一条途径。"① 纳拉扬通过这些原型的文化精神与价值取向,寄予了现代人重铸文化价值的希望。

纳拉扬的印度史诗重述三部曲始终贯穿着理性思辨与人文精神,不仅追溯了印度神话与仪式构成的历史,考察了印度先民表现出的人类心理,同时还探索和表达了现代印度人的忧思。通过古印度史诗故事的现代重述,纳拉扬试图透过印度神话内在的隐喻性来表达现代人的生存困局,从而探索人性与生命的终极意义。将纳拉扬的印度史诗故事的现代重述置于全球化的文化大背景中进行解读,必然具有文化人类学上的意义。它表达了人类从诗意的维度追求精神永恒的理想,赋予了人类突破物欲时代束缚的神性关怀,使人洞悉自我灵魂,反观现实世界,达到精神世界的平衡。

纳拉扬通过印度史诗故事重述构筑的印度神话体系,为现代人提供了感悟和思考生命意义的蓝本和解读神话寓意的模式。印度史诗重述三部曲不仅再现了印度民族反复追忆的史诗印度风貌,丰富了印度史诗人物的谱系演绎,发展了史诗故事的主题内涵与文化意义,而且实现了对印度传统文化的现代解读与传承。

(二) 人类精神文化成果

西方工业革命以来,现代科技所带来的人类社会思维方式与价值观念的转变促使人类的欲望无限地膨胀。精神文化价值为物质追求所取代并逐渐被遗忘,作为人类思想源泉和精神依托的神话被功利的社会发展所淡忘。人类随之进入信仰缺失与精神匮乏的时代。到了19世纪,神话甚至被西方理性宣布消亡。但是在印度,神话一直广泛存在于印度次大陆的每一寸土地,又由于其与印度宗教的天然亲密关系,印度神话在印度人的精神文化生活方面享有特殊的尊崇地位。到了20世纪,神话在世界全面复兴,印度神话自然成为世界神话谱系中不可或缺的精神文化的一支。

凯伦·阿姆斯特朗认为,"关于诸神的传说、英雄闯入地狱世界、穿越迷宫、降妖伏魔的斗争等故事揭开了人类心智运作的神秘一角,表明人

---

① 杨瑶:《狂欢化视野下中西"重述神话"项目作品之比较》(学位论文),江西师范大学2009年,第11页。

们如何调节他们的内心冲突"①。因此,神话的内在保存着拯救人类精神的希望之火。印度神话与世界众多神话一样,其内在的人类精神文化基因使其即便处于理性主义泛滥、信仰缺失和世界神话普遍缺失的现代社会,依旧保持着人类精神文化记忆的能量。它超越时空,将人类早期的信仰与当代人的精神迷失关联在一起,无异于现代人的精神还乡,是帮助人类克服困难、面对死亡与虚无的精神给养。

纳拉扬的印度史诗重述三部曲始终都贯穿着一条文化传播的主线:将古印度史诗神话精髓用现代文学语言和文学形式译介并传播给英语世界读者。英语重述文本语言简洁、叙述生动,在充满异域景观的故事中向英语世界读者讲述了印度人的人格力量和精神文化,让英语读者感知和了解印度神话传说中人格化的天神、恶魔、帝王与英雄等。古印度史诗故事中那些充满正能量的神话人物,如坚战、罗摩、那罗、诃哩湿旃陀罗、德罗波蒂、沙恭达罗、达摩衍蒂、莎维德丽等,无不具有无穷的精神号召力,他们勇敢、坚强、善良和充满智慧,能够使人摆脱懦弱、堕落、邪恶和平庸。读者通过他们的故事,可以获取精神能量,净化灵魂。纳拉扬印度史诗重述三部曲选取的神话故事,"不仅为人类提供了诗性智慧,也为人类提供了返归自身的航向与能力"②。这既是印度神话,也是世界神话为人类世代重述的根源所在。

(三) 人类民族文化特征

古印度史诗故事中的印度神话传说,是印度民族文化记忆的重要组成部分,对于印度民族而言神圣而庄重。史诗故事中具有民族文化色彩的神话原型,如罗摩、尸毗王、诃哩湿旃陀罗王、莎维德丽、达摩衍蒂等,凝聚着印度民族的情感愿景和理想追求,成为印度民族具体化的累积性历史记忆,延续至今,构成了印度民族民族文化、民族性格和文化传统的重要成分。因此,古印度史诗故事中的印度神话传说是印度民族集体意识的显现和印度民族文化的精髓部分。在这些以神话传说为主的史诗故事中,很多故事如《沙恭达罗》《那罗传》《莎维德丽》等已经传播久远的印度文

---

① [英]凯伦·阿姆斯特朗:《神话简史》,胡亚豳译,重庆出版社2005年版,第11页。
② 叶舒宪:《神话如何重述》,载《长江大学学报(社会科学版)》2006年第1期,第16页。

学经典，不仅被印度历代作家艺术家反复地进行改编、创作，还曾几度渗透到世界各国文学与文化领域。大文豪歌德曾欣然作诗赞叹："我们还要知道什么更优秀的东西，沙恭达罗、那罗，我们必须亲吻。"① 其中，《那罗传》早在1819年就被弗朗茨·波伯（Franz Popper）译为拉丁文的《那罗王之歌》，此后又被多次译为德文，被公认为印度文学和世界文学中的一颗明珠。另一位德国学者施勒格尔（Friedrich von Schlegel）对《那罗传》也给予了极高的评价："这篇诗在激情和道德上，在感人的魅力和思维的细腻上都是难以逾越的作品。……既可以讲给老年人听，也可以讲给青年人听；既可取悦达官显贵，又可面向凡夫俗子；懂艺术的人能够欣赏它，不懂艺术的人也能够欣赏它。……达摩衍蒂的坚贞行为和献身精神在印度家喻户晓、妇孺皆知，就像泊涅罗泊在我们欧洲一样。在欧洲这个古今各国艺术珍品聚集的地方，达摩衍蒂将获得和泊涅罗泊同能的声誉。"② 对于《莎维德丽》，德国著名学者温特尼茨推崇它是印度史诗为后人保存下来的婆罗门诗歌中"最为瑰丽的作品"。

  在全球化的现代语境下，纳拉扬的史诗故事重述蕴含着其对自己所处时代和印度民族历史之间关系的一种真实性的信任与依赖。纳拉扬通过史诗故事的重述，赋予这些印度神话传说以新的内涵，"试图从民族的某种源头来为自身延续、存在和发展的合法性寻找依据，这样，历史记忆就为民族认同的建构提供了前设式的根据"③。其因而得以建构一种跨文化语境下的民族文化认同。同时，通过史诗重述，纳拉扬追溯了印度历史的轨迹，在神话时空中感触印度民族文化的印记，并以现代性来观照与反思现代社会人性与命运的复杂。纳拉扬史诗重述这种追忆文化经典的文学行为，将古印度史诗神话所积淀的印度传统文化转化成了新的文化形态，将其中蕴含的文化内涵转换成现代社会人类的生命意识，使史诗插话重新焕发出新的生命力。这种新的变化反映了古印度史诗积淀的印度民族文化记忆在现代社会的延续和文化遗存。

---

  ① 梁潮、麦永雄、卢铁澎：《新东方文学史（古代、中古部分）》，广西师范大学出版社1990年版，第202页。
  ② 季羡林、刘安武编《印度两大史诗评论汇编》，中国社会科学出版社1984年版，第327页。
  ③ 殷曼：《民族认同建构与"历史记忆"的暧昧性》，载《社会科学战线》2008年第1期，第133－135页。

总之，在全球化语境中，纳拉扬的印度史诗重述无疑是传播印度民族文化的有力方式。印度史诗重述三部曲不仅注重通过挖掘和重建印度民族的传统文化来建构自己的民族文化与身份认同，而且以此为基石与平台，与世界文化进行交流与对话，传播独具特色的印度民族文化。印度史诗神话及其所蕴含的民族文化底蕴因此再次得到了世界性的传播。从重温经典的视角看，纳拉扬的印度史诗重述三部曲无疑体现出了跨文化共通性。民族的就是世界的，独具特色的印度民族文化同样也是人类世界共有的民族文化。正是基于这一点，纳拉扬的印度史诗重述三部曲作为人类文学的多样化中的印度标志，让世界人民重温了民族的文化情感。重述文本所具备的人类民族文化价值的特征，也成为其在传播的过程中深受读者喜爱的缘由所在。

第二节　三部曲的跨文化传播策略

纳拉扬的印度史诗重述三部曲本质上是一种将印度文化介绍给他国读者的跨文化与跨语言的翻译文本。"当一部用印度语言写成的作品被译为英语时，它有助于区域文化再现为更具权威的民族文化或印度文化；而当该作品走出印度后，它会使民族文化再现为权威更甚的国际文化。"[①] 纳拉扬用英语重述古印度史诗故事而形成的新文学文本，因其走出印度、深受英语世界好评而具有了更权威的民族文化与国际文化的跨文化义涵。纳拉扬印度史诗重述三部曲所具有的这种跨文化义涵，源于文本中跨文化传播策略的使用。

一、注重对受众的分析

由于历史文化与民族传统等方面的差异性，读者之间必然存在不同的人文价值观，从而产生对作品理解的文化鸿沟。为了跨越这种文化上的鸿

---

① [印度] K.沙基达南丹：《翻译之邦》，引自尹锡南译《印度比较文学论文选译》，巴蜀书社2012年版，第450页。

沟，纳拉扬的印度史诗重述三部曲对作品的受众做了必要的分析。

(一) 明确受众人群，尊重其审美心理

一般而言，译介作品往往以不懂所译文本语言的读者为对象。在跨文化交流的印度文化与文学作品的译介上，译介的作品应该主要以不懂印度语言的读者为目标，而不是以懂得印度语言、专门从事印度语言文化研究的学者为主。纳拉扬的印度史诗重述具有其特定的读者指向，主要是将印度史诗故事译介给英语世界中那些不懂印度语言、愿意了解和学习印度文化与文学的读者。明确自己作品的受众，纳拉扬的印度史诗重述三部曲才能最有效地发挥其文化传播的作用。

其次，作为印度民族文化的传播作品，纳拉扬的印度史诗重述三部曲还充分地考虑到受众的审美心理。纳拉扬的英文版印度史诗重述三部曲在了解英语世界受众的民族心理、文化背景的基础上，挑选了印度传统文化中最具典型意义，且艺术上成熟完善的史诗故事作品，以满足受众可以直观而轻松地接触印度文化、了解最具印度传统文化特色的作品的心理需求，提高跨文化传播的效果。在此基础上，他以简洁易懂的语言完整地展现了古印度史诗源文本中的故事内容，又呈现出源文本中故事的艺术美，使作品兼具趣味性与审美性。此外，纳拉扬对受众难以理解的印度传统文化知识，通过注释或"讲故事的人"的解释与解读，帮助受众正确地理解与欣赏印度史诗故事所蕴含的印度文化知识。但在这一过程中，纳拉扬时刻明确印度文化传播的主体地位，没有迎合英语读者的倾向，而是依靠巧妙的叙述技巧吸引读者阅读。

纳拉扬的印度史诗重述三部曲在英语世界受到的持续喜爱，表明了纳拉扬古印度史诗神话译介受众指向的正确性，以及作品对于印度文化传播的重大意义。纳拉扬的印度史诗重述三部曲的再版次数都已分别达到十次之多，三部曲的合订本也出版了多次，是目前国外最受欢迎和影响最大的印度史诗神话英文版本。美国学者约翰·S. 梅杰（John S. Major）在其与克里夫顿·费迪曼（Clifton Fadiman）所著的《一生的读书计划》（*The New Lifetime Reading Plan：The Classical Guide to World Literature*，1999）中罗列的两大史诗《罗摩衍那》与《摩诃婆罗多》最优秀的删节版，企鹅出版社推出的纳拉扬删节版名列其中，梅杰认为"纳拉扬缩写的《罗摩衍那》(15)、《摩诃婆罗多》(16)相当好,读者应该会喜欢"①。

纳拉扬正是以不懂印度本土语言、对印度文化了解甚少的英语世界读者为其作品的主要阅读目标人群,选择了自己的文学语言和叙述风格。同时,他秉持正确的文化传播观和深厚的双文化学养,将其印度史诗重述三部曲打造成英语世界乐于接受的印度史诗神话版本。

(二) 秉持多元文化思维,使三部曲融入异质文化

赛珍珠曾说过,"东西方人之间存在的最大不同表现在他们的思考方式上,而他们最大的相似之处是有着类似的感情,也就是说我们以不同的方式思考,我们以同样的方式来感受"②。纳拉扬同样认为,人类共通的情感因素与善恶观念是东西文化交流融合的基点。文化之间的共通性与差异性驱使文化交流成为必要。西方文化中的科学技术、民主与自由精神等,对于尊崇哲学思维和社会伦理体系的维系的印度文化而言,具有极大的互补性和借鉴性。

秉着多元文化思维交流互补的文化传播态度,纳拉扬的印度史诗重述三部曲努力创造一个讲故事的框架,使故事的情境更贴近现实生活场景,能够充分融入英语世界文化的文学文本,使其在文化上能够与英语世界文化达成共鸣,从而使故事的流传成为一种自然的行为。纳拉扬在其史诗重述文本的叙述实践中遇到存在文化距离的地方,没有采取规避的策略,而是充分尊重与欣赏这种差异与距离。他在叙述上往往采取异化策略,这种异化不是以英语语言文化的价值标准来规范印度传统语言文化,而是在保留印度文化特征完整性与文化独立性的基础上,以平等的态度融入英语文化,促进印度文化的传播与交流。例如《德罗波蒂》中,纳拉扬通过"讲故事的人"对印度与西方对待"一女嫁多夫"看法的差异和类同感,解释了故事的特殊性与戏剧性。

> 我听说在西方世界它并没有什么不寻常的,尤其在电影世界里,一个女人可以嫁给五个人——但是他会想到那是一个接一个地,而不

---

① [美] 克里夫顿·费迪曼、约翰·S. 梅杰:《一生的读书计划》,马骏娥译,译林出版社 2012 年版,第 279 页。

② Pearl S. Buck. *China As I See It*. New York: The John Day Company, 1970, p. 58.

会完全发生在同一时间。但是德罗波蒂历经了同时嫁给五个兄弟的体验。这听起来是绝对不可能的事,即便是在他们的时代也是令人发指的。①

为了将印度传统文化与史诗神话文学展示给不了解印度文化的英语世界,纳拉扬不仅要保持印度文化的本真,同时还要满足英语世界读者捕捉文化之"异"的期待心理。在阅读纳拉扬的印度史诗重述三部曲时,可以明显发现他并没有完全采用纯正的英语表达方式,而是存在很多印度式英语的地方,史诗故事重述过程中保留了史诗源文本中部分人物形象与语言的风格。以源于西方文化的英语叙述印度文化,这种英语语言并非英语读者所熟悉的常态语,而是向英语世界读者提供了一个全新的视野。纳拉扬充分发挥了用英语语言符号之外衣,装饰印度语言结构与文化的躯体的作用,使没有接触过印度文化的英语世界读者产生一种亲近印度作品、与印度文化面对面交流的愉悦感。这种愉悦感交织着突破语言阻力所得到的、彼此交互作用的陌生感和新奇感。因此,纳拉扬的印度史诗重述三部曲之所以能够赢得英语世界众多读者,主要是因为其作为文化交流使者的身份和对印度传统文化的有效传达。

二、注重对民族文化符号体系的建构

(一) 典型文化符号的运用

卡西尔曾认为,"符号化的思维和符号化的行为是人类生活中最富于代表性的特征,并且人类文化的全部发展都依赖于这些条件,这一点是无可争辩的"②。在这种层面,文化就可以理解为人符号化活动的现实化与对象化。神话、语言、宗教与历史等作为文化世界的不同面向,从某种程度上而言也是种种文化符号。纳拉扬的印度史诗重述是通过文学语言对印度神话传说进行新的建构与诠释这一渠道来传播印度文化内在的优越性,

---

① R. K. Narayan. *The Indian Epics Retold: The Ramayana, The Mahabharata, Gods, Demons, and Others*. London: Penguin Books, 2000, p.529.
② [德]恩斯特·卡西尔:《人论》,甘阳译,上海译文出版社1985年版,第35页。

让英语世界的人愿意去了解印度民族的文化，从而推动其在现代社会的发展。

纳拉扬印度史诗重述三部曲中，所有的故事都是基于人物这一核心对象来撰写的，每一个人物身上都具备丰富的文化意蕴，是一个典型的印度文化符号。纳拉扬的独具匠心在于，他将这些深具印度文化特征的人物典型，以一种集聚的力量呈现在文本之中，并让每一个形象都生动具体，保持了古印度史诗人物经典性地位的显现，而且这些人物典型都具备类型性与传神性特征。为了使这些源出于史诗的故事更加简洁易懂，纳拉扬对所有的故事进行了整理分类，归结为五种类型。这种分类使得每个人物典型作为主体，突出了抽象形象与观念表达的地位。此外，其所具备的普遍性与相应的"类"属性，使其表达的意义与观念能够更好地为读者阅读时所理解，从而推动了故事在英语世界的跨文化传播与发展。

古印度史诗神话中的典型人物，如众友仙人、那罗、莎维德丽、沙恭达罗等各自具有的文化特性被广泛地流传，代表着印度理想的人格与精神力量，历经时间积淀成为印度先民与人类早期的文化基因。这些典型文化符号所具有的稳定个性特征都具有其表意功能，体现了对人类文明发展过程中流传至今的理想人类属性的认知，历经时代变迁，成为印度民族文化与人类文化的原型。纳拉扬的印度史诗重述后的故事，并不是简单地对人物的性格、习性和成长等进行描写，而是通过这些表象来表达蕴含在其中深刻的印度社会文化哲理。这些不断重现于时代历史中的典型人物，在某种程度上是将现实文化还原的原型。纳拉扬基于其对现实社会生活的深刻体会，向英语世界读者再现了这些原型，为人类现实情感的表达服务，如批判贪欲与邪恶、同情与救护弱小、赞美善良与勇敢等。

纳拉扬印度史诗重述的艺术意义在于，利用传神的人物形象符号来表达印度现实社会的真实状态，使得故事的寓意更容易被英语世界读者所理解和接受，在深层次的阅读中感受故事与人物的魅力，因而对于印度文化的传播起着重要的作用。

（二）具有人类普世性寓言的介绍

纳拉扬的印度史诗重述，并不是简单的印度史诗神话故事的再现，其文本内部自身就蕴含着诗学与美学的崇高意义。印度神话作为一种极具寓言意味的文学形式，在美学上充分地展现了爱与恨、善与恶之间的较量与平衡，从而达到使人去恶从善的目的。天神与恶魔的对抗，其实质是人性中善与恶之间旷世持久而又充满艰辛坎坷的对抗。驱散人性恶魔的神之存在，或许正是人心向善与人性净化的美好愿景。通俗易懂的故事在诗学的意义上正好可以让人轻松地得到真、善与爱之美学的体验。

纳拉扬重述选取的这些古印度史诗故事既具有民族寓言的特质，同时也具备了人类寓言的特征。印度作为东方的一个古老国度，文化源远流长且独成系统。印度史诗神话故事历经时代洗练，融入民族内在的自我特性，深入印度教民族的精神与文化层面，呈现出一种民族寓言的特点。纳拉扬关于这些史诗故事的重述突破民族内在的自我限制，将这些历经时代的史诗故事放置在人类发展的大背景之下，使源文本故事内容所表达出的普遍道德意义与普世价值充分地展现出来，并使其跨越异质文化的鸿沟呈现在英语世界的视野之中。因此，纳拉扬的印度史诗重述三部曲具备了现代历史背景下的宏观感。

这样，印度史诗神话自身所具备的人类普世价值观的载体特征，经由纳拉扬通过对其民族文化内涵与道德意义的释放，体现出更为具体的人类基本价值共识。印度史诗神话因此在西方英语世界异质文化中更容易被接受与传播。在这个过程中，虽然存在英语世界读者的文化误读，但是对于其普适性的传播依然起到了增强的作用。这也是纳拉扬的印度史诗重述三部曲能够在英语世界得以多次重版，得到广泛传播，并还在继续扩展影响力的根本原因。

总之，纳拉扬的印度史诗重述建构了一套完整的印度文化符号系统，其中的每一种文化符号都深具文化内涵与普世寓意。英语世界读者在接受这些印度文化符号的同时，其背后的精神文化也被潜移默化地接受了。人物这一典型文化符号无形中增强了印度史诗故事的文化辨识度与传播力度，使其作为一种深厚的文化与思维方式为读者所接受。

三、注重表达方式的适应性

（一）以寓言式表达方式为重点，适应西方文化解读方式

詹姆逊（Fredric Jameson）认为，第三世界的文本，"关于个人命运的

故事包含着第三世界的大众文化和社会受到冲击的寓言"[1]。这些故事文本都带有寓言性,且应该被当作民族寓言来阅读。这一论断实际上是西方文化解读东方文化的方式之一,作为独具特色的东方文化形态之一的印度文化,在西方人的眼中是以一种具有意识形态性质的寓言的形成而存在的。从深层次而言,这种寓言式的解读方式体现了西方文化思维方式的基本特征。从跨文化传播的特点来说,一种能够为异质文化所认知和理解的表达方式十分重要,它可以减少文化传播过程中的沟通阻隔与文化障碍。所以,表达方式要简洁且易于文化传播,同时还要能够深刻反映文化内涵的核心精神与价值观。

语意分离是寓言最大的特点,以寓言式的方式进行文化传播更容易为异质文化所接受。因此,采用寓言式的表达方式,将印度传统文化的核心精神与价值观念融入寓言式表达之中,可以满足和适应西方文化寓言式的阅读期待及其接受与解读方式,毋庸置疑是一种极为有效的表达方式。这对于印度传统文化在英语世界的传播能够起到积极的促进作用。

纳拉扬在创作印度史诗重述三部曲的过程中,在选取史诗故事的时候,不仅考虑到故事本身具有寓言这一文本内容描写的故事形态特质,而且在描写这些故事所用的语言与表达方式上,也重点采用了寓言式的表达方式。在处理故事人物主体的时候,不论是诸天神、阿修罗、罗刹,还是三相神,都尽可能强化人物的人格化特征,去除主体故事过于神化与漫画化的特征。这样一种表达方式使印度史诗神话故事的人物都具备了人类的人格特征,从而使美学上倡导的"移情"成为故事的最重要的文学表达。"移情"作为人类灵性与原始思维模式的反映,其主要特点是对现实生活现象进行形象化的明喻或暗喻,从而最好地体现故事文本的时代特征。

(二)模式化的叙述结构,增强文化译转中的灵活性

纳拉扬的印度史诗重述选取的都是印度史诗神话中极具人格魅力和道德力量的人物作为主人公,通过这些神话人物的角度来审视印度与人类现实社会,在隐喻中揭示人类社会发展的基本问题及其复杂性。史诗故事的内容决定了其形式结构的特殊性,也决定了其叙述方式的独特性。每一个

---

[1] [美]詹明信:《处于跨国资本主义中的第三世界文学》,引自张京媛译,张东旭编《晚期资本主义的文化逻辑》,生活·读书·新知三联书店1997年版,第523页。

史诗故事的内容与其寓意相互独立而又融合，融现实于神话传说之中，从而表达出纳拉扬对故事的切身体会。纳拉扬在叙述语篇上，从五个方面对史诗故事的重述建构了一组重现的结构模式。这种模式可以使文本叙述的表达更具适应性。

第一，篇前点题。纳拉扬将所选的史诗故事分为五组五种类型，在每组故事之前，都会对本组故事的内容做一个十分简洁的总结，对每一个独立的史诗故事也根据需要进行不同形式的点题叙述。这种篇前点题有两个目的：一是预告故事，引导读者进入故事的阅读；二是表明纳拉扬创作复述此故事的主旨与目的，使读者对接下来的故事有粗略的阅读预期。

第二，背景介绍。纳拉扬在篇前点题之后，正式重述史诗故事的内容之前，"讲故事的人"总会对故事的人物、事件、时间、地点等故事背景进行简单的介绍。这种背景介绍有两个优点：一是使异质文化的读者在阅读故事之前大概了解这个故事的缘起状况；二是符合西方现代叙述文体，特别是小说这种文体的基本叙述路径，便于现代阅读者轻松地进入故事的叙述情境。

第三，故事进展。纳拉扬在重述史诗故事时，对故事内容中发生的事件、事件的进展，基本采取了顺序的叙述方式。在叙述的过程中，没有特殊的叙述需求，纳拉扬坚持故事本身的时间脉络，维持事件的发生顺序，避免故事的叙述溢出预设的故事内容与主旨。但是，在故事进展的过程中，纳拉扬对某些事件的细节处理和人物对话的丰富性增加了故事的趣味性与幽默性，使英语世界的读者能充分感受故事本身的魅力以及其背后深刻的寓意。

第四，叙述者评议。纳拉扬赋予"讲故事的人"重述古印度史诗故事的叙述者的功能，同时也赋予了他对自己所叙述故事中的人物、事件和故事寓意进行点评，发表意见、观点和态度的功能。"讲故事的人"的评议主要在于维持故事的叙述目的，传达故事的语境意义。评议同时还担负着为受众服务、适时解答疑惑的社会功能。评议的表达方式是多样的，以多种形式出现在故事需要得到额外阐释的时间与位置。"讲故事的人"一般很少打断故事的叙述，因此，他的评议往往出现在讲述故事之前，或故事的结尾处，作为故事思想的导引和故事寓意的总结之用。对于受众而言，叙述者评议进一步深化了其对史诗重述故事的理解和对印度文化的认知。

第五，结局与收尾。纳拉扬的史诗故事重述，其故事系列事件的结果往往继承源文本故事,但是每个故事重述的收尾在表达上往往另立新意。这一部分是由"讲故事的人"的评议所引起的,另一部分因史诗故事在印度历史上的流传异变所致。纳拉扬在每一个史诗重述故事的收尾处,要么阐明对故事内容表达的意义的见解,要么引入历史上此故事异变的情形,从而达到和读者分享和交流故事结局的效果,即在叙述者与读者之间形成亲密的联系,使故事蕴含的寓意和文化特性能够更轻松、更详尽地为受众所接受。这种结局与收尾的表达方式增强了印度文化在异质文化中传播的易受性与灵活性。

纳拉扬印度史诗重述叙述过程中呈现出的模式化特点非常简洁干净,减少了故事文本叙述结构上的民族差异性。加之纳拉扬的文学语言自然朴素,结合富有趣味性和哲理性的故事内容,较之源文本插话而言更容易为异质文化读者所理解与接受,从而进一步减少了民族文化交流的障碍。

第三节　三部曲的跨文化传播理论

纳拉扬的印度史诗重述三部曲无疑是一个值得吸收借鉴的跨文化传播样本。作为一种异质文化,三部曲能够在跨文化语境中顺利地通行传播,其机理成分中定然运用了不少利于跨文化传播的方法与理论。这些方法与理论,从纳拉扬本人的创作而言或许不成系统,却契合了诸多方法与理论的运用效力。纳拉扬通过具体的实践经验所达到的良好文化传播效果,印证了优秀跨文化传播方法与理论的使用能力,对于文本的跨文化传播具有重要的借鉴意义。

一、灵活运用文学翻译理论

纳拉扬的印度史诗重述可以理解为一种特殊的文学翻译,是纳拉扬将印度语(包括梵语、泰米尔语)所表达的思维内容和体现的风格特征,用英语重新表达出来的文学语言活动。这一文学语言活动不仅涉及史诗故事的内容信息,而且涉及史诗故事源文本中的文化审美信息。三部曲能否在传译语言中找到最符合英语读者文化和审美经验的表述方式,带给英语世界读者对印度文化审美的别样新体验,这一点至关重要。因此,史诗故事的重述必然涉及众多的翻译问题,灵活运用文学翻译的众多策略与方法,体现了纳拉扬对文学翻译理论的适度把握。

(一) 前瞻式翻译与功能对等

前瞻式翻译(prospective translation)是英国著名文学家与翻译家波斯盖特(John Percival Postgate)在其《译论与译著》(*Translation and Translations*,1922)中提出的两大著名的翻译方法之一。前瞻式翻译在翻译的过程中,主要着眼于目标语言和读者,忠实于读者的反应。译者可以采取各种灵活具体的语言方法与表达方式,使译文最大限度地为读者受众所接受。

纳拉扬的印度史诗重述具有十分明确的文化传播目的。为了使重述文本达到最优化的文化传播效果,使读者受众理解文本中的文化意义是主要目的。因此,纳拉扬的史诗故事重述,主要采取的是前瞻式翻译。当然,对史诗源文本中故事的理解是前瞻式翻译的先决条件,这样,纳拉扬就可以将重述的全部力量集中在语言的表达上。为了使英语世界的读者对异质文化的印度文化思想认知不受冲击,以及其阅读期待不受干扰,纳拉扬通常在发挥其充分的想象力与理解力的基础上,采用英语读者熟悉的词语和常见的表达方式处理源文本故事内容。在意义忠于源文本的情况下,流畅表达故事的内容与文化意蕴,形成了可读性强的重述文本。

1969年,美国著名翻译家尤金·奈达(Eugene Albert Nida)在波斯盖特前瞻式翻译的基础上提出动态对等理论(Dynamic Equivalence),并进一步修正为"功能对等"理论。其主要以读者的反应为中心,要求译本读者对译本的理解做出的反应,应当最切近自然地与源文本读者对源文本的理解所做出的反应达到效果对等。纳拉扬的印度史诗重述三部曲明显地契合功能对等翻译思想的主张。在重述史诗故事的过程中,英语读者对这些故事所传达的印度文化的读者接受反应被优先考虑,例如英语读者受众的文学审美标准、文化认知能力等。

(二) 意译为主,直译为辅

从语言形式、内容与结构层面来看,在古印度史诗的翻译历史中,直译与意译是两种最具代表性的翻译策略。古印度史诗虽然是集叙事与抒情文学于一体的综合性体裁，但是内容庞杂，其中许多内容涉及政治、宗教与社会习俗，脱离核心故事。单以其中的插话故事来说，文学性程度较高的唯有神话传说与寓言故事。因此，采用保持源文本内容与形式的直译策略来进行翻译是一项重大的工程。纳拉扬的史诗重述，其前提是选取古印度史诗中最精华与最具文学性的插话来作为印度文化的代表，其次还需去除插话故事中夹杂的浓厚宗教成分，并将所有插话的指向归置于具体的文化所指之下。因此，纳拉扬采用了只保留源文本插话核心内容，不保留其源形式的意译方法。

纳拉扬在对源文本故事充分理解的基础上，对照印度语与英语的表达方式，将史诗源文本故事的内容转化为英语。这样一种表达方式虽然改变了源文本诗歌体的形式，但是史诗故事的核心内容与文化指向更加清晰具体，传播文化的效果更为明显。此外，对于源文本故事语言独具特色和文化特征的部分，他总是尽可能地采用直译，以保留源文本故事的文学特色。例如插话故事中所涉及的所有地名、人名与文化关键词，均采用读音直译的办法。遇到有冲突的地方，就采用英语中与之相对应的词汇进行意义解读，或添加注释的方式进行补偿。尽管使用注释会带来一定程度上的阅读滞缓，却最大限度地保留了源文本的文化特色。

因此，从文本的语言形式、内容和结构方面来看，在不影响源文本故事内容表达的前提下，纳拉扬主要采用意译的方法，把直译作为补充，相互协调。特别是对于英语与源文本语言不能以相同形式表达出确切意义的地方，纳拉扬改变策略，在正确理解源文本表达意思的基础上，将源文本的内容以英语受众习惯的语言表达方式再现出来。

（三）归化法与异化法互用

从对文化的处理层面来看，如何让普遍缺乏印度文化背景知识的英语世界读者能够像印度本土读者一样理解印度史诗重述三部曲，是纳拉扬重点考虑的问题，也是其传播印度文化的理想追求。归化（domestication）与异化（foreignization）是美国著名翻译理论学家劳伦斯·韦努蒂（Lawrence Venuti）1995 年在其《译者的隐身：一部翻译史》（*The Translation's Invisibility: A History of Translation*）中提出的翻译方法。前者以忠实于译文读者所习惯的语言表达方式来传播源文本的内容与文化，后者则以忠实于源文本所使用的语言表达方式，让译文读者自己习惯源文本的内容与文化表达。

与将外国文学作品译介入本国的文学翻译活动不同,纳拉扬的印度史诗重述是将本国文学作品译介至外国的文学翻译活动。因此,纳拉扬需要做到的是,既要忠实于古印度史诗源文本的思想文化和风格,同时又要最大化地使史诗故事重述文本满足英语读者习惯的表达方式。从文化传播的目的受众来看,纳拉扬要保留源文本的思想文化和风格,必然要采用异化法,要考虑英语读者的理解和重述文本的流畅性,又必须采用归化法。因此,纳拉扬史诗重述兼具两策略之长,使两者互补,共同服务于文本的形成。在语言形式上采用归化的策略,使史诗重述文本的行为符合英语的表达习惯和英语读者的审美情趣,增强史诗重述文本的可读性与文学性。对文本内容中的文化因素则进行异化处理,保留印度民族文化的差异性,保存和突出印度民族特征和印度语言风格特征,为史诗重述文本读者保留异国情调式的期待视野,如此可以做到异化时不妨碍文本通畅易懂,而最大化地保留源文本的浓厚文化意味。

在具体的文化异化操作上,纳拉扬特意通过注释为英语读者提供必要的印度文化背景知识,让读者加深对印度文化的理解,达到文化传播与交流的目的。在具体的语言归化操作上,纳拉扬采取了英语语体,改变史诗源文本故事的语言形象和形式,找出英语中与源文本语义相应的表达并进行替换;将源文本中的语篇体裁从诗体调整为易于接受的小说体;对源文本中一些过于深邃的宗教与哲理文本材料进行了删减,尽量创造更贴近英语读者的文化语言环境,满足其本有的"期待视野"。

二、注重结合语境顺应论

语境顺应理论由比利时著名语言学家耶夫·维索尔伦(Jef Verschueren)在其《语用学新解》(*Understanding Pragmatics*,1999)中提出,他认为语言的使用是语言交际者为适应变化的语境,不断做出选择和顺应的动态过程。语境即语言存在、发展及其使用的环境。纳拉扬的古印度史诗重述作为一种包含多种语言之间转化的特殊文学翻译,既是一种跨文化交流形式,也是一种文学语言的交际活动。纳拉扬印度史诗重述过程中的语境,是纳拉扬在使用英语语言阐释和传播古印度史诗源文本语言文化的过程中动态生成的。这些语境主要包括语言、交际与文化三个层面,其中文化是三大语境中最为显著的因素，而且这些语境会随着纳拉扬的史诗重述过程的发展而不断发展与变化。因此，在纳拉扬的史诗重述过程中，纳拉扬为使故事重述顺应源文本语言和英语语言双方的认知语境，实现文化交流的环境对等，表现出了相当强的跨文化语用意识。

（一）语言语境顺应

在纳拉扬的印度史诗重述三部曲中，语言语境即为重述文本的上下文。纳拉扬为了使重述文本顺应英语世界读者受众的语言习惯，从三个方面对语言的运用做出了合理的选择，使其具备语言语境的顺应性。一是通过逻辑性的语言和词汇来实现语篇与语义之间的联系；二是统一语言运用的风格和语言表达的情境因素，实现语篇与语篇之间的联系；三是所有语篇内的语言采取时间顺序进行叙述，实现语篇内逻辑语义的线性发展。在这一过程中，纳拉扬对史诗源文本故事可以进行文化交流构成的认知语境做出分析，然后进行语境假设，找出文化信息丰富的成分，结合自己的交际意图和受众的认知语境，做出最具语境效应的故事重述。这与维索尔伦对语言语境顺应进行篇内衔接、篇际制约和线性序列的划分是一致的。

（二）交际语境顺应

依据交际语境顺应理论，纳拉扬印度史诗重述的交际语境指的是与印度史诗重述三部曲中文学语言相关的背景文化与相关知识，其包含着源文本作者、纳拉扬和英语世界读者的社交世界、心理世界和物理世界，对纳拉扬的思维模式和语言选择有着重要的影响。为了使印度史诗重述三部曲文本的交际语境顺应、满足英语语言读者的阅读需求，纳拉扬对影响交际语境的相关因素进行了充分的考虑与处理。

在社交世界层面，纳拉扬主要考虑的是史诗重述文本在语言选择方面如何继承源文本文化，并顺应英语世界受众的社会环境、社交场域和交际规范等因素，文化在其中起着桥梁的作用。纳拉扬首先对史诗源文本描述的社交世界和史诗重述文本预期的英语世界读者的社交世界进行了分析整合，对一些涉及社交语境的词汇的真实含义如实地译介出来，使源文本故事中的社交语境词汇尽量为英语世界读者所理解，从而顺应预期读者的社交语境。

在心理世界层面，纳拉扬主要考虑的是史诗重述文本在语言选择所表现出来的认知和情感等因素，如何顺应英语世界读者个性、情绪与意愿等心理世界的一个动态变化过程。纳拉扬在译介过程中，首先对源文本作者与预期的英语读者的心理认知结构进行分析，然后在史诗重述过程中将源文本中与文化相关的语言符号作为双方文化交流综合体的组成部分来进行处理，使重述文本既贴近源文本，又贴近英语世界读者，使史诗重述本顺应双方的心理世界。

在物理世界层面，纳拉扬主要考虑史诗重述文本中时间与空间的指称特征。纳拉扬在处理源文本故事中的印度时间观与空间观方面采取的是总体上做出诠释，而后在涉及具体空间时，又分别在故事语境中做出说明。如史诗源文本故事中，时间单位动辄就是千年、万年，而讲述天神的故事时还会用到天年，纳拉扬对这些时间都做出了明确的说明。此外，在空间上，对印度天、空、地三大神话空间，三相神分别的居所特征，天神、阿修罗与罗刹的居住地特点等，纳拉扬都做了特别的诠释与说明。同时，物理世界中还涉及与言语有关的诸多体态语，纳拉扬也都进行了特征性的旁释，从而减少以上会影响英语世界读者阅读难度的交际语言与形式。

（三）文化语境顺应

文化语境是语境的一个重要组成部分。文化语境顺应要求跨语言文化创作者在理解与选择语言时，要顺应不同文化的制度、历史、心理、思维与信仰方式等。古印度史诗拥有丰厚的文化内涵，纳拉扬想要将其史诗重述为英语世界所接受的文化性作品，就要首先考虑当时的两种社会文化背景。尤金·奈达指出，"翻译是两种文化之间的交流。对于真正成功的翻译而言，熟悉两种文化甚至比掌握两种语言更重要。因为词语只有在其作用的文化背景中才有意义"[①]。

为使重述文本达到文化语境的顺应，纳拉扬的印度史诗故事重述对两种文化背景都做了深入的理解。对史诗源文本文化的深度理解与把握以及对西方英语世界的文化的了解，使纳拉扬成功地找到了源文本语言与英语之间的契合点。他对源文本故事中的文化进行分析、筛选与重组，恰到好处地译介，适应传播需要，从而对两种文化做出动态顺应，使用英语世界

---

① E. A. Nida. *Language, Culture and Translating*. Shanghai: Shanghai Foreign Language Education Press, 1993, p.110.

的读者能够接受的文化语言表达出来。纳拉扬的印度史诗重述三部曲大大推动了古印度史诗神话及其蕴含的印度传统文化在英语世界的传播。

文化语境的顺应，又可以分为社会文化习俗的顺应与宗教文化的顺应。在社会文化习俗的顺应方面，纳拉扬仔细地洞察到印度与英语世界国家之间不同的社会文化习俗，并对其做出能让英语读者接受的动态顺应，使其顺从英语世界的文化习俗表达，在忠实传达原文意思的前提下提高了史诗重述文本在英语读者中的可接受度，使印度史诗重述三部曲得到了很好的传播。

在宗教文化的顺应方面，纳拉扬的做法则是深入地理解源文本故事中的宗教文化背景，尽可能地顺应源文本故事的文化指涉，让英语读者更多地了解印度宗教文化。在具体的重述过程中，纳拉扬深入理解宗教术语与器物所蕴含的传统文化意义，在英语重述文本中保留了它们独特的文化意蕴。例如，对于源文本故事中的许多宗教用语，纳拉扬采取了音译的方法，再对其加以诠释，保留了其背后的深层文化。因此，史诗重述顺应了源文本语言的文化语境，并做了动态的调整，使古印度文化得以原汁原味地传播给英语世界的读者。

三、贯彻文学翻译的接受美学观

接受美学理论家沃夫尔冈·伊瑟尔（Wolfgang Iser）认为，"文学作品有两极：可将它们称为艺术的和审美的。艺术的一极是作者的文本，审美的一极则是由读者完成实现的"[1]。接受美学认为，文学作品的价值意义除了受到创作者意图与作品结构的影响之外，读者因素至关重要。读者对作品的创造性参与，才能实现文本真正的价值。但是伊瑟尔又指出，读者的参与是基于不脱离作者在文本中留下的限定因素的。对纳拉扬而言，其以英语进行古印度史诗重述的主要目的，是向英语世界再现一个令世人向往的史诗印度与传播印度传统文化，读者的接受是其必然要考虑的重要层面。如何通过文本使读者乐于理解和接受印度文化，实现文化交流与传播，就涉及纳拉扬如何贯彻文学翻译的接受美学观问题。

---

[1] ［德］H. R. 姚斯、［美］R. C. 霍拉勃：《接受美学与接受理论》，周宁、金元浦译，辽宁人民出版社1987年版，第36页。

（一）清晰史诗重述过程中的双重身份

在进行史诗重述的整个过程中，纳拉扬扮演着多重的角色——语言使用者、源文本故事的接受者、史诗故事的重述者和文化交际者。在印度史诗重述三部曲形成过程中，源文本故事的接受者和史诗故事的重述者双重身份最为重要。

首先，纳拉扬是史诗源文本的接受者。在阅读与理解史诗源文本时，纳拉扬调动了从小就接触过的古印度史诗的知识、审美体验、价值观念以及对源文本的阅读期待。纳拉扬凭借这些因素来填补源文本存在的空白，归纳与总结史诗源文本故事的社会意义与美学价值。为了帮助读者更轻松舒畅地阅读史诗故事，作为特殊的读者，纳拉扬在阅读史诗源文本时，还积极地发挥了个人的主观能动性，对源文本史诗故事中的结构、情节与人物性格进行了合理的联想解释，即对史诗源文本的"空白"进行合理的填补与调整。对这种填补与调整"空白"的想象，纳拉扬基于其审美经验的基础，将其具体化和客观化，从而赋予了史诗重述文本新的审美价值。需要注意的是，纳拉扬对源文本"空白"的想象，是基于源文本作者意图的限制，对作者在源文本中传达的思想感情与立场态度仔细揣摩和反思之后进行的合理想象。在这种合理想象的基础上，纳拉扬再将自己的个人情感与故事寓意的理解投射到史诗重述文本之中。

而对于有些史诗源文本的表达形式，纳拉扬没有进行额外的解释说明，尽可能保留了源文本的"召唤结构"，给读者留下足够的想象空间，供读者自己去联想与做出判断。如《莎维德丽》中莎维德丽与阎摩的数次精彩对话，莎维德丽的善良、勇敢与智慧就彰显在这种话语表达之中。

其次，纳拉扬同时也是这些史诗故事的重述者。纳拉扬在对源文本故事的内容和形式进行重述时，对史诗重述文本读者的接受水平与审美能力进行预先设想，对源文本故事的内容成分、文本话语的表述方式、语言与体裁的形式以及创作行文等方面，都会做出考虑，进行选择、取舍与推敲。但在具体的重述过程中，纳拉扬同样注重传达印度文化与西方文化之间的差异性，尽可能地让英语读者了解印度文化与民族风情，保留源文本文化的特点。这种对源文本文化信息的保留性传达体现了纳拉扬对英语读者在文化层面的关照。在语言层面，纳拉扬在关注英语读者的语言习惯的同时，又保留了源文本语言的新奇语感，力求最大限度地保存源文本所蕴含的语言风格。纳拉扬以一种朴素、贴近史诗源文本故事叙述风格，带领新时期的英语读者深入印度文学和印度传统文化精神的世界之中，表现出对英语读者在语言层面的关照。

（二）推敲史诗重述文本读者的期待视野

由于史诗重述本的创作目的明确，文本读者的期待视野就成为"纳拉扬—史诗重述文本—读者"这一沟通环节中不可忽视的层面。在阅读与理解史诗源文本时，纳拉扬融合了自己的期待视野。但同时，纳拉扬也在思考着身处异质文化中的英语读者的期待视野：他们对印度史诗神话作品在语言与文化层面的审美需求与接受能力如何？在史诗重述时，力求使文本的叙述与知识的输出层面都可以适应读者的接受能力。也正是基于这一点，纳拉扬的印度史诗重述三部曲才得以成为英语世界的读者乐于接受的作品。

前面提到，纳拉扬在语言方面往往不保留源文本故事语言形象和语言形式，而是用一种接近源文本语言意义相对应的表达和语言形象来替代源文本的语言形象。将源文本故事中的诗体形式替换为散体形式，目的是使史诗重述文本更贴近英语读者的文化语言环境。但在文化与历史层面，纳拉扬则尽可能地保留印度文化的原汁原味，最大限度地传播印度民族的优秀传统文化，展示出与西方文化的差异性，其目的也是尽可能使印度史诗重述三部曲的文本满足英语世界读者的期待视野。

四、巧妙使用互文性理论

"互文性"（intertextuality，又称为"文本间性"）作为一种文本理论，首先由法国符号学家、批评家朱丽娅·克里斯蒂娃（Julia Kristeva）提出，用以解释"任何文本都是其他文本的吸收和转化"①。叙事学家杰拉尔德·普林斯（Gerald Prinee）在其《叙事学词典》（*A Dictionary of Narratology*，1987）对"互文性"做了清晰的定义："一个确定的文本与它所引用、改写、吸收、扩展或在总体上加以改造的其他文本之间的关

---

① ［法］朱丽娅·克里斯蒂娃：《符号学：意义分析研究》，引自朱立元《现代西方美学史》，上海文艺出版社1993年版，第947页。

系，并且依据这种关系才能理解这个文本。"① 互文性理论认为，文学存在于一种整体的关系网络之中，由文本间的互文性建构而成，文本之间相互影响，构成体系化的文学传统。一个文本不是孤立存在的，都不同程度地反映其他文本的折射，处于文本系统构成的文学传统之中，文本的意义也在于其所处文学传统网络中的位置。依据互文性理论，纳拉扬的印度史诗重述三部曲是对古印度史诗源文本故事的吸收、改写与转化。印度史诗重述三部曲处于古印度史诗文学传统的发展关系网络之中，只有通过其与印度史诗文学传统的关系，才能真正地理解其文本意义与文学价值。

　　印度史诗重述三部曲与源文本的互文首先源自纳拉扬以自己的视界对源文本的阅读与阐释，使史诗故事的重述建立在对源文本的深刻认识与理解之上。而后，纳拉扬从读者身份转换为作者，结合自身思想与审美条件、读者的阅读趣味以及时代语境，与源文本进行对话，获取比源文本更适合自身视界与理解的重述文本，实现伽达默尔（Hans-Georg Gadamer）所谓的"视界融合"。这样，纳拉扬的印度史诗重述三部曲不仅包含源文本的信息，而且还具备了纳拉扬所处时代、文化与生活经验等痕迹。纳拉扬大量接受了来自古印度史诗神话故事中的隐喻思维，使重述作为一种文学表达方式，与现代文化历史语境构成互文，从而将史诗故事中人物身上的种种问题作为现代人自我反思的观照，使之与现代社会的人物命运有了直接的联系。

　　其次，印度史诗重述三部曲在内容上既与源文本故事形成互文，同时又与已有的古印度史诗神话的重述文学作品等形成互文。在题旨层面，印度远古时代的现实问题，与"讲故事的人"所叙述的现代社会现实问题形成互文。特别是"讲故事的人"在叙述故事时进行的"引语"叙述干预十分值得注意，即"叙述者置于作品开头或作品章节开头的卷首引语、题词等。这种方式具有明显的互文性特征，它以一种看似游离于故事之外、与所叙故事不相干的方式，巧妙而意蕴深远地与所叙述的故事关联在一起"②。纳拉扬在重述史诗故事的过程中，与假定的叙述者、史诗中的故事以及故事中原型人物之间的对话，也营造出一种互文性的美学效果。借助这种互文性的对话，纳拉扬再现印度人民与他自己心中理想的史诗印度，传达出他对印度传统文化的眷恋、追忆与反思，对人类的精神危机与身份认同的

---

① Gerald Prince. *A Dictionary of Narratology*. Lincoln：University of Nebraska Press，1987，p. 46.

② 谭君强：《叙事学导论》，高等教育出版社2008年版，第211页。

忧虑,对人性痼疾的深刻思考,以及着眼于现代世界的创作姿态。

(一) 文学体裁互文性

重述作为一种互文手法,是纳拉扬重要的文本表现手段。在纳拉扬的印度史诗故事重述过程中,互文发挥着重要的文本作用。纳拉扬的印度史诗重述三部曲,以源文本故事为本、故事情节为纲,通过追忆与重述的形式,将古印度史诗神话所表达出来的民族记忆再一次记录在文本之中,并将其传播至整个英语世界。这是其与古印度史诗源文本故事形成的互文性。在重述的过程中,纳拉扬基于源文本故事之基础,通过增删源文本故事中的人物、情节,重组叙述其故事内容,并通过其设置的"讲故事的人"直接提及、评论史诗源文本。

纳拉扬的印度史诗重述在小说体裁方面与源文本诗体上呈现出了明显的差异性,但是两种文本之间在意义与语境等层面互相产生作用与影响。纳拉扬的史诗重述尽管改变了体裁样式,却无法摆脱源文本中以故事为核心形成的固定叙述场域。纳拉扬史诗重述所呈现出来的话语形态继续存在于与源文本相互关联的话语场中。明显的差异性在于,纳拉扬所处时代的社会观念结构和意识形态模式对重述文本话语形式层面所起的作用,影响了史诗故事叙述的情节结构。但恰恰是这种差异性,彰显了其存在的意义,充实了古印度史诗神话故事的谈论语境,体现了英国语言学家费尔克劳夫 (Norman Fairclough) 所提出的"文学体裁互文性 (interdiscursitivity)"。

(二) 叙述故事自己的故事

法国学者蒂费纳·萨莫瓦约 (Tiphaine Samoyault) 认为,"重写神话绝不是对神话故事的简单重复;它还在叙述故事自己的故事,这也是互文性的功能之一;在激活一段典故之余,还让故事在人类的记忆中得到延续"①。纳拉扬的印度史诗重述对于神话传说故事内容的修改,保证了古印度史诗故事得以继续留存和延续。他的史诗重述是古印度史诗神话的一种回归,这种回归对于故事中的人物形象与情节结构起到了补充的作用,从重述史诗故事后形成的史诗神话文本中依然能够清晰地读出源文本中的

---

① [法] 蒂费纳·萨莫瓦约:《互文性研究》,邵炜译,天津人民出版社 2003 年版,第 108 页。

故事。纳拉扬的印度史诗重述表明，在这种与源文本的紧密互文中，史诗故事充实了自己的故事，从一段古老的记忆到纳拉扬的一段可以跨越文化鸿沟存在的记忆，这些史诗故事有取有舍，但是从来都没有丧失自己的架构特点。可以说，古印度史诗故事文本以重述的方式流传，能够被当作历史的一面镜子，呈现出印度文化自然增殖与自我选择的发展轨迹。

因此，纳拉扬通过对印度传统文化资源的利用与整合，对古印度神话史诗故事进行现代性的阐释、再创造与异域传承，体现了时代语境影响下印度神话话语的变异与发展。通过个性化的理解，纳拉扬实现了对印度传统神话传说资源的更新与发展，不仅使其原本所蕴含的集体意识与文化情感得以再现，而且通过重构与演绎，赋予了其新的时代精神。三部曲对古印度史诗故事的现代重述，实际上延续了印度神话传说自身的生命力，使其适应了现代世界人思想观念的发展，以文学性的魅力重新塑造出新印度民族文化形象与时代精神。印度史诗重述三部曲通过与源文本的互文性，提供了这样一个个案，即古印度史诗这样的民间口头文学与书面文学的互为补充、并行不悖。因此，纳拉扬的印度史诗重述行为无疑是古印度史诗自身发展及其现代命运的一部分。

古印度史诗神话作为一种文学资源，被不断地改写、改编与重述。"在前殖民时期的印度，注疏阐释（Bhashya）和本地化等手法在印度史诗翻译中非常普遍。同质文化间的文本翻译不仅保持一种阐释说明的关系，还形成了一种包孕着丰富的多样性的互文性。"[①] 纳拉扬的印度史诗重述突破了前殖民时期与殖民时期的印度史诗翻译手法与策略，实现了异质文化之间的成功翻译，形成了一种新的互文性。通过这种异质文化之间翻译的互文手法，纳拉扬将古印度史诗故事作为一种文学运动从历史中传递下来，延续了印度史诗神话的发展史，既再现了一个人们理想向往的史诗印度，又融合了当今社会与世界文化因素。重述这一互文手法展示了纳拉扬及其所处时代，是如何记取存在与流传在历史与生活之中的古代史诗神话作品的。这种互文手法同时也体现了这种关于古代文学传统记忆与传播的重要性，因为它突破了语言的阻碍与地域的阻隔，继承与弘扬了文化遗产。

---

① ［印度］K. 沙基达南丹：《翻译之邦》，引自尹锡南译《印度比较文学论文选译》，巴蜀书社2012年版，第454页。

结　　语

　　印度现代文学史上著名的英语作家——纳拉扬及其印度史诗重述三部曲，无疑为印度英语文学在世界文坛上增添了一道亮色。古印度史诗重述在印度历史上一直是一种文学传统。重述古印度史诗中的神话故事具有相当的难度，特别是对其中已经成为经典的作品及其经典重述作品的重述难度更大。这些作品在为新的重述提供深厚资源基础的同时，也建构了系列难以逾越的典型人物与情节。纳拉扬所面对的是众多已经稳定成型的故事原型，以及故事中早已规范定型的经典情节与场景。这些原型意义与经典场景基本已经作为印度民族深层的集体记忆融入整个社会文化之中。以上种种无不深刻地影响着读者的阅读思维与期待视野，无形中也限定了纳拉扬的重述创作。但是纳拉扬以其特有的印度情结，在借鉴古印度史诗插话故事主题与母题的基础上，通过故事叙述方式的改变，在解构与互文中重新叙述了系列经典的插话故事，让那些古老的神话故事再一次抵达世人的心灵。

　　印度史诗重述三部曲对古印度史诗现代重述，源自纳拉扬特殊的家庭环境、教育经历、感情经验和文学传统，体现出其独特的视角与深度的文化传统关怀。他始终以一种继承与弘扬印度传统文化的炙热情怀、一种融合现代视野的创作姿态审视和反思印度史诗神话。他从印度史诗神话人物的文化精神内核切入，描写典型人物的不幸与痛苦，展现他们细腻矛盾的精神世界，探寻他们战胜人生困境与悲剧命运的精神源泉。三部曲中反映的美丽而奇幻的印度民族神话传说、浓郁的古印度时代特色与民族风貌、古朴深沉的"讲故事的人"以及高超的叙述故事的艺术，为印度民族文化的发展与世界传播带来了新的议题与亮点。

　　首先，纳拉扬从众多史诗源文本中选取了故事性和趣味性最强、最能反映人的生存与命运困境中人性善恶与精神品格的故事，特别是插话，整理成集，著称三部曲系列。借这些故事的重述发出对精神自我、道德力量与人性之善美的呼唤，以及对精神匮乏、道德失衡和人性之恶的质疑与追问，这是纳拉扬所处的时代乃至当下世界人类共同关注和探讨的问题。

其次，纳拉扬的印度史诗重述三部曲将印度民族历史沉淀的、代表印度民族文化精神的故事结集在一起，为世界民族了解印度民族精神、接近印度文化提供了一个窗口。印度史诗故事中的宇宙与时间观念，印度民族为了正法、良善与真诚而同世间之恶与贪所做的坚持不懈的斗争，印度民族坚韧、勇敢和大无畏牺牲的民族性格，印度民族独具特色的生活方式等，不仅为读者带来了阅读上的新奇与神秘感，而且也给读者以视觉与想象的震撼。

再次，纳拉扬通过其高超的艺术手法和叙述技巧，使其印度史诗重述三部曲不仅在故事内容的叙述上，而且在体裁、语言与文体风格上都别具一格。在"讲故事的人"这一故事叙述者的统筹之下，史诗故事的时空建构与人物命运、情节变化巧妙交织，使各重述文本之间充满着生命律动和审美感知。史诗故事中的典型时代生活画面、故事情节和人物的语言习惯、情绪心理、精神性格和复杂关系，通过"讲故事的人"的娓娓道来，准确生动地展现在读者面前，表现出独特的艺术特征与审美效果。史诗重述三部曲在整体上所体现出来的纪传体加小说式的体裁特征，成熟老练的英语叙述语言和简洁朴实的文体风格，使其广为英语世界读者所接受。

如此，纳拉扬的印度史诗重述三部曲不仅融注了印度民族沉淀千年的文化传统和现代文化精神，而且与众多史诗源文本如《摩诃婆罗多》《罗摩衍那》《脚镯记》等印度经典一样，具有丰富深邃的文化内涵，更具备了跨文化传播读本的典型特征。它以一种独特的艺术存在形式为印度史诗文学开启了崭新的阅读空间，不仅丰富了古印度史诗故事文学的体系，还发展了史诗故事的意义，完成了对印度传统文化的现代解读与传承。通过古印度史诗故事的现代重述，纳拉扬不仅建构了一个奠基于传统文化之上的史诗印度形象，而且将这种印度形象与印度传统文化的魅力通过英语这一跨文化传播媒介介绍给世人认识与理解。这不仅是对印度史诗中神话传说与历史的审视与反思，也是对印度传统文化的承继与弘扬，具有国际文化交流的重大意义。

总之，纳拉扬的印度史诗重述三部曲是古印度史诗孕育出的新文学生命。在世界民族史诗不断走向消亡和讲唱史诗的艺人渐趋绝迹的现代社会，孕育印度民族文化精髓的古印度史诗却以其各种各样的方式存在于印度社会的每个角落。纳拉扬的古印度史诗现代重述无疑是其中幸存的果实之一。纳拉扬将古印度史诗这一文化宝典和"讲故事的人"这一印度传统文化的现代守护人以小说的形式生动真实地再现出来，并将其传播至世界各地。这既是对古印度史诗的传承与保留，也是对印度民族文化的继承与传播，无疑对世界民族文化的传承与跨文化传播具有重要的借鉴意义。这对于中国古代神话与文学经典，特别是少数民族史诗神话的跨文化传播具有重要的启迪意义。纳拉扬的古印度史诗叙述与当代中国甚至世界"重述神话"活动形成了跨时空的精神对话。

纳拉扬的印度史诗重述三部曲的生命力在于：纳拉扬以特有的视角，让英语世界读者在阅读中感受和理解印度史诗人物典型在人生困境中的艰难抉择，感悟生命个体存在的悖论与意义。它为印度现代文学乃至世界文学的古代经典重述提供了一种新的创作视角、文学经验与精神资源。本书将纳拉扬的古印度史诗现代重述作为一个整体进行详细的综合分析，认为其在故事层面、叙述层面、文体特征和主题意蕴上独具特色且深具审美意义。它不仅再现了一个印度乃至世界梦寐向往的史诗时代，反映了印度社会的现实生活和传统文化精神，表现出鲜明的印度特性，而且形成了跨文化传播的机理与基本特征，成为世界民族文学跨文化传播的典型文本。在这一文本中，仍有许多内容需要进一步深入挖掘，这既是新历史时期文学创作的一种必然吁求，也是文学精神的一种体现。

附　　录

附录一　印度史诗重述故事源文本出处

文本序号	插话重述本	源文本
1	《拉瓦纳》（*Lavana*）	《极裕仙人瑜伽》第三部分《创造篇·拉瓦纳的故事》
2	《库达拉》（*Chudala*）	《极裕仙人瑜伽》第六部分《解脱篇·锡克达瓦伽和库达拉的故事》
3	《迅行王》（*Yayati*）	《摩诃婆罗多·初篇》第70—88章（包括《迅行王传》和《迅行王后传》）
4	《提毗》（*Devi*）	《女神薄伽梵往世书》第五书
5	《众友仙人》（*Viswamitra*）	《罗摩衍那·童年篇》第50—64章
6	《曼摩陀》（*Manmata*）	《湿婆往世书·鲁陀罗书·创造篇》（*Rudra Samhita. Sr̥ikhaṇḍa*）
7	《罗波那》（*Ravana*）	《罗摩衍那·后篇》第1—34章《罗波那传》
8	《蚁垤》（*Valmiki*）	《罗摩衍那·童年篇》第1—4章《蚁垤传》
9	《德罗波蒂》（*Draupadi*）	《摩诃婆罗多·初篇》第189章《五个丈夫的故事》
10	《那罗》（*Nala*）	《摩诃婆罗多·森林篇》第50—78章《那罗传》
11	《莎维德丽》（*Savitr*）	《摩诃婆罗多·森林篇》第277—283章《莎维德丽传》

(续表)

文本序号	插话重述本	源文本
12	《遗失的脚镯》（*The Mispaired Anklet*）	《脚镯记》
13	《沙恭达罗》（*Shakuntala*）	《摩诃婆罗多·初篇》第62—69章《沙恭达罗传》
14	《诃哩湿旃陀罗王》（*Harishchandra*）	《摩诃婆罗多·大会篇》第11—12章《诃哩湿旃陀罗王传》
15	《尸毗王》（*Sibi*）	《摩诃婆罗多·森林篇》第130—131章《老鹰与鸽子》
16	《罗摩衍那的故事》（*Ramayana*）	《摩诃婆罗多·森林篇》第257—275章《罗摩传》
17	《摩诃婆罗多的故事》（*Mahabharata*）	《摩诃婆罗多》，《火神往世书》第13—15章

附录二 印度史诗重述三部曲英文版本

《众神、诸魔与其他》英文版版本

	作者	书名	出版社	出版年份
1	R. K. Narayan	*Gods, Demons, and Others*	Vintage Classics	2001
2	R. K. Narayan(Author), R. K. Laxman(Illustrator)	*Gods, Demons, and Others*	Minerva	1994
3	R. K. Narayan(Author), R. K. Laxman(Illustrator)	*Gods, Demons, and Others*	University of Chicago Press	1993/2009
4	R. K. Narayan	*Gods, Demons, and Others*	Mandarin	1990
5	R. K. Narayan	*Gods, Demons, and Others*	TBS The Book Service Ltd	2001
6	R. K. Narayan	*Gods, Demons, and Others*	Vision Books	1987/2004
7	R. K. Narayan	*Gods, Demons, and Others: A great Indian epic retold by a great Indian writer*	Orient Paperbacks	1987/2007
8	R. K. Narayan	*Gods, Demons, and Others*	South Asia Books	1987
9	R. K. Narayan	*Gods, Demons, and Others*	Bantam Classics	1986
10	R. K. Narayan	*Gods, Demons, and Others*	Hind Pocket Books	1979
11	R. K. Narayan	*Gods, Demons, and Others*	William Heinemann Ltd	1965/1986
12	R. K. Narayan	*Gods, Demons, and Others*	Cornerstone	1965
13	R. K. Narayan(Author), R. K. Laxman(Decoration)	*Gods, Demons, and Others*	Viking Press	1964/1967

《众神、诸魔与其他》英文-俄文本

	作者	书名	出版社	出版年份
1	R. K. Narayan	*Gods, Demons, and Others*	Vision Books India, Kolichestvo Stranits	1988

《罗摩衍那的故事》英文版版本

	作者	书名	出版社	出版年份
1	R. K. Narayan(Author), John Lee(Narrator)	*The Ramayana: A Shortened Modern Prose Version of the Indian Epic (Suggested by the Tamil Version of Kamban)*	Tantor Media	2012
2	R. K. Narayan	*The Ramayana: A Shortened Modern Prose Version of the Indian Epic*	Penguin Books	2006
3	R. K. Narayan	*The Ramayana*	Oxford University Press	2006
4	R. K. Narayan	*The Ramayana: A Great Indian Epic Retold by a Great Indian Uriter*	Vision Books	2000/2006
5	R. K. Narayan, Kampar Ramayanam	*Ramayana: A Shortened Prose Version of the Indian Epic*	Penguin Group USA	1993
6	R. K. Narayan	*The Ramayana*	Penguin Books	1981
7	R. K. Narayan	*The Ramayana: Shortened Modern Prose Version of the Indian Epic*	Penguin Books	1977/1999
8	R. K. Narayan	*Ramayana: A Shortened Prose Version of the Indian Epic*	Chatto & Windus	1973
9	R. K. Narayan(Author), R. K. Laxman(Illustrator)	*The Ramayana*	Hind Pocket Books, Viking Press	1972
10	R. K. Narayan	*The Abduction of Sita*	Penguin Books	1977/2006

《摩诃婆罗多的故事》英文版版本

	作者	书名	出版社	出版年份
1	R. K. Narayan(Author), Wendy Doniger(Foreword)	*The Mahabharata: A Shortened Modern Prose Version of the Indian Epic*	University of Chicago Press	2013/2016
2	R. K. Narayan	*The Mahabharata: A Shortened Modern Prose Version of the Indian Epic*	Rajpal & Sons	2011
3	R. K. Narayan	*The Mahabharata: A Great Indain Epic Retold by a Great Indian Writer*	Orient Paperbacks	2008
4	R. K. Narayan	*The Mahabharata*	Vision Books	2004/2007
5	R. K. Narayan	*The Mahabharata*	Gardners Books	2004
6	R. K. Narayan	*The Mahabharata*	Penguin Books	2001
7	R. K. Narayan	*The Mahabharata: A Shortened Modern Prose Version of the Indian Epic*	University of Chicago Press	2000
8	R. K. Narayan	*The Mahabharata: A Shortened Modern Prose Version of the Indian Epic*	Mandarin	1991
9	R. K. Narayan	*The Mahabharata*	South Asia Books	1987/1989
10	R. K. Narayan	*The Mahabharata: A Shortened Modern Prose Version of the Indian Epic*	William Heinemann Ltd	1978
11	R. K. Narayan	*The Mahabharata*	Viking Adult	1978

《摩诃婆罗多的故事》英文-法文本：

	作者	书名	出版社	出版年份
1	R. K. Narayan(Author), Ángel Gurría Quintana(Translator)	*Mahabharata*	Editorial Kairos	2007

三部曲合订本：

	作者	书名	出版社	出版年份
1	R. K. Narayan(Author), S. Krishnan (Introduction)	*The Indian Epics Retold: The Ramayana, The Mahabharata, Gods, Demons, and Others*	Penguin Books	1996/2000
2	R. K. Narayan(Author), S. Krishnan (Introduction)	*The Indian Epics Retold: The Ramayana, The Mahabharata, Gods, Demons, and Others*	South Asia Books	1995
3	R. K. Narayan(Author), S. Krishnan (Introduction)	*The Indian Epics Retold: The Ramayana, The Mahabharata, Gods, Demons, and Others*	Viking Press	1995

参考文献

一、中文参考文献

[1] 卡尼. 故事离真实有多远[M]. 王广州, 译. 桂林：广西师范大学出版社, 2007.

[2] 卡西尔. 国家的神话[M]. 范进, 杨君游, 译. 北京：华夏出版社, 1990.

[3] 卡西尔. 人论[M]. 甘阳, 译. 上海：上海译文出版社, 1985.

[4] 卡西尔. 语言与神话[M]. 于晓, 等, 译. 北京：生活·读书·新知三联书店, 1998.

[5] 姚斯, 霍拉勃. 接受美学与接受理论[M]. 周宁, 金元浦, 译. 沈阳：辽宁人民出版社, 1987.

[6] 黑格尔. 美学：第三卷 下册[M]. 朱光潜, 译. 北京：商务印书馆, 2017.

[7] 洪堡特. 论人类语言结构的差异及其对人类精神发展的影响[M]. 姚小平, 译. 北京：商务印书馆, 1999.

[8] 普罗普. 故事形态学[M]. 贾放, 译. 北京：中华书局, 2006.

[9] 格雷马斯. 结构语义学[M]. 蒋梓骅, 译. 北京：生活·读书·新知三联书店, 1999.

[10] 热奈特. 叙事话语 新叙事话语[M]. 王文融, 译. 北京：中国社会科学出版社, 1990.

[11] 萨莫瓦约. 互文性研究[M]. 邵炜, 译. 天津：天津人民出版社, 2003.

[12] 布鲁姆. 西方正典[M]. 江宁康, 译. 南京：译林出版社, 2005.

[13] 马丁. 当代叙事学[M]. 伍晓明, 等, 译. 北京：北京大学出版社, 2005.

［14］费迪曼，梅杰. 一生的读书计划［M］. 马骏娥，译. 南京：译林出版社，2012.

［15］韦勒克，沃伦. 文学理论［M］. 新修订版. 刘象愚，等，译. 杭州：浙江人民出版社，2017.

［16］毛姆. 巨匠与杰作［M］. 孔海立，等，译. 上海：华东师范大学出版社，1987.

［17］沃尔夫莱. 批评关键词文化与文化理论［M］. 陈永国，译. 北京：北京大学出版社，2015.

［18］坎贝尔. 指引生命的神话 永续生存的力量［M］. 张洪友，李瑶，祖晓伟，等，译. 杭州：浙江人民出版社，2013.

［19］詹明信. 处于跨国资本主义中的第三世界文学［M］//张京媛，译，张东旭，编. 晚期资本主义的文化逻辑. 北京：生活·读书·新知三联书店，1997.

［20］费伦. 作为修辞的叙事：技巧、读者、伦理、意识形态［M］. 陈永国，译. 北京：北京大学出版社，2002.

［21］略萨. 给青年小说家的信［M］. 赵德明，译. 上海：上海译文出版社，2004.

［22］巴赫金. 巴赫金全集：第三卷 小说理论［M］. 白春仁，晓河，译. 石家庄：河北教育出版社，1998.

［23］高尔基. 高尔基论文学［M］. 林焕平，译. 北京：人民文学出版社，1983.

［24］埃科. 埃科谈文学［M］. 翁德明，译. 上海：上海译文出版社，2015.

［25］里蒙-凯南. 叙事虚构作品［M］. 姚锦清，等，译. 北京：生活·读书·新知三联书店，1989.

［26］高士，等. 20世纪印度比较诗学论文选译［M］. 尹锡南，译. 成都：巴蜀书社，2016.

［27］华希雅雅那. 爱经［M］. 陈仓多，译. 呼和浩特：内蒙古人民出版社，2004.

［28］摩奴. 摩奴法论［M］. 蒋忠新，译. 北京：社会科学文献出版社，2007.

［29］毗耶娑. 薄伽梵歌［M］. 张保胜，译. 北京：中国社会科学出版

社，1989.

[30] 毗耶娑. 摩诃婆罗多[M]. 黄宝生主持，金克木，赵国华，等，译. 北京：中国社会科学出版社，2005.

[31] 毗耶娑. 摩诃婆罗多：毗湿摩篇[M]. 黄宝生，译. 南京：译林出版社，1999.

[32] 毗耶娑. 摩诃婆罗多插话选[M]. 金克木，等，译. 北京：人民文学出版社，1996.

[33] 泰戈尔. 泰戈尔随笔：一个艺术家的宗教观[M]. 康绍邦，译. 合肥：安徽文艺出版社，1995.

[34] 五卷书[M]. 季羡林，译. 北京：人民文学出版社，2001.

[35] 蚁垤. 罗摩衍那：第七篇 后篇[M]. 季羡林，译. 长春：吉林出版集团股份有限公司，2016.

[36] 蚁垤. 至上瑜伽：瓦希斯塔瑜伽[M]. 斯瓦米·维卡特萨南达，英译；王志成，灵海，汉译. 杭州：浙江大学出版社，2012.

[37] 博埃默. 殖民与后殖民文学[M]. 盛宁，韩敏中，译. 沈阳：辽宁教育出版社，1998.

[38] 沃森. 20世纪思想史：下册[M]. 朱东进，等，译. 上海：上海译文出版社，2008.

[39] 阿姆斯特朗. 神话简史[M]. 胡亚豳，译. 重庆：重庆出版社，2005.

[40] 福斯特. 小说面面观[M]. 朱乃长，译. 广州：花城出版社，1981.

[41] 塞尔登. 文学批评理论：从柏拉图到现在[M]. 刘象愚，陈永国，等，译. 北京：北京大学出版社，2000.

[42] 克夫顿，布莱克. 简明大历史[M]. 于非，译. 长沙：湖南文艺出版社，2018.

[43] 步雅芸. 经典与后经典：简·奥斯丁的叙事策略[M]. 杭州：浙江大学出版社，2014.

[44] 陈来生. 史诗·叙事诗与民族精神[M]. 上海：上海社会科学院出版社，1990.

[45] 陈良梅. 当代德语叙事理论研究[M]. 南京：河海大学出版社，2007.

[46] 冯天瑜. 中华文化辞典 [M]. 武汉：武汉大学出版社，2001.
[47] 傅修延. 文本学：文本主义文论系统研究 [M]. 北京：北京大学出版社，2004.
[48] 干天全，刘迅. 文学写作 [M]. 重庆：重庆大学出版社，2014.
[49] 高小康. 中国古代叙事观念与意识形态 [M]. 北京：北京大学出版社，2005.
[50] 高宣扬. 利科的反思诠释学 [M]. 上海：同济大学出版社，2004.
[51] 郭超. 小说的创作艺术 [M]. 石家庄：花山文艺出版社，1982.
[52] 宫立江. 人类意识之源 [M]. 北京：中国广播电视出版社，2015.
[53] 胡宝国. 汉唐间史学的发展：修订本 [M]. 北京：北京大学出版社，2014.
[54] 胡亚敏. 叙事学 [M]. 武汉：华中师范大学出版社，2004.
[55] 黄宝生. 印度古代史诗《摩诃婆罗多》导读 [M]. 北京：中国社会科学出版社，2005.
[56] 黄宝生. 梵语诗学论著汇编：上册 [M]. 北京：昆仑出版社，2008.
[57] 黄大宏. 唐代小说重写研究 [M]. 重庆：重庆出版社，2004.
[58] 黄霖，李桂奎，韩晓，等. 中国古代小说叙事三维论 [M]. 上海：上海书店出版社，2009.
[59] 黄心川. 南亚大辞典 [M]. 成都：四川人民出版社，1998.
[60] 季羡林. 中印文化关系史论文集 [M]. 北京：生活·读书·新知三联书店，1982.
[61] 季羡林，刘安武. 东方文学史：上卷 [M]. 长春：吉林教育出版社，1995.
[62] 季羡林，刘安武. 印度两大史诗评论汇编 [M]. 北京：中国社会科学院出版社，1984.
[63] 降边嘉措. 格萨尔初探 [M]. 西宁：青海人民出版社，1986.
[64] 江滨，王立松，刘蕾. 语言运用与文化传播 [M]. 天津：天津大学出版社，2014.
[65] 江宁康. 美国当代文学与美利坚民族认同 [M]. 南京：南京大学出版社，2008.
[66] 蒋成峰. 纪录片解说词的时间表达 [M]. 北京：中国传媒大学出版

社,2015.

[67] 姜耕玉. 红楼艺境探奇［M］. 南京：东南大学出版社,2015.

[68] 金克木. 印度文化余论：《梵竺庐集》补编［M］. 北京：学苑出版社,2002.

[69] 景秀明. 纪录的魔方：纪录片叙事艺术研究［M］. 北京：文化艺术出版社,2005.

[70] 李长之. 司马迁之人格与风格［M］. 北京：生活·读书·新知三联书店,1984.

[71] 李吟咏. 形象叙述学［M］. 杭州：浙江大学出版社,2009.

[72] 梁潮,麦永雄,卢铁澎. 新东方文学史：古代·中古部分［M］. 桂林：广西师范大学出版社,1990.

[73] 林三松,任文贵,佟德真. 写作艺术技巧辞典［M］. 北京：北京出版社,1994.

[74] 刘安武. 印度两大史诗研究［M］. 北京：中国大百科全书出版社,2015.

[75] 刘洪涛. 沈从文小说新论［M］. 北京：北京师范大学出版社,2005.

[76] 刘世剑. 小说叙事艺术［M］. 长春：吉林大学出版社,1999.

[77] 柳无忌. 印度文学［M］. 台北：台北联经出版事业公司,1982.

[78] 龙长吟. 民族文学学论纲［M］. 长沙：湖南文艺出版社,1997.

[79] 龙钢华. 小说新论：以微篇小说为重点［M］. 长沙：湖南人民出版社,2006.

[80] 李渔. 李渔全集：第三卷　闲情偶寄［M］. 杭州：浙江古籍出版社,1991.

[81] 马维光. 印度神灵探秘［M］. 2版. 北京：世界知识出版社,2014.

[82] 孟昭毅. 东方戏剧美学［M］. 北京：经济日报出版社,1997.

[83] 浦安迪. 中国叙事学［M］. 北京：北京大学出版社,1996.

[84] 钱穆. 中国史学名著［M］. 北京：生活·读书·新知三联书店,2000.

[85] 邱紫华. 印度古典美学［M］. 武汉：华中师范大学出版社,2006.

[86] 屈育德. 神话·传说·民俗［M］. 北京：中国文联出版公

司，1988.

[87] 申丹. 叙述学与小说文体学研究［M］. 北京：北京大学出版社，2001.

[88] 时代生活图书公司. 印度神话：永恒的轮回［M］. 刘晓辉，杨燕，译. 北京：中国青年出版社，2003.

[89] 石海军. 爱欲正见：印度文化中的艳欲主义［M］. 重庆：重庆出版社，2008.

[90] 谭君强. 叙事学导论：从经典叙事学到后经典叙事学［M］. 北京：高等教育出版社，2008.

[91] 陶东风. 文体的演变其文化意蕴［M］. 昆明：云南人民出版，1994.

[92] 陶然，萧良. 现代汉语写作辞典［M］. 北京：中国国际广播出版社，1995.

[93] 童庆炳. 文体与文体的创造［M］. 昆明：云南人民出版社，1999.

[94] 童庆炳. 文学理论教程［M］. 北京：高等教育出版社，2007.

[95] 王彬. 红楼梦叙事［M］. 北京：人民出版社，2014.

[96] 王春景. R.K.纳拉扬的小说与印度社会［M］. 石家庄：河北教育出版社，2010.

[97] 王春景. 菩提树与恒河水：印度［M］. 北京：新世界出版社，2013.

[98] 王德春. 语体学［M］. 南宁：广西教育出版社，2000.

[99] 汪晖，陈燕谷. 文化与公共性［M］. 北京：生活·读书·新知三联书店，1998.

[100] 王锦贵. 中国纪传体文献研究［M］. 北京：北京大学出版社，1996.

[101] 王克检. 小说创作隐形逻辑［M］. 北京：北京大学出版社，1994.

[102] 王先霈，王又平. 文学批评术语词典［M］. 上海：上海文艺出版社，1999.

[103] 魏庆征. 古代印度神话［M］. 太原：北岳文艺出版社，1999.

[104] 温祖荫. 东方文学鉴赏：上［M］. 福州：福建教育出版社，1988.

[105] 吴学国. 存在自我神性：印度哲学与宗教思想研究［M］. 北京：中国社会科学出版社，2006.

[106] 吴泽,袁英光. 中国史学史论集:一[M]. 上海:上海人民出版社,1980.

[107] 汪正龙. 西方形式美学问题研究[M]. 哈尔滨:黑龙江人民出版社,2007.

[108] 吴治平. 空间理论与文学的再现[M]. 兰州:甘肃人民出版社,2008.

[109] 徐岱. 小说叙事学[M]. 北京:中国社会科学出版社,1992.

[110] 徐曼,张玉雁. 现代基础写作学[M]. 郑州:郑州大学出版社,2014.

[111] 薛克翘,唐孟生,唐仁虎. 印度近现代文学[M]. 北京:昆仑出版社,2014.

[112] 杨义. 中国叙事学[M]. 北京:人民出版社,1997.

[113] 尹虎彬. 史诗与英雄[M]. 桂林:广西师范大学出版社,2004.

[114] 尹锡南. 印度比较文学论文选译[M]. 成都:巴蜀书社,2012.

[115] 郁龙余. 中国印度文学比较[M]. 北京:中国社会科学出版社,2001.

[116] 张寅德. 叙述学研究[M]. 北京:中国社会科学出版社,1989.

[117] 赵伯乐. 永恒涅槃:古印度文明探秘[M]. 昆明:云南人民出版社,2000.

[118] 赵毅衡. 广义叙述学[M]. 成都:四川大学出版社,2013.

[119] 赵毅衡. 苦恼的叙述者[M]. 成都:四川文艺出版社,2013.

[120] 钟敬文. 民间文学概论[M]. 北京:高等教育出版社,2010.

[121] 周登富. 银幕世界的空间造型[M]. 北京:中国电影出版社,2000.

[122] 朱光潜. 悲剧心理学[M]. 北京:人民文学出版社,1983.

[123] 朱立元. 现代西方美学史[M]. 上海:上海文艺出版社,1993.

[124] 庄涛,胡敦骅,梁冠群. 写作大辞典[M]. 新版. 上海:汉语大词典出版社,2003.

[125] 陈芳. 百科全书式的文化叙事:《摩诃婆罗多》的插话研究[D]. 昆明:云南大学,2008.

[126] 樊义红. 文学的民族认同特性及其文学性生成[D]. 天津:南开大学,2012.

[127] 高培华. 《生死疲劳》的叙事艺术和文体特征 [D]. 长春：吉林大学，2008.

[128] 高娴. 叙事文本改写研究 [D]. 武汉：武汉大学，2011.

[129] 黄国建. 中国新世纪"重述神话"的审美研究 [D]. 扬州：扬州大学，2013.

[130] 李乃刚. 辛格短篇小说的叙事学研究 [D]. 上海：上海外国语大学，2013.

[131] 刘建树. 印度梵剧《沙恭达罗》英汉译本变异研究 [D]. 西安：陕西师范大学，2013.

[132] 马小林. 纳拉扬文学的后殖民话语书写 [D]. 呼和浩特：内蒙古师范大学，2020.

[133] 梅晓云. 文化无根：以奈保尔为个案的移民文化研究 [D]. 西安：西北大学，2003.

[134] 齐梅. 论郁达夫小说中的空间 [D]. 南京：南京大学，2014.

[135] 王治国. 集体记忆的千年传唱 [D]. 天津：南开大学，2011.

[136] 谢智香. 试论元杂剧的语体特征 [D]. 昆明：云南师范大学，2005.

[137] 杨瑶. 狂欢化视野下中西"重述神话"项目作品之比较 [D]. 南昌：江西师范大学，2009.

[138] 张驰. 林纾语体观念研究 [D]. 上海：华东师范大学，2009.

[139] 德洪迪. 奈保尔访谈录 [J]. 邹海仑，译. 世界文学，2002（1）：108-132.

[140] 航柯. 史诗与认同表达 [J]. 孟慧英，译. 民族文学研究，2001（2）：89-95.

[141] 阿姆斯特朗. 叙事的神圣发生：为神话正名 [J]. 叶舒宪，译. 江西社会科学，2008（8）：249-254.

[142] 空草. 奈保尔与纳拉扬 [J]. 外国文学评论，2004（2）：152-153.

[143] 陈明. 《摩诃婆罗多》插话的审美意义 [J]. 东方丛刊，1999（1，2）：167-185.

[144] 邓斯博. 神性之纬上的人性视角：《沙恭达罗》剧作与插话之人物形象比较 [J]. 合肥工业大学学报（社会科学版），2014（1）：

67-71.

［145］傅修延. 赋与中国叙事的演进［J］. 江西社会科学, 2007 (9): 26-38.

［146］高萍.《史记》人物传记叙事结构模式解析［J］. 唐都学刊, 2003 (3): 22-25.

［147］何乃英. 论《沙恭达罗》的艺术构思: 史诗插话与戏剧剧本异同之比较［J］. 南亚研究, 1991 (1): 50-53, 4.

［148］胡娟, 毛爱华, 杜东照. 形象、类型、原型、传统武术民族形象分析的三个层面［J］. 武汉体育学院学报, 2015 (9): 57-63, 68.

［149］黄宝生, 释会闲.《梵英词典》: 佛经原典研究的重要工具［N］. 中华读书报, 2014-04-09 (B94).

［150］黄苏瑾. 中国动画中的说书人叙事: 从叙事技巧到创作观念［J］. 新疆艺术学院学报, 2011 (4): 66-68.

［151］黎跃进. 印度大史诗中的一颗明珠: 析《摩诃婆罗多》的优秀插话《那罗传》［J］. 外国文学专刊, 1985 (1): 59-66.

［152］刘安武.《摩诃婆罗多》中的插话《莎维德丽传》［J］. 东方丛刊, 1999 (4): 163-172.

［153］刘安武.《沙恭达罗》与《长生殿》: 兼论历史题材的作品［J］. 湖南社会科学, 2001 (4): 104-107.

［154］刘旭. 叙述行为与文学性: 形式分析与文学性问题的思考之一［J］. 文艺理论研究, 2013 (3): 71-80.

［155］罗立群. 论明清剑侠小说的情节模式［J］. 明清小说研究, 2011 (4): 54-65.

［156］摩诃衍. 梵语: 神的语言［J］. 佛教文化, 2004 (6): 34-40.

［157］申丹. 从叙述话语的功能看叙事作品的深层意义［J］. 江西社会科学, 2011 (11): 24-30.

［158］盛永生. 新时期语体研究中的论争［J］. 修辞学习, 2004 (2): 48-50.

［159］唐伟胜. 叙事进程与多层次动态交流: 评詹姆斯·费伦的修辞叙事理论［J］. 四川外语学院学报, 2008 (3): 6-9.

［160］王春景. 解脱与现实: 论纳拉扬《萨姆帕特先生》中人物的文化内涵［J］. 南亚研究, 2009 (4): 142-150.

[161] 王春景. R. K. 纳拉扬与奈保尔笔下的印度 [C]. 中国比较文学与文化（国际）研讨会论文集, 2004.

[162] 王春景. 印度作家 R. K. 纳拉扬的英语创作 [J]. 燕赵学术, 2010 (1): 189-194.

[163] 王春景. 真诚与欺骗:《向导》[J]. 外国文学评论, 2013 (3): 128-138.

[164] 王殿珍. 语义·语境·语体: 言语世界之要 [J]. 松辽学刊, 1997 (2): 73-75, 91.

[165] 王鸿博.《摩诃婆罗多》"咒祝"主题研究 [J]. 外国文学研究, 2012 (2): 63-71.

[166] 徐敦广. 现代性、审美现代性与艺术审美主义 [J]. 东北师大学报（哲学社会科学版）, 2009 (1): 110-113.

[167] 续静. 论老舍与 R. K. 纳拉扬小说的底层叙述 [J]. 民族文学研究, 2012 (2): 87-93.

[168] 殷曼. 民族认同建构与"历史记忆"的暧昧性 [J]. 社会科学战线, 2008 (1): 133-135.

[169] 闫元元. 罗摩故事的两种演绎:《摩诃婆罗多》的插话《罗摩传》和《罗摩衍那》[J]. 解放军外国语学院学报, 2014 (4): 151-158.

[170] 颜治强. 纳拉扬: 市民社会的编年史家 [J]. 外国语言文学, 2006 (2): 135-139.

[171] 杨琳. 阿来小说语言的多文化混合语境 [J]. 中央民族大学学报（哲学社会科学版）, 2009 (4): 75-81.

[172] 杨树增.《史记》传记结构探索 [J]. 东北师大学报（哲学社会科学版）, 1991 (1): 73-77.

[173] 叶舒宪. 神话如何重述 [J]. 长江大学学报（社会科学版）, 2006 (1): 45-48.

[174] 张璐. 评《莎维德丽传》[J]. 长城, 2013 (4): 189-190.

[175] 张培勇. 谈莎维德丽与阎摩对话的逻辑艺术: 兼评莎维德丽形象特征 [J]. 外国文学研究, 1992 (4): 106-110.

[176] 张莎. 析《一千零一夜》的框架式故事结构 [J]. 语文学刊, 2009 (9): 135-136.

［177］张相宽. 莫言小说"类书场"的建构与异变［J］. 中国现代文学研究丛刊, 2016（6）: 136-148.

［178］赵国华. 摩奴传〔洪水传说〕: 印度大史诗《摩诃婆罗多》插话之一［J］. 南亚研究, 1979（1）: 73-77.

［179］赵国华. 印度古典叙事长诗《那罗传》浅论［J］. 南亚研究, 1981（1）: 26-33.

［180］赵毅衡. 广义叙述学中的情节问题［J］. 江苏社会科学, 2003（3）: 192-198.

［181］赵志军. 论文学语言的审美文化构建功能［J］. 社会科学辑刊, 2008（1）: 169-173.

［182］祝克懿. 文体与语体关系的思考［J］. 修辞学习, 2000（3）: 4-6.

［183］朱明忠. 宗教与印度的民族性格［J］. 世界宗教文化, 2005（2）: 28-31.

二、英文参考文献

［1］ HILTEBEITEL A. Reading the Fifth Veda: studies on the Mahabharata-Essays［M］. Leiden: BRILL, 2011.

［2］ PRASAD A N. British and Indian English literature: a critical study［M］. New Dehli: Sarup & Sons, 2007.

［3］ JHA A K. R. K. Narayan: myths and archetypes in his novels［M］. New Delhi: B. R. Publishing Corporation, 2000.

［4］ GOYAL B S. R. K. Narayan's India: myth and reality［M］. Lahore: South Asia Books, 1993.

［5］ DAS B K. Critical essays on post-colonial literature［M］. New Delhi: Atlantic Publishers and Distributors, 2007.

［6］ NIDA E A. Language, culture and translating［M］. Shanghai: Shanghai Foreign Language Education Press, 1993.

［7］ BHATNAGAR M K. Twentieth century literature in English［M］. New Delhi: Atlantic Publishers & Distributors, 1996.

［8］ PRINCE G. A dictionary of narratology［M］. Lincoln: University of Nebraska Press, 1987.

[9] PARINI J. World writers in English: R. K. Narayan to Patrick White [M]. New York: Charles Scribner's Sons, 2004.

[10] MITCHELL J W T. On narrative [M]. Chicago: University of Chicago Press, 1981.

[11] ELIADE M. Myth and reality [M]. New York: Harper and Row, 1963.

[12] MANIRUZZAMAN M. R. K. Narayan's attitude towards the English language: a postcolonial posture, a utilitarian gesture [M]. New Delhi: Viking, 2011.

[13] NATARJAN N. Handbook of twentieth-century literatures of India [M]. London: Greenwood Press, 1996.

[14] RICOUER P. Time and narrative, Vol. I [M]. Chicago: University of Chicago Press, 1983.

[15] PARTHASARATHY R. The Cilappatikāram of Iḻaṅkō Aṭikaḷ: an epic of south India [M]. New York: Columbia University Press. 1992.

[16] NARAYAN R K. A story-teller's world [M]. New Delhi: Penguin Books, 1989.

[17] NARAYAN R K. A tiger for Malgudi [M]. London: Penguin Books, 1983.

[18] NARAYAN R K. A writer's nightmare: selected essays (1958-1988) [M]. New Delhi: Penguin Books, 1988.

[19] NARAYAN R K. Gods, demons, and others [M]. Delhi: Vision Books, 2004.

[20] NARAYAN R K. Malgudi days [M]. London: Viking Penguin Inc., 1982.

[21] NARAYAN R K. My dateless dairy: an American journey [M]. New Delhi: Penguin Books, 1988.

[22] NARAYAN R K. My days [M]. Hopewell, New Jersey: The Ecco Press, 1974.

[23] NARAYAN R K. Swami and friends [M]. Oxford: Oxford University Press, 1978.

[24] NARAYAN R K. The bachelor of arts [M]. Mysore: Indian Thought Publications, 1965.

[25] NARAYAN R K. The Indian epics retold: The Ramayana, The Mahabharata, Gods, Demons and Others [M]. London: Penguin Books, 2000.

[26] NARAYAN R K. The Mahabharata [M]. Delhi: Vision Books, 2007.

[27] NARAYAN R K. The man-eater of Malgudi [M]. Mysore: Indian Thought Publications, 2000.

[28] NARAYAN R K. The Ramayana [M]. Delhi: Vision Books (Orient Paperbacks), 2006.

[29] SINGAL R L. Aristotle and Bharata: a comparative study of their theories of drama [M]. Punjab: Vishveshvaranand Vedic Research Institute, 1977.

[30] CHATMAN S. Story and discourse: narrative structure in fiction and film [M]. New York: Cornell University Press, 1978.

[31] BASSNETT S, LEFEVERE A. Constructing cultures: essay on literary translation [M]. Shanghai: Shanghai Foreign Language Education Press, 2001.

[32] Buck P S. China as I see it [M]. New York: The John Day Company, 1970.

[33] Walsh W. R. K. Narayan: critical appreciation [M]. New Delhi: Allied Publishers Private Limitied, 1982.

[34] SHARMA C S. R. K. Narayan: a study in religion and myth [J]. International journal of English language, literature and humanities, 2014, 2 (6): 12-20.

[35] MUJALDE J. The use of mythology in novels of R. K. Narayan [J]. Shrinkhala, 2014, 2 (3): 82-87.

[36] MOHAN K. Use of myth in fictional world of R. K. Narayan [J]. International journal of research and analytical reviews, 2016, 3 (1): 12-16.

后　　记

许多年之后的今天，面对手中已经修改完成的《再现史诗印度：R.K.纳拉扬印度史诗重述三部曲研究》书稿，我不禁想起十一年前，我的硕士生导师杨晓霞在办公室里将王春景教授的著作《R.K.纳拉扬的小说与印度社会》给我看的那个午后，那时的我不知道R.K.纳拉扬是谁，也从未想过有一天会研究他和他的作品，并完成了博士学位论文，然后还要修改成书出版。

十一年前，王春景教授说过，纳拉扬是一个不为中国读者了解的作家。十一年过去了，纳拉扬依然是一个不为中国读者了解的作家。但我还是坚定地想要重复王春景教授在其著作后记里的那句话："正因为他不被了解，所以才有介绍与研究的必要。"

缘分命定，印度人如是相信，我与纳拉扬的缘分大概也是如此吧！2015年的夏天，博士生导师陈义华教授将在博士学位论文选题时遇到困难的我叫到办公室，递给我纳拉扬的印度史诗重述三部曲合订本，让我定下心来，以此为研究对象，尽快研读出选题来。此前，陈老师已经凭借纳拉扬的马尔古蒂小镇还原研究，获得过富布赖特项目基金资助。他与王春景教授一样，坚信纳拉扬研究的价值与意义，对纳拉扬的印度史诗重述三部曲尤为看好。也许是以前在杨晓霞老师的办公室里与有关纳拉扬的著作有一面之缘的缘故，我答应了，放弃了此前所有的博士学位论文选题杂想，一门心思研读起纳拉扬的印度史诗重述来。然而，一个季度研读下来，想法越来越多，我却始终找不到一条"线"将所有的想法串联起来，形成一个体系。2015年冬天，眼见我又要陷入困境，陈老师决定带我前往济南参加学术会议"放松放松"。会议开完了，趵突泉也看了，我对选题却越来越纠结。临回南方的最后一晚，在深夜的济南的宾馆里，陈老师与我一起焦灼地整理想法和梳理思路，从两大史诗谈到纳拉扬，又从纳拉扬谈回两大史诗，终于在一个刹那，我们停留在"插话"这一印度史诗术语上,达成"线"的共识。

我与纳拉扬的缘分之轮就这样正式转动起来。往后不到两年的岁月,一切都快马加鞭,开题、结婚、初稿、生女……纳拉扬、妻子、女儿,仿佛所有的缘分之轮都纷至沓来,眼见着人面瘦了,眼见着脸色黄了,眼见着牙痛、牙坏、牙掉了……幸好这一路跑来,有导师督促、家人鼓励,与纳拉扬的缘分也有了结果,完成了论文,答了辩,毕了业。尽管这匆匆结成的缘分之果里有太多的遗憾,但凭借其中纳拉扬对古印度史诗"插话"重述这条"线",我再次回望印度的史诗时代,一年后在大史诗《摩诃婆罗多》里找到了新的研究点,获得了中国博士后科学基金面上项目一等资助,两年后又从《摩诃婆罗多》纵览整个古印度文学,以其中的插话叙事作为研究对象,获得国家社会科学基金一般项目资助。如此再回看2015年济南的那个寒冷之夜,竟是那么的暖人心脾,所有的光仿佛都在那个夜里亮了起来。

一转眼博士毕业四年了,从害怕拾起,到终于鼓起勇气,一句一句地重读、删改、修正,在与纳拉扬的缘分结成的这份果实里,我又一次看到了四年前那个忙碌的自己,一次次想要放弃又一次次重新战胜退缩的自己,一路步履凌乱蹒跚走过的自己。这果子里有太多的青涩,有太多的不足与缺陷,所以我才会害怕,才会一次次拒绝提起。然而,它却是所有照过来路之光的起点,是我一段匆匆岁月的如实写照,也是我青涩的博士生涯的一次总结。它映照了我暨南大学三年的学习生活,使我终于对"努力"一词有了真正的体悟,终于对"科研"开了思维之窍,对纳拉扬、印度和印度文学与文化有了更近的情感和更深的了解。

回顾来路,依旧只不过迈出三两步,我还站在科研圣殿的门前。与纳拉扬的缘分还在继续,但与纳拉扬缘分结成的这份果实至此就做个了结,依然还有太多的青涩之味,太多的不足之处,但就到这里吧!且让初点之光照亮后来的路,后路虽漫漫,以艰难碎步,抵岁月磨砺,以初心守望。

在此,感谢我的博导陈义华教授!感谢他七年来从未间断的督促与鼓励。七年前,他一封热情的回信,使我毅然走进暨南大学,幸运地成为他的首位博士弟子。他随和待人的性格和勤奋不懈的精神,让我在心性与人格修养上都受益匪浅;他谨慎的生活态度和超然的生活细节,让我学会了沉静坦然地面对生活;他严谨不怠的治学态度,深深地感染了我读书研究的方方面面。他在生活和学业上的关怀帮扶、言传身教,将使我受益终身。感谢身在海南之岛、已政务缠身的他依然答应为本书写序,他深知本书的不足,却又足够宽容。

感谢我的硕导杨晓霞老师,是她将我引上研究印度之路。十余年来,她的温柔善良一如既往,对我的关怀与帮助一如既往,对我的督促与勉励也一如既往。感谢我的博士后导师刘洪一教授,深圳大学比较文学专业的周明燕教授、钱超英教授、江玉琴教授、何志平老师、柴婕老师、张霁老师和林艳老师,他们的谆谆教诲让我得以从他们的学生成长为他们的同事,像他们那样,站上了深圳大学的教室讲台。

感谢攻读博士学位期间负责比较文学专业点的黄汉平教授和比较文学专业导师组的张世君教授、赵静蓉教授、蒲若茜教授。黄汉平教授为人和善,治学善于巧工、不拘一格,生活亦是如此,深刻影响了我对学习与生活的理解和态度。张世君教授既是良师又是慈母,教导我们专业知识的同时,还不断教会我们生活与为人的道理,她刚强的性格和求学、为人当自立的见解,让我懂得如何坚强地生活。还有善攻理论、观点犀利,且治学严谨的赵静蓉教授,以及深受学生喜爱、性格温和的蒲若茜教授都是我期望达到的师表高度。几位教授在学术和为人上的独特魅力,三年来带给我许多精神力量,丰富了我的博士生生活,是我一生都受益的财富。

感谢读博期间的同窗王希腾、林馨与李宁,与他们同行,我的博士生生活丰富而多姿。也感谢几位师姐,她们在学习和生活细节上表现出的关心和体贴,让我的博士生生涯充满温馨。感谢学弟学妹,他们的善良、青春与活泼,让我从心底不断地忆及我早已逝去的青春年华,并于心底深处继续坚守着青春阳光。

感谢中山大学出版社的副总编辑嵇春霞女士和本书的编校人员,他们为本书的出版付出了辛勤的劳动。

感谢我的爱人贺立英,她无尽的关怀与付出,是我攻读博士学位时的坚强后盾,也是我在博士后和"青椒"(高校青年教师)阶段的力量之源;感谢临近博士毕业时出生的女儿王紫歆和博士后期间出生的儿子王子谦,他们的出生与成长,让步履匆忙的我体会到了家的美妙与担负的责任。感谢我的父母和亲朋,他们的付出和支持,永远是我得以前进的动力,他们的关心和问候永远是滋润我人生的甘露。研学之路上有许多惬意与幸福,更有许多压力和孤独,因此感谢这一路上一直默默关心我、支持我的所有人。

回首过来路，总会想起十一年前毅然从工作岗位重新回到校园，重新躲在图书馆和宿舍如饥似渴地读书的日子，一路走来，直到今天，无尽的感想油然而生。十一年多来，得到过很多亲友的支持和老师的教导，感受过诸多同学与同事的真挚关怀，读过一些书，也读过无数他人的文章，一路坎坷到今天，终于完成这本书，最多的感慨莫过于时光易逝、砥砺前行。谨以此书，献给已逝的印度作家纳拉扬，献给我的亲人、师友，献给我自己：既纪念旧的过往，也标记新的开始。

王伟均
2021 年 12 月 29 日于深圳大学六合苑